Hijas predilectas

Morgan Dick

Hijas predilectas

Traducción de Jaime Valero

Q Plata

Argentina – Chile – Colombia – España
Estados Unidos – México – Perú – Uruguay

Título original: *Favourite Daughter*
Editor original: Doubleday Canada, un sello de Penguin Random House
Canada Limited
Traducción: Jaime Valero

1.ª edición: agosto 2025

Copyright © 2025 J. Morgan Dick
All rights reserved
© de la traducción 2025 *by* Jaime Valero
© 2025 Urano World Spain, S.A.U.
Plaza de los Reyes Magos, 8, piso 1.º C y D – 28007 Madrid
www.letrasdeplata.com

ISBN: 978-84-92919-98-7
E-ISBN: 979-13-87557-44-7
Depósito legal: M-13.789-2025

Fotocomposición: Urano World Spain, S.A.U.
Impreso por: Rodesa, S.A. – Polígono Industrial San Miguel
Parcelas E7-E8 – 31132 Villatuerta (Navarra)

Impreso en España – *Printed in Spain*

Para Cameron, Levi y Beckett.

MICKEY

Mickey se enteró de la muerte de su padre por las esquelas. No aparecía nombrada entre sus seres queridos, lo cual no la sorprendió. Tampoco la ofendió. Con una indiferencia vehemente, estampó el periódico sobre la mesa, lo empujó hacia un lado y decidió no volver a pensar nunca en ese obituario ni en su padre.

Se giró para ver mejor al niño pequeño que estaba acuclillado a solas sobre la alfombra del aula.

—Qué avión tan chulo.

Ian no levantó la mirada de su juguete Lego.

—Es un caza estelar.

—Ah. Fallo mío.

Durante los cuarenta y cinco minutos transcurridos desde que terminaron las clases, Mickey había registrado el suelo en busca de cada pedazo de papel tisú, cada trocito de cera y cada costra de plastilina. Había frotado los pupitres para limpiar los restos de cola blanca y compota de manzana. Había recogido los coches, los trenes, los bebés de ojos vidriosos, los estetoscopios de color rosa. Lo único que quedaba era el Lego. E Ian.

Mickey desvió la mirada hacia el cuarto de baño durante medio segundo. Habían pasado varias horas.

—¿Y ese caza vuela rápido?

El niño murmuró algo entre dientes y se quitó los zapatos de un puntapié sin razón aparente, esbozando un mohín con ese gesto abatido tan propio de él, como si el mundo entero lo ofendiera.

Mickey reprimió una sonrisa. Podía decirse que aquel crío era su favorito.

Desde el umbral de la puerta se oyó el traqueteo de unas botas y el tintineo de unas llaves. Mickey se giró, escrutó el rostro curtido en mil batallas de Jean Donoghue, la directora del colegio, y encontró...

Un ceño fruncido. Mierda.

—Hola, señorita Morris —dijo Jean con una voz tan llena de edulcorantes artificiales como la lata de Coca-Cola Light que llevaba a todas partes—. Hola, Ian.

El niño la fulminó con la mirada y devolvió la atención a su juguete. Confirmado, era el favorito de Mickey.

Después de atravesar el aula y sentarse en el borde del escritorio, la directora realizó un ligero encogimiento de hombros que confirmó lo peor: era hora de llamar a la policía.

—¿No responde al móvil? —preguntó Mickey.

—Lo he intentado cuatro veces.

Mickey experimentó el escalofrío progresivo de la decepción.

—¿Y si le damos diez minutos más? Es lo menos que se merece.

Según el historial de Ian, su madre tenía veinte años y su padre se había largado sin dejar rastro.

Jean apuró lo que le quedaba de refresco y estrujó la lata. La base del maquillaje se apelmazó en las arrugas que rodeaban sus ojos grises y severos.

—Es la política de la escuela.

Una excusa barata. Sí, la madre de Ian tendría que haberse presentado allí a las 15.50 con todas las demás madres. Tendría que haber saludado a su hijo fuera del aula con un beso, un abrazo y una merienda preparada para la ocasión con tajadas de manzana y mantequilla de cacahuete. Pero esta situación no era culpa suya. Seguramente se habría visto obligada a hacer horas extra en un empleo como camarera que odiaba pero que no podía dejar, porque el casero le habría subido el alquiler un treinta y cinco por ciento. ¿Y ahora Jean quería meter de por medio a la policía?

Mickey pensó en su propia madre y en el apartamento de un dormitorio que habían compartido durante tantos años. Una nevera vacía, luces que solo se encendían de vez en cuando. Y todo porque su padre...

No. No quería ir por ahí. No quería pensar en él, ni en ese periódico plegado con pulcritud, como si no contuviera nada reseñable, como si solo fuera materia prima para manualidades con papel maché.

Mickey inspiró hondo, pero no sirvió para mitigar la sangre que se agolpaba en sus oídos ni la repentina oclusión en la garganta.

—Su madre está pasando una mala racha.

—*Yo* sí que estoy pasando por una mala racha. Esta noche tengo la tercera cita con ese contable. —Jean arrojó la Coca-Cola Light vacía al cubo de reciclaje situado detrás del escritorio, donde traqueteó hasta el fondo y se quedó en silencio—. La tercera. Tengo que irme.

Mickey no se lo podía creer. Aunque no debería extrañarle. Jean se estaba aproximando a la jubilación y pasaba buena parte de la jornada laboral viendo vídeos de TikTok en los que salía gente cortando tartas ultrarrealistas.

—Pues vete. Ya me quedo yo.

—No puedo dejar que hagas eso.

—No hay proble...

—¿Estás segura? —La directora se quitó el cordón con la tarjeta identificativa y la dejó al lado del portátil de Mickey—. Aquí están las llaves. Eres una santa. En serio. Dios te trajo al mundo para ser maestra de infantil.

Aquello era un hecho. Mickey tenía una cara de profesora de infantil con forma de corazón, con la frente ancha y unos ojos separados que evocaban cierta apariencia saludable. Tenía una voz alegre y cantarina. Una sonrisa amplia. La paciencia necesaria para enfundar veintiséis pares de manos en otros tantos pares de manoplas. La educación infantil era su vocación, su destino, la única razón por la que aún no había acabado muerta en una zanja.

—Te voy a subir el sueldo. —Jean soltó una carcajada estridente—. Pero no puedo. Si pudiera, lo haría. Ya lo sabes.

El sueldo era insultante, y Mickey tenía muchos gastos.

Hablando de eso...

—Me vendría bien ir al baño antes de que te marches.

—Claro, claro.

Recogió su bolso del escritorio e inclinó la cabeza hacia Jean con gesto cómplice.

—Estoy en esos días del mes.

Un detalle que bien podría haber sido cierto.

La directora levantó una mano para darle su beneplácito.

Mickey dio varios pasos a la carrera, otros tantos caminando. Corrió, caminó. Corrió, caminó. Zigzagueó entre mesas romboidales y sillitas amarillas. Irrumpió a través de la puerta del baño. Se sentó en una taza de tamaño infantil y se puso a rebuscar en su bolso. La cartera, las gafas de sol..., un paquete de toallitas antisépticas, tiritas de repuesto..., la biografía de Hillary Clinton que se llevó de un Little Free Library hace ocho meses y que ni siquiera había abierto...

Mickey estrujó la piel de imitación entre los puños. ¿Por qué hacían bolsos tan grandes? ¿Por qué? Lo había llenado de trastos inútiles por obligación. Y ahora los trastos que sí eran útiles —las cosas que quería, las que necesitaba— resultaban imposibles de encontrar.

Hillary Clinton cayó al suelo. Cargadores y auriculares acabaron desperdigados sobre sus rodillas. Notó un regusto a bilis en la garganta. ¿Dónde estaba? ¿Tal vez en su escritorio? Era imposible que se la hubiera dejado en casa.

Entonces notó el roce frío de un plástico en las yemas de los dedos y el cosmos se realineó, cada luna y cada estrella dispersa se deslizaron de vuelta a su sitio. Allí, por fin, estaba la botella de agua que había llenado antes de salir de su apartamento aquella mañana.

Desenroscó la tapa, se acercó el vodka a los labios y bebió con tesón.

Una bombilla titilaba en el techo, su luz menguaba, se expandía y volvía a menguar. Entonces se produjo esa maravillosa sensación de nitidez. Mickey se sintió en calma, en armonía. Como si hubiera desarrollado una visión microscópica. ¿No había un poema que hablaba de eso? Algo sobre sostener la eternidad en un grano de arena y el infinito en una hora. ¿O era al revés? Se lo apuntó mentalmente para buscarlo más tarde en Google.

Tras otro par de tragos, guardó la botella y se levantó sin intentar siquiera hacer pis. Las profes de infantil no meaban nunca. Habían evolucionado hasta superar esa necesidad.

Cuando volvió a salir, Jean estaba observando su móvil con asombro y regocijo.

—¿Te puedes creer que esto sea una tarta y no una bota de esquí? —preguntó mientras le mostraba la pantalla.

—No, increíble.

Mickey contuvo un eructo. Jean se dispuso a marcharse.

—No esperes más de media hora.

Entonces se quedó a solas con el niño.

Mientras Ian confeccionaba otro caza estelar, Mickey se sentó a su escritorio con calma y se dispuso a pensar en cosas racionales. Estaba mal cuidar de un niño bajo la influencia del alcohol. Era consciente de ello. Por eso no lo hacía nunca, jamás, excepto en esta ocasión. Tenía una norma desde que iba a la facultad de Magisterio: ni una gota de licor hasta el trayecto en autobús de vuelta a casa. Momento que, tal y como le recordó el ansia que le reconcomía la barriga, debía producirse ahora.

¿Y no sería incluso peor llamar a la policía? ¿Arrojar a Ian al vórtice frenético de los servicios sociales para menores? La mayoría de los padres de acogida eran amables y bienintencionados, Mickey no tenía ninguna duda. Pero, aunque Ian recalara con alguien bueno —alguien que apreciase su creatividad y disfrutase escuchando sus numerosas anécdotas sobre los viajes espaciales—, esa persona seguiría sin quererlo como lo hacía su madre. Aquella jornada perviviría para siempre en su memoria como el día en que se lo llevaron. *Retirado.* Ese era el término.

No. Era mejor quedarse sentada y esperar.

Mickey se estrechó entre sus brazos. No estaba pensando en la botella que llevaba en el bolso ni en lo mucho que le apetecía otro trago. Tampoco estaba pensando en su padre, ni mucho menos. Ni en sus sonoras carcajadas, ni en sus imitaciones de Tigger, ni en esos domingos de verano en los que bajaban al río y les arrojaban miguitas de pan a los patos. A su padre le gustaba estar al aire libre, recordó. Le gustaba tumbarse bajo los árboles y podar los arbustos del jardín, esos que tenían esas flores blancas y acampanadas.

Mickey se estremeció. Le estaba vibrando una nalga.

NÚMERO DESCONOCIDO

Era la tercera vez aquel día. Volvió a guardarse el móvil en los vaqueros, volvió a apoyarse las manos en las axilas y observó cómo el atardecer se extendía por el cielo a través de la pequeña ventana del aula.

Diez minutos después, su trasero volvió a vibrar.

NÚMERO DESCONOCIDO

Mickey dejó el iPhone sobre la mesa y se quedó mirándolo. Podría responder, comprobar quién era. Ya fuera publicidad telefónica, una encuesta, o una estafa para exigirle una transferencia inmediata de diez mil dólares, cabía la posibilidad de que el interlocutor tuviera cosas interesantes que decir. Podría preguntarle por el tiempo que hacía en Toronto, en Dallas o donde fuera. Podría preguntarle por su familia, tal vez por unos parientes políticos que se habían presentado sin avisar y se negaban a marcharse, o por esos adolescentes que se encerraban en sus habitaciones a vapear y comer cereales. Compartirían risas, tal vez incluso algunas lágrimas. Ella se sumiría por completo en la conversación. Deslizó el dedo para responder.

—¿Diga?

Medio segundo de estática.

—¿Michelle?

A Mickey se le selló la garganta. Nadie la llamaba por ese nombre.

—¿Michelle Kowalski? —Era una voz masculina y erosionada por el tiempo.

—¿Sí? —Repuso ella—. Es decir, no. Pero sí.

—Vale. — La primera sílaba arrastró los pies: *Vaaaaaale*—. Disculpe, ¿entonces es usted? ¿Michelle Kowalski?

—Soy Michelle Morris.

—Ah. Estoy buscando a Michelle Kowalski, la hija de Adam Kowalski.

—Soy yo. También. Más o menos. —Mickey había utilizado Morris, el apellido de soltera de su madre, desde que tenía catorce años. Pese a que se había separado de su padre hace casi treinta años, su madre seguía utilizando el apellido de casada, Kowalski, y a Mickey le jodía tanto que no soportaba hablar de ello—. ¿Quién llama?

—Me llamo Tom Samson. Trabajo como abogado en Samson, Baker y Chen SRL.

Mickey recordó, de golpe y porrazo, el impuesto sobre la renta que no había presentado, los libros que tenía por devolver con retraso en la biblioteca y la primera magdalena con pepitas de chocolate que robó en una tienda a los diez años. Sintió el impulso de cubrirse, de esconderse.

—¿Un abogado?

Ian alzó sus ojos azules para sostenerle la mirada durante un momento antes de devolver su atención a la flota de naves espaciales que había reunido sobre la moqueta: en formación y lista para atacar.

—La llamo por su padre.

Ahí estaban otra vez: sus carcajadas, Tigger, el pan, los patos. Los paseos a caballito. Sus hombros anchos y su olor silvestre. Los conos de helado. Las botas de agua y los charcos embarrados. Una pequeña bicicleta rosa, sin ruedines, y su voz diciéndole al oído: *Vamos, Mickey. Tú puedes, nena.*

—Su padre nos contrató hace unos años para gestionar su planificación patrimonial —continuó el abogado—. No sé con certeza con cuánta frecuencia hablaba usted con él.

No habían hablado en veintiséis años. Y ya no volverían a hacerlo, lo cual suponía un alivio, y al mismo tiempo… todo lo contrario, por alguna razón.

—He visto la... —Mickey se interrumpió. *La esquela*, iba a decir—. Es decir, ya sé lo de... Ya sé que... que está muerto.

—La acompaño en el sentimiento.

Hubo algo profundamente ofensivo en esas palabras.

—Gracias.

—Yo, eh... Supongo que ya sabrá a dónde quiero llegar con esto.

Mickey no tenía la menor idea.

—Su padre la tuvo en cuenta para su testamento.

Mickey retuvo esa frase en su mente, la giró y la retorció, la examinó desde diferentes ángulos. *La tuvo en cuenta para su testamento*. Conocía el significado de esas palabras por separado. Juntas, no significaban nada. Eran un galimatías, una *antifrase*.

—¿Qué?

—Su padre le ha legado algunos... —una pausa ínfima, pero perceptible— activos.

«Activos» se refería a propiedades, inversiones, participaciones accionarias. «Activos» significaba dinero. «Activos» era lo que los padres solícitos les dejaban a sus hijos, un regalo de una generación para la siguiente.

—Tiene que haber un error —repuso Mickey.

Se hizo el silencio al otro lado de la línea. Mickey pudo oír los latidos de su corazón, el traqueteo del reloj y a Ian tarareando la sintonía de cierta película de aventuras espaciales.

—Quizá sea más sencillo tratarlo en persona —dijo el abogado—. Nuestra oficina está en el centro, o quizá podríamos reunirnos en alguna otra parte.

Mickey localizó el periódico entre la pila acumulada sobre su escritorio, pasó las páginas hasta la sección de obituarios y examinó la foto de su difunto padre. Veintiséis años y no había cambiado ni un ápice. Bueno, un poco, sí. Pero aparte de la papada y la coronilla pelada, conservaba el mismo lustre de siempre, la misma sonrisa amplia y aquel brillo en los ojos.

Cuelga el teléfono, se dijo.

—¿Michelle? ¿Sigue usted ahí?

Cuelga de una vez.

—Sí. Sigo aquí.

—¿Estaría libre esta tarde?

Ian había empezado a mirar abiertamente a Mickey, con expresión inescrutable. Eran casi las cinco. Debía de estar cansado, hambriento y más asustado de lo que dejaba entrever.

Y a Mickey no le vendrían mal unos cuantos tragos más de su botella en ese momento.

—¿Podría venir a buscarme? —preguntó.

Una hoja de chopo amarilla revoloteó sobre la acera y se pegó al tobillo del niño. Ian agachó la cabeza y suspiró, observando la hoja con gesto inmutable durante varios segundos antes de quitársela. El proceso conformó una imagen tan deprimente que a Mickey le entraron ganas de llorar. Se agachó para ponerse a su altura, como hacía siempre.

—Pronto te llevaremos a casa.

Ian jugueteó con uno de sus cazas estelares, levantando la diminuta tapa de la cabina para revelar al personaje de Lego que había dentro: un luchador de sumo, si Mickey no estaba equivocada.

—A veces mi mamá está muy ocupada. Pero me quiere mucho.

Mickey sintió el deseo repentino de llevárselo a casa, prepararle un baño caliente, dejarle una taza de cacao soluble en las manos, leerle un cuento y prepararle su cena favorita, que sabía que eran los macarrones con queso. Pero no podría hacer eso, claro. Así que le subió la cremallera de la cazadora y ajustó el cuello de la camiseta, que se había quedado arrugado.

—Por supuesto que sí.

Durante los siguientes diez minutos, permanecieron junto al bordillo de espaldas al colegio, sus sombras alargadas se extendían desde sus pies. Septiembre no había terminado aún, pero los días eran cortos y el aire venía frío. En esa parte del país, el invierno tenía la costumbre de llegar temprano y quedarse hasta tarde.

Los pantalones del niño descendieron un par de centímetros por sus caderas cuando se guardó el juguete de Lego en un bolsillo.

—¿Puedo ir al tobogán?

—No, lo siento. Vendrán a recogernos enseguida.

A Mickey le pegaba un vuelco el estómago con cada coche que pasaba. No se le había ocurrido preguntarle al abogado qué coche traería.

—¿Por qué estás nerviosa? —preguntó Ian.

—No estoy nerviosa.

—¿Por qué das golpecitos con el pie?

—No estoy dando golpecitos con el pie.

Ian arqueó una ceja.

—Mi padre biológico se ha muerto —admitió Mickey. Los niños eran unos detectores de trolas infalibles.

—Tu padre ¿qué?

—No se merece ser considerado un padre, pero técnicamente eso es lo que es. —Mickey negó con la cabeza—. O lo que era.

—Ah —repuso Ian con toda la sabiduría de su corta edad.

No es que Mickey fuera una bala perdida. Tenía un grado universitario. Comía verduras. Podía pagar la factura de la luz y mantener con vida a un pequeño helecho. Se las había arreglado bastante bien en la vida, muchas gracias, sin apenas recibir ayuda de nadie. Vale, sí, tenía un par de vicios, pero ¿y qué? No era más que licor. Cannabis de vez en cuando. Algún que otro episodio de *Los Bridgerton*. ¿Qué más daba eso? Era una mujer de treinta y tres años. Si quería llegar a casa, beberse una pinta de vodka y ver ocho episodios de un drama histórico con romances tórridos, era su decisión, maldita sea.

—¿Señorita Morris?

Se les acercó un hombre con los andares lentos y renqueantes propios de un cincuentón que acarrea viejas lesiones deportivas. Llevaba puesto un traje de color azul marino y unas gafas de sol estrechas que despertaron en Mickey la nostalgia de principios de los años 2000.

—Usted debe ser el señor Samson.

El abogado se quitó las gafas y se quedó mirando a Ian.

—Este es su…

—Mi alumno.

—Ah —repuso, pero su desconcierto no remitió.

—Su madre se ha entretenido con un asunto, así que vamos a dejarlo en su casa —zanjó Mickey.

Llamaría a la puerta principal y acudiría a abrir la madre de Ian, sudorosa, aturullada y todavía con el uniforme de camarera puesto. En su imaginación, sería un vestido de color azul celeste con una ristra de botones en la parte frontal. *Lo siento mucho*, diría mientras abrazaba a Ian con fuerza. *Gracias.* Y entonces el abogado llevaría a Mickey hasta su pequeño apartamento, donde podría retomar sus actividades vespertinas habituales. Sí, ese era el plan.

—Ian, este es el señor Samson.

—Tom. —El abogado extendió una mano. Ian se limitó a mirarla—. Soy, uh... —Dejó caer la mano—. Estoy aparcado al otro lado de la esquina.

Los tres subieron a bordo de un Mercedes negro y lustroso. Mickey ocupó el asiento del copiloto e introdujo la dirección de Ian en Google Maps. Su móvil comenzó a disparar indicaciones a bocajarro y se pusieron en marcha, alejándose de los locales de kebab, los bloques de apartamentos a medio construir y carteles de embargo propios de esa zona de la ciudad. La colonia de Samson recargaba el ambiente, como una neblina.

Mickey sacó el periódico del bolso sin saber por qué lo estaba haciendo, ni siquiera sabía por qué lo había traído. Lo tiraría a la basura en cuanto llegara a casa.

Anunciamos con profunda tristeza el fallecimiento de Adam Kowalski, de 61 años, tras una larga enfermedad.

Había estado enfermo. ¿Cáncer? ¿Alguna enfermedad hepática? ¿Y a ella qué más le daba?

Lo recuerdan con cariño su esposa Leonora y su hija Charlotte.

Mickey dobló el periódico por la mitad, luego lo volvió a doblar y repitió la operación una y otra vez hasta que ya no dio más de sí. Ahora tendría veinticinco años esa tal Charlotte, una mujer adulta con anécdotas de viajes y preferencias relativas al café. Ya no sería la princesita con coletas que Mickey siempre había imaginado. *Imaginado,* porque nunca había visto una foto suya. Tampoco había querido verla.

Su madre había seguido de cerca la pista de su padre y su nueva familia a lo largo de los años; nunca perdía la oportunidad de preguntar por él, como quien no quiere la cosa, cuando se topaba con algún conocido mutuo. Luego le transmitía esa información como un loro a Mickey, que no podía hacer más que taparse los oídos. («La han matriculado en un colegio privado, ¿te lo puedes creer? Por lo visto, juega al golf. Una niña de nueve años»).

Samson la miró de soslayo, deslizando la mirada desde su pecho hacia su rostro y luego otra vez hacia abajo.

—Te pareces mucho a tu madre, ¿verdad?

Mickey sintió una oleada de náuseas. Ese tipo le recordaba a esos hombres de negocios con los que solía coincidir a los veintipocos años, esos que la invitaban a chupitos de tequila del bueno y le restregaban la pelvis en pistas de baile pegajosas. Esos hombres a los que no soportaba ni mirar por la mañana.

—¿Cómo lo sabe? —preguntó.

—Tu padre me enseñó una foto en una ocasión.

El corazón de Mickey le pegó un golpetazo en las costillas.

—Por favor, no lo llame así.

—Mañana es el funeral.

Mickey ignoró ese comentario.

Samson observó a Ian por el retrovisor mientras llegaban hasta un semáforo en rojo.

—Me gusta tu avión.

—Es un caza estelar —replicó el niño.

Aparcaron delante de una casa unifamiliar de altura imponente con ventanas en la fachada que daban a un elegante comedor blanco. Un par de butacas plegables presidían el pulcro jardín. Incluso después de revisar la dirección dos veces,

Mickey seguía sin tener claro que hubieran llegado al lugar apropiado. Se giró para mirar a Ian en el asiento trasero.

—¿Vives aquí?

Pero el niño ya se había quitado el cinturón, había abierto la puerta y había puesto rumbo hacia la casa. Mickey lo alcanzó a tiempo para llamar al timbre.

El hombre que acudió a abrir tenía un aspecto de modelo de anuncio de colonia que despertó en ella cierta aversión: barba de pocos días, mirada taciturna, camisa de vestir desabrochada hasta la mitad. Primero reparó en ella —«¿Hola?»— y después en Ian.

—Hola. ¿Qué ocurre?

Ian entró en la casa y se despojó de la mochila, que cayó sobre el suelo de madera sin hacer apenas ruido. Desapareció tras doblar una esquina y se oyó un portazo.

Mickey tuvo un mal presentimiento. Había algo en todo aquello que no olía bien.

—¿Eres el padre de Ian? —preguntó.

El tipo se rio.

—Soy su tío.

Mickey se asomó por detrás de él en busca de algún indicio de la madre del niño. Debería estar allí. Tenía que estar.

—¿Y vives aquí?

—Es mi casa.

Su casa. Entonces, ¿vivían todos juntos?

—Perdona, ¿quién eres? —preguntó el tipo mientras desplegaba un gesto de preocupación en su rostro.

—Soy su profesora —respondió Mickey con tiento—. Esperaba poder hablar con Evelyn un momento.

El tipo se rascó la nuca, con la cabeza inclinada lo suficiente hacia delante como para revelar una zona que le clareaba en la coronilla.

—Pensaba... pensaba que Ian se había ido con ella. Evelyn se largó esta mañana.

Esas palabras se alojaron en el tejido blando de Mickey una por una, cada cual como un fragmento de metralla. *Se. Largó. Esta. Mañana.*

—¿Evelyn es tu hermana? —preguntó, pensando con rapidez.

—Mi hermanastra.

Mickey lo examinó con más detenimiento. Su mandíbula era demasiado cuadrada. Sus pectorales abultaban demasiado. Se había esculpido el pelo con un elegante flequillo engominado. Pero, aunque tuviera esa pinta de chulito, seguía siendo el pariente más cercano del niño. Tendría que servir.

—Las clases se reanudan el lunes a las nueve —dijo—. ¿Te asegurarás de que Ian esté allí?

—¿Yo? —respondió, señalándose.

—Sí, tú.

—No puedo cuidar de él. No soy un... un... No puedo. —Un rubor se elevó desde su cuello hasta alcanzar sus carrillos—. De verdad que no puedo.

—No me he quedado con tu nombre —dijo Mickey con la voz más firme que pudo articular.

Había pegado otro trago de la botella antes de salir del colegio, pero el runrún —la calma, más bien; la claridad— se había disipado mucho antes. El mundo había vuelto a nublarse. Necesitaba llegar a casa.

—Christopher. Chris.

Mickey alargó los brazos y le apoyó las manos en los hombros.

—Mira, Chris. Este es el trato. ¿Esa personita de ahí? Necesita que alguien le haga la cena. Necesita que alguien juegue con él. Necesita que alguien le prepare un baño y le lea un cuento antes de acostarse. Necesita un abrazo. Esas tareas, para bien o para mal, han recaído sobre ti. Esta noche, eres el elegido. Si no lo haces, nadie lo hará. ¿Me has entendido?

Chris había puesto los ojos como platos.

—S-í.

Mickey giró sobre sí misma y emprendió la marcha por la acera.

—Hay que dejar a los niños a las nueve en punto. No te olvides de prepararle el almuerzo y algún tentempié.

—Pero... ¿y si se me da fatal?

Mickey giró la cabeza y percibió cierta languidez en sus atractivas facciones. Sin esos aires chulescos, se parecía mucho más a su sobrino. Por la forma de los ojos y por cómo se inclinaban hacia abajo por las comisuras.

Regresó al porche de una carrera, luego le dio su número de teléfono y lo que esperó que fuera una sonrisa de aliento.

—Así podrás ponerte en contacto si... —venga ya, solo era una cuestión de cuándo pasaría—, si las cosas se tuercen.

De vuelta en el coche, Samson tenía una carpeta abierta sobre las rodillas.

—Iré al grano —dijo.

Aunque el motor estaba apagado, Mickey se abrochó el cinturón de seguridad. Fuera lo que fuere, quería zanjarlo cuanto antes.

—Adelante, por favor.

—Tu padre te dejó algo de dinero.

Mickey no pudo evitar quedarse boquiabierta. La primera mitad de esa frase había sonado nítida y cierta. La segunda, no tanto. Su padre era más de recibir que de dar.

El abogado le entregó un pequeño sobre de papel manila.

—La entrega de los fondos está condicionada a que aceptes varias condiciones y las cumplas.

Mickey desgarró la solapa y meneó el sobre para extraer el contenido, que era una única hoja de cartulina. Notó un calor que se extendía por su cuello y sus brazos mientras examinaba la letra en cursiva, el borde decorativo. Aquello no tenía sentido.

—Esto es un cupón para siete sesiones de terapia.

—Sí, para... —Samson consultó el documento— la consulta psicológica Momentum.

Mickey ondeó el papel en al aire.

—¿Qué se supone que significa esto?

—Esas son las condiciones que debes cumplir.

Condiciones para... Pero no. Lo habría entendido mal.

—¿No recibiré el dinero hasta que vaya a terapia?

—En resumidas cuentas, sí.

Mickey arrojó el cupón sobre el salpicadero.

—¿A qué coño viene esto?

—Resulta un tanto inusual.

Mickey estaba acalorada, la cintura de sus pantalones se estaba humedeciendo a causa del sudor. Pulsó el botón de la puerta del copiloto para bajar la ventanilla, pero no le obedeció.

—¿Qué demonios pasa?

—Aquí hay una nota de tu padre. ¿Quieres que la lea?

Mickey soltó un bufido. En un plazo de treinta minutos, estaría arropadita en casa con una botella de Russian Standard. No necesitaba a ese estúpido abogado con sus ridículas gafas de sol. No necesitaba la calderilla que su padre hubiera decidido arrojarle. No necesitaba nada de...

—A mi hija Michelle le dejo una suma de cinco millones y medio de dólares.

Mickey tomó aliento, o lo intentó.

—Consciente del daño que le causé siendo un padre joven y de la necesidad de servicios profesionales para remediarlo, solicito que *estos fondos sean custodiados hasta que Michelle haya completado siete sesiones de psicoterapia de cincuenta minutos cada una. En caso de que no complete dichas sesiones en el plazo de tres meses, mi deseo es que el dinero sea donado en su lugar a la fundación benéfica Amanecer.* —Samson cerró la carpeta—. Eso es todo.

Mickey intentó tragar saliva, pero esa función corporal también la eludió. Uf, ¿por qué hacía tanto calor?

—Por si te sirve de algo, yo voy a terapia —dijo el abogado, encogiéndose de hombros.

—¿En serio?

—Si puede ayudarme a mí, créeme, puede ayudarle a cualquiera. —Mientras se giraba en su asiento para mirarla, su cara denotó una desesperación extraña—. Soy un auténtico cretino.

—¿Me lo dices o me lo cuentas? —murmuró ella.

Las palabras *cinco* y *millones* seguían rebotando por las paredes de su cráneo, impulsándose desde un lado del cerebro hacia el otro.

—Tuve una aventura con una socia interina de mi bufete. Le puse los cuernos a la mejor pareja que he tenido en mi vida. Lydia: cariñosa, divertida, inteligente. Es médica. ¡Médica! Y eso no es todo. Tengo la mecha corta. Soy un adicto al trabajo. Soy un narcisista. Y un misógino.

Mickey pulsó al azar varios botones del panel para encender el aire acondicionado.

—¿Por qué me cuentas todo eso?

—Porque funciona. ¿Acercarse a alguien y hablar de tus problemas? Funciona. —Abrió la boca, la cerró, la volvió a abrir—. Y ¿quién sabe? Puede que te lleves bien con el terapeuta.

Mickey no pudo evitar echarse a reír.

ARLO

—¿Qué se supone que debo hacer con sus zapatos? Hay muchísimos. Zapatos de vestir, sandalias y botas de caza. ¡Botas de caza! Debe haber por lo menos diez pares. Y mocasines, de esos que tienen unas pequeñas borlas encima. Ese hombre no tiró una sola cosa a la basura en su vida.

Leonora giró la tarjeta del funeral atrás y adelante, como si no hubiera leído ya el texto ochenta veces. Al tercer giro, la tarjeta se deslizó de entre sus dedos y aterrizó sobre el suelo de mármol. Llevaba las uñas tan largas y esmaltadas con goma laca que sus manos habían perdido la mayor parte de su funcionalidad.

—Ay, joder.

Arlo observó la diminuta foto de su padre, que ahora estaba tirada en el suelo, del revés. No podía quitarse la sensación de que incluso ahora, con cuarenta mil dólares en costes funerarios de por medio, le había fallado. Todo estaba mal en esa recepción. Hacía demasiado frío ahí dentro, había demasiado eco. No había ningún sitio donde sentarse. Y la música… Ugh, vaya música.

—¿Eso que está sonando es ABBA?

Su madre se contoneó para agacharse con su falda de tubo, recogió la tarjeta funeraria del suelo y tomó un trago de riesling mientras se incorporaba, dejando otra huella carmesí en el borde de la copa. La gente miraba, pero llevaban haciéndolo todo el día.

—¿Sabes si en Goodwill aceptan zapatos masculinos de vestir de los años ochenta?

—Es posible —respondió Arlo mientras le pitaban los oídos por culpa de una canción cutre y hortera de Eurovisión con tintes de música disco. Su padre no habría escuchado nunca esa bazofia. Él era más de jazz, soul, música de raíces. Voces descarnadas, baladas estimulantes. ¡Sentimiento! Era un hombre muy sentimental.

—¿Qué pasa con los diabéticos? —preguntó Leonora.

Y tierno. Nadie tenía un corazón como el suyo. No se perdió ni un solo recital de ballet, ninguna función escolar, ningún partido de fútbol. Lloró en la boda de Arlo. Se contuvo de soltarle un «te lo dije» cuando se divorció diez meses después. Su padre siempre había estado a su lado, incluso cuando estaba muy enfermo, incluso cuando ocurrió «aquello» a principios de ese año y Arlo perdió su trabajo.

A seis metros de distancia, su antigua jefa se encontraba ante una mesa de centro que por lo demás estaba vacía, con una copa de vino tinto en la mano, mostrándose tan compuesta y serena como siempre. Arlo no sabría decir si la presencia de Punam aquel día era un gesto conmovedor o un acto de cretinismo supino.

—¿Charlotte? ¿Me estás escuchando?

—No. Sí. ¿Qué? —Arlo abrió el Shazam en el móvil.

—¿Quién tiene tantos zapatos? Ni siquiera *yo* tengo esa cantidad. Y eso que me chiflan. —Leonora ajustó el tocado con plumas negras (de por lo menos quince centímetros de longitud) que se había comprado para la ocasión—. Esto no tiene pies ni cabeza.

—Sí, *es* ABBA —masculló Arlo, exasperada.

—A lo mejor me quedo los zapatos.

—¿A quién se le ocurre poner eso ahora?

—¿Resultaría raro?

—¿Se piensan que estamos en la fiesta del cincuenta cumpleaños de alguien? Tengo que remediarlo.

Arlo se abrió camino entre la multitud.

Dio varios pasos a la carrera, otros tantos caminando. Corrió, caminó. Corrió, caminó. Zigzagueó entre coronas funerarias instaladas en unos caballetes y camareros con bandejas llenas de tartaletas de caviar. Saltó por encima de una americana caída. Plantó los codos sobre la barra.

—Disculpe.

El camarero estaba sacándole brillo a una copa de champán con un trapo de lino. El cristal despedía unos arcos de luz blanca que se clavaron como arenilla bajo los párpados de Arlo.

—¿Podríamos cambiar la música, por favor? Mi padre odiaba ABBA. Los detestaba.

El camarero continuó con su labor de sacarle brillo a la copa, sin cambiar la música. Por debajo de la barra, un pequeño lavavajillas zumbaba y gorgoteaba.

—Disculpe —insistió Arlo—. De verdad que mi padre lo aborrecería. De verdad de la buena.

Estoico, el camarero le dio un último repaso a la copa de champán, la depositó en la barra y se giró hacia un MacBook plateado que estaba abierto sobre el mostrador situado detrás de la barra.

—Se lo agradezco —dijo Arlo hacia su espalda.

Entrechocó las manos, que habían estado muy ocupadas durante esos últimos meses acariciando la frente de su padre, ahuecándole las almohadas y humedeciéndole los labios con una pequeña esponja naranja. Ahora esas manos estaban vacías. No sabía qué hacer con ellas. Tampoco sabía cómo actuar, qué pose adoptar, ni qué cara poner. Se imaginó el aspecto de una persona que no tuviera las cenizas de su padre dentro de una urna nacarada dispuesta sobre un pedestal en la parte frontal de la estancia, e intentó adoptar la apariencia de esa persona: despreocupada, madura, serena.

La mitad de su padre estaba allí, una pila de polvo dentro de un recipiente de piedra, y la otra mitad de su cuerpo estaba bajo tierra, a un breve trayecto en coche de distancia. Hubo mucho debate sobre la proporción: cuánto enterrar y cuánto quedarse. Y aún hubo más controversia con la elección de la lápida. Se decantaron por una lápida vertical de mármol con detalles en bronce y un grabado personalizado, que sería desvelada en una segunda ceremonia dentro de unos meses. Y no, no era demasiado ostentosa.

La canción de ABBA se interrumpió. Una balada de Ed Sheeran ocupó su lugar. Aquello era... ¿peor? ¿En cierto modo?

—¿Eres Charlotte?

Apareció un hombre a su lado. Cincuentón, con un ceño firme, corbata de cordón y mechones plateados en el pelo. ¿Sería uno de los socios de su padre en la agencia?

—Sí —respondió—. Pero la gente me llama Arlo.

—Es un apodo muy mono.

Arlo quiso soltar alguna bordería, pero no pudo. Porque ella era una persona despreocupada, madura y serena.

—Me lo puso mi padre.

—Ah. Por supuesto. —El tipo pareció avergonzado. Arlo se sintió satisfecha—. Soy Tom Samson, el abogado de tu padre.

—Un placer. —Arlo volvió a girarse hacia el camarero, que había empezado a mezclar un cóctel licuado y verdoso.

31

Forzó la voz para hacerse oír entre el gruñido de la batidora—. Disculpe. ¡*Disculpe!*

Samson le apoyó una mano en la zona media del brazo.

—Sé que tu madre y tú no queréis abordar las cuestiones legales de inmediato...

—No —repuso ella, observando el sello hortera e incrustado de joyas que Samson llevaba en el meñique—, no queremos.

— ... pero los tres deberíamos encontrar un rato para hablar. Lo antes posible.

Arlo volvió a captar la atención del camarero, por fin.

—Disculpe. Esto no está... Esto tampoco está bien. ¿Qué tal un poco de jazz?

El camarero señaló hacia el ordenador.

—¿Quiere venir a echar un vistazo?

Arlo se mordió el interior del carrillo. Estaba actuando de un modo extraño y autoritario, ¿verdad? Pero no era culpa de ella. Era culpa de aquella jornada y de sus manos vacías y de ese abogado estúpido y molesto que no dejaba de tocarla.

—Oh, no. Es suyo y... usted debería decidir... Pero ¿qué tal algo de Ella Fitzgerald, si puede ser?

El camarero volvió a darse la vuelta.

—Verás, hay que poner en orden algunas cuestiones —prosiguió Samson—. Con el testamento. Bueno, «poner en orden» quizá no sea la expresión adecuada. Es un poco complicado.

Arlo respondió con un gruñido que no la comprometía a nada. ¿Por qué seguía hablando ese tipo? ¿Acaso le costaba entender las indirectas? ¿O es que era un engreído y su arrogancia era una máscara para ocultar una incompetencia garrafal? En un día normal, le habría tentado buscar respuesta a esas preguntas.

—No me gustaría que te llevaras una sorpresa.

Arlo lo mandó callar. Había empezado a sonar *Bewitched, Bothered, and Bewildered* por el altavoz situado en lo alto y ella volvió a tener siete años, bailando sobre los pies de su padre en el salón, mientras uno de sus vinilos giraba en el tocadiscos. Era tan alto, y Arlo era tan pequeña, y durante un breve instante en el tiempo todo fue perfec...

Su corazón pegó una sacudida hasta que percibió un estrépito, causado no por un sonido, sino por tres: madera astillada, porcelana hecha trizas y un puñado de gritos ahogados. Al otro lado de la sala había una mesa de centro volcada, y una mujer mayor, ataviada con un mono vaquero, se abría camino a empellones a través de un círculo de amigas de Leonora con las que jugaba al tenis, que lucían un bronceado de bote, haciendo ondear sobre su espalda unos bucles de pelo pajizo.

Arlo supo enseguida quién era.

—Largaos. Marchaos todos.

La mujer se giró hacia el pedestal con la mirada fija en la urna que contenía la mitad del padre de Arlo, su hermoso papá, con sus hombros anchos y su olor silvestre.

La sala se oscureció por la periferia del campo visual de Arlo. Todo desapareció, excepto esa urna blanca y nacarada. Tenía que ser la primera en alcanzarla.

Salió disparada como un rayo. Se abrió paso hasta el pedestal. Agarró a la mujer por la muñeca.

Un par de ojos caídos le sostuvieron la mirada.

De modo que esa era la primera mujer de su padre. Deborah. Incluso ahora, con su pulso palpitando bajo la yema del dedo de Arlo, apenas parecía real. Era un fuego fatuo, un destello, una imagen residual de la persona que salía en esa polaroid que su padre tenía guardada en el cajón de debajo de su escritorio. *¿Quién, ella?*, repuso el día que sorprendió a Arlo fisgando. *No es nadie. Una persona de hace mucho tiempo.*

Moviéndose a una velocidad endiablada, pero al mismo tiempo a cámara lenta, Deborah extendió el brazo libre y encajó la urna en el hueco de su codo.

Arlo la soltó. En su mente, vio a Deborah soltar la urna, vio las cenizas desperdigadas por el suelo, vio un viento bíblico que arreciaba a través de la sala y se llevaba la mitad de su padre para siempre jamás.

—¡Suéltalo!

La madre de Arlo irrumpió en la escena con su falda de tubo.

Todas las conversaciones habían cesado, todas las miradas estaban fijas ahora en Deborah. Los camareros se quedaron paralizados con sus bandejas de comida. El camarero de la barra, según advirtió Arlo con una punzada de ira, estaba extasiado.

—Ese es mi marido. —Leonora señaló hacia la urna con firmeza.

Deborah alzó el mentón, estirando los colgajos de su cuello. Era mayor que la madre de Arlo, mucho mayor.

—También fue mi marido. Pregúntales a sus acreedores.

—Vamos a tranquilizarnos un poco —dijo Arlo.

Tartamudeó algo sobre empatía y ponerse en el lugar del otro, unas palabras a las que ni siquiera ella prestó atención. Estaba demasiado ocupada desentrañando la situación, intentando imaginar un desenlace en el que su querido padre no terminase pegado a las suelas de los zapatos de la gente.

—Zorra chiflada. —La madre de Arlo se encaró con Deborah y frunció los labios con la fuerza de un esfínter—. ¿Sabes lo que eres? Eres un *parásito*.

Deborah enarcó sus cejas apenas visibles.

—No soy yo la que va vestida de Gucci de los pies a la cabeza.

—Alexander McQueen —le espetó Leonora—. Este modelo es de Alexander McQueen.

Arlo se interpuso entre ellas. Sabía que nadie más rebajaría las tensiones. Nadie más actuaría como la adulta en esa situación.

—Madre. Vete a dar un paseo.

—No puedo irme. Esta zorra chiflada está intentando robar a mi marido.

—No es una zorra chiflada —replicó Arlo—. Es una persona y está triste.

Su madre se rio.

—Típico de ti. Compasión, indulgencia, cumbayá. Pues lo llevas claro, porque no pienso dejar que...

—Basta —dijo Arlo con tanta firmeza que una expresión de pasmo se extendió sobre el tejido facial de su madre, hidratado e insuflado de bótox. Le apoyó las manos en los hombros y le dio la vuelta—. Yo me ocuparé de esto.

De igual modo que se había ocupado de la funeraria, y del banco, y de las empresas de la tarjeta de crédito. Guardó cola durante noventa minutos en el registro para obtener un certificado de defunción, un certificado médico de defunción y un acta de defunción —porque al parecer eran cosas distintas, y a saber cuáles le serían requeridos—, y mientras esperaba llamó para cancelar el seguro de salud de su padre, el plan de pensiones, los beneficios por ser jubilado, el pasaporte, el carné de conducir, el seguro de vida, el del coche y la membresía en el club de armas local. Echó un vistazo a la multitud e inquirió:

—¿Es que no tienen anécdotas que intercambiar o algo así? ¿Volovanes de salmón que probar? Déjennos un poco de espacio.

La gente se dio la vuelta, entre murmullos y expresiones de bochorno.

Arlo inspiró una bocanada purificadora desde el diafragma, intentando olvidarse de su madre y de las tartaletas de caviar para concentrarse en la persona que tenía delante. Podría salir de ese embrollo con su labia. Las palabras estaban maduras, listas para la recogida.

—¿Deborah? —dijo con suavidad—. ¿Qué es lo que quieres?

La mujer recolocó el brazo con el que sujetaba la urna.

—No es justo.

Arlo dejó que el silencio se alargase durante unos segundos, un truco de su oficio. Si esperas lo suficiente para que alguien hable, lo más probable es que lo acabe haciendo.

—¿Cómo ha podido irse de rositas? —preguntó Deborah—. Lo digo en serio. Quiero saberlo.

—Yo no lo llamaría «irse de rositas» —replicó Arlo, ahuyentando el recuerdo de la barriga hinchada de su padre y el bulto que formaba bajo la sábana del hospital.

—Tenemos que vivir con todo lo que hizo. Con todo lo que era. Él no. Él no tiene que vivir con nada de eso. A veces, juro que... Sigo muy enfadada. Con él. Y ahora que está muerto, no hay manera de canalizar esa ira. Y tengo derecho a estar enfadada. Ese hombre era un borracho mezquino y egoísta que arruinó mi vida y la de mi hija. Michelle está hecha polvo y ni siquiera es consciente de ello.

Arlo torció el gesto. *Michelle*. Ese nombre era —siempre lo había sido— como tener una mosca pegada a la oreja.

—Me hacía sentir pequeña. Inútil. Desamparada.

Deborah iba envolviendo la urna con el cuerpo a medida que la estrujaba contra su pecho, con los codos asomando por los costados a modo de alas quebradizas. Arlo comprendió de inmediato lo que tenía que decir:

—La gente cambia mucho en el transcurso de su vida.

La ira prendió detrás de los ojos hundidos de Deborah.

—No quiero oír lo... lo buen padre que fue para ti, o lo que sea. Lo buen marido que fue para tu... para tu...

—No me refería a él. Me refería a ti.

Deborah entreabrió los labios.

—Has sufrido mucho. No me lo puedo ni imaginar. Pero han pasado treinta años. Ya no estás desamparada. Eres la protagonista de esta historia. Por favor, Deborah. Suelta la urna.

Pasaron cinco segundos, luego diez, después quince. Deborah no dijo nada, no hizo nada. Arlo empezó a albergar ciertas dudas. ¿Lo habría calculado mal? Pero ella nunca erraba el tiro.

Finalmente, las tornas comenzaron a girar detrás de los ojos de aquella mujer, la desesperación se endureció hasta convertirse en determinación y Arlo comprendió que todo había terminado.

Deborah regresó hasta el pedestal con tres largas zancadas y depositó la urna. Tomó aliento y soltó el aire como si fuera una carcajada.

—Eres de las que saben la palabra exacta que hay que decir, ¿eh?

Más le valía. Arlo era psicóloga.

Más tarde, Punam se acercó a Arlo junto a la barra y le estrechó el brazo ejerciendo la presión justa, logrando que se sintiera valorada y aceptada con un simple roce. Era una habilidad que le resultaba admirable y molesta al mismo tiempo. Su jefa la había situado en una suspensión indefinida dentro de la consulta psicológica que compartían, pero, aun así, Arlo no era capaz de odiar a esa mujer. No plenamente, al menos.

—¿Qué tal lo llevas? —preguntó Punam.

Arlo adoptó una expresión serena.

—Como cabría esperar, más o menos.

En realidad, se sentía de puta madre. El encontronazo con Deborah la había dejado vibrando. Qué emocionante era descender hasta el corazón de alguien, excavar sus miedos y esperanzas y martillear esos sentimientos hasta convertirlos en algo más fuerte: acción. Cómo lo echaba de menos.

Punam señaló hacia la zona que rodeaba el pedestal:

—No sé qué fue lo que pasó ahí, pero no pareció sencillo. Tienes buena mano, señorita.

Arlo sintió una oleada de orgullo. ¿Tan mal estaba sentirse así? Había mitigado una catástrofe inminente con tacto y templanza. Y con apenas cinco horas de sueño en el cuerpo.

Su jefa añadió, como de pasada, hasta el punto de que Arlo no supo si lo había oído bien:

—Creo que deberías volver.

—¿A dónde?

Al trabajo no, eso seguro.

—He hablado con el colegio oficial... —añadió Punam.

Arlo contuvo el aliento. «El colegio oficial»: los dioses reguladores que, equilibrando sus balanzas con plumas y piedras, decidían qué psicólogos tenían permiso para ejercer y cuáles no.

— ... y ahora que la demanda está resuelta, están de acuerdo en que ha llegado el momento.

Arlo no supo qué decir. Punam era la puta ama en el ámbito terapéutico. Había ganado premios internacionales, publicado libros. Un columnista del *New York Times* la había apodado «la nueva Brené Brown». Se peinaba el flequillo con un largo bucle lateral que se deslizaba por su frente y le rozaba la comisura exterior del ojo izquierdo. Tener una oportunidad para trabajar con ella ya suponía un milagro, pero ¿dos? Recuperaría su antiguo despacho, le contó Punam, y recibiría un aumento tras los primeros seis meses. Arlo no lo necesitaba —el sueldo inicial superaba las seis cifras, sin olvidar la herencia que se avecinaba—, pero si sus habilidades demostraban valer tanto...

—Habrá un periodo de prueba, por supuesto. Supervisión frecuente y revisión de casos. Probaríamos durante unas semanas, a ver si todo encaja en su sitio. Para ver qué tal te apañas con los pacientes. Pero, sí, el puesto es tuyo en cuanto estés preparada.

En cuanto esté preparada, pensó Arlo mientras contemplaba su cuarta copa de vino. Ya estaba preparada más que de sobra.

—Te avisaré.

—Descansa. Date algún capricho. —Su jefa soltó una risita adusta—. Te lo mereces después de esta mierda.

Sí, Arlo se merecía algún caprichito. Un poco de diversión, quizá.

Al otro lado de la barra, Tom Samson la estaba observando otra vez.

MICKEY

Daria, que siempre lucía una mirada dura e impávida, suavizó el gesto con una expresión de sorpresa.

—¿Cinco millones de dólares?

—Y medio —dijo Mickey—. ¡Y medio!

Estaban sentadas en la cocina del piso de Daria con una caja de colines y una botella de Absolut. Era su tradición de los sábados por la tarde. Mickey siempre había admirado a su vecina cincuentona del fondo del rellano, cuyo deje eslavo, pelo corto a lo chico y ceño permanente creaban la imagen de una persona que se lo pasaba todo por el Arco del Triunfo.

Daria pegó un trago de vodka como si fuera zumo de manzana y depositó el vaso de chupito boca abajo sobre la mesa tambaleante.

—Entonces, ¿cuál es el problema?

Mickey no sabía por dónde empezar. Siempre había tenido constancia de que su padre era rico, pero no tanto como para tener cinco millones y medio de dólares. Y el hecho de que utilizara esa fortuna como cebo para meterla en la consulta de un terapeuta...

—El problema es que es absurdo.

—¿Es absurdo ir a terapia? —preguntó Daria.

—Es absurdo que mi padre pretenda absolverse del trauma que *me provocó* haciéndome *revivir* ese mismo trauma. —Mickey hizo una pausa para apreciar su propia elocuencia—. Es lo más estúpido, arrogante y egoísta que he oído en mi vida.

Algo se precipitó a toda velocidad sobre las baldosas, formando un borrón anaranjado, y se asentó junto a sus pies. Mickey se asomó debajo de la mesa para mirar a la nueva gatita de Daria, una bola de pelo moteado y desaliñado llamada Rybka.

—Qué orejotas tiene.

—Es una gata ashera. Mitad leopardo. Es muy cara. —Daria era una artista de éxito, o eso había asegurado siempre. Sus esculturas, figuras en metal de todo tipo de desnudos, no terminaban de ser del gusto de Mickey—. Cuando se haga mayor, será tan alta como un dóberman.

—Qué… —Aterrador, pensó Mickey— guay.

Daria le lanzó una mirada penetrante. Ese era otro de sus talentos.

—¿Qué pasa? —preguntó Mickey, cuando ya no pudo soportarlo más.

—Arrogante y egoísta… Significan lo mismo, ¿no?

—Esa no es la cuestión.

—Yo creo que significan lo mismo. Espera, lo voy a comprobar.

Daria se metió en la sala adyacente, una jungla de lámparas con flecos y mapas antiguos. Mientras extraía un diccionario polaco-inglés de la estantería situada junto a la ventana, la luz del sol se proyectó sobre su pálido vestido de caftán, allí donde sus piernas eran un par de sombras delgadas.

—Olvídalo —dijo Mickey.

Después de todo lo que le había ocurrido el día anterior, lo menos que podría hacer su vecina era mostrar cierta indignación por ella. Debería proferir improperios y gruñidos de

41

solidaridad. Ademanes con la cabeza. Unos ojos en blanco, como mínimo. ¡Jolín!

—Ajá, lo que yo pensaba. —Daria cerró de golpe el diccionario, lo volvió a colocar en la estantería y regresó a su sitio junto a la mesa de la cocina—. Pero en el fondo es pan comido. Te sientas en una silla, hablas con el terapeuta durante cuarenta o cincuenta minutos y te vas a casa. Yo hago cosas mucho más difíciles por mucho menos dinero.

—No tengo claro que sea tan fácil como lo pintas.

Mickey había tenido terapia de sobra en su adolescencia y al principio de la veintena, postrada frente al altar de la caja de clínex mientras recitaba todas las cosas que se suponía que debía decir.

—¿Porque estás traumatizada? —preguntó Daria.

Mickey puso una mueca.

—No estoy traumatizada.

—Lo has dicho tú. Ahora mismo.

—De eso nada.

¡No lo estaba! ¿Verdad?

—No ha pasado ni un minuto. No quieres «revivir el trauma». Eso es lo que has dicho.

Mickey buscó a su padre en su mente, dejando atrás esta vez la imitación de Tigger y las flores acampanadas hasta llegar a un rincón más oscuro de su memoria. Allí encontró la peste a cerveza que despedía, su cuerpo semidesnudo despatarrado sobre un sofá, la colcha azul y coqueta con la que lo arropaba mientras roncaba. Y luego, más tarde, las llamadas insistentes desde las compañías de cobros, los golpes en la puerta, el personal de mudanza con polos a juego que venían a…

No. No podía pensar en eso.

—Fue un trauma, pero no estoy trauma*tizada* —replicó—. Solo decía que… Es una cuestión de principios.

Daria abrió y cerró los ojos varias veces, como si estuvieran accionados por bisagras.

—¿A qué principios te refieres?

—Mi padre se fue. Se largó un día cuando yo tenía siete años. Se fue a comprar una barra de pan y ya no volvió. Eso fue lo que pasó. ¿Sabes lo prototípico que es eso?

Daria torció el gesto, su lengua abultaba un carrillo desde el interior.

—Aún sigues pensando en eso, en esa barra de pan.

—¿Cómo quieres que no lo piense? Ese pan cambió el curso de mi vida.

—Mi padre también era una mala persona, ¿sabes? Nos pegó a mi madre y a mí a diario durante trece años. —Se remangó el vestido para revelar unas marcas pálidas a lo largo de los codos. Unas líneas alargadas se dividían en otras dos más pequeñas, como si fueran vías de tren—. Me operé para volver a dejar los huesos en su sitio. ¿Sabes cada cuánto pienso en eso ahora?

Mickey tragó saliva con fuerza.

—¿Cada cuánto?

—Nunca. No pienso nunca en eso. —Volvió a desplegar las mangas y las cicatrices desaparecieron—. Ese terapeuta… puede que te venga bien.

—No quiero el dinero. —¿Qué haría siquiera con él? ¿Comprarse un barco? ¿Un yate?—. Mi sueldo de profesora es más que suficiente.

—Vives en un piso de cuarenta y cinco metros cuadrados —repuso su vecina con una carcajada.

Mickey no vio dónde estaba la gracia.

—Igual que tú.

Daria señaló con un ademán el atuendo de Mickey, compuesto por una camiseta vieja debajo de un peto de pana que no la favorecía para nada.

—Toda tu ropa sale de tiendas de saldos.

—Soy ahorrativa.

—Y bebes más que yo, que ya es decir.

Una sensación punzante se deslizó por su espinazo. Estaba acostumbrada a escuchar ese sermón a todas horas de labios de la gente. De su madre. Siempre se ponía en plan: «Estoy preocupada por tu salud», «Ojalá no te pasaras todo el día durmiendo» o «No me parece normal beberse un litro entero de vodka en cuatro días».

Daria señaló con la cabeza hacia el vaso de Mickey.

—¿Cuántos llevas con este?

—Dos —respondió con tiento.

—Te has tomado cinco.

—De eso nada.

Pero sí, eran cinco.

Daria mudó su expresión. Mickey no pudo clasificarla al principio: esa sonrisita ínfima, ese ligero fruncir de las cejas. Entonces lo comprendió: era afecto. Daria la estaba mirando con afecto. Su madre también solía hacer eso.

Mickey engulló lo que le quedaba de vodka. Había sido un error haber ido allí.

—Gracias por todo. La próxima vez invito yo.

No habría próxima vez.

—¿Volverás mañana? —preguntó su vecina con un atisbo de esperanza en su voz—. Los domingos suelo salir a pasear. Vente. Así podremos charlar un rato más.

—Tendré que revisar mi agenda. Creo que tengo cosas que hacer.

Daria volvió a endurecer la mirada.

—Entiendo.

Mickey entró en su aula el lunes por la mañana y allí se encontró a Jean, que la estaba esperando. La directora tenía cara de pocos amigos; los paréntesis que rodeaban su boca estaban más marcados que de costumbre. A su lado, una desconocida que iba maquillada como una puerta y con un traje pantalón beige estaba alternando la mirada entre sus dos iPhones. Estaban sentadas juntas en unas sillas diminutas ante una mesa en miniatura, con cara de estar en un velatorio.

—¿Qué ha pasado? —preguntó Mickey.

Jean y la desconocida se pusieron en pie como un resorte, cruzando una mirada entre ellas.

Una tercera mujer, otra desconocida ataviada con un vestido largo de lunares, estaba sentada en otra mesa, frotando las láminas multicolores de un xilófono con una toallita húmeda.

—Hola —dijo Mickey—. ¿Quién eres?

La mujer frotó el xilófono con más ahínco.

—¿Quién es esa? —le preguntó a Jean.

—Es la sustituta —respondió la directora.

Mickey sintió un nudo en el estómago. Fuera lo que fuere aquello, no tenía buena pinta. En absoluto.

—Yo no he pedido ninguna sustituta.

—Hablemos en mi despacho.

—¿Puede ser después de clase? —repuso Mickey—. Tengo que preparar mis cosas. Eh, eso no va ahí.

La profesora sustituta se había levantado y estaba guardando el xilófono en la estantería que había al lado del calendario de pared y no en el estante situado junto a la gráfica del método Phonics. ¡Qué osadía!

Jean introdujo una mano por debajo de sus gafas y se masajeó los párpados, dejándose unas manchas de sombra de ojos de color malva en las mejillas y en los laterales de la nariz.

—Vamos a mi despacho, Mickey.

Algo, un instinto de supervivencia, le dijo que no fuera allí. Le aguardaban cosas terribles en ese despacho.

—No quiero.

—Está bien. —Jean volvió a sentarse en la silla, igual que la mujer del traje pantalón—. Podemos hablar aquí.

La manicura de la mujer del traje pantalón centelleaba bajo las luces fluorescentes. Cada uña estaba limada para culminar en una punta perfecta y cubierta por una capa verde.

—Puedes hablar, pero necesito preparar las cosas. Los lunes siempre saco primero las cajas sensoriales.

Mickey se dirigió hacia un rincón y retiró la tapa de un contenedor inmenso con cuentas de agua redondas y gelatinosas. La embargó el impulso de tener las manos ocupadas, de hacer cosas normales.

—Hoy se me ha ocurrido utilizar cuentas en lugar de arena. Ian provoca demasiado estropicio.

La mujer del traje pantalón abrió una libreta de piel, destapó un bolígrafo orondo que seguramente costaría ochenta dólares y garabateó algo en una página en blanco.

—Ian es la razón por la que estamos aquí —dijo la directora.

Mickey se quedó paralizada. Una serie de imágenes se desplegaron por su mente, cada cual más devastadora que la anterior: Ian acurrucado a solas en una marquesina de autobús; Ian deambulando por las calles secundarias del centro con sus zapatillas de Spiderman; Ian tendido en una mesa de autopsias con una etiqueta en el dedo gordo del pie y una incisión con forma de «Y» en el pecho. No tendría que haberlo dejado con ese cretino machirulo de su tío.

—¿Qué ha pasado? ¿Se encuentra bien?

—Ian está perfectamente —respondió Jean.

—¿Estás segura?

—Sí, lo estoy.

El corazón de Mickey comenzó a latir de nuevo.

—Entonces, ¿cuál es el problema?

Llegados a ese punto, Jean tenía toda la cara embadurnada de sombra de ojos.

—¿Por qué pensaste que era buena idea sacar a un niño de las instalaciones del colegio?

La mujer del traje pantalón le lanzó una mirada penetrante a la directora.

Mickey se quedó callada. ¿Había sacado a un niño del recinto de la escuela? Bueno, sí. Lo había hecho.

—Y-yo solo pretendía...

Comenzó esa frase sin tener ni idea de cómo terminarla. ¿Qué estaba pasando en ese momento? Las cajas sensoriales. Retiró la tapa de otra caja sensorial. Los niños no tardarían en llegar y necesitaban estimulación táctil.

—Se había hecho tarde y era evidente que su madre no iba a venir.

—Te dije que llamaras a la policía.

—No nos desviemos del tema —dijo la mujer del traje pantalón, tomando la palabra por primera vez. Su voz denotaba cierta irritación—. La cuestión es...

Miró a Jean con los ojos muy abiertos y un gesto alentador.

—La cuestión es... —dijo Jean—. Que estás despedida.

—Un permiso no retribuido —dijo la mujer del traje pantalón.

—Un permiso no retribuido —repitió la directora.

Hubo más cosas: un montón de jerga legal y algo sobre el sindicato de profesores. En un momento dado, le entregaron a Mickey una tarjeta de visita. Pero no sabría decir quién se la dio. El mundo se había descompuesto en puntitos de luz y sombra. Cuando el aula volvió a enfocarse, Jean y la mujer del traje pantalón estaban de pie otra vez y la sustituta estaba distribuyendo todos los juguetes que no debía —castillos, vías de tren, dinosaurios— sobre la alfombra.

—Eso no. —Mickey arrancó un buldócer en miniatura de las manos tersas y cálidas de la sustituta—. Estaba pensando en deshacerme de este trasto. Sidak y Ella no dejan de pelearse por él.

La sustituta retrocedió medio paso, sus cejas desaparecieron bajo su flequillo de Bettie Page.

—Ah, yo pensaba que...

—Y nunca saco los trenes hasta después de la asamblea. —Mickey pasó de largo junto a la sustituta y sacó la cocinita de juguete de un rincón. El aula estaba hecha un desastre y no tenía tiempo para remediarlo—. ¿Dónde están los botecitos de kétchup? ¿Alguien los ha movido?

Mickey se giró hacia la sustituta, que se había replegado hacia la pizarra blanca.

—¿Los has movido *tú*?

La sustituta negó con la cabeza.

—Te juro que yo...

—¿Por qué te pones a enredar con mi cocinita? —inquirió—. ¿Por qué haces...?

Alguien le apoyó una mano en el bíceps. Jean la miró con tristeza.

—Venga. Déjalo ya.

Mickey se zafó de ella. No iba a permitir que la compadecieran ni la aplacaran. Esta era su aula. Estos eran sus niños.

Solo hacía un mes que había empezado el curso escolar y ya sabía quiénes necesitaban una ayudita adicional para quitarse los zapatos, quiénes rompían a llorar cuando una cera se partía por la mitad, quiénes tenían más probabilidades de meterse las manos en...

Trastabilló con sus propios pies. El aula se catapultó hacia arriba, su vista quedó plagada de filas de bombillas fluorescentes, cañerías pintadas de blanco y unos paneles de techo mohosos. El suelo se alzó para ir a su encuentro y Mickey aterrizó de espaldas.

Un dolor se extendió desde su hombro, con el que había aterrizado sobre... ¿qué? Retorció un brazo por debajo del cuerpo y sacó un hombrecillo de nieve de plástico. Su nariz de zanahoria y sus brazos como ramas se habían partido a causa de la colisión.

—Ay, madre —resonó la voz de Jean desde lejos.

La mujer del traje pantalón se cernió sobre Mickey. Sus facciones parecían más alargadas y estrechas desde ese ángulo, como si le hubieran estrujado la cara entera con un cepo.

—Son las ocho menos diez, señorita Morris. Los niños llegarán pronto. Esta es su aula, el lugar al que acuden para hacer amigos, para divertirse, para explorar el mundo. Es el lugar al que acuden en busca de una rutina. —La mujer sonrió—. Estabilidad. Esa es la palabra clave. Los niños necesitan que sus adultos sean estables. Cosa que no puede decirse de usted en este momento.

Mickey se apoyó sobre los codos e hizo balance de la situación. Estaba tirada en el suelo. Le dolía la espalda. El labio, que debió de morderse durante la caída, tenía un regusto metálico y salado. Y algo se estaba desplegando dentro de ella, una sensación que no pudo identificar, oscura, insistente, que amenazaba con estallar. Solo sabía que, si se quedaba allí, se echaría a llorar. Los niños se quedarían mirando, o intentarían abrazarla, o se encogerían en sus asientos, muertitos de miedo.

Puede que la mujer del traje pantalón tuviera razón.

Apretando los dientes, se puso de costado y recogió del suelo los trocitos del hombre de nieve roto. Después de incorporarse a duras penas, le ofreció los pedazos a la sustituta, que se cruzó de brazos y miró para otro lado. Así que Mickey dejó los restos sobre un estante.

—Debería bastar con un poco de pegamento.

Dirigió la mirada hacia la hilera de perchitas que había en la pared, hacia los casilleros donde los niños pronto colgarían sus abrigos, sus gorros, sus mochilas de *La patrulla canina*.

—¿Ha dicho permiso *no* retribuido?

La mujer del traje pantalón había regresado a su silla diminuta ante la mesa en miniatura.

—A la espera de una investigación.

—¿Sobre qué, si se puede saber? —preguntó Mickey.

¿Qué había hecho? Llevar a un niño vulnerable de vuelta al hogar que le correspondía. Eso era lo que había hecho.

La directora se miró en el espejo a ras del suelo que había junto al rincón de lectura y se limpió las mejillas con un clínex. Mickey había pegado unos círculos plastificados alrededor del marco, cada uno de los cuales proclamaba una autoafirmación (*Trabajo duro, Soy inteligente, Puedo hacer cualquier cosa*).

—No puedes largarte con un niño en tu propio coche, Mickey.

—No era mi… —Cerró la boca. Sacar a colación al abogado solo empeoraría las cosas.

—Recibirá su próxima nómina como de costumbre —zanjó la mujer del traje pantalón, mientras volvía a revisar sus dos móviles—. Pero luego ya no habrá más.

ARLO

A rlo se despertó con unos efluvios terrosos alojados en el fondo de la garganta. El olor parecía provenir de todas partes: su pelo, su almohada, las sábanas de diseño que le habían costado la mitad del sueldo de un mes. Era colonia, comprendió, mientras disipaba unas visiones borrosas de un hombre entre sus muslos y un rostro humedecido en su cuello. Porque seguro que no. Eso no había llegado a ocurrir.

Alargó una mano bajo las sábanas y se palpó el cuerpo. Los pechos al aire no eran la mejor señal, no, pero Arlo se aferró a una esperanza. Seguía quedando una ínfima posibilidad de que todo hubiera sido un sueño. Abrió un párpado, después el otro, y oteó a través de los restos de rímel del día anterior.

Ahí estaba, tumbado desnudo sobre la ropa de cama: el custodio del cuantioso y complicado patrimonio de su padre, del que Arlo tenía previsto heredar más de cinco millones de dólares. El abogado.

Samson estaba puesto de costado, girado hacia ella, con las manos unidas por debajo de una mejilla. Una mata de pelo oscuro le brotaba del pecho, mucho más oscuro que la pelambrera canosa que le coronaba la cabeza. Arlo se autocompadeció. Constatar la apariencia del vello corporal del abogado era una información que no quería tener.

—Señor Samson —dijo mientras extraía una mano de la sábana para hincarle un dedo en el esternón—. Señor Samson.

Mientras sus pestañas se separaban revoloteando, sus ojos se iluminaron con un brillo de reconocimiento, recuerdo y, por último, vergüenza. Giró el torso para apuntar un poco más hacia el techo y un poco menos hacia ella.

—Hola.

Arlo visualizó una imagen fugaz de su ex, Hayden, medio dormido en el sofá cama del sótano de sus padres después de que ambos hubieran perdido la virginidad. Hayden medio dormido en el futón mugriento del primer piso que compartían. Hayden medio dormido sobre el colchón fabricado en Suiza que su padre les compró como regalo de boda. Hayden enfurruñado mientras los repartidores lo enrollaban para meterlo por la puerta. Su rostro decía: *¿Quién necesita seis mil muelles ensacados? ¿Y qué demonios es un muelle ensacado?*

—¿Por qué has hecho esto? —le preguntó Arlo al abogado, porque: a) no era culpa suya, ni mucho menos, y b) sentía curiosidad. Qué elección tan fascinante de entre todas las posibles.

—¿Te refieres a por qué querría…? —Samson hizo un gesto para señalarlos a ambos.

—Me doblas la edad.

—Bueno, sí. Eres joven y… —se ruborizó— una preciosidad, obviamente.

Se volteó para poder cubrirse con la sábana hasta la cintura.

Durante el funeral a Arlo le había parecido autoritario, arrogante y, en conjunto, un patán. Pero siempre había algo más que descubrir. Ángulos muertos, falsas creencias. Una persona era como una naranja muy muy madura. Arlo no podía evitar hincar las uñas de los pulgares y apretar hasta que el jugo se escurría por sus muñecas.

—¿Y a ti qué más te da eso?

Samson frunció el ceño.

—No entiendo lo que me estás preguntando.

—¿Por qué yo? ¿Por qué ahora? ¿Qué importancia tenía?

Arlo se mordió la punta de la lengua. Tenía la mala costumbre de hablar más de la cuenta, de formular demasiadas preguntas seguidas. Abrumaba a los pacientes. Lo cual era contraproducente.

—Supongo que, hum, hacerse mayor resulta duro...

Arlo se regocijó para sus adentros. Ya estaban llegando a alguna parte.

—Continúa.

—Bueno, no me ha ido mal. Vivo solo en un ático de dos millones de dólares repleto de productos oficiales de los Red Sox. Me va bien. Eso lo sé.

Contó lo seguro que estaba, lo agradecido. Sí, siempre había querido tener una familia. No, no había tenido la oportunidad. No estaba casado. No tenía hijos. No tenía ninguna de las cosas que pensó que tendría a esa edad. Había cumplido cincuenta años y ya no era momento de seguir fingiendo.

—Uf. ¿Se puede saber qué me pasa? Tú no quieres escuchar esto.

Arlo se moría de ganas de escucharlo. Le encantaba esa mierda. Presenciar cómo la gente sacaba sus sentimientos más vetustos y desagradables y los zarandeaba a plena luz del día... Escuchar cómo expresaban de viva voz pensamientos que quizá nunca habían reconocido... Era una magia que no había vuelto a experimentar desde que trabajó con su última paciente, Laura Hedman, una chica de diecinueve años con una ansiedad de caballo y una estética inspirada por una visión nostálgica del mundo rural. Arlo aún sentía el corazón henchido por el recuerdo de lo que habían conseguido juntas: todas las fronteras emocionales que se esforzaron por establecer, todos los patrones de pensamiento distorsionados que lograron doblegar.

—Es bueno hablar de estas cosas. —Mientras le tocaba el hombro al abogado, Samson apartó las manos para revelar un par de ojos muy abiertos e hinchados. Vulnerabilidad pura. Arlo se estremecía de gusto cada vez que veía algo así—. Es demasiada carga para que la lleves tú solo.

La carga de Laura también era pesada. Al final, no pudo soportar el peso. Sus padres culparon a Arlo y después llegaron las acusaciones infundadas, la suspensión sin contemplaciones, luego la audiencia en esa sala de justicia con las paredes blancas y cegadoras, donde el padre de Laura se apoyó la base de las manos en los ojos mientras sollozaba, y donde la madre escrutaba a Arlo con desdén, con odio, como si ella no estuviera también afectada por la pérdida. Como si Arlo no hubiera observado las puertas del tribunal como un halcón, esperando contra todo pronóstico que aquello fuera un error y que Laura fuera a entrar en cualquier momento, resucitada y sonriente, luciendo una de esas trenzas que se hacía a un lado de la cabeza con tanto esmero.

Pero se impuso la razón. Tal y como dictaminó el juez cuando desestimó la demanda, fue una *mera coincidencia* que Laura se quitase la vida después de una sesión de terapia. *Un cálculo del destino.* Aquel día podría haber ido a clase o de tiendas.

Arlo le dirigió una sonrisa al abogado y se levantó de la cama. Encontró una bata de satén en la cómoda y se la puso, después hurgó en los cajones del escritorio para buscar unos cuantos folletos.

—Es importante saber qué recursos están disponibles —dijo mientras le entregaba una pequeña pila de papeles—. En la comunidad hay algunos grupos y reuniones muy buenos para gente que busca expandir su círculo social..., si eso te resulta interesante. Y, por supuesto, la terapia viene bien.

Era preferible que Samson llamara a algún teléfono de asistencia y se buscara otro profesional. No podía continuar esas conversaciones con ella; eso sería inapropiado.

El abogado frunció los labios mientras ojeaba los folletos.

—Ah. Gracias, pero ya tengo a alguien.

—Ah, ¿sí? —preguntó Arlo. *No es verdad*, pensó.

—Voy a ver a una especialista privada. A doscientos pavos la sesión.

—Una especialista privada. —Arlo se sentó sobre el colchón, presa de un desánimo extraño.

—Pero vale la pena. Me ayuda con mis distorsiones cognitivas. Adivinación, lectura del pensamiento, pensamiento dicotómico. —Samson las enumeró con los dedos—. Y tengo ciertos problemas con la ira. A los hombres..., ya sabes, no nos enseñan cómo regular nuestras emociones.

—Ya —repuso ella.

Sonó el móvil sobre la mesilla de noche del otro lado. Samson alargó el brazo para silenciarlo.

—Perdona. Es mi recordatorio para meditar.

—¿Cómo dices? —Arlo no se lo podía creer.

—Tengo una app. Visualizaciones guiadas, sobre todo. Y algo de respiración profunda.

Arlo se imaginó a ese hombre sentado con las piernas cruzadas sobre una esterilla, con las palmas de las manos volteadas sobre las rodillas, y le explotó la cabeza. Aquello no cuadraba. Ella lo había etiquetado como el típico cincuentón que causa vergüenza ajena pero a la postre inofensivo, que hacía sentir incómoda a la gente en las fiestas, exhibiendo siempre un reloj caro y presumiendo de sus fondos de inversión.

—Los psicólogos hacéis un buen trabajo —añadió—. Mi vida pegó un giro cuando empecé con la terapia.

Arlo cruzó la habitación sin ningún destino concreto en mente. Apartó las libretas Moleskine y los utensilios de escritura de color rosa y dorado que abarrotaban el escritorio y se sentó en el borde con las piernas colgando. La luz del sol entraba por la ventana que tenía detrás, calentándole el cogote con suavidad.

—Esto... —los señaló a ambos con un gesto, tal y como había hecho él antes—, supongo que no afectará a nuestra relación laboral.

—¿Nuestra relación laboral? —repuso Samson con una voz que subió una octava.

Daba la sensación de que Arlo había perdido la iniciativa y necesitaba recuperarla.

—Sigues siendo el abogado. Tenemos que sentarnos a resolver la cuestión del patrimonio. La casa, la herencia.

Samson inspeccionó la uña de su pulgar.

—Tenía previsto convocar una reunión contigo y con tu madre. Se introdujeron algunos cambios durante los últimos meses. En el testamento, me refiero.

Cambios, pensó Arlo con gesto adusto. Su padre siempre había planeado dividir el patrimonio más o menos por la mitad. Su madre se quedaría con la casa, pero compartiría los activos líquidos al cincuenta por ciento con Arlo. A no ser que su padre se hubiera replanteado ese reparto. A lo mejor se había cansado de la afición de su madre a los Manolo Blahnik adornados con cristalitos. A los *brunches* regados en alcohol y los tratamientos faciales de cuatrocientos dólares. Arlo sí estaba harta, desde luego.

—¿Qué tal si lo hablamos esta semana? —El abogado alisó la colcha sobre su regazo. ¿Estaba temblando?—. Podrías venir a la oficina.

—¿Por qué no puedes decírmelo ahora? —preguntó Arlo.

—Estamos bien ubicados. Céntricos. No tiene pérdida.

El calor que sentía en el cuello se estaba volviendo doloroso. Quiso moverse otra vez, pero pensó que resultaría extraño, incluso una muestra de debilidad. Y la había embargado un mal presentimiento que la dejó clavada en el sitio.

—Señor Samson.

Él cerró los ojos con fuerza.

—*Señor Samson.*

El abogado abrió la boca y, durante un instante terrible, Arlo se preguntó si iba a vomitar. Después soltó un suspiro audible y dijo atropelladamente:

—El testamento ya no te menciona.

Arlo retuvo esa frase en la mente, la volteó y la retorció, la examinó desde diferentes ángulos. *El testamento ya no te menciona.* Conocía el significado de esas palabras por separado. Juntas, no significaban nada. Eran un galimatías, una *antifrase.*

—¿Qué?

Samson se había puesto pálido.

—No apareces en el testamento.

—¿En qué sentido?

—En el sentido de que tu padre no te ha dejado nada.

Arlo se rio. Qué chiste tan raro. Qué abogado tan peculiar.

—Lo siento —dijo Samson—. Tiene que ser muy duro.

Arlo detectó cautela en su voz.

—Lo dices en serio. —Se le nubló la vista, la cama y el abogado se fusionaron—. Estás hablando en serio.

Samson soltó alguna vaguedad cortés y reconfortante. A ella le entró por un oído y le salió por el otro. Todo le resultaba ajeno, incluso su propio cuerpo. ¿Dónde estaban sus brazos, sus piernas?

Se había pasado los últimos ocho meses cuidando de su padre. Pero no. La gente *cuida* de una mascota. Lo que había hecho por él —darle de comer con una cuchara, enjabonar su barriga cetrina, sentarlo y levantarlo del inodoro cada mañana— no era cuidarlo. Era mostrarle devoción. Sin olvidar todo lo que había hecho antes de que le fallase el hígado.

—¿Arlo? Arlo.

Parpadeó para volver a enfocar el entorno. El abogado se había desplazado hacia el pie de la cama y la estaba mirando con un gesto de preocupación devastador, juntando las cejas hasta formar una única ristra peluda.

—Perdona, ¿qué has dicho? —preguntó Arlo.

—Te he preguntado si tienes a alguien con quien hablar.

—¿Sobre el testamento?

Sin duda, era eso a lo que se refería.

—Una persona no puede cargar ella sola con esta clase de sentimientos —añadió Samson.

—Ah. Te refieres a un... —Un psicólogo. Un terapeuta. Un profesional, porque eso era lo que creía que necesitaba: ayuda profesional—. Ya. Sí. Lo tengo apañado.

Se produjo un largo silencio, después Samson le preguntó si podía darse una ducha. Aunque Arlo le dijo que sí, él no terminaba de decidirse a levantarse.

—¿Te importa? Prefiero que no mires.

—Por supuesto —respondió Arlo y cerró los ojos.

MICKEY

Mickey se saltó la pregunta 19 (*¿Existe alguna preocupación relacionada con el alcohol, el consumo de drogas o el uso excesivo de medicamentos con o sin receta?*) y se fue directa a la siguiente sección del formulario de ingreso, donde le pedían que valorase una serie de afirmaciones en una escala que iba desde *completamente falso* hasta *completamente verdadero*. Rodeó la opción *más o menos verdadero* para la primera frase —*Me siento triste, deprimido o desamparado*— y enseguida la tachó. No quería parecer confiada en exceso, pero tampoco quería resultar ambigua. Ese formulario era una obra de arte, un autorretrato que su nuevo terapeuta inspeccionaría con lupa. Ese formulario era crucial.

—¿Todo bien por ahí, cielo?

La recepcionista le dirigió una sonrisa que dejó al descubierto sus encías.

—Estabas mascullando algo entre dientes —añadió, lo cual podía ser cierto.

Tras entregar el formulario, Mickey regresó a la misma silla en la sala de espera vacía, donde un pequeño fuego crepitaba y se retorcía dentro de una chimenea de piedra. La decoración parecía más propia de una cabaña de esquí que de la consulta de un psicólogo, lo cual tenía sentido, en el fondo, puesto que Adam Kowalski había elegido ese lugar. Solo lo mejor para encarrilar a la tarada de su primogénita.

Mickey abrió la app del correo en su móvil. No había recibido nada del sindicato de profesores. Cerró la app y la volvió a abrir. Seguía sin haber nada. Alguien llamó el día anterior para decirle que iba a llevarse a cabo una investigación, pero no le confirmaron ninguna fecha. ¿Regresaría a tiempo para preparar manualidades navideñas con los niños? ¿Hombres de nieve de felpa con ojos saltones? ¿Pingüinos confeccionados con los cartoncitos del papel higiénico? Uf, ojalá.

Al otro lado de la ciudad, una profesora sustituta estaría convocando a los niños de Mickey de regreso a sus pupitres para tomar el almuerzo. En su mente, era la misma mujer del vestido de lunares, salvo que sus ojos despedían un fulgor rojizo y demoníaco, y sus dientes estaban afilados como colmillos. La sustituta no les recordaría que se lavasen las manos, ni les ayudaría a abrir los cartones de zumo ni los vasitos de yogur. Estaría demasiado ocupada mirando alguna chuminada en el móvil, alguna web sobre famosos, mientras los niños desfallecían, sedientos, hambrientos, privados de sus yogures. Luego, cuando se reunieran todos para la última asamblea del día, la nueva profesora no propondría ninguno de sus juegos de palmas habituales. ¿Sabría siquiera cantar la canción de despedida a bordo del tren? Era la favorita de los peques.

Cuando Mickey cerró los ojos, aún podía verlos congregados sobre la alfombra del aula, con las mochilas puestas y las piernas cruzadas. Con sus carrillos regordetes y sus cabellos despeinados.

—¿Mickey Morris?

La persona que la aguardaba en la recepción no era lo que se esperaba. *Para ser una psicóloga*, pensó, *esa chica debía de tener como mucho veinticuatro o veinticinco años*. Llevaba puesta una chaqueta blazer, unas gafas redondas de montura metálica, y tenía un sujetapapeles bajo el brazo. Pero su pelo era tan lacio, tan anaranjado. Y su piel tan tersa, tan pecosa. Parecía como si tuviera doce años.

—Soy Arlo.

Su rostro entero se flexionó para formar una sonrisa. Mickey sintió una oleada de afecto extraña.

—Hola.

—Acompáñame.

Arlo la condujo hasta una puerta situada al fondo del pasillo, sus robustos tacones traqueteaban con cada paso. Al igual que su dueña, eran unos zapatos pequeños, tal vez un 35 o un 36.

—Ya hemos llegado.

Mientras entraba con paso cansino, Mickey se sobresaltó al toparse con un rostro familiar que la miraba desde la pared del fondo, una persona con un maquillaje de ojos impecable, tiesa como el palo de una escoba y con un pelo lustroso de profesora.

—Olvídate del espejo —dijo Arlo—. Hay una sala de observación al otro lado, pero nadie va a presenciar nuestra sesión.

Mickey le dio la espalda a su reflejo y oteó el resto de la estancia: pintura azul pastel en las paredes, una caja de clínex, una lámina de producción masiva con la imagen de un faro sobre una costa pedregosa. *Era*, pensó con ánimo adusto, *territorio conocido*.

Arlo cerró la puerta y se sentó en una butaca de piel ante una pequeña mesa.

—¿Has tenido algún problema para llegar?

A Mickey le pareció una pregunta con demasiadas implicaciones como para formularla así de primeras, pero optó por seguirle la corriente. Había pasado por media docena de consultas como esa durante su época universitaria, sobre todo por insistencia de su madre. Había hablado con psicólogos, psiquiatras, psicoterapeutas, trabajadores sociales clínicos, consejeros titulados. Como mínimo, eso significaba que conocía su idioma. Haría lo que se esperaba de ella, emplearía las palabras adecuadas y se largaría —con su dinero— lo más rápido posible. Sí, podía hacerlo. Podía participar en ese juego.

—No, llegar hasta aquí me ha resultado bastante sencillo. —Mickey se sentó en la otra silla, que tenía un cojín supermullido, diseñado claramente para atrapar a su presa—. Me encuentro bastante bien. Se me ocurrió venir más bien para un... un chequeo rutinario.

Se originó un pequeño silencio entre ellas.

—Pero ¿no había tráfico ni nada? —preguntó Arlo.

—Ah. —Mickey soltó una risita ligera y campechana, la risa propia de una persona estable y con los pies en la tierra, que llevaba un modo de vida equilibrado y no confundía una pregunta de cortesía con un interrogatorio existencial—. No, la carretera iba bien.

—Me alegro —repuso Arlo, dando una palmada—. Entonces, empecemos.

Primero le soltó la típica charla sobre confidencialidad. En resumen, Arlo estaba obligada legalmente a guardar los secretos más recónditos, oscuros e incriminatorios de Mickey, a no ser que la considerase en riesgo de hacerse daño a sí misma o a terceras personas. Mickey quiso preguntar qué contaba como hacerse daño a uno mismo, pero luego se lo pensó mejor. Una persona estable y con los pies en la tierra no debería formular esa pregunta.

—Veo que ya has pagado por siete sesiones en total, lo cual está muy bien. La mayoría de la gente solo viene una o dos veces. Te felicito por haber hecho esa inversión.

—Ya que lo mencionas... —repuso Mickey—. Te quería preguntar si es posible reservar sesiones consecutivas.

Arlo entrecerró los ojos ligeramente.

—¿Consecutivas?

—Como una... hum... —Mickey buscó una respuesta rápida— inmersión. Ya sabes, hacer unos cuantos días del tirón.

Eso se hacía, ¿verdad? Retiros de bienestar, *ashram*, etcétera.

—En general, recomiendo dejar pasar dos semanas entre sesiones. Una como mínimo. Así da tiempo a que se produzca la evolución. —La psicóloga inclinó la cabeza hacia un lado sobre su largo cuello—. ¿Hay alguna razón por la que quieras programar esas sesiones tan seguidas?

Mickey corrigió el rumbo.

—Autocuidado. Para hacer una inmersión a fondo.

—¿Por qué ahora?

—¿Hmmm?

—¿Por qué realizar ahora ese autocuidado?

Mierda, pensó Mickey. Tendría que haber preparado un relato, haberse inventado un trasfondo. Su verdadero yo, aunque resultaba aceptable y no necesitaba ningún grado de alteración, seguramente no serviría. Allí no.

—Pues...

Arlo proyectó la mirada a través de la piel de Mickey, de su cráneo, de su materia gris.

—No lo sé —respondió para que dejase de escrutarla.

—Está bien. Ya volveremos a eso más tarde. —La psicóloga se apoyó el sujetapapeles en el regazo, lo cual no le pareció a Mickey una señal demasiado buena—. Háblame un poco de ti.

Pan comido:

—Soy profesora de infantil. Llevo ejerciendo doce años.

No pasaría nada por dar unos cuantos datos. A los espías les enseñaban a ceñirse lo máximo posible a la verdad cuando los interrogaban. Lo había leído en alguna parte.

Otra vez esa sonrisa que tiraba de todos los músculos del rostro de la terapeuta.

—Parece divertido. Y laborioso. Tus alumnos deben ser importantes para ti.

Mickey se permitió relajarse un poco.

—Son lo más importante.

—¿Quién más es importante para ti?

—Leo un montón a Murakami. Escribe cosas raras y oníricas, ¿sabes? Italo Calvino. Kafka. Me gustan las películas de Wes Anderson. Sobre todo esas en las que sale Bill Mu...

—Vale. ¿Y quiénes son las personas importantes en *tu* vida? Gente a la que conozcas personalmente.

A Mickey se le subió un rubor a las mejillas.

—No entiendo... qué relevancia tiene eso.

—Los humanos somos animales sociales. El impulso social es lo que nos diferencia de otros mamíferos.

Arlo se puso a disertar sobre el nervio vago, el sistema nervioso parasimpático, y mencionó algo sobre neuronas espejo.

Mickey no tenía claro qué responder. ¿Cómo podría decir que odiaba a la gente y que no quería saber nada de ella sin parecer un poquito psicópata?

—Supongo que valoro mucho mi independencia.

—Entiendo.

Arlo anotó algo en su tablilla, seguramente relacionado con el *afecto* o el *contenido del pensamiento* de Mickey. De pronto se sintió como si volviera a tener diecinueve años. ¿Es que esa gente era incapaz de mantener una conversación normal?

¿Siempre tenían que estar analizando, evaluando y anotando cosas?

—Como contacto de emergencia, has puesto a una persona que se llama Daria. ¿Quién es?

Mickey se restregó las manos sobre los vaqueros. De repente, habían empezado a sudar.

—Mi vecina.

—¿Tenéis un trato cercano?

—Vive al otro lado del rellano.

Arlo tomó otra nota.

—¿Familia?

—No.

—¿Ninguna?

—No hablo mucho con mi madre.

Mickey se quitó el jersey y lo dejó hecho un gurruño sobre su regazo. Miró el reloj de la pared y comprobó que aún quedaban, uf, treinta y siete minutos.

—¿Y tu padre? ¿Forma parte de la ecuación?

Pudo haber formado parte. En un universo alternativo, podría haberse presentado algún día en su casa con una disculpa y algún tipo de regalo, una muestra de buena voluntad. Unas flores, tal vez. O una tarta. Sí, habría sido una tarta de nueces. Se habrían sentado juntos en la cocina con una porción cada uno.

—Se largó cuando yo era pequeña —respondió Mickey.

Arlo se inclinó hacia delante en su asiento, como un espectador ante un evento deportivo muy disputado. Qué entretenidas debían de resultarle estas cosas.

—Tuvo que ser duro.

Mickey apretó la mandíbula y se encogió de hombros.

—Te cuesta hablar de tu padre, ¿verdad? —dijo Arlo mientras seguía tomando notas, notas y más notas.

—La verdad es que no.

Si el tema le resultaba duro, era solo porque esa chica lo había removido con un palo. Hacía mucho tiempo que Mickey había decidido qué pensar de su padre..., cuando pensaba en él, cosa que no hacía casi nunca.

—Solo digo que nuestros sentimientos hacia la familia pueden ser complicados —dijo Arlo—. Las personas son complicadas.

Mickey soltó un ruidito mordaz por la nariz, canalizando parte del calor que se había acumulado detrás de sus costillas. No pudo evitarlo.

—La gente es sencilla.

Arlo dejó el boli inmóvil.

—¿En qué sentido?

ARLO

—¿Y tu padre? Arlo miró el reloj de la pared y comprobó que aún quedaban, uf, treinta y siete minutos. Treinta y siete minutos hasta que pudiera volver a su despacho a navegar por la página de Facebook de su padre, a revisar todos los textos que le envió y todas las fotos suyas que guardaba en el móvil, que era lo que se pasaba haciendo todo el día desde que el abogado había pronunciado esas seis terribles palabras: *El testamento ya no te menciona.*

—¿Forma parte de la ecuación?

—Se largó cuando yo era pequeña —respondió Mickey con un tono demasiado ecuánime. Habían topado con algo, habían exhumado un trauma del pasado, y ahora estaba intentando enterrarlo.

El abandono parental no era algo que Arlo hubiera experimentado hasta la semana pasada. Pero no, eso no era apropiado. Ella no era una niña y su padre no la había echado a la calle. Simplemente había introducido un cambio en su testamento, nada más, una pequeña modificación que entraba dentro de sus derechos. Pero ¿por qué? ¿Por qué, en lugar de darle cinco millones y medio de dólares como siempre había planeado, había optado por suprimir su nombre y dejarla con… nada?

Devolviendo la atención a su nueva paciente, se inclinó hacia delante en su asiento. Tenía que salir de su propia cabeza e introducirse en la de otra persona, y el lenguaje corporal era clave para establecer cualquier alianza terapéutica.

—Tuvo que ser duro.

Un músculo se estremeció en la mandíbula de Mickey mientras se encogía de hombros.

—Te cuesta hablar de tu padre, ¿verdad? —dijo Arlo mientras tomaba un par de notas rápidas en su tablilla. *Apariencia cuidada. Contenido del pensamiento estructurado. Afecto constreñido.*

Los ojos de Mickey despidieron un brillo de irritación.

—La verdad es que no.

—Solo digo que nuestros sentimientos hacia la familia pueden ser complicados —reculó Arlo. Se había precipitado metiendo presión—. Las personas son complicadas.

Mickey soltó un ruidito mordaz por la nariz.

—La gente es sencilla.

—¿En qué sentido?

—Los adultos actúan en función de su propio interés. Podemos acurrucarnos juntos de vez en cuando para entrar en calor, pero cuando el hambre aprieta, nos peleamos hasta la muerte por... por el cadáver de un ciervo o lo que sea.

—¿El cadáver de un ciervo? —Arlo se fijó en la nota que ponía *contenido del pensamiento estructurado* y la tachó.

Mickey se rebulló en su asiento, irguiéndose un momento antes de volver a encorvarse.

—Solo digo que, a fin de cuentas, la gente hace lo que más le conviene. Si eso implica apuñalarte por la espalda, no dudarán en hacerlo.

¡Pero eso no era cierto! Las personas tenían un fondo noble y digno. ¡Eran buenas por naturaleza! Ese era uno de los credos de Arlo, el principio fundamental que la guiaba como terapeuta. Solo de pensar en ello, sentía un cosquilleo agradable.

—Por eso no me relaciono con la gente —añadió Mickey—. Por eso no hablo con ella.

—¿No hablas con la gente? —preguntó Arlo con todo el tacto posible, porque... guau, pobre mujer, tan paranoica y enfadada.

Mickey se apartó los mechones rebeldes que se habían desplegado sobre sus ojos.

—A ver..., lo que quería decir es que... Hablo con gente. Claro que hablo con gente. Ahora mismo estoy hablando contigo. Pero no me abro demasiado. A los demás. Están destinados a decepcionarte. Incluso las personas buenas. Sobre todo, esas. Tus amigos más íntimos, tu familia. Esa es la gente que más te deja en la estacada.

Aquello activó un resorte en el cerebro de Arlo y volvió a evocar las palabras del abogado. *El testamento ya no te menciona.* Y otra vez. *El testamento ya no te menciona.* Y otra. *El testamento ya no te menciona.* En cierto punto, el énfasis comenzó a desplazarse. *El TESTAMENTO ya no te menciona. El testamento YA NO te menciona. El testamento ya no TE menciona.* Pero la frase nunca se suavizaba, cada variación era tan brutal como la anterior.

—A veces, la gente hace cosas extrañas. —Sintió un mareo repentino—. Pero si un ser querido te deja en la estacada, como tú dices, seguramente habrá tenido una razón para hacerlo.

—Egocentrismo —repuso Mickey con un tono mordaz—. Supervivencia. Querer ser el número uno. Esa es la razón. No hay que darle más vueltas.

No. En el caso de su padre, no. Arlo lo demostraría, si fuera necesario. Miró a Mickey a los ojos y añadió:

—Me vas a permitir que discrepe.

El secretario personal de Tom Samson estaba apuñalando un trozo de espinaca con el tenedor cuando Arlo irrumpió en la sala y apoyó las manos sobre el escritorio. Había planeado meticulosamente su expresión, adoptando una mirada férrea y cierta pose de «no me toques los ovarios» con los labios. Por lo visto, había funcionado. Ojiplático, el secretario retrocedió con su silla rodante y estrujó el recipiente de plástico de su ensalada sobre su pecho.

—Necesito hablar con él. —Arlo señaló con la cabeza hacia el panel de cristal esmerilado situado detrás de la mesa del secretario. Samson estaba al otro lado, una silueta grisácea y masculina encorvada delante de un ordenador—. Es urgente.

El secretario meneó la cabeza y, con la boca llena, profirió un sonido que Arlo interpretó como «de ninguna manera». Una lluvia de granos de quinoa se precipitó sobre su camisa.

—No hace falta que me acompañes. Gracias. —Arlo echó mano del picaporte y se adentró un paso antes de detenerse, confrontada por un muro de aroma floral.

Samson levantó la mirada desde su escritorio, alzando las cejas. Un ambientador escupió una ráfaga a su lado mientras brotaba una música instrumental de su portátil: arpas, flautas y violines con cierta sonoridad celta. Hubo algo en esa melodía aterciopelada, sumado al olor a lavanda, que provocó que Arlo quisiera tenderse sobre la moqueta y quedarse hecha un ovillo allí para siempre.

El secretario se apresuró a entrar.

—Lo siento mucho, señor Samson. No he podido detenerla.

Cuando el abogado se levantó, lo primero que pensó Arlo fue lo arrugado que parecía; no solo su rostro, sino todo su ser. Una esquina de su camisa a medio arremeter asomaba por la braqueta de sus pantalones. Luego se fijó en la manta y la almohada que estaban hechas un gurruño sobre el sofá pegado a la pared.

—No te preocupes, Dean.

El secretario —Dean— le lanzó una mirada insidiosa a Arlo y retrocedió, hurgándose las muelas de atrás con un dedo mientras salía y cerraba la puerta a su paso.

Samson agarró en brazos la manta y la almohada y las tiró al suelo. De la mesita auxiliar recogió un recipiente de comida para llevar, un vaso de whisky empañado y una botella de salsa de soja de tamaño familiar. No dio explicación alguna para la presencia de esos objetos, sino que se limitó a decir:

—Perdona el estropicio.

Arrastró una silla y se sentó, ofreciéndole el sofá entero a Arlo al ejecutar un barrido con el brazo.

—¿Qué puedo hacer por ti?

Arlo intentó volver a adoptar ese gesto de «no me toques los ovarios».

—¿Por qué lo hizo?

Samson frunció los labios. Era evidente que estaba haciendo cálculos, que no era lo que Arlo quería. No había ido allí para que la tratasen con condescendencia. Había venido a buscar respuestas.

La gente es sencilla. Eso era lo que había dicho la nueva paciente el día anterior. Pero no era cierto. La gente no era sencilla. Su padre, por ejemplo, debió de tener buenos motivos —buenos y convincentes, pero no sencillos, eso seguro— para borrar a Arlo de su testamento. No lo habría hecho por egoísmo, ni tampoco por despecho. Tal vez lo consideró como un cumplido. Sí, eso era. Arlo era una mujer tan fuerte e independiente que no necesitaba herencia alguna.

—¿Te refieres a tu…?

—Tú tienes que saberlo —zanjó ella.

—No puedo airear los asuntos de mis clientes.

Samson juntó las yemas de los dedos, adoptando una repentina pose profesional con su ropa arrugada y sus pies descalzos. Pero Arlo no podía aceptar esa respuesta.

—Mi padre acudió a ti y te dijo que lo hicieras, ¿verdad? Que cambiaras el testamento. Tuvo que explicar por qué.

—Supondría infringir la confidencialidad.

—Así que *te lo dijo*.

—Eres terapeuta. Sabes de lo que te hablo.

Aquello le resultó ligeramente ofensivo. ¿Por qué tenía ella que saber nada? Esa situación no tenía pies ni cabeza.

—No hagas eso.

—¿El qué?

—Dar por hecho que sé lo que está pasando dentro de mi cabeza.

—No estoy dando nada por hecho.

—No me conoces, ¿de acuerdo?

Samson entrelazó los dedos y apretó tan fuerte que se le blanquearon los nudillos. Arlo lo había irritado. Bien.

—No he dicho que…

—Y tampoco conocías a mi padre, ni mucho menos. Él era… era…

Arlo no logró elegir un adjetivo. Los recuerdos habían empezado a aflorar y una parte de ella volvía a tener cinco años, rebotando sobre la rodilla de su padre enfrente de una heladería. Montada sobre sus hombros en Disneyland. Haciendo cola para una montaña rusa, y más tarde, quedándose dormida sobre su hombro cubierto de suave algodón mientras esperaban para ver un desfile. Las fotos de aquel viaje se tornaron borrosas, recordó, pero las conservaron de todas formas, metidas en unas fundas de plástico dentro de un álbum con un estampado de cuadros en la cubierta.

—¿Estaba enfadado conmigo? —Qué pensamiento tan violento. La desgarró y la aporreó desde dentro—. Porque si lo estaba, no entiendo por qué.

El abogado se apoyó las manos en la barriga. Se elevaban y descendían al ritmo de su respiración.

—La vida te pega un palo cuando menos te lo esperas —murmuró.

El fuego que había prendido dentro del pecho de Arlo se extinguió. ¿Cómo podía detestar a ese hombre? Debajo de ese exterior pomposo, había algo que resultaba entrañable. Le recordaba a alguien. A Hayden no, obviamente. Para empezar, Hayden tenía la misma edad que ella. Llevaba barba, el pelo recogido en un moño, y hacía dominadas utilizando un aparato especial que había enganchado al marco de la puerta.

—Pero ¿tú? —dijo Samson—. Tú te las arreglarás bien. Sigues siendo lo bastante joven.

—¿Para qué? —preguntó Arlo.

Las rodillas del abogado emitieron un chasquido mientras se levantaba. Solo después de cruzar la habitación y guardar la salsa de soja en una mininevera situada detrás del escritorio le dio una respuesta.

—Para reinventarte.

Arlo cayó entonces en la cuenta: Tom Hanks. Samson le recordaba a una versión de Tom Hanks de mediados de los 2000, ese tipo atractivo, pero un poco bobalicón, que se quedó varado en la terminal de un aeropuerto y que acabó prendado de Catherine Zeta-Jones. El Tom Hanks de su infancia. Sí, ese hombre era dulce y tierno por debajo de la superficie. Si Arlo jugaba bien sus cartas, la ayudaría.

—¿Qué impresión te causó cuando hizo esos cambios? Dime eso, al menos.

El abogado se situó delante del escritorio y se metió las manos en los bolsillos.

—Se estaba muriendo.

¿Me lo dices o me lo cuentas?, pensó Arlo.

—Sí, eso ya lo sé.

—Cansado. Parecía cansado.

Arlo se levantó del sofá y se dirigió al lugar donde estaba Samson, se acercó tanto como para contar los puntos negros que tenía en la nariz.

—Acudí al hospital a diario.

Samson retrocedió hacia el borde del escritorio.

—Seguro que tu padre lo agradeció.

—¿Alguna vez has hecho eso por alguien? ¿Lo has cuidado mientras se moría?

—Cuando mi madre falleció, no estaba en mi mejor momento —respondió, bajando la mirada al suelo. Alzaba los ojos a trompicones para cruzar miradas breves con Arlo. Ella notó cómo se calentaba, convirtiéndose en arcilla entre sus manos.

—Te entregas a esa persona —añadió.

—En cualquier caso, mis hermanas estaban mejor preparadas para cuidar de ella. Los cuidados son… bueno, son algo que no se me da bien.

—*A mí*, sí —repuso Arlo, intentando no pensar demasiado en las normas de género patriarcales. Por fin estaba ganando algo de terreno. Samson confesaría la verdad en cualquier momento—. Se me daba genial. Le leía libros, le cortaba las uñas de los pies, se los untaba con crema hidratante.

—Es muy noble por tu parte —repuso Samson con una mueca.

—Le cambiaba la ropa, le cepillaba los dientes.

El abogado tragó saliva; su nuez se meneó una vez, dos, en su garganta.

—Guau.

—Lo bañaba. De cuerpo entero. Me aseguraba incluso de que su escro…

—Para…, por favor. —Samson levantó las manos. Victoria—. Tengo algo que quizá pueda ayudar. Espera aquí un momento.

Arlo esperó a que saliera de la habitación para encogerse sobre sí misma y soltar un suspiro enorme.

Todo aquello tendría una explicación. ¡Por supuesto que sí! Su padre era un buen hombre. No, nunca estaba sobrio. El alcohol le había colmado la sangre, la materia gris, afectó a todas y cada una de sus relaciones hasta el amargo desenlace, cuando las últimas células sanas de su hígado se convirtieron en tejido blando. Pero no era culpa suya. Pocas personas le plantaban cara a una adicción y salían victoriosas. Además, su padre la hacía reír. Le cantaba canciones graciosas. Le enviaba una rosa y un osito de peluche por San Valentín. Esas cosas pesaban más que las promesas rotas, las mentiras, las botellas vacías que tintineaban por el suelo de su BMW.

—¿Por qué te has quedado boca abajo?

Arlo se enderezó tan deprisa que vio chiribitas.

Samson había regresado con una taza de cerámica humeante, una jarrita de leche y unos cuantos paquetitos de azúcar. Lo depositó todo sobre la mesa. Sin más. A Arlo se le cayó el alma a los pies.

—Pensaba que ibas a traerme unos archivos secretos o algo así.

—Esto es mejor. Es té de la marca Bengal Spice. Ya sabes, ese en el que sale un tigre. —Se acercó los dedos a los labios para indicar que estaba de rechupete—. Es mierda de la buena.

—Mierda de la buena —repitió Arlo lentamente. No supo qué más decir.

Samson debió de percibir algo funesto en su rostro, porque mudó su sonrisa.

—No necesitas que yo te diga quién recibió el dinero.

Arlo se dirigió hacia la puerta. Menuda pérdida de tiempo.

—Oye, si no piensas ayudarme…

—No necesitas que te lo diga *porque ya lo sabes.*

Arlo negó con la cabeza. Acertijos. Primero le ofrecía un té y ahora le salía con acertijos.

—Te aseguro que no lo sé —replicó—. No tengo la menor idea.

—Aparte de ti y de tu madre, ¿de quién más querría ocuparse tu padre? Venga. Es evidente. —Samson se sentó en el sofá y dio un sorbo del té que rechazó Arlo—. Por eso resulta tan difícil aceptarlo.

Al parecer, a Deborah Kowalski le gustaba la jardinería. Calabazas, kale, cebollas, guisantes, tomates orgánicos… Su página de Facebook estaba repleta de fotos que conformaban un estallido de color rojo, verde y amarillo. Mientras Arlo navegaba por la página, comprobó que Deborah tenía un grupo de amigas sesentonas y setentonas, con el rostro curtido y libre de maquillaje. Hacían senderismo por las montañas cercanas y quedaban por las tardes para hacer ganchillo en casa de alguna de ellas. Deborah aparecía siempre con uno de entre tres atuendos posibles: pantalones de vestir de color crema con una blusa de flores, un vestido cruzado y anticuado de color marrón, o el peto vaquero que llevaba puesto durante el funeral del padre de Arlo. Y siempre, *siempre*, con el mismo sombrero de pescador.

En resumen, nunca había existido una mujer más distinta a la madre de Arlo.

Volvió al inicio de la página e inspeccionó la foto de perfil, un primer plano granulado tomado delante de una masa de agua indefinida. Deborah lucía un semblante bronceado y risueño. A juzgar por las apariencias, le había ido bastante bien en la vida. Sin duda, el matrimonio con su padre —y la combustión resultante— le habría dejado una huella desagradable. Pero aquello había ocurrido hacía décadas. Ese intento de su padre por equilibrar la balanza era honorable, pero innecesario.

Abrió una nueva pestaña e introdujo el nombre de Deborah en Google. Los resultados principales incluían un perfil de LinkedIn que no contenía ninguna imagen ni texto, los resultados de una media maratón de 2013 y el enlace a un salón de peluquería en un barrio periférico situado al sur de la ciudad. Arlo pinchó en el enlace.

De modo que Deborah era peluquera. Estaba especializada en tintes y ofrecía un diez por ciento de descuento a las nuevas clientas. Debajo de su biografía había un botón que decía: *Reservar ahora*.

Arlo se levantó de un brinco y se dirigió a la nevera, donde captó su reflejo en el pequeño espejo fijado a la puerta. Tenía el pelo largo y lacio. Un buen corte requeriría por lo menos una hora: tiempo de sobra para conocerse y hablar las cosas a fondo.

Pero no. ¿Presentarse en el puesto de trabajo de Deborah? No haría eso. No podía. Aunque quisiera. Aunque se mereciera ese dinero y ella no. Si Arlo estaba segura de algo, era de que esa mujer no se merecía el dinero de su padre. ¿Dónde estaba ella cuando los médicos empezaron a definir la insuficiencia hepática de su padre como *terminal*? ¿Dónde estaba cuando su padre se fracturó las dos piernas intentando saltar a la piscina desde aquel balcón en Las Vegas? ¿Dónde estaba cuando se quedó dormido sobre la nieve, ante la puerta de un bar, y le tuvieron que amputar tres dedos de los pies?

Arlo era la mayor protectora de su padre. Era ella la que le troceaba las verduras para las ensaladas del almuerzo y la que se las llevaba a casa dentro de un táper gigante. Era ella la que llamaba a la farmacia para asegurar que metieran sus pastillas en unos blísteres especiales. Era ella la que, desde que tenía diez años, se acordaba de comprar papel higiénico, pagar la factura de la luz e ir a recoger un pollo asado para cenar. Deborah, no. Deborah no había hecho nada.

—Nada de nada —murmuró Arlo una hora y media después mientras abría con el hombro la puerta de Salones Diva S. L. Un carillón con tres notas ascendentes compitió con la canción que estaba sonando desde los altavoces del techo. A Arlo se le heló la sangre: era ABBA.

Inclinada sobre una escoba, Deborah barrió varios mechones de pelo de debajo de la solitaria silla de peluquería que había detrás del mostrador de recepción.

Arlo tosió.

La mujer no mostró indicios de haberse enterado, canturreando al son de *Chiquitita* mientras giraba sobre el suelo de madera. Era un local pequeño, empequeñecido aún más por lo abarrotado que estaba: velas, atrapasueños, estantes atestados con tres hileras de botes de champú y lámparas de sal.

Arlo pulsó el timbre del escritorio, que profirió un ruidito metálico e inútil. Qué atención al cliente más lamentable.

—Deborah. ¡*Deborah!*

Cuando alzó la cabeza, la mujer esbozó un gesto de sorpresa exagerado antes de dejar la escoba apoyada en la pared y deslizarse detrás del mostrador.

—¡Cuánto lo siento! No te había vist... oh. —Sonrió con un afecto tan genuino que Arlo encogió los dedillos de los pies dentro de sus botas—. Eres tú. Hola, cielo.

Arlo se sintió crispada. *Cielo* era un término afectuoso. *Cielo* implicaba un afecto y una cercanía que no deseaba. No había acudido allí para que la mimaran. Había acudido para entender cómo Deborah podía aceptar tanto dinero de un hombre con el que no había cruzado palabra en casi tres décadas. Cómo podía justificar ante sí misma ese agravio obsceno, ese pillaje.

Pero en lugar del discurso solemne que había preparado y ensayado mentalmente durante el trayecto en coche, lo que dijo fue:

—Él nos eligió.

Deborah se estremeció ligeramente, como si la hubieran golpeado con un látigo diminuto.

Arlo sintió una punzada en el estómago. ¿De verdad había dicho eso? ¿*Él nos eligió?* Era la clase de cosa que gritaría una adolescente enfadada antes de encerrarse en su habitación. Pero fue un gesto de compasión, y no de afrenta, lo que apareció detrás de los ojos de su interlocutora.

—Creo que te vendría bien un corte. —Sacó una capa de peluquería de un cajón y la ondeó por el aire—. *Olé, olé.*

Arlo titubeó. De repente, la perspectiva de pasar tiempo a solas con esa mujer tan rubia y jovial había perdido su atractivo. Diez segundos de interacción y ya se había puesto en ridículo. ¿Qué estaba haciendo allí?

—Pues… es que…

Deborah giró la cabeza hacia la silla de estilista.

—Invita la casa.

—No, gracias.

—Venga, cielo.

—Es que no puedo.

Deborah miró al techo.

—¿Sabes qué? Dame un segundo. Necesito cambiar esta música antes de que me pudra los sesos. Hay cierto estereotipo de viejas cacatúas que pasan por aquí y que se pirran por ABBA. A ver, a mí me gustan algunas de sus canciones. Y aunque me dé un poco de corte admitirlo, me encantan sus pintas. Ya sabes, las botas, los pantalones de campana, los vestidos cortos con estampados de gatos. ¿Sabes a cuáles me refiero? Supongo que eres demasiado joven.

Se puso a trastear con un vetusto iPod verde mientras seguía hablando, hablando y hablando. Arlo sintió vértigo y parálisis al mismo tiempo, como una mosca al verse envuelta en la tela de una araña.

—La verdad es que mi generación lo tenía todo. ¿Qué tenéis vosotros, los jóvenes? ¿TikTok? ¿Taylor Swift? En el fondo, no me cae mal. Me gusta que componga sus canciones. Y tiene un pelo precioso, un rizo natural estupendo. Aunque se lo alisa, claro, porque todas las mujeres quieren lo contrario al pelo que tienen. Lo que me recuerda algo que decía mi madre…

Deborah siguió divagando.

Chiquitita dejó de sonar.

—Es una putada, ¿verdad? Cuando fallece un progenitor. —De repente, la voz de Deborah sonó junto a la espalda de

Arlo y notó el roce frío de sus dedos en el cuello. Le ajustó la capa un poco más ceñida de la cuenta—. Me quedé hecha polvo las dos veces. Oye, ¿te apetece un té? Tengo Bengal Spice, ese en el que sale un tigre.

—La gente no hace más que ofrecerme té.

Arlo percibió el roce de una mano en la rabadilla que la impulsaba hacia la silla de peluquería. Su reflejo y el de Deborah copaban un espejo enmarcado con luces brillantes.

—Supongo que la gente intenta suavizarte el mal trago. Lo cual es absurdo. Lo siento.

En cuanto Arlo rozó el asiento con el trasero, Deborah hizo girar la silla media vuelta. Arlo se quedó mirando hacia las cavernas de las fosas nasales de la peluquera, como en trance.

—Mis padres murieron de cáncer, los dos. El de mi madre fue de pulmón; fumaba como un carretero. Mi padre lo tuvo en la vejiga. Él se murió rápido, pero ¿mi madre? Se pasó una eternidad en el hospital de cuidados paliativos, lo que significa que *yo* también me pasé una eternidad allí. Es un trabajo a jornada completa. Leerles libros, darles de comer, asearlos con una esponja y todo eso. Y luego se acaba. Bum.

—Bum —repitió Arlo con un hilo de voz.

Deborah sacó unas tijeras del bolsillo de su mandil, le alisó el flequillo y empezó a cortar. Arlo reprimió un estornudo cuando los pelillos aterrizaron sobre su nariz.

—Tu padre tenía este color de pelo cuando lo conocí.

Una vez más, Arlo intentó evocar su discurso solemne, pero lo mejor que se le ocurrió fue esto:

—¿Qué vas a hacer con el dinero?

Se le nubló la vista cuando Deborah volvió a girar la silla de golpe. Tuvo un recuerdo fugaz de una feria a la que había ido cuando tenía siete años: luces de neón, colores chillones, atracciones que la dejaban mareada. Muchos gritos.

Deborah le alborotó el flequillo con un gesto mudo de expresión.

—¿Qué dinero?

Arlo se aferró a los reposabrazos del asiento para estabilizarse.

—El de la herencia de mi padre.

—Tu padre no me dejó nada —dijo Deborah, que por primera vez permitió que se filtrara un deje de resquemor en su voz—, aunque habría estado bien que lo hiciera.

Arlo la escrutó a través del espejo. No movía las manos ni parpadeaba con nerviosismo. No se había puesto roja, no eludía su mirada, ni mostraba ningún otro indicio de estar mintiendo. Lo único que hizo, en realidad, fue apoyar la cabeza en un hombro para disimular un bostezo. A medida que se formaban nuevas arruguitas alrededor de los ojos de la peluquera, Arlo comprendió que nadie que acabara de embolsarse cinco millones de pavos podría parecer tan... exhausto.

—Hablas en serio.

Deborah abrió y cerró las tijeras varias veces.

—Soy demasiado mayor para inventarme trolas, cielo.

Arlo observó la colección de frascos y espráis que había encima del mostrador, los diferentes rizadores, la pila de revistas de moda... Cualquier cosa menos su propio reflejo. Le bastaba con sentirse ruborizada, no necesitaba verlo también.

—Está ocurriendo algo extraño con el testamento. Mi padre apartó un montón de dinero para alguien. Pero no sé..., no sabemos para quién.

Deborah soltó una carcajada adusta.

—Bueno, solo diré que esperemos que no se lo haya dejado a Michelle.

—Michelle.

Arlo se dio cuenta de que nunca había pronunciado ese nombre en voz alta. Nunca había tenido motivos para hacerlo. La otra hija de su padre nunca había tenido cabida en su vida, ni en la de Arlo, ni en la de nadie.

—Michelle es tu...

—Ya sé quién es.

Deborah agarró un mechón suelto y le cortó un par de centímetros.

—Me ocuparé de las puntas abiertas que tienes aquí.

—Gracias, pero no hace fal...

—No sobrestimes el poder de unas puntas sanas. —Deborah arrugó la nariz—. Mejor dicho, nunca lo *sub*estimes.

Arlo observó con impotencia cómo se acumulaba el pelo sobre sus hombros.

—¿Dónde está Michelle?

El silencio resultante fue un vacío oscuro, un túnel infinito, un agujero de gusano hacia otra dimensión. Al menos diez emociones diferentes cruzaron el rostro de la peluquera.

—¿No lo sabes? —preguntó Arlo.

Deborah se decantó al fin por un gesto de sobrecogimiento.

—No *quieras* saberlo.

Se encogió de hombros.

—¿O *sí* quieres?

La peluquera hundió el mentón en su hombro durante un instante.

—¿Deborah? Deborah.

Quedó envuelta en un halo de futilidad mientras volvía a guardarse las tijeras en el bolsillo.

—Es difícil establecer límites con la gente a la que quieres.

MICKEY

La vitrina que había junto a la caja registradora en la cafetería vegana mostraba una bandeja tras otra de comida hippy poco apetitosa; los bocaditos de brócoli con quinoa y las bolitas energéticas sin hornear estaban apilados en pirámides de casi un metro de altura. Mickey se abrochó la rebeca hasta el cuello y pidió un café.

—Tueste oscuro, por favor. —Se puso las gafas de sol mientras la luz del atardecer entraba en tromba por las ventanas—. Corto.

—¿Quiere que el café sea *bulletproof*? —preguntó el camarero, que era un crío en edad universitaria con unas estilosas gafas cuadradas sin lentes.

—¿Cómo dices? —preguntó Mickey.

—Con mantequilla.

—¿En el café?

—No se preocupe, es de origen vegetal.

—No entiendo nada —repuso Mickey.

Había accedido a otro universo, conformado por macetas de citronela, crasas colgantes y citas del dalái lama en pizarritas con forma de corazón. Después de pagar los siete dólares de rigor, encontró un asiento en una esquina cerca de un trío de veinteañeras recién salidas de una clase de yoga, con la piel reluciente y relojes Apple Watch. *Perfecto*, pensó mientras abría su libreta. Preparó el boli y aguzó el oído.

—No te valoras lo suficiente. —Una de las yoguis, una chica flaquísima que llevaba puesto un sujetador deportivo, sin camiseta, dio un sorbo de una taza que contenía un brebaje amarillento y espumoso.

—Tienes toda la razón —dijo otra, ataviada desde el cuello hasta los pies con ropa deportiva de color naranja—. Es como tener toda esa incertidumbre, ¿verdad? Y no haces nada para intentar cambiarlo. Te limitas a relajarte.

La chica del sujetador deportivo asintió.

—A rodearte de ello.

—Exacto —dijo la que parecía un cono de tráfico—. A rodearte de esos sentimientos.

Mickey anotó esas frases, esforzándose por mantener el hilo de la conversación. No volvería a suceder una debacle como la del otro día en la consulta de la terapeuta. La semana siguiente comenzaría la sesión con suficientes *psicochorradas* en la manga como para engañar a cualquiera.

—Gracias, chicas —dijo la tercera yogui, que estaba sentada de espaldas a Mickey: moño alto, cuello largo—. No es fácil dejar sitio para eso, ¿sabéis? Pero creo que tenéis razón. Puedes sostener el dolor con una mano y alargar la otra en busca de calma, paz, equilibrio… —una pausa dramática—, felicidad.

—Qué bonito —dijo la del sujetador deportivo.

Mickey tenía un calambre en la mano de tanto escribir. Había dado en el puto blanco.

—La clave es expandir tu conciencia —dijo la del cuello de cisne—. En un momento dado, puedes estar experimentando diez cosas diferen…

Una máquina de expreso cobró vida con un petardeo y el resto fue inaudible.

—Disculpa —dijo Mickey cuando cesó el ruido—, ¿podrías repetir eso?

La chica del cuello de cisne giró la cabeza para mirarla por encima del hombro. Tenía unas cejas perfectas. Perfiladas.

—¿Perdona?

—Lo último que has dicho. —Mickey consultó sus notas—. Después de «expandir tu conciencia». Has dicho: «En un momento dado, puedes estar experimentando diez cosas diferen...». Y no he podido oír el resto.

La chica del cuello de cisne se quedó boquiabierta.

—¿Estás transcribiendo una conversación privada? —inquirió la del sujetador deportivo.

—Madre mía —exclamó la que parecía un cono de tráfico.

—Tranquilas..., es para una investigación.

Mickey tenía pensado fingir que la estaban llamando cuando sacó el móvil y vio que efectivamente tenía una llamada. Número oculto. ¿Sería del sindicato de profesores?

—Lo siento. Tengo que responder.

Salió a la calle a toda prisa con el café, agarró uno de los asientos de la terraza y deslizó el dedo para responder.

—¿Diga?

Una voz trémula:

—¿Señorita Morris? ¿Mickey?

Mientras sujetaba el móvil entre la cabeza y el cuello, retiró la tapa de plástico de su vaso de café y se dispuso a rellenarlo con vodka de su botella, que había salido del bolso y aparecido en sus manos como por arte de magia. Las cuatro y media era un poco temprano para un primer trago, pero al menos estaba más cerca de la tarde que de la mañana. Y, a fin de cuentas, ¿qué otra cosa podía hacer?

—¿Sí?

—Soy Chris, el tío de Ian.

Mickey enderezó la botella.

—Ah. Hola.

Entonces se oyó el gimoteo inconfundible de un niño angustiado.

—Perdona, pero no sabía a quién llamar.

La enfermedad flotaba sobre la casa y se asentaba sobre el jardín amarronado, el sendero cubierto de hojas, la escalera de entrada repleta de folletos de jardineros y periódicos todavía enrollados. También se percibía pánico: un hedor que manaba por debajo de la puerta principal y que se elevó hacia el rostro de Mickey. Sí, allí había un niño enfermo.

No obtuvo respuesta cuando llamó al timbre, así que se dispuso a entrar.

—¿Hola?

La puerta topó con una montaña de zapatos —de hombre, en su mayoría—, que se habían desparramado desde el armario del vestíbulo. Zapatos de vestir, algunas deportivas con malla en la parte superior. Las zapatillas de Spiderman de Ian.

—¿Chris? —lo llamó, notando una punzada extraña en el pecho.

Faltaba poco para el anochecer, pero todas las lámparas estaban apagadas; la única fuente de luz en la estancia era un televisor de pantalla plana que emitía *SportsCenter*. El sonido estaba quitado, los comentaristas meneaban los labios sin proferir ningún ruido. Mickey colgó su chaqueta en el sofá de piel y depositó sus manoplas encima.

Resonaron unas pisadas que se desplazaban de un lado a otro del techo. Alguien se estaba paseando por el piso de arriba, presa del pánico por algo que seguramente sería una nimiedad. Con toda probabilidad, Ian tendría un virus estomacal, nada más. Mickey le daría un abrazo rápido, un par de indicaciones para su tío, y luego regresaría a la seguridad de su propia vida. Pan comido.

Se dirigió al piso de arriba, esquivando los calcetines desparejados y las piezas de Lego que cubrían las escaleras. Brillaba una luz en el pasillo, donde la mochila de Ian estaba tirada en el suelo, abierta y vacía, como un pez destripado. Mickey oyó el correr del agua y los murmullos de un hombre.

Encontró a Chris inclinado sobre el lavabo del baño, descamisado y echándose agua.

—Uf —mascullaba—. Madre mía.

Mickey se mantuvo al otro lado de la puerta, donde no olía tanto a pota. Chris metió la cabeza entera debajo del grifo.

—Madre mía. Madre mía.

Mickey alargó un brazo hacia el interior del baño y le dio un golpecito entre los omóplatos.

Con un grito ahogado, Chris se lanzó de espaldas hacia el toallero. Una fotografía enmarcada de Peyton Manning traqueteó sobre la pared.

—Tranquilo —dijo Mickey—. Soy yo.

La reconoció, luego un gesto de gratitud inundó su rostro.

—Uf, menos mal. Cómo me alegro de verte. Tienes que ayudarme.

—Tranquilo —repuso ella—. Cálmate.

—No deja de vomitar. Cada vez que creo que ha terminado y consigo que vuelva a dormirse, solo dura unos ocho minutos. Se despierta, se incorpora *otra vez* y vomita por todos los putos lados. —Chris señaló hacia la bañera y la ropa de cama que estaba hecha un gurruño allí—. Me he quedado sin sábanas. Lo he dejado envuelto en un saco de dormir. He dejado un barreño junto a la cama, pero nunca le da tiempo a llegar. Parece como si no supiera cómo hacerlo.

Mickey hizo un gran esfuerzo para no reírse. Ese pobre diablo estaba con el agua al cuello.

Todavía goteando, Chris dejó caer las manos de golpe sobre sus hombros. Su peso resultaba... agradable, determinó Mickey. Extrañamente agradable.

—Tienes que ayudarme —repitió.

No pudo evitar quedarse mirándolo. Los ojos de color gris azulado, las pestañas largas, los pómulos. Uf, menudos pómulos. Durante su primer encuentro, le había transmitido una vibra demasiado chulesca para su gusto. Ahora, con esas pintas, desesperado, con los ojos inyectados en sangre y ese semblante ridículo, Chris poseía un atractivo absurdo e inhumano.

—Deberías cerrar eso —dijo Mickey—. El grifo.

Ian ocupaba más o menos un cinco por ciento de la cama de tamaño extragrande que había en el cuarto de Chris. Con el rostro sonrosado y cubierto de sudor, se meneaba de un lado a otro dentro de un saco de dormir verde y resbaladizo que tenía abrochado hasta las axilas. Gimió: un sonido peor que el torno de un dentista, que el descarrilamiento de un tren, que el desplome de un edificio.

—¿Sabes lo que he pensado? —dijo Chris—. ¿Y si es el paciente cero? ¿Y si es el primer caso de un virus de la gripe asesino que se extenderá por el aire y matará al noventa y nueve por ciento de la población mundial?

—Tienes que dejar de pensar esas chorradas —replicó Mickey, que apoyó el reverso de la mano sobre la frente del niño. Estaba caliente, demasiado.

—¿Y si ya me ha contagiado?

—Está deshidratado. ¿Tienes alguna bebida isotónica o algo así?

Chris se marchó y regresó treinta segundos después con un lote entero de botellas de Gatorade de naranja.

Mickey ayudó a Ian a incorporarse y le apoyó unos cojines por detrás de la espalda.

—Hola, peque. Echa un trago de esto.

El niño obedeció y no tardó en empezar a toser. Cayó una lluvia de Gatorade sobre el saco de dormir, el colchón y los brazos remangados de Mickey. El pequeño miró a Chris con gesto ausente.

—¿Podemos jugar mañana al baloncesto a pesar de todo?

Chris retrocedió dando pasos cortos, como si se alejara de un depredador enorme. Menudo gallina.

—Ya lo veremos, chicuelo.

Mickey le bajó la cremallera del saco hasta las rodillas.

—Así está mejor. —Se giró hacia Chris e intentó no ser demasiado incisiva con él—. ¿Estabas intentando achicharrarlo?

—¿Tiene calor? —preguntó Chris desde la puerta.

—Está sudando.

—Bueno, yo qué sé. —Sacó el labio inferior—. Yo no sé nada.

Después de introducir un poco más de Gatorade por la boca de Ian, Mickey abrió la ventana por una rendija y encontró un conejito de peluche raído en el suelo, al lado de la cama. Le restregó la nariz del conejito hasta que el niño sonrió, después lo dejó apoyado junto a su cabeza. Sus párpados comenzaron a cerrarse, a cerrarse.

—¿Cómo sabes lo que tienes que hacer? —preguntó Chris un rato después, mientras Mickey cerraba la puerta con cuidado—. ¿Es una cosa de chicas? Tiene que ser eso.

Mickey reprimió un comentario sobre las normas de género patriarcales. Al cuerno con ese tipo tan guapo. Su labor allí había terminado. Ahora podría irse a casa y…

—¿Te apetece un trago? —propuso Chris mientras se peinaba el pelo hacia atrás con las manos—. A mí sí, desde luego.

El carrito de las bebidas era precioso, sin duda, con todos esos estantes relucientes y sus botellas centelleantes, pero lo que más apreció Mickey fue la música que producía. El suave traqueteo de las ruedas mientras Chris lo separaba de la pared. El tintineo de los vasos al rozarse. Sutil. Armonioso.

—No suelo tener visitas, así que este trasto está muy bien surtido. —Sacó un par de vasos del estante inferior—. ¿Hielo?

—Nunca —repuso ella.

Se sentó en el enorme sofá de piel con las piernas encogidas por debajo del cuerpo. Chris apagó la televisión y encendió una lámpara en un rincón, que lo bañó todo con una luz ambarina y aletargada. Afuera había empezado a llover.

Chris le pasó un par de dedos de whisky escocés y se sentó en el extremo contrario del sofá.

—He tenido una semana infernal.

Trabajaba en cosas de economía, en algo relacionado con valores financieros. Mickey no entendió los detalles y no pidió que se los aclarase. Más interesante que su trabajo era la manera que tenía de hablar de él: en ráfagas presurizadas, con un torrente de palabras.

—Esta semana lo he confirmado: no tengo madera de padre.

—Aún tienes tiempo para mejorar. —Mickey calculó que tendría treinta y seis o treinta y siete años, esa edad en la que un hombre podía exhibir estatus y juventud al mismo tiempo. Un carrito de bebidas y un hígado funcional—. Puedes hacerlo. Irradias cierta energía paternal.

Chris olisqueó su whisky. Tenía la costumbre de sostener el vaso delante de su rostro, como si estuviera intentando esconderse.

—Lo dudo mucho.

—Lo llamaste «chicuelo».

—¿Qué?

—Llamaste «chicuelo» a Ian.

—No, qué va.

—Claro que sí.

—Imposible —replicó. ¿Se estaba ruborizando?

—Te oí. Pensé: «¿Cuántos años tiene este tipo? ¿Cincuenta?».

Chris tensó la mandíbula y Mickey comprendió que lo había ofendido.

—Perdona.

Chris ondeó una mano para quitarle importancia.

—Cuesta imaginarme como un padre. Yo nunca tuve uno. —Bajó el vaso, revelando un ceño fruncido—. El mío se largó cuando yo era muy pequeño.

—A mí me pasó lo mismo.

Mickey dio un sorbo comedido de whisky. Estaba intentando no terminarse el vaso antes de que Chris lo hiciera con el suyo, pero era desesperantemente lento.

—Entonces sabrás de lo que hablo. No es cuestión de que se me diera bien o mal. La idea de verme como un padre resulta… imposible.

Cuando Chris estaba en secundaria, según le contó a Mickey, su madre se quedó embarazada de un tipo llamado Steve que vendía vitaminas para adelgazar de puerta en puerta.

—Era lo peor. Trataba fatal a mi madre y a Evie. Puede que por eso lo haya pasado tan mal.

De adolescente, Evelyn siempre se metía en algún lío: por vender sus dosis de Adderall a otros niños en el instituto, por robar sombra de ojos en el centro comercial. Tuvo a Ian con quince años.

—En junio se presentaron aquí con todas sus cosas. Evie dijo que sería cuestión de un mes, dos como mucho.

—Fuiste muy generoso al acogerlos —dijo Mickey.

—En su momento no me lo pensé dos veces, lo cual fue estúpido. —Observó su hogar en penumbra desde el fondo del sofá —. La casa me parecía muy vacía desde que se mudó mi ex.

Mickey sintió un nudo en el estómago. Lo había tomado por un donjuán, pero puede que se equivocara. Puede que estuviera enamorado de esa ex. Puede que venerase su cuerpo atlético de un metro ochenta de estatura, dueña de una piel tersa sin esfuerzo y de un sentido del humor innato. Seguramente salían a correr juntos durante quince kilómetros, cocinaban juntos platos elaborados. Y follaban un mínimo de cuatro veces por semana.

Mickey se permitió dar un trago antes de preguntar:

—¿Qué piensas hacer?

Chris se quedó mirando su vaso.

—Evie volverá. Y puede que mi madre se pase por aquí la semana que viene para echar una mano. Así que, bueno, todo saldrá bien. —Lo repitió en voz baja, como si hablara solo—: Todo saldrá bien. —Sus ojos reflejaron la luz de la lámpara cuando alzó la mirada, sus iris despidieron un fulgor dorado—. Quería preguntarte una cosa. ¿Has tenido algún problema por haberlo traído a casa la otra noche?

El trago de whisky se fue por mal sitio y Mickey tosió fuego.

—¿Por qué lo dices?

—Alguien me llamó desde el colegio —añadió Chris.

La mujer del traje pantalón, pensó Mickey con resquemor.

—Me han dado la baja. Temporal. —Volvió a toser. Varias cosas se estaban aflojando dentro de su pecho, los canales se estaban desobstruyendo—. Pero todo se arreglará. Estoy segura. Y a nivel económico, bueno, me las apañaré. —A la mierda con todo—. Hace poco heredé mucho dinero. O *lo heredaré*, en cuanto termine la terapia.

Apareció una arruga entre las bonitas cejas pobladas de Chris.

—¿La terapia?

Mickey relató lo ocurrido con el abogado y todo lo que le había dicho sobre el testamento. La deprimente historia salió de sus labios con una facilidad pasmosa. Quizá porque el interés de Chris al escucharla parecía sincero. Cuanto más le contaba, más se le desorbitaban los ojos.

—Guau —exclamó al terminar—. ¿Cinco millones y medio?

—Ajá —respondió ella.

—Pero primero tienes que hacer... eso.

—Ajá.

Chris se recostó en el asiento y se quedó un rato en silencio.

—Qué puta locura.

—*Sí* que lo es —Mickey se sintió validada. ¡Por fin alguien lo entendía!—. ¡Gracias!

—¿Has empezado ya?

Mickey recordó la primera sesión y soltó un quejido.

—No fue bien, ¿eh? —dijo Chris.

—La tipa no paró de disertar y disertar sobre cuáles eran mis metas. —Mickey se estremeció con la misma ira justificada que había experimentado en esa ridícula consulta—. Cuáles eran mis valores, qué quería conseguir. A mí me parece presuntuoso. ¿Por qué debería querer conseguir algo? Estoy bien así. Pago mis impuestos. Me paro en las señales de *stop*. No me meto en la vida de nadie.

Chris levantó el vaso hacia ella.

—Brindo por eso.

—Y si no quiero saber nada de la gente, eso es cosa mía.

Era preferible ahorrarse las decepciones y evitar cualquier dependencia emocional. Al fin y al cabo, su padre no se presentó nunca en su casa con esa tarta de nueces. No tuvo ocasión de hablarle de su vida, ni de sus alumnos, ni de ninguna de las cosas que había conseguido durante su ausencia. No se le saltaron las lágrimas mientras retrocedía y se maravillaba con la mujer en la que se había convertido. No ocurrió nada de eso porque, a fin de cuentas, su padre no era más que otro gilipollas dentro de una enorme maraña de gente como él. Eso era lo que la psicóloga se negaba a entender.

—¿Verdad?

Chris parecía sumido en sus propios pensamientos.

—Mi hermana. —Meneó la cabeza con pesar—. *Mi hermana*. En serio, ¿te lo puedes creer? Me ha abandonado con su hijo de cinco años.

—Técnicamente, ha abandonado al niño de cinco años contigo, no al revés.

—No tengo ni idea de lo que estoy haciendo.

—En eso estamos de acuerdo.

—Parece como si Ian fuera de otra especie.

No le faltaba razón. Los niños eran radicalmente distintos de los adultos, eran otra forma de vida: guarretes, chillones, nerviosos. Bondadosos. Lo que le atraía de ellos se basaba más en un instinto de supervivencia que en uno maternal.

Estar con niños, explicó, era como acurrucarse delante de una hoguera. Chris inclinó la cabeza hacia un lado.

—Eres muy profunda, ¿lo sabías?

Mickey se rio. A veces, Chris decía chorradas propias de un surfista machirulo.

—Lo digo en serio. Eres sabia. Irradias, no sé, un halo de sabiduría.

—Ya —repuso ella.

Miró al exterior, donde la noche se había asentado. Las farolas relucían, proyectando unos haces de luz que engullían los parabrisas de los coches, trechos de asfalto, porciones de hierba segada.

—¿De verdad es tan grave? —preguntó Chris—. ¿Siete citas en total? Considéralo como... trescientos mil pavos por sesión.

—¿Acabas de hacer esa cuenta de cabeza? Impresionante.

Chris se desplazó sobre su asiento, acercándose tanto que sus rodillas estuvieron a punto de rozarse.

—¿Qué es lo que te da tanto miedo?

Mickey pensó en la botella que llevaba en el bolso y se preguntó, sin motivo aparente, qué diría ese hombre al respecto. ¿Qué habría dicho, por ejemplo, si la hubiera visto echarse un chorro de vodka en el café a las cuatro de la tarde? Si la hubiera visto dando sorbos con disimulo durante el trayecto en bus. ¿Habría hecho un chiste para rebajar la tensión, para luego mirarla de soslayo con preocupación? Y lo más importante: ¿qué más le daba a ella?

—Nada —respondió—. Nada en absoluto.

ARLO

abía setenta Michelle Kowalski en Facebook, treinta y una en Instagram y diecinueve en TikTok. La más joven tenía siete años, la mayor setenta y cuatro. Trabajaban como niñeras, médicas, camareras, manicuras, ganaderas, fontaneras, tintoreras y contables. Vivían en Portland, Dublín, Gdansk, Nueva Jersey, Chennai, Winnipeg, Iowa City y Ciudad del Cabo. Michelle Kowalski, Michelle Kowalski, Michelle Kowalski. El mundo estaba repleto de ellas.

—Háblame de este caballero —dijo Punam, deslizando el boli sobre una lista con los pacientes de Arlo.

Estaban sentadas frente a frente, en una pequeña sala de reuniones de la consulta, con una tetera ya vacía.

—Es… hum… —Arlo minimizó el Facebook, abrió la carpeta del escritorio donde guardaba su documentación y repasó su historial de casos—. Es un antiguo gimnasta. De nivel nacional. El año pasado le diagnosticaron TEPT. Tiene un historial de maltrato verbal y emocional.

—¿Por parte de los entrenadores?

—Por supuesto.

—Hace tiempo trabajaba mucho con nadadores —dijo Punam—. Deportes distintos, la misma mierda. La TAC me resultaba útil. T-A-C. Terapia de aceptación y compromiso.

Arlo sabía qué era la TAC. No necesitaba que su jefa se lo explicase. Aun así, se embarcó en una disertación sobre conductismo funcional antes de que pudiera replicar. Esa actitud de mentora estaba bien, pero a menudo resultaba innecesaria y un tanto degradante.

—La clave es esa idea del yo como contexto —dijo Punam.

—El yo como contexto —repitió Arlo con solemnidad mientras volvía a abrir el Facebook. De acuerdo con los resultados de búsqueda, solo había una Michelle Kowalski que viviera en un radio de ciento cincuenta kilómetros, una mujer con el dibujo de la huella de una mano en color rosa como foto de perfil. No había más imágenes visibles en la página, solo unos cuantos comentarios de 2009, cuando ocho personas la felicitaron por su cumpleaños.

Al otro lado del escritorio, Punam siguió disertando:

—El yo como observador. Esa es otra forma de abordarlo. Consiste en preguntar: «Mientras percibo algo, ¿quién es la persona que lo está percibiendo?».

Arlo asintió para seguirle la corriente, estableciendo contacto visual de vez en cuando para fingir interés.

En el apartado «Acerca de mí» del perfil de Facebook de la Michelle de la huella rosa se enumeraban sus películas favoritas (*Los Tenenbaums: una familia de genios*; *Doctor Zhivago*; *Snatch: cerdos y diamantes*) y sus artistas musicales predilectos (Modest Mouse, The Shins, Joni Mitchell). Daba la sensación de ser alguien que coleccionaba discos de vinilo y fumaba tabaco de liar... Allá por 2009, al menos.

La voz de Punam comenzó a entrecortarse, como si sonara a través de interferencias de radio: «...facilitar el contacto con el momento presente..., abordar experiencias internas y externas..., acceder a un concepto trascendente del yo...».

La mente de Arlo se llenó de Michelles hipotéticas. ¿Viviría en la calle? ¿Estaría presa? ¿Sería adicta a alguna sustancia? Aunque Deborah no había especificado qué clase de problemas asolaban a su hija, a Arlo no le sorprendería que Michelle estuviera lidiando con alguna movida seria y siniestra. Como que viviera encerrada en alguna pensión, esnifando pintura en espray a través de una bolsa de papel. Tan siniestra como para que su padre se hubiera visto obligado a despojar a Arlo de su legítima herencia para desviarla hacia ella.

Pero ¿toda la herencia? ¿De verdad necesitaba entregársela entera?

—¿Eso te ha dado alguna idea para ponerte en marcha? —Punam entrelazó las manos y se recostó en su asiento.

Arlo parpadeó con los ojos resecos, debía de ser la primera vez que lo hacía en un buen rato. Al parecer, la clase magistral de psicología había concluido.

—Y tanto.

Punam esbozó una sonrisa flanqueada por sendos hoyuelos: dos depresiones lo bastante grandes como para encajar dentro el meñique. Arlo se imaginaba a veces haciendo eso: hincándole un dedo en la cara a su jefa.

—Por último, pero no por ello menos importante, está... —Punam revisó el final de la lista—. ¿Mickey Morris?

Arlo recordó a la mujer del pelo rubio, el pintalabios rosa y unas carencias de apego notables.

—Solo hemos realizado una sesión y lo que percibo hasta el momento es un miedo tremendo a estrechar lazos con los demás. Es una de esas personas que prefieren rechazar el mundo antes de que el mundo las rechace a ellas.

—¿Y qué plan tienes? —preguntó su jefa.

Arlo se pasó la lengua por los labios, que de repente parecían agrietados.

—¿Qué plan?

Otra vez esos hoyuelos.

—Tu enfoque de intervención —aclaró Punam.

—Pues… hum… Aún no lo he decidido.

Arlo sintió una punzada de pánico. Había estado demasiado ocupada con Samson, con Deborah y con esas Michelles hipotéticas como para detenerse a hacer planes. Aunque tampoco haría falta planear demasiado. Mickey Morris había llegado hasta su mesa como un paquete envuelto con esmero. Lo único que tenía que hacer era hincarle un poco la uña al celo, retirar el envoltorio y levantar las solapas. Pan comido.

Punam dejó de sonreír.

—Te noto distraída.

Arlo sintió que se encogía mientras su jefa la escrutaba con unos ojos extremadamente maquillados.

—No estoy distraída. —Cerró el portátil—. Estoy presente.

—Tenía pensado preguntarte cómo te sientes.

Arlo sintió un nudo en el pecho. Confió en que la conversación no estuviera tomando el rumbo que ella pensaba.

—Con lo de la demanda —añadió la jefa, y sí, ahí estaba. Ahí estaba *ella*: Laura. La dulce, cariñosa y depresiva crónica Laura. La que anotaba los cumpleaños de sus amigos en una libreta especial y enviaba tarjetas de agradecimiento redactadas con una caligrafía ondulante. Arlo aún conservaba unas cuantas en su escritorio. Incluso las sacaba de vez en cuando y deslizaba los dedos sobre el granuloso papel artesanal. *Gracias por todo*, decía una de ellas. *Me has salvado la vida*.

Arlo se levantó de repente y se dirigió a la ventana, con el corazón encaramado a la garganta. Ya estaba harta de esa mesa, de esa habitación.

—¿Qué quieres decir?

—Procesar algo así no es un trayecto lineal.

Pero Arlo había terminado de procesarlo. Había reflexionado y reformulado, había repasado cada conversación, y su papel en la historia de Laura podía resumirse con cuatro palabras que procedió a decir en voz alta:

—No fue culpa mía.

Punam había suavizado el tono cuando su voz resonó junto a la espalda de Arlo:

—Nunca es culpa de nadie. Ya lo sabes.

Arlo observó la procesión del tráfico en hora punta, toda esa gente corriente que conducía de vuelta a casa desde sus empleos corrientes. ¿Qué supondría un mal día para un tendero? ¿Malas ventas? ¿Y para un contable o un encargado de relaciones públicas? Para ellos, un mal día significaba que las cifras no cuadrasen, un correo electrónico enviado con faltas de ortografía. A ninguna de esas personas, Arlo estaba convencida de ello, las culpaban por la muerte de alguien en sus puestos de trabajo.

—Eres una terapeuta estupenda, Punam —dijo mientras se alejaba de la ventana—, pero no eres mi terapeuta.

—¿Estás recibiendo terapia? —preguntó su jefa.

Arlo reprimió una carcajada. Dios no quiera que alguien se pusiera de su parte.

—Salí airosa, ¿verdad? Retiraron la demanda. Fin de la historia.

—¿Lo ves? —Punam hincó el boli en el aire como si fuera una lanza—. Eso es lo que me preocupa. No se ha terminado. Y no terminará mientras vivas, porque esto no funciona así. Esa cosa está dentro de ti, y si no lo reconoces al menos, los sentimientos se enquistarán. Créeme, lo sé. La he cagado con un montón de pacientes a lo largo de los años.

—Pero yo no la cagué.

—¿De veras lo crees? Solo te lo pregunto.

Arlo escrutó el rostro de Punam en busca de un gesto de reproche, pero solo encontró simpatía, lo que en cierto modo era peor.

—Tengo que hacer planes para esta nueva paciente. —Regresó a la mesa y empezó a recoger sus cosas, con cuidado de introducir el portátil en la funda despacio y con suavidad, en lugar de meterlo a lo bruto y salir corriendo, como le habría gustado hacer—. Como bien has recalcado.

—Pero es que está lloviendo —dijo Mickey a la mañana siguiente, plantando un codo sobre el mostrador de recepción mientras se tensaban los músculos de su cuello. Arlo casi pudo oler las hormonas del estrés.

—No hay problema. —Arlo sacó los dos paraguas que se había traído de casa: uno negro, el otro rosa con lunares morados—. ¿Cuál prefieres?

Mickey alternó la mirada entre ambos, frunciendo el ceño.

—Me da igual.

Arlo le entregó el rosa.

—Te favorece.

—¿Tú crees? —Mickey agarró el paraguas por el mango—. Bueno, si tú lo dices…

La ciudad se encontraba a caballo entre el otoño y el invierno, el cielo de mediados de octubre estaba encapotado y hacía un frío que pelaba. El viento soplaba por las calles en ángulos extraños, proyectando la lluvia de lado y levantando hojas de las aceras. *Un tiempo apropiado*, pensó Arlo, *para un momento de cambio y desafío personal*. Aquella excursión era una de sus mejores ideas.

—¿Y por qué salimos de paseo, si se puede saber? —preguntó Mickey mientras se ponían en marcha.

—Han organizado un punto de encuentro para conocer gente en una cafetería al final de la calle —explicó Arlo.

Irían de mesa en mesa entablando conversación con desconocidos en lo que venía a ser una especie de sesión de «citas rápidas» para personas aisladas socialmente. Mickey detestaría la idea, pero esa era la clave. Aunque resultase desagradable al principio, la charla —las personas y su creciente sentimiento de conexión con ellas— ayudaría a levantarle el ánimo. Y a Arlo también. Ese día lo necesitaba.

—Evaluarás tu estado de ánimo antes y después de exponerte a esa situación. —Arlo se masajeó el costado, donde sentía un calambre. Habían acelerado el paso hasta casi trotar; escaparates y chopos escuálidos pasaban velozmente por la periferia de su campo visual. No tenía claro quién marcaba el ritmo—. Es un experimento, nada más.

—No será una cafetería vegana, ¿verdad? —preguntó Mickey con el ceño fruncido.

—Me suena que no.

—Mejor.

Mickey accedió a la salida de campo con un encogimiento de hombros y evaluó su estado de ánimo con un cuatro sobre diez, más o menos lo que había calculado Arlo. Menos previsible fue el amplio surtido de gente que había en el local: adolescentes con pantalones anchos y desteñidos; punkis con tatuajes en el cuello y chupas de cuero con tachuelas; madres con sus bebés; musculitos de gimnasio y un tipo mayor con una camiseta muy ceñida de Playa del Carmen. A pesar de sus numerosas diferencias, se habían reunido allí para fomentar un sentimiento compartido de comunidad. *¿Había algo más trascendental?*, se preguntó Arlo mientras el tipo mayor le dirigía una sonrisa de oreja a oreja. Su corazón rebosó de afecto hacia ese hombre.

Poco después, las dos encontraron una mesa libre y una camarera hizo sonar una campana situada en la parte frontal del local, señalizando el comienzo de la velada.

Mickey se rebulló en su asiento. Se diría que los cojines de felpa la habían engullido.

—Un momento... ¿Qué se supone que debo hacer aquí?

—Hablar con la gente —respondió Arlo, reprimiendo una sonrisa. Esta nueva paciente era cínica y belicosa, pero no tardaría en tirar abajo sus defensas.

—¿Sobre qué? —preguntó Mickey.

—Comida, música, el tiempo. Cualquier cosa.

—¿De qué servirá eso?

Arlo le explicó el poder de la conversación mundana y la creciente casuística que indicaba que conversar sin mayor ánimo de trascendencia fomentaba la conexión y el bienestar.

—Qué interesante —repuso Mickey sin convicción. Lo que quería decir era esto: *Eso es una gilipollez y tú eres una ingenua que no tiene ni idea de lo que está diciendo.*

Pero Arlo se mantuvo en sus trece. No era una gilipollez. Ella no era ninguna ingenua y claro que sabía lo que estaba diciendo. Había leído siete artículos de investigación contrastados para preparar esa excursión, ¡incluyendo un par de ensayos clínicos aleatorizados!

—¿Qué tienes que perder?

—Para empezar, ¿qué pasa si no quiero conectar con esta gente? —Mickey echó un vistazo por encima del hombro—. ¿Y si son insufribles?

Alguien debía de haberle hecho una putada tremenda a esa mujer. *O*, pensó Arlo, *quizá fuera al revés.* Es posible que esa desconfianza hacia los demás fuera fruto del autodesprecio. En algún punto —o en múltiples puntos— de su pasado, puede que hubiera tratado mal a alguien y que ahora se percibiera como una presencia malévola en el mundo.

—Escucha —dijo Arlo, cargada de empatía—. Trabajo con gente que ha hecho cosas muy malas. *Terribles*. Cosas ilegales y carentes de toda moralidad. Pero aún no he conocido a ninguna mala persona.

Mickey abrió y cerró los ojos muy despacio, un gesto que Arlo no consideró demasiado alentador.

—Las personas merecen compasión —se apresuró a añadir. Alguien se estaba dirigiendo hacia ellas—. Existe una bondad innata en todo el mundo. La felicidad es una experiencia universal, pero también lo es el sufrimiento. Todos estamos juntos en esto.

—¿Te refieres a sostener el dolor con una mano y alargar la otra en busca de alegría? —repuso Mickey con frialdad.

Arlo no supo muy bien cómo tomarse ese comentario.

—Exacto.

Un tipo vestido de traje depositó su café y se sentó en la tercera silla que rodeaba la mesa. Afeitado apurado, corbata de cordón. Era...

Era Tom Samson, comprobó Arlo con una punzada desagradable. El abogado.

Samson cruzó las piernas, las descruzó y las volvió a cruzar hacia el otro lado. Se había puesto aún más pálido de lo habitual, visiblemente horrorizado, ¿y acaso era de extrañar? La última vez que Arlo había visto a ese hombre también le había visto el pene, y ahora, le gustase o no, ese pene viviría en su memoria para siempre.

—Hola —lo saludó con una oleada de náuseas. *Con normalidad*, pensó, intentando serenarse. Actuaría con normalidad. Mantendría una charla amigable durante unos minutos, después la camarera haría sonar su campanita y todos seguirían adelante con sus vidas. Podía hacerlo—. Soy...

—Eres tú —dijo Mickey, mirando a Samson.

El abogado alzó lentamente la mirada desde sus manos y ambos cruzaron una mirada de... ¿reconocimiento mutuo?

—¿Os... os conocéis? —preguntó Arlo.

Samson volvió a mirarse las manos.

—Brevemente —respondió Mickey.

—Por una cuestión profesional —añadió el abogado.

Arlo tuvo un mal presentimiento que le produjo un nudo en el estómago. ¿Qué significaba eso? ¿Le habría proporcionado servicios legales a Mickey? Supuso que no habría demasiados abogados especializados en herencias en la ciudad. Aun así, aquello no le gustaba. Detestaba que su trabajo y su vida personal se solapasen. El otro día había visto de lejos al gimnasta con TEPT en el supermercado y se esforzó mucho para evitar que la viera, escondiéndose detrás de un estante de bollería industrial durante cuatro minutos seguidos mientras su paciente observaba anonadado el panel de las hogazas. Siempre le costaba tomar decisiones.

Tras un silencio incómodo que se alargó durante un rato, Samson añadió:

—Quizá debería buscarme otra mesa.

—No —dijo Mickey de un modo tan tajante que el abogado pareció estremecerse—. Quédate.

Arlo no pudo clasificar la expresión que se estaba formando en el rostro de su paciente, pero le recordó a ese meme de la mujer y las ecuaciones matemáticas flotantes.

Samson volvió a sentarse. Entonces los tres se quedaron mirándose durante un rato.

Arlo alargó la mano hacia una de las fichas que estaban apiladas en el centro de la mesa y se insufló ánimos con una ración de pensamiento positivo y motivacional. Era una profesional experimentada. Podía manejar una situación peliaguda como aquella. Todo saldría bien. Súper, superbién.

—¿Empezamos con una pregunta para romper el hielo?

Mickey apoyó un codo sobre la rodilla, colocó la barbilla sobre el puño y sonrió con dulzura.

—Estábamos comentando lo estupenda que es esta velada. ¿A que sí?

—Sí. —Samson dio un sorbo de café. La espuma de la leche se le aferró al labio superior—. Estupenda.

—Hemos venido a descubrir la bondad innata que existe en los demás —prosiguió Mickey—. ¿Y tú?

Arlo no tenía claro hacia dónde estaba yendo la situación, pero no le gustó ni un pelo.

—¿*Preferirías viajar al pasado y conocer a tus ancestros* —leyó en voz alta lo que ponía en la ficha—, *o ir al futuro y conocer a tus tataranietos?*

—Supongo que buscaba expandir un poco mis horizontes —dijo Samson.

—Te sientes solo —repuso Mickey.

El abogado se desabrochó el botón superior de la camisa. Mientras un mechón de pelo negro del pecho recobraba la libertad, Arlo recordó aquella mañana en su dormitorio y el folleto que le había dado al abogado con una lista de encuentros para gente solitaria. Por lo visto, no solo había leído esa recomendación —cosa que poca gente hacía—, sino que había reunido el coraje necesario para ponerla en práctica. Lo que no entendía era por qué Mickey parecía tan empeñada en atosigarlo por ello.

—¿Has pensado alguna vez en las razones que explican por qué te sientes solo? —preguntó Mickey, y si las alarmas no hubieran sonado ya en el cerebro de Arlo, se habrían activado en ese momento.

Por qué era una pregunta peligrosa, que era preferible sopesar en la seguridad de la consulta de un psicólogo. *Por qué* conducía a la duda, la culpa y la vergüenza. *Por qué* era un barril de pólvora.

—¿Perdona? —La espuma que cubría el labio superior de Samson estaba empezando a desintegrarse.

—Tiene que haber un motivo, ¿no? —dijo Mickey—. Nadie inicia su paso por el mundo estando solo. Acabamos así a causa de las decisiones que tomamos.

—Supongo —repuso Samson—. Sí. Sí, es cierto.

Arlo detectó un tembleque en su voz y decidió intervenir:

—Yo preferiría conocer a mis ancestros, sin duda —dijo, acordándose de la ficha que tenía en la mano—. ¿Qué opináis vosotros? ¿Mickey?

Pero Mickey estaba mirando fijamente al abogado.

—Vamos a explorar eso un poco, ¿te parece? Dime, ¿quién fue la última persona con la que tuviste una cita?

—No hace falta que respondas a eso —le dijo Arlo a Samson.

Era un tema espinoso. Lo notó por la manera que tuvo de encogerse sobre sí mismo, como una gamba, hundiendo la barbilla en el pecho y elevando los hombros hacia las orejas.

—Su nombre —insistió Mickey.

—Se llamaba Lydia —dijo Samson en voz baja—. Se sigue llamando así. Lydia.

Mickey asintió.

—Adelante. Háblanos de ella.

—Es gastroenteróloga —explicó—. Es inteligente, claro. Guapa. Divertida.

Arlo le apoyó una mano en el brazo a Mickey, confiando en que el gesto no resultara demasiado condescendiente. Quería transmitirle cordialidad, afecto y su apoyo incondicional, pero también necesitaba que su paciente dejase de tocar los cojones de una vez.

—Medicina… Es una profesión exigente, ¿verdad?

Mickey movió el brazo para zafarse.

—¿Y qué fue lo que salió mal?

—Nos distanciamos —dijo Samson, lo cual era una mentira evidente. Se estaba poniendo colorado.

Mickey esbozó un gesto de confusión.

—¿*Eso* fue lo que pasó?

—Sí —respondió él.

Mickey profirió un *hmmm*.

—¿Qué? —replicó Samson. El pobre había empezado a sudar—. Eso es lo que ocurrió.

—Pues vale —repuso Mickey, recostándose en su asiento.

Se hizo el silencio y, durante cinco segundos maravillosos, Arlo pensó que se había terminado. Sacó otra ficha con preguntas y estaba a punto de leerla cuando Samson añadió:

—Está bien. Le puse los cuernos. Eso fue lo que hice. La engañé.

—¿Qué? —exclamó Arlo sin poder contenerse. La infidelidad era habitual. La mitad de sus pacientes eran infieles. Pero ¿Samson? ¿Con su aceite de lavanda y su cara de Tom Hanks?

—¿Con cuántas mujeres en total? —preguntó Mickey—. O quizá sea más apropiado llamarlas *crías*. Camareras, becarias.

Arlo las visualizó en su mente: una larga fila de jóvenes vivarachas con la frente tersa, sonrisas radiantes y niveles mínimos de celulitis. Mujeres como ella misma. Y de pronto resultó obvio: Samson era un pulpo y un baboso. El halo de grima lo envolvía con una capa tan densa como la de su colonia terrosa. No se había dado cuenta antes. Se había acostado con él, pero no lo había advertido, tomándolo por un tipo pomposo pero con buen fondo, cuando en realidad era un donjuán, ¡un encantador de serpientes!

—Era una socia interina, no una becaria. —Samson cerró los ojos un momento—. Está bien..., también hubo una becaria.

—Porque eres un mujeriego —le espetó Mickey.

A Samson le tembló el labio.

—No lo soy. Al menos... no quiero serlo.

—Un misógino —añadió Mickey—. Un narcisista.

—Basta. —Samson comenzó a balancearse adelante y atrás en su asiento.

—Eso, *basta ya* —dijo Arlo, un poco asustada al ver a Mickey tan furiosa, tan vengativa. ¿Qué pretendía conseguir con eso?

—¿Y sabes qué? —añadió Mickey—. Me aburres. Eres uno de *esos tipos* que se pasan la vida follándose mujeres y cuando se hacen mayores se quedan más solos que la una.

La gente estaba empezando a mirar.

—Hombres incapaces de aceptar la realidad...

Samson se pasó la lengua por los dientes mientras la oía hablar; al mismo tiempo, profirió un soplo de aire trémulo por la nariz. Estaba al borde de un estallido de algún tipo: uno de rabia, tal vez incluso violento. Arlo se fijó en el paraguas de lunares que Mickey había colgado del respaldo de su silla y se imaginó a Samson echando mano de él. Se lo imaginó empuñándolo sobre su cabeza como un arma, repartiendo porrazos por doquier.

— ... que ellos mismos han provocado. De lo que siembras, cosechas.

El abogado apretó los puños. Arlo estaba a punto de interponerse entre ellos —para proteger a Mickey de unos golpes inminentes—, cuando Samson se acercó un puño a la boca, frunció el rostro y empezó a llorar. Lo hizo como Arlo nunca había visto llorar a un hombre en toda su carrera como terapeuta, derramando unos lagrimones enormes que se deslizaron por sus mejillas y oscurecieron las solapas de su americana. Lloró con tanta fuerza, entre temblores y resuellos, que el resto del local se quedó en silencio y la gente comenzó a congregarse a su alrededor: varios musculitos de gimnasio, una mamá, la camarera con su campanita. El tipo mayor de la camiseta de Playa del Carmen parecía especialmente preocupado.

Arlo no sabía qué pretendía conseguir Mickey con ese encontronazo, pero a juzgar por su boca abierta y sus ojos desorbitados, no era eso.

—Nos vamos —dijo Arlo mientras alargaba la mano hacia sus abrigos.

Se sentaron juntas en un banco del parque al otro lado de la calle y observaron a una barnacla canadiense que pasó de largo con andares de pato. Había dejado de llover y el sol empezaba a asomar, las plumas del ave relucían con la humedad. Se detuvo, estiró su largo cuello hacia ellas y les lanzó una mirada amenazante. Arlo contuvo el aliento, demasiado cansada como para plantearse otra confrontación, siquiera con un ganso.

—En fin —dijo en cuanto el pájaro siguió su camino y ella pudo soltar el aire—, esta es la parte en la que te pido que puntúes tu estado de ánimo por segunda vez.

Mickey tamborileó con los talones en el suelo, sin darse cuenta o sin que le importase que el barro le estuviera salpicando las piernas. Tal vez fuera la luz, o quizá se debiera al hecho de que acababa de hostigar a un hombre adulto hasta hacerle llorar, pero el caso es que estaba un poco pálida, con la boca fruncida en un gesto próximo a la catatonia.

—¿Un dos? O a lo mejor un tres.

—Así pues, peor que antes.

Era lógico. Arlo sabía que victimizar a los demás rara vez reportaba la satisfacción deseada.

—Ya sabía yo que lo de la cafetería iba a ser una pérdida de tiempo —dijo Mickey en voz baja, con la mirada perdida.

Arlo sintió una oleada de empatía y benevolencia hacia su paciente. No tenía claro de dónde surgía esa costumbre de apreciar más a la gente cuanto peor se comportaban, pero siempre le había venido bien como terapeuta. Y aquella no era una excepción.

—¿De qué conocías a ese tipo? —preguntó.

Tuvo la impresión de que Mickey estaba escogiendo su respuesta con tiento:

—Se ocupó de gestionar la herencia de mi padre.

—Entiendo —repuso Arlo con calma mientras explotaba un petardo en su sistema nervioso.

Quería formular un millón de preguntas. ¿Cuándo falleció el padre de Mickey? Si era reciente, ¿había llorado ya? ¿Qué clase de relación mantenían? ¿Había ejercido como cuidadora, igual que ella? ¿También había transportado a su padre entre las sesiones de diálisis y fisioterapia, entre el endocrino y el hepatólogo, entre el dietista, el ortopedista y el ambulatorio? ¿Conocía también el olor de la úlcera de decúbito en fase tres?

Pero todo eso tendría que esperar.

—Ese hombre... ¿se aprovechó de ti? —preguntó Arlo, temiendo la respuesta. Cruzando los dedos para que las dos no se hubieran acostado con el mismo abogado.

Mickey soltó un bufido.

—No.

Menos mal, pensó Arlo.

—Me contó algunas cosas sobre sus problemas. —Mickey se frotó el rostro entre las manos—. Me dijo que acude a terapia.

—Así que te hizo una confidencia. —Arlo decidió asumir un riesgo y decir las cosas claras—. Y tú has utilizado esa información para humillarlo en público.

Mickey soltó un largo suspiro con los labios fruncidos.

—Sí.

—¿Y te ha servido de algo?

—No, la verdad es que no.

Mickey cruzó una mirada con ella durante medio segundo, algo que Arlo interpretó como una pequeña victoria. Había encontrado una oquedad, un resquicio en una ventana hacia el mundo interior de su paciente. Decidió que la abriría poco a poco, sesión por sesión, hasta que pudiera introducirse por ella.

Pasó de largo otra barnacla canadiense.

—Esos bichos siempre me han traído mala suerte —dijo Mickey, poniendo una mueca.

MICKEY

Cuando Mickey entró en el apartamento de Chris el viernes por la tarde, no llamó antes a la puerta; ya habían superado esa fase. Ian estaba sentado en el suelo con las piernas cruzadas, a menos de un metro del televisor, alargando el cuello para ver unos dibujos sobre unos cerdos antropomórficos con acento británico. Su tez había recuperado parte de su color y ya no estaba echando los higadillos, lo cual era una buena señal. Mickey se sentó a su lado sobre la alfombra.

—Hola.

Ian levantó una mano a modo de saludo sin apartar la mirada de la pantalla.

—Hola.

Los cerditos estaban volando una cometa. Si no le fallaba la memoria, la cometa no tardaría en quedarse encajada en un árbol y el cerdo padre tendría que trepar por las ramas y zarandearla hasta soltarla con una habilidosa maniobra de sus pezuñas. Era sin duda el programa infantil más aburrido de la historia y despertaba una aversión ardiente en los rincones más profundos de su ser.

—Este episodio está chulo —dijo.

Ian se encogió de hombros.

—Supongo.

—¿Cuánto tiempo pasas delante de la tele últimamente?

—Mucho.

Mickey había aceptado la invitación de Chris para cenar debido a: 1) la preocupación persistente por Ian, y 2) una cuestión pragmática. Había agotado sus reservas de cenas de pasta al microondas y recurrido a tostadas y/o cereales para almorzar. El supermercado más cercano se encontraba a un trayecto corto en bus desde su casa, pero la idea de levantarse e ir hasta allí —de conseguir una moneda para el carro y atravesar esos pasillos kilométricos bañados por luces fluorescentes en busca de guisantes congelados— le resultaba abrumadora. Sin olvidar que el saldo de su cuenta corriente ascendía a 181,91 dólares.

—¿Cómo ha sido volver hoy con la profe nueva?

Mickey no tenía planeado preguntarlo. De hecho, había decidido no hacerlo. Otra persona estaba dirigiendo su clase, arruinando su meticulosa planificación de las mesas mientras ella se pasaba el día en casa sentada sin hacer nada. Oír hablar de ello podría provocar que perdiera los estribos, cosa que ya le había pasado una vez en esa semana. Pero teniendo a Ian delante, con las noticias sobre sus alumnos al alcance de la mano…

El niño puso una cara muy seria.

—La profe nueva no canta.

—Jo —repuso Mickey, afligida. ¿Cómo podía alguien dar clases en infantil sin cantar? Sería como montar en una bici sin ruedas, como lanzarse al espacio en un cohete sin combustible.

—Y tampoco baila.

—No me digas.

Las profesoras de infantil tenían que bailar. Tenían que saltar, menearse, girar, contonearse.

—No me ayuda a ponerme las manoplas.

—Oh, no, no, no.

Mickey se levantó del suelo. Le habían arrebatado su clase, la obra de su vida. Eso ya era bastante grave. Pero ¿reemplazarla con una profesora que no cantaba ni bailaba? Eso era una infamia. ¿Y quiénes serían los más perjudicados por esa negligencia? Los niños. Jamás aprenderían los días de la semana si su profesora se negaba a cantar.

—¿A dónde vas? —Ian también se había puesto en pie.

Mickey se detuvo. No se había dado cuenta de que estaba en movimiento.

—A ninguna parte.

El niño se interpuso en su camino hacia la puerta principal.

—¿Por qué te marchas?

—No me marchaba. ¿Me marchaba? —Pasearse. Eso era lo que estaba haciendo—. Lo siento. —Se arrodilló delante de él para volver a ponerse a su altura—. Lo que acabo de hacer ha sido confuso. Pero no me marcho todavía. Voy a quedarme a cenar.

El niño inclinó la cabeza. Tenía un pegote de color rosa pegado al pelo, por detrás de la oreja. Podrían ser restos de un espray de serpentina o posiblemente yogur.

—¿No hay tren de la despedida? —Mickey se murió un poquito por dentro.

—No, no hay tren.

Ian volvió a sentarse sobre la alfombra. Ahora los cerdos estaban montados en una noria que empezaba a ganar velocidad; a su alrededor, el mundo se había convertido en una maraña de ruido y color.

Chris apareció en el umbral de la cocina, ataviado con unas manoplas de horno y un delantal recién estrenado, adornado con una flecha gigante y una frase obscena encima de una salchicha.

—Guau. Estás... guau.

Mickey se había aplicado una capa extra de lápiz de ojos, un poco de carmín, y llevaba puesto su vestido de punto favorito. No era para tanto.

—¿Te traigo algo? —Se quitó los guantes de horno y ejecutó ese gesto tan propio de apartarse el pelo hacia atrás—. ¿Agua? O también tengo zarzaparrilla.

—¿No tienes whisky?

—La otra noche probé un vino que estaba picado y tuve que tirar todas las botellas. —Chris señaló con la cabeza hacia un artilugio de madera que había en el hueco de debajo de las escaleras: era el carrito de las bebidas, comprobó Mickey, achicando los ojos. Solo que sin una gota de licor—. Lo siento.

Se acercó al carrito e inspeccionó los huecos circulares en el polvo, que señalaban el lugar donde antes estaban las botellas.

—¿Las has tirado todas?

—Algunas llevaban ahí mil años.

—¿No tienes nada? —preguntó Mickey. Lo farfulló, más bien. De repente le costaba hablar.

—¿Pasa algo? —preguntó Chris.

Mickey había visto una licorería al final de la calle. Aún seguiría abierta. Podría dejarlo caer como quien no quiere la cosa. *Es una lástima no tener vino para acompañar una cena tan rica*, podría decir. *¿Qué te parece si voy a por una botella? Un malbec, por ejemplo. No, no... No es ninguna molestia, en serio. Solo serán diez minutos.*

Entonces se dio cuenta de que Ian los estaba observando por el rabillo del ojo.

—La zarzaparrilla me parece bien.

Mickey se apoltronó en la mesa de la cocina y lo observó mientras cocinaba. ¿Qué mejor forma de evaluar las habilidades de Chris como niñero que sentarse sin hacer nada mientras él faenaba? No fue divertido. No le gustaba el ambiente recargado y vaporoso de la cocina. No le gustaban los aromas de la nata y el limón, ni la forma que tenían de fusionarse al fondo de su garganta. Y *desde luego* que no le gustaban la sonrisa atractiva de Chris, ni sus chistes graciosos, ni esa anécdota entrañable sobre la primera vez que preparó aquel plato, cuando estaba de intercambio estudiando empresariales en Borgoña. No, no le gustaba nada de eso ni lo más mínimo.

—Odio ese programa de los cerdos —dijo Chris mientras removía el contenido de una sartén con un cucharón de madera.

Mickey se rio. Habían dejado a Ian en la habitación contigua.

—Todos odiamos algo de lo que echan en la tele —repuso.

—A veces sueño con esos cerdos. —Chris blandió el cucharón de madera en el aire, salpicando de nata su delantal, las encimeras, los azulejos—. Se me aparecen en sueños. ¡En sueños, Mickey!

Aquello la sobresaltó, esa combinación entre su voz y su nombre.

—Y luego tiene un libro de cuentos, ¿sabes? Se titula *Cuentos de cinco minutos*. Es un tomo gordísimo. Pero el problema es que nunca se conforma con uno solo.

Mickey divisó algo en su campo visual —resultó ser una botella de vinagre de vino blanco— y se quedó mirándola para estabilizarse el pulso. Pero luego no pudo evitar preguntarse si el vinagre sería bebible, si contendría alguna traza de alcohol, o cómo le calentaría la garganta al descender por ella, y el corazón le latió más deprisa.

—«Uno más», dice. «Uno más». Si digo que no, empieza a tirar cosas. Soy un rehén en mi propia casa.

¿Los pulverizadores de cocina contenían alcohol? ¿Y un zumo de manzana muy añejo? Sin duda, el zumo de manzana acababa por convertirse en alcohol. Por no sé qué proceso con los azúcares.

—¿Cuántos cuentos terminas leyéndole? —preguntó Mickey, clavándose las uñas en las palmas. Uf, necesitaba tranquilizarse.

—Todos. Se los leo todos. Nos tiramos una hora.

Chris se reía de sí mismo, una cualidad que Mickey no había encontrado a menudo en gente de ningún tipo, no digamos ya en treintañeros solteros y exitosos con brazos bonitos y musculados.

—Ya te acostumbrarás —dijo, sintiéndose un poco mareada, además de todo lo demás.

—Bueno. Por suerte, no hará falta. —Chris ya no se estaba riendo. Levantó las tapas de varias cazuelas y oteó el interior como si estuviera buscando algo—. Mi madre llegará pronto en avión. Para tomar el relevo.

A Mickey no le agradó esa idea, aunque no sabría decir por qué.

—¿Cuándo?

—Tiene que calcular cuánto tiempo podrá ausentarse, pero en cuanto lo haga, se pasará por aquí. —Puso los brazos en jarras y contempló las cazuelas con un mohín—. ¿Qué estaba haciendo?

—¿Seguro que puedes contar con ella? —preguntó Mickey—. Con tu madre, quiero decir.

—Bueno, nunca ha sido la persona más fiable del mundo —admitió Chris.

Si su madre se parecía en algo a la de ella, podrían estar seguros de que no iba a venir, así que tanto tío como sobrino tendrían que arreglárselas solos. ¿El tío aparcaría sus dudas y empuñaría el estandarte de la paternidad? ¿El sobrino aprendería a poner en riesgo su corazón herido otra vez? Aquello era carne de comedia televisiva sensiblera. Mickey casi pudo oír las risas enlatadas.

—*Lavar los platos*. Eso es lo que estaba haciendo. —Se giró y se dirigió al fregadero—. Digamos que me tocaron cero de dos en cuestión de padres fiables.

Tal vez fuera por el calor de la cocina, o quizá por el sonido del agua al salir del grifo, pero por una razón o por otra, a Mickey se le aflojó la lengua.

—¡Ja! A mí también.

Chris giró la cabeza para mirarla.

—¿En serio?

Mickey se remontó a un día frío y oscuro de febrero, durante su último semestre en la facultad de Magisterio. La moqueta malva del pasillo que se extendía frente al apartamento de su madre. La voz de su progenitora resonando por debajo de la puerta mientras Mickey meneaba el picaporte, y lo meneaba un poco más, con los hombros doloridos a causa de una mochila repleta de libros de texto, con los dedos de los pies congelados dentro de las botas.

—¿Tu madre también te cambió la cerradura de casa?

Chris cerró el grifo y volvió a girarse hacia ella, en silencio.

Frunció sus agraciadas facciones para adoptar una expresión de lástima. De lástima por *ella*, comprendió mientras se le formaba un nudo en el estómago. Porque se había sincerado con él sin darse cuenta. Se levantó de un salto.

—Deja que te ayude con algo.

Chris pareció sobresaltado.

—Oh, no hace falta... —Su rostro cambió mientras se daba cuenta de algo—. ¿Qué te parece si sirves las patatas en un plato? Y las judías verdes.

Mickey hizo lo que le pidió y lo llevó todo hasta la mesa, agradecida de poder alejarse de él durante unos instantes. *Ian*, se recordó. Estaba allí por Ian.

—No quiero esto —dijo el niño unos minutos después, mientras observaba la comida con una mueca desde lo alto de una trona portátil.

Mickey frunció los labios. Los instantes siguientes serían cruciales.

—Claro que sí —repuso Chris—. Está muy rico.

—Tiene una pinta rara y asquerosa —dijo Ian.

—Hace un rato te he visto comerte los mocos.

El niño giró el cuerpo sobre su asiento, alejándose de la comida francesa y apuntando hacia la pared.

—Mentira.

—Si te comes la comida, luego te daré un helado.

—No quiero helado.

Chris pinchó una pechuga de pollo y empezó a cortarla en dados.

—También tengo galletas.

—No quiero galletas.

—¿Qué quieres entonces?

—Quiero los cuentos de cinco minutos.

En la versión televisiva de sus vidas, la imagen cambiaría a un primer plano de Chris con la vena de la frente hinchada. Se había quedado paralizado con el tenedor a medio camino de su boca.

—Mamá dice que si lees cuentos te salen flores en el cerebro —añadió el niño.

—Tu madre no está aquí —replicó Chris mientras se metía un trozo de carne en la boca.

—¿Y? —preguntó Ian.

—Y punto pelota.

—¿Qué significa eso?

Chris masticó el pollo como si quisiera infligirle dolor. Los trocitos revolotearon por el interior de su boca mientras hablaba.

—Significa que no cuentes con ello.

—¿Por qué? —preguntó el niño.

—Porque no me gustan esos cuentos.

—¿Por qué?

—Porque son demasiados.

—¿Por qué?

Se hizo el silencio en la cocina. Mickey contuvo el aliento.

—¿Por qué? —repitió el pequeño.

Chris soltó el tenedor y se apoyó las bases de las manos en las cuencas de los ojos. Ya llegó: el clímax, el gran momento, el punto en el que se ralentizaría el tiempo, comenzaría a sonar una música de violines y los espectadores se quedarían sentados en el borde de sus asientos. Enseguida, el reticente héroe asumiría su sentido del deber, abriría la boca y diría...

—Está bien, podemos leer los cuentos de cinco minutos.

En ese instante —ante esa mesa, rodeado de cocina gourmet—, el soltero despreocupado murió y de sus cenizas emergió un padre. Mickey reconocería uno en cualquier parte. Los padres irradiaban un halo de agotamiento supino que era imposible de replicar.

Mickey dio un trago exultante de zarzaparrilla. Se acabó. Había cumplido con su obligación profesional. Tío y sobrino se las arreglarían para cuidar el uno del otro y ella ya no tendría que preocuparse por ellos. No tendría que pensar en ellos ni un segundo más.

—Quiero que la señorita Mickey también lea alguno.

—¿Qué? —exclamó ella.

Su nombre había brotado de la pálida lengüecilla de Ian y se había desplazado por el aire por medio de su vocecita chillona, y ahora la estaba mirando con esa intensidad nuclear que solo era capaz de mostrar un niño. Transcurrieron tres, cuatro, cinco segundos, y seguía sin desviar la mirada.

—¿Te parece bien? —preguntó Chris y, uf, ahora la estaban mirando los dos.

Mickey aferró con más fuerza el vaso de zarzaparrilla. Estaba frío y húmedo a causa de la condensación, casi tanto como una pinta de vodka recién salida del congelador, y si cerraba los ojos podía imaginarse que lo era. El olor penetrante y purificador. Ese sabor que era como un cuchillo agradable en la boca.

—Recogemos, tomamos un poco de helado y preparamos al *gremlin* para irse a la cama. Puede que necesite un baño. Y luego… —Chris se encogió de hombros.

—¿Y luego?

Mickey no supo decir si le estaba proponiendo sexo. Tuvo el pálpito de que no era así, lo cual la dejó inquieta y perpleja, más que cualquier otra cosa.

—No sé —dijo Chris—. ¿Pasar el rato? ¿Ver un poco la tele?

—¿Cómo dices? —replicó ella—. ¿Preparar unas palomitas? ¿Jugar a un juego de mesa? ¿Quedarse dormidos en el sofá, bajo una pila de mantas, viendo episodios antiguos de *The Office*?

—¿Por qué no? —preguntó él.

—Como una fam...

No pudo articular esa palabra. Y no era de extrañar. Mickey no era así. No hacía esas cosas. No establecía vínculos con la gente durante una cena a base de pollo y zarzaparrilla. Se movía por el mundo a su aire. La vida era un lance en solitario y la gente que aseguraba lo contrario se engañaba.

Mickey se levantó de la silla con un brinco.

—¿A dónde vas? —preguntó Chris.

—Al baño. —Mickey se esforzó para no echar a correr.

Después de echar el pestillo, se encorvó sobre la encimera y trató de respirar. Como cabía esperar, el lavabo estaba hecho un asco. Dos de las tres luces que había encima del espejo estaban fundidas.

Te quiero, pero necesito establecer este límite. Esas fueron las palabras de su madre, las que de verdad salieron de sus labios, como si fuera muy madura, muy evolucionada a nivel psicológico, como si no fuera una gilipollas más que había metido las cosas de su hija en bolsas de basura y las había dejado tiradas en el rellano del tercer piso. Habían pasado más de diez años, pero Mickey seguía pensando en ello a todas horas. Porque era tonta. Porque era débil. Porque, por muchos palos que le diera la gente, no podía renunciar a la lucha.

Aquella noche, por ejemplo. Ella solita se había metido en esto.

—Eres patética —le susurró a la chica del espejo, esa idiota del pintalabios mate y el vestido de punto desaliñado. La que seguía empeñada en intentar encajar.

Se materializó un impulso.

Echó un vistazo debajo del lavabo, pero solo encontró papel higiénico y pastillas de jabón.

—Venga ya —murmuró mientras cerraba las puertas del armarito.

Entonces lo vio. Allí, en el espejo, por encima de su hombro derecho. El armario de las medicinas.

Mickey recorrió las calles con una ligera molestia en el estómago y una botella de enjuague bucal azul bajo el brazo. Fue un proceso lento, esa caminata, como atravesar un bosque frondoso, o la crecida de un río o un paraje remoto en un campo de batalla de la Primera Guerra Mundial, una de esas llanuras inmensas donde los cadáveres de unos caballos se abotargaban en los cráteres de las bombas, donde las estrellas centelleaban en lo alto y la gravedad pegaba tus pies al suelo, hundiéndolos en el lodo hasta tal punto que nadie podría encontrarte en un centenar de años.

—Qué extraño —dijo y volvió a acercarse la botella a los labios.

Había salido corriendo por la puerta sin despedirse siquiera. Había sido una cagada en toda regla, lo cual tal vez explicara por qué de repente se había puesto a pensar en Tom Samson. El abogado del pelo canoso, la corbata de cordón y las lágrimas de cocodrilo.

Mickey inspiró la bocanada más honda de su vida, extendió los brazos y cantó en mitad de la noche: *Adiós, adiós, me marcho en el tren. Mañana volveremos para pasarlo bien…*

Se oyó el deje autómata del Google Maps: «Has llegado».

—¿He llegado? —Mickey revisó el móvil—. ¡Mierda, es verdad!

La torre de oficinas parecía no tener fin, sus lucecitas se elevaban hacia el infinito. Eran las nueve de la noche de un viernes, pero Mickey supuso que él podría seguir allí, trabajando hasta tarde o tirándose a alguna secretaria. A no ser que se hubiera tomado la semana libre para recuperarse del incidente de la cafetería. Se cubrió los ojos, cosa que no sirvió de nada, pues la escena siguió proyectándose en su mente una y otra y otra y otra vez.

—¿Se encuentra bien, señorita?

Mickey separó dos dedos y se asomó a través de ellos. Había un guardia de seguridad plantado delante de la puerta giratoria de cristal, con las manos metidas en los bolsillos de un abrigo tan acolchado que su cabeza parecía diminuta en comparación. Tenía un gesto afable, pero era un tipo robusto, y Mickey tuvo la impresión de que no dudaría en derribarla si la situación lo requiriese. Se envolvió todavía más en su abrigo y estrujó la botella de enjuague bucal sobre sus costillas.

—Es por mi n-n-novio.

Siempre se le había dado bien camelarse a los guardias de seguridad y aquella noche no fue una excepción. Unas cuantas lágrimas, un poco de sorberse la nariz, varias mentiras acerca de que tenía pensado dejarle un regalo de cumpleaños en su mesa como sorpresa, pero se había olvidado hasta ahora, sobre lo mal que se sentía, sobre lo mucho que lo quería, bla, bla, bla, y bingo, estaba dentro, recorriendo a paso ligero el suelo de mármol del vestíbulo.

Tras escanear el directorio de la pared —*Samson, Baker y Chen SRL*; undécima planta—, pulsó el botón para subir y montó a bordo de un ascensor dorado. Las cuatro paredes estaban revestidas con espejos, ninguno de los cuales ofrecía una imagen demasiado halagüeña, así que cerró los ojos y se aferró a la barandilla hasta que el ascensor se detuvo en seco y las puertas se abrieron con un murmullo.

Aunque la recepción principal estaba vacía, todas las luces seguían encendidas y la mitad de los despachos estaban llenos, con sus ocupantes encorvados sobre sus portátiles con una taza de café al lado, o una lata de cerveza, o las dos cosas. Nadie prestó la menor atención a su presencia. Mickey era un ente ajeno en ese lugar, como el día y la noche.

Localizó la placa donde ponía THOMAS SAMSON III y al entrar la recibió un aroma dulce y floral, y el murmullo de las olas del océano. Mickey se apoyó en la pared para estabilizarse; su tranquilidad se estaba desmoronando.

Samson estaba acurrucado en el sofá en ropa interior, con sus largas extremidades pegadas al pecho y una manta extendida sobre los hombros. A su alrededor, el suelo estaba cubierto de carpetas. Causaba la impresión de ser un bebé grandote y canoso. Mickey tuvo la deferencia de mantener las luces apagadas. Se agachó y se acercó más y más hasta que sus narices se rozaron.

—Hola.

El abogado abrió los ojos.

—¡Mierda! —Apartó la manta de golpe, se puso en pie y retrocedió dando tumbos hacia el helecho de la esquina, que seguramente era artificial.

—¿Cómo es que ya estabas dormido? —preguntó Mickey—. Solo son las nueve y media.

—Joder. —Samson se frotó el rostro—. En serio. ¿Qué coño está pasando?

—¿Y por qué huele como la casa de una ancianita?

—Es lavanda. Del difusor. —Señaló hacia un artilugio situado sobre la mesita auxiliar, al lado de lo que Mickey supuso que era una máquina de ruido blanco para bebés—. Es agradable.

—No está mal —repuso ella y se sentó en el borde del escritorio.

Se le habían subido los bóxer de cuadros; tiró de las perneras y cambió de sitio sus trastos, después regresó al sofá y se echó la manta sobre el regazo. Mientras miraba a Mickey, sendos gestos de preocupación y repulsión se mezclaron en su rostro.

—Guau. Tienes un aspecto... guau.

—Soy una persona horrible —dijo Mickey.

—¿Qué?

—Te humillé.

Había intentado reforzar sus argumentos, convencida de que, si lo azuzaba y provocaba de la manera adecuada, explotaría sin remedio con un arrebato de ira misógina, demostrando así que la terapeuta estaba equivocada sobre la bondad inherente de la humanidad. Pero en lugar de gritarle, o de llamarla «zorra», en vez de agarrar uno de los paraguas y amenazarla con él, tal y como había previsto ella, hizo algo mucho peor.

—Rompiste a llorar. Como una Magdalena.

—Lo recuerdo —dijo el abogado.

—Nunca había visto a nadie llorar tan fuerte. Y soy profesora de infantil.

Samson torció el gesto.

—Vale, ya basta.

—Soy terrible. Nefasta.

Ian seguramente no habría llorado; no, ese no era su estilo. Habría escuchado la huida de Mickey, el crujido de la puerta principal al abrirse y cerrarse, y se habría encogido de hombros sin darle mayor importancia. Habría arrumbado esa velada en el lugar donde almacenaba todas sus decepciones. Y Chris... seguramente le daría el beneficio de la duda, pondría alguna excusa para justificarla. No se le pasaría por la cabeza que pudiera beberse su enjuague bucal.

Mickey reprimió un eructo mentolado.

—¿No opinas igual?

Samson se fijó en la botella que llevaba bajo el brazo, que ya había dejado de intentar ocultar. Ese hombre la tenía calada.

—No lo sé —respondió el abogado.

Mickey tragó saliva con fuerza. Tenía la lengua agarrotada, cada vez le costaba más y más formar las palabras.

—Das bastante grima, pero eso no es... no es excusa.

Samson se acercó el puño a la boca durante un momento. Finalmente, estaba empezando a parecer molesto. Bien. Mickey se lo merecía. Se merecía cualquier diatriba furibunda que estuviera a punto de soltarle.

—Soy un puto caso perdido. Lo entiendo. Pero al menos lo intento, ¿vale? Al menos no me escondo.

Mickey dio otro trago. El enjuague bucal le abrasó la garganta durante su descenso.

—¿Tengo pinta de esconderme?

—Tienes pinta de estar enferma —replicó Samson.

Mickey agachó la cabeza. ¿En serio? ¿Esa era su mejor réplica?

—Necesitas ayuda —añadió el abogado, o puede que no. Puede que no dijera nada y que Mickey solo estuviera recordando todas esas otras veces a lo largo de los años, cuando algún amigo o profesor preocupado se la llevaba a un aparte para soltarle el mismo sermón incómodo: la adicción era una enfermedad, una dolencia terrible, pero no era algo de lo que avergonzarse, no en esa época, y luego le preguntaban si quería un panfleto con una lista de recursos. O una tarjeta de visita con algún número de teléfono para momentos de crisis. Podría llevarla en la cartera para recurrir a ella cuando le hiciera falta.

Mickey trató de buscar un argumento inteligente, algo sobre la sociedad y la urgencia por patologizar las cosas. Las ideas estaban ahí, pero la frase se negaba a cobrar forma.

—¿Qué quieres? —preguntó Samson, y Mickey tuvo la certeza de que esta vez sí había hablado, porque le había visto mover los labios.

—Quiero seguir siendo profesora de infantil —respondió—. Luego quiero volver a casa y sentarme yo sola en una habitación tranquila. Eso es todo lo que quiero.

Era lo único que había querido en su vida. ¿De verdad era mucho pedir? Sí, empinaba el codo, pero solo al final del día, o a veces en mitad de la jornada, muy de vez en cuando, pero de verdad que no podía no hacerlo. Era un hábito que tenía y punto.

Samson negó con la cabeza.

—Eso no es lo que quieres.

El ardor del estómago descendió hacia los dedos de sus pies y ascendió hacia sus mejillas. Mickey tiró de su abrigo, pero no consiguió desprenderse de él.

—Sí que lo es.

—No.

El abogado se cernió sobre ella.

—¿Por qué te acercas tanto?

—Me preocupa que puedas caerte al suelo.

—¿Quién eres tú para darme lecciones? No me conoces. No puedes… leer la mente.

Aquella réplica sonó más quejumbrosa de lo que pretendía. La cizaña que había evocado en la cafetería se había evaporado de su cuerpo. Todos sus esfuerzos estaban destinados a mantenerse despierta.

—¿Cuánto has bebido de ese mejunje?

El mundo se estaba desvaneciendo. La marea del océano subía y bajaba.

—¿Mickey? Mickey.

El suelo cedió bajo sus pies.

ARLO

P unam se pasó mucho tiempo sin decir nada.

—Explícamelo otra vez.

Arlo relató los sucesos de la sesión tal y como se habían producido: el encuentro en la cafetería, Tom Samson, sus lágrimas de cocodrilo. Podría haber mentido, pero no tenía motivos para hacerlo. Una intervención terapéutica inteligente se había torcido sin que hubiera sido culpa suya. Sí, Mickey había montado una escena, y sí, había infligido un trauma emocional en un tercer individuo desprevenido, pero aquello solo recalcaba lo hondo que era su sufrimiento. Y Arlo había salido de ese encontronazo con una percepción más precisa sobre esos sentimientos. En el fondo, había sido una sesión muy productiva.

—No puedo decir que haya sido tu mejor idea —dijo su jefa.

Arlo se mordió el interior del carrillo.

—¿Por... por qué lo dices?

Estaban sentadas en lados opuestos del escritorio de Punam para la supervisión de la jornada. Su despacho era luminoso, pero pequeño; las paredes estaban abarrotadas de títulos de másteres, certificados de gratitud por parte de organizaciones de voluntarios y fotos de esa cabaña a la orilla de un lago de la que hablaba a todas horas, pero que casi nunca parecía visitar.

—Llevaste a una paciente a un entorno desencadenante. Un entorno que además estaba repleto de otra gente vulnerable.

Arlo recordó la atmósfera amigable, el murmullo agradable de las conversaciones, el tipo mayor con la camiseta de Playa del Carmen. Eso no podía considerarse *desencadenante*.

—Fue una activación conductual básica —replicó.

—Pero ¿en condiciones seguras?

Pues claro que sí. No se había llevado a Mickey a hacer barranquismo. No habían hecho nada más que sentarse a charlar en compañía de otros seres humanos, no podía existir ningún peligro inherente en eso.

—La paciente dio su consentimiento antes de empezar.

—Pero ¿fue un consentimiento informado? —Punam se inclinó hacia delante y apoyó los codos sobre la mesa, colocando un antebrazo encima del otro—. ¿Conocía los riesgos? ¿Y tú? Este oficio ya resulta bastante arduo cuando se limita a dos personas dentro del espacio controlado de una consulta terapéutica.

—Hemos alcanzado un punto de inflexión —dijo Arlo, intentando no parecer demasiado brusca. Ya estaba harta de ella y de sus continuos reparos—. Eso es bueno. Significa que estamos llegando a alguna parte.

—Llevo mucho tiempo en este oficio, Arlo. Sé lo que son los puntos de inflexión.

Así era: los sesenta y cinco años de su jefa se hacían notar en los pliegues de su cuello y la piel apergaminada que se extendía por debajo de los ojos. Tenía delante a una mujer mayor que se aferraba a la poca influencia que le quedaba, se recordó Arlo. El poder de Punam estaba menguando, y ninguna residencia vacacional podría cambiar eso.

—Tienes razón —admitió—. Lo siento.

Punam suavizó sus facciones de un modo poco tranquilizador.

—Deja que te pregunte una cosa. —Lástima. Su rostro se estaba contorsionando con una expresión de lástima horrible y abyecta—. ¿Confías en ti en estos momentos?

Laura Hedman emergió de un rincón oscuro de su mente con el mismo aspecto exacto de su sesión final: gafas con punta de ala y esmalte de uñas amarillo como el plumaje de un pollito. Hablaron de sus clases en la universidad, de sus amigos, de sus planes para el fin de semana. Parecía tan despreocupada, tan radiante, tan de fábula.

Nada que ver con esa horrible carta que redactó.

Arlo ahuyentó ese recuerdo. Pero esa Laura de las uñas amarillas solo era una entre muchas y no tardó en aparecer otra para ocupar su lugar. Apareció la Laura de la temporada de exámenes, con sus rebecas de color beige, su nerviosismo provocado por la cafeína y su tendencia al catastrofismo; la Laura equilibrada, que usaba pintalabios y blazers un par de tallas más grandes, y se esforzaba mucho mucho por mejorar; la Laura inspirada en los noventa, que prefería los moños espaciales y la sombra de ojos en tonos metálicos. Aparecieron la Laura cansada, la Laura inquieta, la Laura con chorretones de rímel por toda la cara. Continuó el desfile de Lauras, siempre escapándose de sus rediles. Pisoteando el suelo. Irrumpiendo en lugares donde no tenían cabida.

—Lo de la cafetería fue un error. —¿Arlo creía eso? No. Pero la verdad daba igual en ese momento. Lo importante era revertir el ceño fruncido de su jefa y salir de esa habitación—. Venga. Ya conoces el trabajo que he estado realizando con mis demás pacientes.

El gimnasta con TEPT, el médico con el trastorno alimenticio, el ama de casa insomne… Todos habían dado un paso adelante. ¿Por qué? Porque Arlo era una terapeuta excelente.

—¿Has vuelto a pensar en Laura? —preguntó Punam, inclinando la cabeza hacia un lado.

—No —respondió.

La jefa inclinó la cabeza hacia el otro lado.

—Estás haciendo eso de esperar a que el paciente hable —dijo Arlo mientras se le originaba un calor en la boca del estómago.

Pero no iba a funcionar. No iba a morder el anzuelo, porque no tenía nada que decir. Arlo le había proporcionado una terapia muy efectiva. La propia Laura lo había dicho muchas veces. *Gracias por hacerme un hueco. De verdad que no sé qué haría sin ti.* Además, a veces los recuerdos no eran más que eso. No todo tenía por qué significar algo.

Punam volvió a desplazar la cabeza lentamente hacia el centro. Uf, esto se le daba bien.

—Un poco —admitió Arlo—. He estado pensando un poco en ella.

—¿Solo un poco?

—Mortificarse no es productivo.

—Ajá —murmuró la jefa, aunque por su tono no parecía estar del todo de acuerdo.

Desvió la mirada hacia una foto enmarcada que había en su mesa: la fachada de piedra de su cabaña al atardecer. Después le lanzó una mirada tan penetrante que Arlo se encogió sobre el respaldo de su asiento.

—Bueno, ahora has cometido un error. Aún tienes un montón de gente a la que ver. ¿Cómo puedes recargar pilas y asegurar que estés lista para la semana que viene?

Había una respuesta correcta. Arlo solo necesitaba expresarla.

—¿Qué te parece —se estremeció por dentro ante la perspectiva de lo que se avecinaba— pasar un poco de tiempo libre con la familia?

Leonora estaba tirada en el suelo, dentro del vestidor, con el traje pantalón de color crema arrebujado en los peores lugares posibles y la camisa de seda del pijama favorito de su padre doblada sobre la cara.

—¿Madre? —Arlo le dio unos golpecitos con el pie—. Madre.

Leonora se enderezó como Drácula al emerger de su ataúd. La camisa del pijama se desplomó sobre su regazo, exponiendo unas raíces plateadas, un carmín emborronado y una ristra de pestañas postizas que colgaban de la comisura de uno de sus ojos. Arlo no pudo evitar estremecerse.

—Qué susto me has dado.

Su madre miró a derecha e izquierda. Divisó una de las corbatas de su difunto marido en el suelo, al lado de su pie, y la escrutó con gesto inquisitivo, como si fuera la primera vez que veía una y no terminara de discernir para qué podría utilizarse. Luego inclinó la cabeza y empezó a llorar.

Arlo solo había visto llorar a su madre en dos ocasiones. La primera vez tenía once años y observó la escena desde el sofá del salón con su sirena de peluche favorita, mientras sus padres estaban plantados delante del televisor discutiendo sobre una cena con amigos reciente para dilucidar si Leonora había enseñado demasiado escote, si se había mostrado antipática, si se había excedido con los martinis con ginebra. La segunda vez, Arlo tenía diecisiete y su madre se tiró cuarenta y cinco minutos en espera con un representante de Clinique para descubrir que habían dejado de fabricar su marca de crema nocturna favorita.

Tras insuflarse aliento, se agachó al lado de ella y le acarició las firmes protuberancias de las vértebras.

—Es duro. Sé que es duro.

—Lo había olvidado —dijo Leonora. Las pestañas postizas se habían despegado del todo y ahora estaban aferradas al borde del acantilado de sus pómulos—. Durante una fracción de segundo, he olvidado que él ya no estaba. ¿Te pasa a ti también? Te despiertas por la mañana y por un momento parece que todo es normal. Como antes. Y entonces lo recuerdas.

—Sí, madre. Sé a qué te refieres.

Un cielo despejado colmaba el ventanuco situado por encima del vestidor. Personas más afortunadas estaban ahí fuera, hincándole el diente a las tostadas del *brunch* o deambulando por las calles con un café con leche de avena en la mano. Arlo, no. Ella se pasaría el día entero allí, consolando a su madre y ordenando las cosas de su padre. Todo para poder mirar a Punam a los ojos el lunes por la mañana y decir: «Este paréntesis me ha ayudado mucho a recargar energías. Tenías razón: qué importante es saber cuidar de una misma».

—¿Dónde están? —preguntó Arlo.

Su madre la acompañó hasta el salón del sótano, donde una pila de calzado masculino cubría el sofá modular, la mesita auxiliar y la mitad del suelo. Deportivas, botas de agua, mocasines, zapatos de vestir, botas de fútbol, sandalias, zapatos de golf y al menos cinco pares de patines de hóckey. Algunos zapatos estaban desgastados y embarrados, mientras que otros estaban nuevecitos y guardados todavía en sus cajas.

—Joder —murmuró Arlo.

Su madre suspiró.

—Lo sé. Los tenía escondidos por todas partes.

Arlo siempre había atribuido el almacenamiento compulsivo de su padre a que hubo una época en la que fue pobre. Los primeros años del matrimonio de sus padres estuvieron marcados por las estrecheces. Para ella, que solo había conocido cereales de marca y berlinas de lujo, aquella época resultaba muy lejana.

Sacó un cubo de plástico del trastero y comenzó a llenarlo.

—Oye, espera. —Su madre le arrebató unas pantuflas grises cubiertas de pelotillas—. Estas no. Se las ponía todos los días.

—Está bien.

Arlo recogió unos zapatos de vestir al azar. Su madre también se los quitó.

—Estos zapatos de piel son italianos. Se los compró hará unos seis meses. No puedes... Es decir, me parece absurdo deshacerse de ellos. Están nuevos.

Menudo día, pensó Arlo.

—¿Me estás diciendo que quieres ponértelos?

—Bueno, tal vez.

—Son zapatos de hombre.

—¿Y?

—Calzas un treinta y ocho.

Su madre depositó los mocasines italianos en el suelo e introdujo los pies en ellos con la cabeza alta.

—¿Y bien?

Arlo se quedó mirándola.

—Pareces un payaso burgués.

—No te he pedido que me ayudases.

—Me lo pediste expresamente.

—¿Por qué no empiezas por aquí? —Condujo a Arlo hacia la barra, donde se encontraban distribuidos varios objetos personales de su padre, como si fueran las piezas de un museo. Relojes, bolígrafos. Su pasaporte—. Decide si quieres quedarte algo de esto.

Arlo se acercó a la nariz la cartera de su padre para olfatearla, pero el cuero marrón descolorido había perdido su olor. Dentro estaban sus tarjetas de crédito, un billete de cien dólares nuevecito, una licencia de navegación caducada, recibos medio borrados y una fotografía doblada. Al principio, no tuvo claro qué estaba mirando. La tonalidad deslavazada de principios de los noventa. Una versión jovencísima de su padre con bigote, sentado en una silla plegable con vaqueros y camiseta. Una niña con coletas sobre la rodilla. La pequeña lo miraba con veneración y con una sonrisa tan radiante como su melena rubísima. Qué devastada debió de quedarse cuando, apenas uno o dos años después de que se tomara esa foto, su padre se marchó para iniciar una nueva vida sin ella.

Arlo volvió a doblar la foto y siguió haciéndolo hasta que ya no dio más de sí. Luego se la guardó en el bolsillo de la sudadera.

—¿Puedo preguntarte una cosa?

Leonora estaba paseándose con torpeza con unas botas de cowboy de su marido, trasladando zapatos de una pila a otra sin propósito aparente.

—¿Cuál?

—¿Crees que la gente es horrible?

Su madre se quedó paralizada, con unas chanclas en la mano y una expresión inescrutable.

—De forma inherente, quiero decir —añadió Arlo, pensando fugazmente en Samson. ¿Con cuántas jóvenes desconsoladas más se habría acostado con el paso de los años? ¿Tenía por costumbre tirar la caña en los funerales de sus pacientes para pescar rolletes de una noche? ¿Y cómo pudo Arlo calarlo tan mal? Ella nunca se equivocaba con la gente—. Las personas... ¿son malas por naturaleza?

—No termino de entender la pregunta —repuso Leonora.

—Antes pensaba, y lo *sigo* creyendo, que la gente es complicada. Bueno, simple. Es simple en su complejidad. La gente se compone de capas de experiencia. —No se estaba explicando bien—. Siempre he pensado que, si excavas a fondo, si llegas hasta el núcleo, la gente no es... mala. ¿Sabes lo que intento decir?

Su madre se quedó callada un buen rato. Dejó las chanclas a un lado y se giró hacia su hija sacando pecho.

—No soy débil, lo sabes de sobra.

—No... no he dicho que lo fueras.

—Tu padre tenía un corazón enorme. Era un buen hombre. Si no lo hubiera sido, no me habría quedado a su lado. Estás actuando de un modo muy insensible para ser una psico... una psicotera... Lo que seas.

—No pretendía... —Arlo ya no tenía claro lo que quería decir.

—Tu padre estaba enfermo, eso es todo.

—No lo he olvidado —replicó.

¿Cómo podría? Había lidiado con la adicción de su padre desde que era muy joven. Esa época parecía lejana, pero muy real, como si su yo infantil aún siguiera pululando por alguna parte, limpiando los vómitos de su padre de la alfombra en un país situado al otro lado del mar.

—Y si las cosas hubieran llegado más lejos..., si me hubiera puesto una mano encima, por ejemplo..., me habría marchado sin dudarlo. De veras. Estaba decidida. ¿Y todo esto? —La madre se señaló a sí misma—. ¿Los cuellos altos, los trajes y las perlas? Me los ponía por voluntad propia. Porque quería hacerlo feliz. Fue decisión mía. —Le tembló la voz—. Tenía el corazón más grande del mundo. Pero aun así lo habría hecho.

Una pregunta se encaramó por la garganta de Arlo. No pudo reprimirla.

—¿Lo sabías?

—¿El qué? —preguntó Leonora, tirando de las mangas anudadas de la parte de arriba del pijama de su marido, que se había atado a la cintura.

—Que papá me dejó fuera del testamento. —No se le había ocurrido preguntarlo hasta ahora.

Su madre agarró la camisa del pijama entre sus brazos y la estrujó sobre su pecho.

—El abogado vino a verme unos días después del funeral.

—¿Y?

Arlo no estaba esperando que su madre dividiera su parte. No quería compasión. Lo que quería era que alguien se lo explicara de una vez por todas, allí, ahora, con palabras sencillas, porque había intentado entenderlo por sí sola, de verdad que sí, pero no le encontraba ningún sentido. No era propio de su padre. Él no se aprovecharía de alguien para luego dejarlo tirado. Y menos de Arlo.

—Seguro que tuvo sus motivos —dijo Leonora, encogiéndose de hombros.

Arlo metió una mano en el bolsillo y envolvió la fotografía con el puño.

—¿Eso es todo? ¿«Seguro que tuvo sus motivos»? ¿No tienes nada más que decir?

—Tu padre cuidó de nosotras. —Se acercó a ella y le secó las mejillas con una punta de la camisa del pijama—. Nosotras lo cuidamos y él hizo lo propio por nosotras. Así que sí. Habrá tenido sus razones.

Una posibilidad aterradora salió a la superficie.

—¿Crees que la quería a ella más que a mí? —preguntó Arlo.

Su madre sonrió con tristeza.

—Eso mismo me pregunto yo a todas horas.

MICKEY

No estaba en su cama. Mickey estuvo segura de ello antes de haber abierto los ojos siquiera. El colchón era demasiado duro. Las sábanas estaban demasiado prietas. La almohada estaba almidonada, áspera, y olía a productos químicos. De fondo resonaban los ecos de alarmas de buscas, ruedas desvencijadas, ronquidos y pisadas que rechinaban de diferentes formas.

Se incorporó y torció el gesto al sentir un pinchazo doloroso en el pliegue del brazo izquierdo, de donde asomaba un tubito de goma a través de la piel. Por encima de su hombro, una bolsita de suero medio vacía colgaba de un poste intravenoso. Sí, era lo que se temía.

Su bolso. ¿Dónde estaba su bolso? Le habían quitado el vestido de punto para sustituirlo por una tela barata de lunares, lo que significaba que seguramente habrían hecho algo con el resto de sus cosas. Estarían colgadas, almacenadas en algún lugar seguro. Con suerte. ¿Había algo peor que perder un iPhone?

Oteó la estancia. No había nada en la mesilla auxiliar, tampoco en la encimera situada junto al lavabo. Y sobre la silla… ¡sí! Ahí estaba: su ridículo, hermoso y enorme bolso, apilado junto con su abrigo y sus botas de tacón. Sobre el regazo de Tom Samson.

Estaba roncando con la boca abierta y la cabeza inclinada hacia atrás.

Mickey articuló un único sonido desde su garganta hecha polvo:

—Eh.

Samson resolló un poco, pero no mostró indicios de despertarse. Entraba luz desde el pasillo, cubriéndolo con una tonalidad amarillenta.

—Eh —repitió Mickey, tan alto como pudo. Tenía la voz ronca.

El abogado levantó la cabeza de golpe. Se sorbió la nariz y tosió.

—Hola.

Mickey empezó a sentir un picor en la nariz. Ella estaba en la cama y su bolso estaba sobre el regazo de Samson; la distancia entre ambos parecía insorteable.

—Quiero mi bolso.

—¿Qué?

—Mi bolso.

El abogado siguió la trayectoria de su mirada hacia su regazo.

—Ah. —Frunció las cejas con un gesto ceñudo—. No pensarás marcharte, ¿verdad? No creo que debas...

—Es mío —insistió Mickey mientras algo crecía dentro de ella, una marea imposible de contener.

Era el recuerdo de la vocecilla de Ian, pero también la imagen del delantal ridículo de Chris, los dibujos animados de cerditos y un ascensor dorado. Sirenas. Un trayecto accidentado en la parte trasera de una furgoneta. Un sabor astringente en la boca. Sí, la marea estaba formada por todas esas cosas a la vez.

—Lo quiero.

—¿Estás...? —Samson se puso rígido—. Estás llorando.

—Sí, estoy llorando. No tengo mis cosas. Se han llevado mi ropa, mi bolso, mi mo... mi mov... —No fue capaz de decirlo.

—Calma, calma.

El abogado se levantó con pesadez y se aproximó a ella despacio. Mickey le arrebató el bolso de las manos y volcó el contenido sobre su regazo.

—Tengo treinta y tres años. Casi treinta y cuatro. Necesito mantener el control sobre mi bolso. Si no logro conservarlo, ¿qué soy? No soy nada.

El móvil se deslizó hacia el exterior, elegante y reluciente: un prodigio de la innovación humana que desde entonces iba a valorar como se merecía.

—Hasta mis alumnos son capaces de seguir la pista de sus mochilas.

—¿Por qué llevas encima una biografía de Hillary Clinton?

Mickey sostuvo el iPhone a la altura del corazón.

—Porque pienso leerla algún día, ¿vale? Déjame en paz.

Y así lo hizo. Bueno. Samson no se *marchó,* pero sí le concedió cierto espacio, dirigiéndose hacia la ventana a pesar de que no parecía que hubiera mucho que ver. La fachada de ladrillo de otro edificio, un canalón, una franja de cielo nocturno carente de estrellas.

—Te pegaste un buen porrazo —dijo el abogado al cabo de un rato—. Estabas perfectamente y de pronto te caíste redonda al suelo.

Sí, hubo un trozo de suelo de por medio. Enmoquetado, estaba segura de ello. Una de esas moquetas ásperas, concebidas para zonas de mucho tránsito.

—¿Cuándo fue eso? —preguntó—. ¿Cuántas horas han pasado?

—No sé. ¿Ocho? ¿Nueve? —Cuando Samson se giró desde la ventana, se convirtió en una silueta. Lo que dijo a continuación provocó que Mickey agradeciera no poder verlo con claridad—. Va a venir alguien a hablar contigo. Un trabajador social.

—Sobre el... el... —Mickey se obligó a dejar de llorar. No se sentía avergonzada. ¿Por qué debería hacerlo? Era su cuerpo, su enjuague bucal. Bueno, técnicamente no era suyo, pero qué más da.

—Sí. Sobre eso.

El abogado se situó bajo el haz de luz y Mickey volvió a verlo con claridad. Escrutó su rostro en busca de algún reproche, pero no encontró ninguno. Sintió un alivio raudo e inesperado.

—¿Y te han contado todo eso? —preguntó ella.

Samson volvió a sentarse en la silla, sujetando todavía el abrigo y los zapatos de Mickey. Las botas estaban cubiertas de raspones, seguramente a causa de todos los bordillos desde los que se había resbalado, las alcantarillas con las que había tropezado.

—He dicho que era tu padre.

Mickey sintió otra marea más suave que comenzaba a crecer. Menuda grima daba ese abogado. Y, al mismo tiempo, qué maravilloso era.

—¿Qué pasa? —dijo Samson—. ¿Por qué me miras así? Pensé que alguien debería quedarse a tu lado para asegurar que no desapareciera tu bolso. En sitios como este, desaparecen cosas a todas... Mierda. ¿Qué he dicho? Lo siento. No llores más. O llora. Perdona. Soy un imbécil. Llora si lo necesitas.

—Esto es lo más bonito que ha hecho alguien por mí.

—¿En serio? —Samson empleó un tono de incredulidad triste.

Aquel gesto tan generoso la había abrumado. Y más teniendo en cuenta que hace apenas unos días lo había agredido verbalmente sin ningún motivo.

—De verdad que lo... —«Lo siento». Mickey estaba arrepentida. ¿Tanto le costaba decirlo?—. No tendría que haber... tú no te merecías lo que... —Uf—. ¿Sabes lo que quiero decir?

Samson se inclinó hacia delante, con los codos apoyados en las rodillas y la nariz apuntando hacia el suelo.

—Me merecía todo lo que dijiste. Todo. Lo cierto es que no fuiste tú la que me hizo llorar. Fui yo mismo, por ser un mierdecilla patético.

Alguien llamó a la puerta con suavidad.

—Buenos días.

La mujer tenía una voz áspera, un triángulo de pelo castaño canoso y un ceño fruncido que recordaba a los guardias fronterizos o a las cocineras que servían el almuerzo en el instituto.

—¿Usted es la trabajadora social? —preguntó Mickey, dubitativa.

Esa mujer tendría por lo menos setenta años y olía a cigarrillos. Se presentó como Vera.

—¿Te importa si enciendo la luz?

—Preferiría que no lo hiciera —respondió Mickey.

Vera alejó la mano del interruptor.

—A mí me da lo mismo. —Saludó a Tom con un ademán—. Hola.

—Quiero que se quede —dijo Mickey, que fue la primera sorprendida por decir eso.

—Por mí, vale. —Vera se sentó en la cama vacía que estaba al otro lado de la habitación, resoplando mientras se recolocaba la pretina de sus pantalones.

La entrevista comenzó con una serie de preguntas demográficas: cuántos años tenía Mickey, dónde vivía, etcétera. Vera tomó unas cuantas notas en una tablilla, que inclinaba en diferentes ángulos bajo la tenue luz; de vez en cuando se la acercaba al rostro, guiñando los ojos.

—Un momento. —Se sacó del bolsillo una BlackBerry que dataría del año 2010 y proyectó su luz sobre el papel—. Vamos allá. Bien, veamos. ¿Consumes alguna sustancia? En caso afirmativo, ¿cuáles y con qué frecuencia?

Mickey entrelazó los dedos sobre el regazo y los apretó.

—¿Qué significa eso? «Sustancias». ¿Acaso no lo es todo?

—Alcohol y drogas.

—No quiero hablar de eso.

Vera dejó su tablilla a un lado con gesto impávido.

—Está bien.

—¿En serio? —preguntó Mickey, porque sería la primera vez que alguien se libraba tan fácilmente.

—¿Por qué no? Eso me facilita la vida. Pero, escucha, vamos a olvidarnos de todas esas cosas... —señaló hacia la tablilla, arrugando la nariz—, y vamos a charlar un rato.

Mickey miró a Tom, que asintió ligeramente con la cabeza para alentarla.

—De acuerdo —aceptó.

—¿Quiénes son tus contactos más cercanos? —preguntó Vera.

Mickey soltó un bufido.

—¿Por qué todo el mundo me pregunta eso?

—Es importante para muchos de nosotros —repuso la mujer—. No para todos, te lo garantizo. Pero sí para la mayoría.

—Bueno, no trato con gente. La gente es lo peor.

—Me parece bien. Es tu vida.

Menuda trabajadora social de pacotilla, pensó Mickey.

—Háblame de lo que pasó anoche.

Mickey relató lo que podía recordar, desde la despedida a la francesa que había protagonizado en casa de Chris hasta el desplome sobre el suelo del despacho de Tom. Habló con la mínima emoción posible y ciñéndose al máximo a los hechos. Si había algún momento ideal para llevar a cabo la estrategia del espía, era ese.

—Ajá. —Vera se llevó un dedo a los labios con un gesto reflexivo, aplicando la técnica de esperar a que el paciente hable. Pero no iba a funcionar. No iba a morder el anzuelo, porque no tenía nada que decir. Había tenido un comportamiento autodestructivo a más no poder, pero estaban en un país libre, donde la gente podía tomar decisiones nefastas.

—Ajá —repitió la trabajadora social.

Mickey se abrazó a su bolso. Desde luego, no tenía una imagen para nada buena de sí misma. Si algo había demostrado ese episodio, era justo eso.

—Ajá —dijo Vera una tercera vez, por increíble que parezca.

—¿Qué pasa? —le espetó Mickey.

Tom tomó la palabra antes de que Vera tuviera ocasión de hacerlo:

—Si de verdad no te importa la gente, ¿por qué te tomas tantas molestias para evitarla?

Esa pregunta se clavó dolorosamente a fondo en su cerebro.

—No evito a la gente *per se* —replicó ella.

—Entonces, ¿por qué te aíslas? —Tom tenía los ojos desorbitados y brillantes. *Elígeme a mí*, decían. *Yo me sé la respuesta*—. Si de verdad te importa una mierda lo que hagan, digan o piensen los demás, ¿por qué lo haces?

—No me aíslo. —Esa palabra evocaba imágenes de ancianos frágiles y gente deprimida.

—No «tratas» con gente —dijo Tom, imitando el gesto de poner comillas—. Así es como lo has expresado.

—Bueno, no era lo que quería decir. Y creía que era *ella*… —Mickey giró de golpe la cabeza hacia Vera, que estaba sonriendo por primera vez desde que entró, mostrando una hilera de dientes deslucidos y unas encías de color rojo intenso— la que tenía que hacer las preguntas.

—Ese tal Chris, por ejemplo —prosiguió Tom—. Si de verdad no te importan ni el crío ni él, no entiendo por qué te fuiste corriendo de esa manera. Las personas huimos cuando nos asustamos.

Mickey sopesó esa posibilidad. Sí, el pánico fue lo que la había hecho huir anoche…, pero también la confusión. Su relación con Ian solía comenzar cada mañana cuando el niño entraba correteando en clase y solía concluir por la tarde cuando volvía a salir corriendo de allí. Ahora Mickey era una persona que se presentaba en su casa para ver la tele, leer cuentos antes de dormir y compartir una cena con su tío atractivo y torpón, un hombre dulce, sorprendente y que, por alguna razón, aún seguía soltero. No tenía ningún sentido.

—Nos asustan las cosas que nos importan —dijo Tom—. Las personas que nos importan.

Mickey no era idiota. Entendía su punto de vista. Pero también sabía que era discutible.

—*Si* ahí fuera hay gente a la que no detesto —dijo mientras volvía a mirar de soslayo el poste intravenoso—, y *si* quisiera pasar tiempo con ellos…

Mickey no pudo terminar la frase, aunque las palabras resonaron dentro de su cabeza: *¿Por qué iba a querer alguien pasar tiempo conmigo?*

—Sí. —Tom suspiró—. Esa es la parte dura del asunto.

Esa tarde, Mickey limpió el polvo de los zócalos, vació los cubos de reciclaje, aspiró las alfombras, se cortó las uñas de las pies, se pasó el hilo dental, se tragó cinco episodios de *Los Bridgerton* y volvió a quitar el polvo de los zócalos. Once horas y media después de que Tom la dejara en casa, cuando ya no tenía nada más que limpiar, ver o reparar, bebió un trago de Russian Standard directamente de la botella y se arrodilló en el suelo del dormitorio, al lado del enchufe de la pared. Conteniendo el aliento, conectó el móvil al cargador y el cargador a la pared. El logo de Apple apareció en blanco sobre un fondo negro, como de purgatorio, y se quedó flotando allí durante tres segundos interminables. Luego introdujo su contraseña y se materializó la pantalla principal.

Una burbuja roja en la esquina superior derecha del icono del teléfono le informó de que tenía cuatro llamadas perdidas. Cuatro. Eso era malo. O bueno. No pudo determinarlo. Cuatro llamadas perdidas significaban que lo había dejado preocupado. Significaban que lo había agobiado. Pero ¿quizá significaban también que le importaba? ¿Al menos un poco?

Mickey abrió los mensajes de texto.

¿Dónde te has ido?

¿Vas a volver?

Espero que estés bien.

Se quedó mirando el último mensaje durante mucho rato. No estaba acostumbrada a ocupar espacio en la cabeza de los demás. Pero tampoco lo estaba a ocupar espacio en un hospital, cosa que había ocurrido innegablemente. Aún llevaba puesta la pulsera identificativa que lo demostraba.

De repente, el teléfono cobró vida entre sus manos con un destello luminoso y oyó la melodía violenta y estridente que tanto odiaba, pero que al mismo tiempo le daba pereza cambiar. El móvil cayó al suelo por el lado de la pantalla.

Mickey lo impulsó con un dedo para girarlo y apartó el brazo de golpe. Chris la estaba llamando. De nuevo. Por quinta vez. Seguro que para ponerla a caldo, para decirle lo nervioso que se había quedado el pobre Ian tras su marcha y que a quién se le ocurre salir corriendo de esa manera. Los malos pensamientos se apilaron en su cabeza, tan insistentes como el puto móvil de mil demonios, que seguía sonando. ¿Por qué seguía sonando? Tenía que hacer que parase. Deslizó el dedo para responder.

—¿Diga?

—¿Estás muerta? ¿Te has muerto? —Había intensidad en su voz. No denotaba ira, exactamente, pero sí algo parecido—. ¿Qué te pasó?

—Ya. Lo siento. Me entró un dolor de barriga extraño y...

Mickey sostuvo el móvil entre la cabeza y el cuello, y retorció la pulsera del hospital. No se rompía.

—Un dolor de barriga.

—Me pasa mucho últimamente. Es como un dolor agudo. —Activó el altavoz del móvil, se levantó del suelo y se acercó a la mesa de manualidades para buscar unas tijeras. Estaba confeccionando unas etiquetas con purpurina para que sus alumnos pusieran su nombre, a pesar de que ya no era su profesora, y no, eso no tenía nada de raro—. Debo de tener una úlcera, o el colon irritable, o...

Un tijeretazo y la pulsera del hospital se desprendió de su muñeca.

—Me asusté —añadió—. Me asusté y me fui corriendo. La hora del baño, la noche de cine y... ¿Sabes lo que quiero decir? No estoy acostumbrada a ser parte de eso. Y hay ciertas cosas de las que no debería formar parte. Quiero ser tu amiga, no un trasunto de la madre de Ian. No voy a dejarlo todo y a acudir corriendo cada vez que se ponga malito o necesite que le lean un cuento. —Por mucho que le gustaría hacerlo. Porque esa no era la cuestión—. No puedes tratarme así.

Mickey tiró la pulsera del hospital a la papelera que estaba debajo de la mesa y aguardó el pitido que le indicaría que Chris había colgado.

—Tienes razón —dijo él—. Lo siento. ¿Quieres que sea sincero? Me gusta tenerte cerca. Y no solo por el crío. A ver, está claro que te apañas mucho mejor que yo, pero esa no es… eso no explica por qué… Simplemente, me gustas.

Mickey agarró la silla y se dejó caer encima. Le gustaba. A Chris le *gustaba*. Pero ¿en qué sentido? ¿En plan colegas, para echar una partida nocturna al trivial y comerse unas alitas picantes? ¿O le gustaba de otra manera? ¿Y cómo podría averiguarlo? Aparte de preguntárselo, cosa que obviamente no podía hacer. No sobreviviría a un grado tan alto de vulnerabilidad.

—¿Hola? ¿Mickey?

Una idea apareció de la nada y se puso a correr en círculos por su cerebro.

—Mi cumpleaños es el diez de noviembre —se oyó decir.

—Felicidades anticipadas.

—Es posible que invite a la gente a cenar. Y a tomar algo.

—Vale —dijo Chris con una sonrisa que Mickey pudo detectar—. Me parece genial.

Agarró una botella de plástico con pintura turquesa con purpurina y añadió un remolino adicional a la etiqueta que había preparado para Ian. Necesitaba un poco más de chispa, un poco más de brillibrilli. Además, le resultaría más fácil pronunciar la siguiente frase si tenía las manos ocupadas:

—Creo que deberías venir con el peque.

Se hizo el silencio en la línea durante una fracción de segundo insoportable.

—¿El diez, has dicho?

—Sí, el diez —confirmó con voz ronca.

—Lo único es que puede que Ian ya se haya ido para entonces.

Mickey se levantó de la mesa y regresó al lugar donde había dejado el móvil enchufado en el suelo.

—¿Qué significa «ido»?

Esa palabra no encajaba con el nombre de Ian.

—De vuelta con mi hermana.

Mickey localizó la botella de Russian Standard y oteó el fondo. Ya fuera dentro de cinco minutos o cinco horas, se levantaría e iría a sacar otra botella del frigo y se la bebería también. No porque quisiera o lo necesitara especialmente. Sencillamente, sabía que eso iba a ocurrir.

—¿Por fin has tenido noticias suyas?

—Le doy una semana más. Diez días, como mucho.

Mickey también sabía, por lógica, que sería mejor para todos que la madre de Ian volviera. Era de sentido común. Y sin embargo...

La última vez que Mickey celebró su cumpleaños —como Dios manda— fue durante un viaje a Holanda hace más de una década. Fue el mismo año que Taylor Swift publicó una canción que hablaba de tener veintidós años, algo que le pareció una coincidencia divina. Esquivando bicicletas y tranvías, deambuló bajo la lluvia en busca de alojamiento y acabó instalándose en un hostal donde conoció a unos estudiantes de intercambio de Serbia, Eslovenia o por ahí. Mickey estaba convencida de que habían dado un paseo en barco en algún momento.

Se sintió orgullosa de sí misma por recopilar esos recuerdos de adoquines mojados y canales atestados de cisnes. Por mucho que su madre llorase cuando llegó a casa cuatro días después, con el desfase horario y los brazos cubiertos de sellos de acceso a garitos que no recordaba haber visitado.

Rara vez pensaba ya en esos acontecimientos. Desde luego, no se le pasaron por la cabeza ni una sola vez aquella semana durante la terapia, su tercera cita de las siete exigidas.

— … con eso seremos cuatro personas, incluyéndome a mí —explicó. Daria también había aceptado su invitación de cumpleaños y se ofreció a preparar un postre del que Mickey nunca había oído hablar—. Supongo que no es gran cosa. ¿Se considera una fiesta si solo asisten cuatro personas? —Cinco. También invitaría a Tom—. ¿Sabes lo que es una tarta Napoleón?

—Vamos a buscarlo en Google —propuso Arlo mientras sacaba el móvil.

Había mucho trabajo que hacer. Mickey tenía que decidirse con la decoración, elegir un modelito, pensar qué pedir para comer.

—¿Tengo que preparar bolsitas sorpresa? Mi última fiesta de cumpleaños fue cuando iba al colegio. Recuerdo que hubo cosas de esas.

—Joder, tiene muy buena pinta. —Arlo le mostró el móvil y pasó varias imágenes: capas de hojaldre coronadas con diversos surtidos de frutos rojos. Tenían buena pinta—. ¿Alguien te la va a preparar?

—Mi vecina del fondo del rellano.

—Guau. —Arlo guardó el móvil—. Bueno, *mi* vecina me deja notas pasivo-agresivas sobre el volumen de la tele, que viene a ser lo mismo que una tarta gourmet.

Mickey soltó una risita.

La sesión de terapia de aquel día tenía una atmósfera distinta. Para empezar, no había acudido de mala gana. Una parte de ella se alegraba de estar allí, metida en esa sala diminuta con esa mujer que se parecía a la Sirenita. Había tenido terapeutas más molestos. Al menos, a esta no le asustaba decir tacos.

—Siempre olvido la cantidad de trabajo que supone tener invitados —dijo Arlo.

—Y que lo digas —añadió Mickey.

Arlo hojeó los papeles de su tabilla por tercera o cuarta vez desde que Mickey tomó asiento. No dejaba de consultar una página que estaba casi al fondo. ¿Serían notas de la última sesión? Tal vez no recordase de qué habían hablado.

—¿Por qué has decidido celebrar una fiesta este año?

—Me pareció que sería agradable —respondió Mickey—. Ya sabes, reunir a unas cuantas personas para cenar, para tomar algo.

—Tomar algo —repitió Arlo, alzando la mirada.

A Mickey se le contrajeron los músculos del abdomen. ¿Se había acordado de disimular su aliento con un trago de leche antes de salir de casa? No, no se acordó. Ni siquiera se había cepillado los dientes. ¿O quizá sí, pero no se acordaba? Puede que diera igual. No estaban sentadas tan cerca y, al fin y al cabo, el vodka no dejaba mucho olor. Puede que Arlo no lo hubiera percibido.

—He vuelto a revisar tu formulario de ingreso —dijo la terapeuta—, y me he dado cuenta de que dejaste en blanco la pregunta sobre las sustancias.

Mierda. Sí que lo había olido.

—Ah, ¿sí? —repuso Mickey—. Supongo que se me pasó.

—Eso me indica que vale la pena indagar un poco. ¿Te importa?

Sí, claro que le importaba. Arlo no tenía derecho a husmear en eso. ¿Y acaso no estaba haciendo ya suficiente? Iba a organizar una fiesta. ¡Mickey! ¡Una fiesta!

—No hay problema, supongo.

—Algunas estrategias de afrontamiento resultan útiles a corto plazo, pero no en el largo. Estas preguntas me ayudarán, nos ayudarán, a entender si la bebida te está conduciendo hacia donde quieres ir.

Arlo empleó un tono tan carente de crítica que casi llegó a resultar ofensivo.

—Ya he dicho que sí —replicó Mickey—. Adelante.

Arlo leyó en voz alta el contenido de otro de sus papeles:

—*¿Alguna vez te has planteado que deberías reducir tu ingesta de alcohol?*

Ya empezaban las gilipolleces de siempre.

—No —respondió Mickey.

—*¿Te sientes frustrada cuando la gente te critica por beber?*

—No.

Arlo dejó la carpetilla a un lado y sostuvo el boli en posición horizontal entre las manos, en plan erudita. Tan estudiosa, tan aplicada. Como si Mickey fuera un caso práctico que analizar detenidamente.

Pero ella no era un caso práctico. Era una persona, y a la gente no se la puede reducir a un puñado de preguntas de sondeo que unos investigadores especializados en adicciones diseñaron en los años ochenta. De eso se trataba: un cuestionario estándar. Mickey lo sabía porque le habían formulado esas mismas preguntas al menos siete veces a lo largo de su vida.

—¿Qué?

—No sabía si tenías algo más que decir.

—Ah —repuso Mickey—. No. ¿Siguiente?

—*¿Alguna vez te has sentido culpable por algo que has hecho mientras bebías?*

Mickey se recordó bajando del avión de Ámsterdam con una resaca de caballo. Caer entre los brazos de su madre en la zona de recogida de equipajes. Entrar en el apartamento que compartían y encontrarse el techo todavía abarrotado de banderines y globos de helio, y una tarta sin probar olvidada sobre la mesa de la cocina. Con las velas volcadas sobre el glaseado derretido.

—No.

—*¿Alguna vez recurres a un lingotazo nada más despertarte por la mañana para calmar los nervios o librarte de una resaca?*

—Yo… —Mickey titubeó, sopesando hasta qué punto debía ser sincera. Aquella mañana había dado su primer trago a las 7.56, así que no fue lo primero que hizo. Antes de eso se peinó y se puso la ropa interior. Y combinó el alcohol con una tostada. Además, mucha gente bebía con el desayuno. Era típico de los *brunches*—. ¿Un lingotazo? No sé a qué te refieres.

Arlo se encogió de hombros.

—Me refiero a beber alcohol por la mañana.

—Antes solo lo hacía los fines de semana. —Mickey quería dejar claro ese punto. Nunca bebía en los días de trabajo, no hasta el trayecto de vuelta en bus. Excepto aquella vez, con Ian—. La cosa ha cambiado desde que me despidieron.

Arlo frunció los labios. Adoptó un gesto profundo de concentración, como si estuviera haciendo un intento sincero por entenderlo.

—¿Cómo te ayuda?

Esa pregunta la tomó por sorpresa. Nadie se la había formulado nunca.

—No lo sé. Sirve para ocupar el tiempo, supongo. —O para suavizarlo. Limaba los bordes de esa realidad insoportable que había construido. Algo en esa línea—. Es algo que resulta agradable.

Arlo frunció los labios con gesto pensativo.

—Algo que resulta agradable.

—Sí. Como un premio.

—Un premio.

—¿Por qué repites todo lo que digo?

—A veces nos viene bien escuchar lo que decimos en boca de otra persona.

—¿*Nos* ayuda? —Mickey estaba empezando a aborrecer a esa mujer.

Arlo se quitó las gafas y las dejó plegadas sobre la mesa. Sus ojos relucían: pequeños, duros cual diamantes y extrañamente familiares.

—¿Hay algún bebedor habitual en tu familia? —preguntó.

Mickey se rascó los antebrazos, las muñecas, por todos los sitios donde habían estado esos estúpidos sellos de acceso. Le picaba todo.

—Mi padre. ¿Por?

ARLO

—¿**H**ay algún bebedor habitual en tu familia?

Mickey comenzó a rascarse los brazos de un modo tan repentino y compulsivo que Arlo se preguntó si estaría experimentando alguna especie de alucinación táctil.

—Mi padre. ¿Por?

Arlo sintió un subidón de adrenalina positiva. Esperaba poder abordar el tema del padre durante le sesión de aquel día. Pero entonces Mickey se presentó oliendo como una destilería y la conversación discurrió por otros derroteros. A no ser que todo formase parte de lo mismo: el licor, el padre, esa necesidad arraigada (aunque aún no reconocida) de sentirse querida y aceptada. Uf, los seres humanos eran criaturas fascinantes.

—Nadie bebe así de buenas a primeras. —Intentó que no pareciera un sermón. Mickey no se había mostrado muy receptiva al cuestionario de evaluación, así que debía proceder con tiento—. Es una conducta aprendida.

Una carcajada pastosa se encaramó por la garganta de su paciente; parecía una tos, pero no terminaba de serlo. Su cuello había desaparecido, al haber elevado los hombros junto a las orejas. Parecía una gárgola ataviada con una rebeca rosa.

—No he aprendido nada de mi padre. Eso te lo puedo asegurar.

—¿Cuándo falleció? —preguntó Arlo.

—Hará cosa de un mes.

La adrenalina se duplicó. *El mío igual*, quiso decir mientras su corazón experimentaba un espasmo. ¡*El mío igual*! Pero no lo dijo en voz alta. Y no lo hizo porque era una buena terapeuta que sabía establecer los límites. Esos arranques de sinceridad —*¿Sabes qué? ¡Mi padre también se murió hace muy poco! Fue y sigue siendo una experiencia muy traumática, ¡y ahora cuestiono todo lo que creía saber sobre él!*— solo servían para desviar la atención del paciente y por tanto no resultaban útiles. Era mejor concentrarse en Mickey y fomentar cierta conciencia interior.

—Te cuesta hablar de él, ¿verdad? —La señaló con el boli—. Te has encorvado mucho.

Mickey frunció el ceño al ver su reflejo en el espejo de observación, pero no hizo ningún esfuerzo aparente por corregir su postura. Si acaso, se encogió todavía más, lo cual despertó una admiración extraña en Arlo. La irreverencia era una cualidad que siempre le había gustado de la gente, en especial de su padre.

—¿Cómo era? —añadió, preguntándose si el padre de Mickey también tendría un alijo de mocasines italianos.

Mickey sacó un pañuelo de la caja que estaba encima de la mesa y comenzó a romperlo en trocitos diminutos sobre su regazo. Miró el reloj. Arlo la estaba perdiendo.

—Dime una cosa. —*Por favor*, pensó. Solo una cosa.

—Me acuerdo… —Mickey esbozó una media sonrisa—. Me acuerdo de su bigote. Era poblado y, no sé, de color arena.

—Continúa.

—Recuerdo correr por el parque con él. Jugaba mucho conmigo cuando era pequeña. Me alzaba en brazos y me daba vueltas. Constantemente. O estaba jugando conmigo, o estaba frito en el sofá. Una cosa o la otra.

Aquello se parecía mucho a las dos iteraciones del padre de Arlo. Papá Divertido y Papá Cansado, los llamaba ella.

—Recuerdo que nos gritaba mucho. Las cosas que le decía a mi madre.

Papá Furioso, su versión más escalofriante. El que rompía platos y daba portazos.

—Recuerdo estar sentada a veces en sus rodillas y no saber qué me asustaba más: tenerlo tan cerca o saber que tarde o temprano desaparecería. ¿No te parece enfermizo? Tener un padre tan horrible y aun así… quererlo. —Mickey frunció los labios de un modo que denotaba cierta ofuscación—. Necesitarlo.

Arlo sintió una oleada de calor por el espinazo.

—Haces que parezca patético.

—Y lo es. Es patético. —Mickey se sacudió las manos sobre el cuerpo y todos los trocitos de clínex cayeron al suelo, como si nevara.

—Los niños no pueden elegir hacia quién desarrollan apego —repuso Arlo, lo cual era cierto, pero también que ningún padre era solo bueno o malo.

No era justo separar los éxitos de los fracasos. Sí, su padre era un borracho. Sí, provocó un montón de estropicios y la mayoría se los endosó a ella. Pero también hubo cosas buenas: todas esas reuniones imaginarias para tomar el té, las partidas al pillapilla y al tres en raya, los paseos en bici, a caballito, las guerras de globos de agua, las muñecas Bratz de edición limitada que le compraba, los libros que le leía, y más tarde, las clases de esquí, las clases de conducir, las canciones de los Beach Boys a dúo, el interrogatorio en tercer grado a cualquier miembro del género masculino que se acercase a menos de tres metros de ella, las lágrimas que derramó en su graduación del instituto y luego en su boda, cuando ella lo sorprendió con *God Only Knows* para el baile paternofilial.

—Me pregunto una cosa. Esos sentimientos a los que te has aferrado: la vergüenza, el resentimiento...

Un destello de ira prendió en los ojos de Mickey.

—No estoy resentida por nada y te puedo asegurar que no me siento avergon...

—¿Tu padre es la verdadera causa? —Arlo estaba ejerciendo mucha presión. No quedaba más remedio. Estaban a punto de descubrir algo—. A veces dirigimos nuestra energía emocional hacia la gente que forma parte de nuestras vidas, porque tememos dirigirla hacia nosotros mismos. Escudriñamos a los demás, o el recuerdo de los demás, cuando haríamos mejor en proyectar la mirada hacia dentro.

—No hacía falta escudriñar mucho a mi padre. Sus defectos saltaban a la vista.

Mickey devolvió la atención a los trocitos de clínex desperdigados junto a sus pies. Se agachó y empezó a recogerlos uno por uno, acumulando cada trocito sobre su palma ahuecada.

—Mi padre se largó cuando yo tenía siete años. Sin más. De la noche a la mañana. Se largó e inició una nueva vida con una nueva familia.

Arlo se quedó sin habla un momento. ¿Estaría haciendo una montaña de un grano de arena? ¿Viendo conexiones donde no había ninguna?

—Los niños solo ven a sus padres desde cierto ángulo —dijo, recobrando la compostura—. Recordar cosas de la infancia es una cuestión muy distinta. La mayoría de nuestros recuerdos se construyen a partir de sensaciones imprecisas y de los relatos de otras personas.

Mickey se irguió antes de replicar.

—Yo no he «construido» nada. Lo conocía, ¿vale? Conocía su... manera de caminar arrastrando los pies. Conocía sus canales de televisión favoritos. Conocía el sonido que producían sus cervezas Coors cuando las abría. Lo primero que hacía cada mañana era meterse una lata de...

Cerró la boca y la volvió a abrir, repitió la operación como si su cerebro hubiera sufrido un cortocircuito y todas las señales estuvieran fallando.

—¿Cada mañana? —dijo Arlo—. ¿Un lingotazo?

Se había cerrado el círculo de la conversación: del hábito de Mickey con la bebida a su sentimiento de abandono y vuelta a empezar. Arlo no podría haberlo planeado mejor. Aunque tenía el estómago revuelto y, en algún momento de los últimos cinco minutos, la adrenalina positiva se había vuelto mala.

Arlo pegó el Prius al bordillo, puso el freno de mano y salió disparada del coche. Hacía frío. Sabía lo que tenía que hacer. Y aunque algunas personas considerarían que está mal colarse en una oficina legal en busca de documentos confidenciales, no encontró motivos para sentirse culpable. Merecía saber con certeza quién se había quedado con el dinero de su padre. Merecía saber un nombre, una dirección, un número de teléfono. Sí, era plena noche. Y sí, llevaba puesto un pijama rosa de franela. Pero ¿qué más daba? Había salido a buscar justicia.

El guardia de seguridad que estaba sentado en un taburete dentro del vestíbulo la observó con una mezcla de aprensión y lástima. No se molestó en levantarse. Ni siquiera en plegar el periódico, uno de esos sensacionalistas con un accidente de tráfico en la portada.

—¿Puedo ayudarla, señorita?

—Mi novio trabaja en el bufete del piso de arriba.

Se inventó una historia acerca de que tenía pensado esconder un regalo en su mesa para su aniversario, que era al día siguiente, pero que no se había acordado hasta ahora. No necesitó forzar demasiado el tono de desesperación. El vigilante apoyó el periódico sobre su regazo con un suspiro.

—¿Quién es su novio?

—Tom Samson. Es abogado.

El vigilante se rascó una costra que tenía en la cabeza pelada y la miró con los ojos entornados durante un buen rato antes de romper a reír a carcajadas. Pero a Arlo no le importó. ¡Justicia! ¡Era una cuestión de justicia!

El guardia de seguridad se levantó del taburete y deslizó su placa sobre un sensor que había en la pared.

—¿La trata bien ese tal Samson?

Tom Samson era un mujeriego repulsivo que se aprovechaba de mujeres vulnerables. Para colmo, era un ladrillo más en el muro burocrático que separaba a Arlo de la información que le correspondía por derecho. Odiaba a ese hombre y todo lo que representaba.

—Es un amor —respondió.

El vigilante sonrió, no sin simpatía.

—Seguro que sí.

El ascensor estaba repleto de espejos. Eludiendo su propia mirada, Arlo observó cómo aumentaba el número de los pisos: siete, ocho, nueve… Buscó en el bolsillo de su abrigo la fotografía que estaba en la cartera de su padre: la imagen de Michelle.

Esa falta de criterio era impropia de él. Su padre tomaba decisiones sensatas, daba buenos consejos. Había previsto hasta el último error que cometió Arlo en su vida. «¿Ese árbol no es un poco alto para trepar por él? ¿No te has puesto demasiada carga de trabajo para este semestre? ¿Ese chico, el tal Hayden, no es demasiado... vulgar para ti? ¿Un fontanero? ¿En serio?».

Sonó un instrumento de viento. El suelo se movió. Las puertas del ascensor y el panel con los botones se ladearon y Arlo chocó con la pared, golpeándose los hombros con su reflejo.

Localizó la barandilla de latón y se estabilizó. El instrumento... Era música. Música que retumbaba a través de sus canales auditivos y la materia gris de su tálamo.

Su móvil. Joder. Solo era su móvil.

NÚMERO PRIVADO

Pulsó el botón rojo para colgar. La melodía, que era el tema principal de *El lago de los cisnes*, de Tchaikovsky, dejó de sonar.

La cabina del ascensor se detuvo con un repunte de la gravedad y las puertas se abrieron.

Sumida entre sombras, la recepción estaba llena de siluetas extrañas: la prominencia de los reposabrazos, el espinazo alargado de una lámpara de pie, una planta cuyas hojas parecían garras extendidas. Un aspirador solitario apoyado en mitad de la moqueta. Ni rastro de secretarios ni ayudantes; todas las salas estaban a oscuras, salvo unas pocas.

La puerta del despacho de Samson estaba abierta por un resquicio.

Arlo introdujo un dedo y lo deslizó hacia abajo a lo largo de la rendija entre el marco y la puerta. Aquello era pan comido, un acto de justicia. Durante todo el día de ayer le había estado dando vueltas a algo que aún no terminaba de ver. Ahora quería afrontarlo. Confrontarla *a ella*.

Aquella noche no percibió aromas florales, solo un ligero olor terroso mientras abría la puerta para acceder al despacho. Examinó la habitación: escritorio, mininevera, archivadores, sofá, persona dormida, mesita auxiliar…

Deslizó de nuevo la mirada hacia la persona, hacia Samson, que estaba tumbado boca arriba con los pies descalzos sobresaliendo por un extremo del sofá y una manta subida hasta la nariz. Estaba rodeado de carpetillas, papeles sueltos y bolsas de patatas fritas vacías, como si fuera un santuario deprimente.

Arlo alternó la mirada entre el abogado y la puerta, incapaz de moverse. *Joder*, pensó. *Joder, joder, me cago en su puta madre*.

Quién sabe cuánto tiempo se quedó plantada allí. Suficiente como para que el sudor le empapara la cintura de los pantalones del pijama. Suficiente como para sopesar cada posible reacción.

Opción 1: largarse sin hacer ruido y olvidar que había estado allí. Aceptar lo que le había sido concedido: en una palabra, nada. Ni dinero, ni respuestas. Cargar con ese vacío a las espaldas durante el resto de su vida mientras la escurridiza Michelle se fundía el dinero que ganó su padre con el sudor de su frente. Arlo se la imaginó tumbada en alguna playa paradisíaca, bebiéndose un cóctel en un coco mientras las olas rompían en la orilla y las palmeras se mecían de fondo. Unas gafas de sol enormes le tapaban el rostro.

Luego estaba la opción 2.

Arlo avanzó de puntillas hasta el otro lado del escritorio, se sentó en la silla milímetro a milímetro para evitar chirridos o crujidos y se giró hacia la hilera de archivadores que había detrás de la mesa. A-C. D-F. G-I. J-L. Bingo. Con el aliento retenido en el pecho, alargó un brazo y agarró el tirador.

Cerrado.

Vale, aquello no iba a ser tan sencillo como pensó en un principio. Pero no pasaba nada. No había de qué preocuparse. Toda cerradura tiene una llave.

Hurgando en los cajones del escritorio encontró bolígrafos, frascos de aceites esenciales, tarjetas regalo de Visa, un cuenco tibetano, tarjetas de visita de masajistas y agentes inmobiliarios, barritas de incienso y un surtido de pastillas para combatir la disfunción eréctil. Pero ni rastro de llaves.

Entonces detectó un surco en la cubierta del escritorio. Apartó los papeles sueltos y las notas adhesivas, revelando una sección cuadrada que parecía poder abrirse.

Arlo sintió un cosquilleo desde los dedos de los pies hasta la coronilla. De modo que aquello era delinquir. *Resistencia*, se corrigió. Era un ejercicio de resistencia.

Agarró la pieza superior, la abrió y encontró...

Nada aparte de polvo y una moneda de diez centavos.

—Venga ya —masculló, dejando caer la tapa.

Un ronquido retumbó en el ambiente.

Arlo cayó de espaldas sobre la silla, que chocó con los archivadores con un golpetazo metálico. Cuando el ruido se acalló por fin, se levantó.

Samson se había puesto boca arriba, pero aún tenía los ojos cerrados. Menos mal.

Arlo sintió un nudo en el estómago mientras se le inundaba la boca de saliva. Puede que la multaran por esto. Que cumpliera condena en la cárcel. Que perdiera su licencia, su carrera profesional. Aquello que mejor se le daba, aquello sin lo cual no se sentiría plena. ¿Y para qué? Era plena noche.

Llevaba puesto un pijama rosa de franela y estaba registrando el escritorio de un abogado en busca de... ¿qué? ¿Qué estaba haciendo allí?

Achicó los ojos y, por un momento, lo único que pudo ver fue la franja de luz grisácea que entraba por la puerta del despacho. Pero en cuanto pasó junto al sofá, avanzando con tiento para escapar, se fijó en una de las carpetillas que rodeaban a Samson y se detuvo. KOWALSKI, M. «M» de Michelle.

Sus rodillas descendieron hasta el suelo. La carpetilla acabó entre sus manos.

—Sí, joder, me ha tocado la lotería —murmuró.

Un carraspeo flemoso emergió de la garganta de Samson. Aleteó con las pestañas.

Mierda.

Se estaba despertando.

¡Mierda!

La puerta. ¿Lograría alcanzarla? No, imposible.

Arlo abrió su abrigo, arremetió el historial de Michelle sobre su abdomen y volvió a cerrar la prenda con fuerza.

Tuvo un presentimiento funesto mientras Samson abría los ojos. La habían descubierto. Su vida se había acabado. El guardia de seguridad de la cabecita en miniatura la sacaría a rastras, esposada, y la entregaría a la policía. Se pasaría la noche en uno de esos calabozos con cincuenta personas y un retrete. Su madre tendría que acudir a pagar la fianza. Cuando Punam se enterase, menearía la cabeza y diría: «Ya sabía yo que esa jovencita iba a arruinar su enorme potencial con un acto descarriado de soberbia».

Pero en lugar de maldecir y levantarse de un brinco, como esperaba ella, el abogado se frotó el rostro y soltó un gemido que lo hizo parecer más agraviado que sorprendido.

—¿En serio? Dime que esto no es por lo de la cafetería.

Un diminuto rayo de esperanza brilló a través de toda esa fatalidad.

La cafetería. ¡La cafetería! Puede que Arlo no hubiera acudido para ejercer un acto descarriado de soberbia. *¡Tal vez estaba allí para hablar de lo que había pasado en la cafetería!*

—Quería... disculparme.

Samson bajó las piernas del sofá y se enderezó, oteando el despacho con los ojos entornados.

—¿Y no podías hacerlo a la luz del día? ¿Qué hora es?

—Las tres o así. No podía pegar ojo. —Eso era cierto. Llevaba toda la noche despierta, atormentada por las visiones de una Michelle sin rostro—. Fue una paciente mía la que te trató así de mal. No tendría que haberla llevado allí.

El abogado carraspeó y se frotó la mandíbula otra vez. No hubo ningún gesto de incredulidad en su expresión: no achicó los ojos, ni arqueó las cejas. Parecía cansado y... pensativo. Pero ¿eso era bueno o malo?

Arlo se mordió el labio inferior para impedir que le temblase.

—Tengo teléfono —dijo al fin—. Podrías haberme llamado.

El sentimiento funesto empezó a disiparse. Se lo estaba tragando. ¡Arlo estaba salvada!

—Tienes razón. —Volvió a mirar de soslayo hacia la puerta. Su futuro la estaba esperando ahí fuera: radiante, cálido e intacto—. Ya me voy.

La voz de Samson resonó a su espalda mientras emprendía la fuga:

—Espera.

Arlo se quedó paralizada con el picaporte en la mano. Se le formó un nudo en la garganta.

—Has venido aquí para decir algo bonito. Para asumir la responsabilidad de un hecho, y eso no es fácil. Te lo digo por experiencia. Así que… uh… Deberíamos ir a alguna parte. Deja que te invite a desayunar.

—No tengo hambre —replicó ella sin darse la vuelta.

—Un café, entonces. Hay un local al final de la calle que abre las veinticuatro horas.

Arlo giró la cabeza y comprobó que Samson se había quitado la manta, una porción diminuta de su pene resultaba visible a través de una abertura en sus calzoncillos bóxer. Agarró el picaporte con más fuerza y masculló:

—No puedo. Tengo cosas que hacer.

—¿Cuáles?

—Tengo que prepararme para el trabajo.

—¿A las cuatro de la mañana?

—Tardo mucho en arreglarme el pelo.

—A no ser que hayas venido por alguna otra razón —repuso el abogado con un tono de suspicacia creciente.

Tan cerca. Había estado tan cerca.

Arlo soltó el picaporte.

—Por supuesto que no.

Diez minutos después, se deslizaron sobre un banco corrido de vinilo rojo en la que bien podría ser la cafetería más caldeada de todos los tiempos. El calor se proyectaba sobre Arlo desde todas las direcciones: el conducto situado junto a sus tobillos; el ligero manto de humo y vapor en lo alto; los rescoldos de carbón que ardían bajo sus propias costillas, que poco a poco iban derritiéndole los órganos.

—Qué calor hace aquí —dijo Samson—. ¿No estás asada?

—Estoy bien. —Arlo se recolocó las gafas sobre la nariz. Se volvieron a deslizar hacia abajo—. Me siento bien.

—¿Por qué no te quitas el abrigo?

—No hace falta.

Aquello parecía una sesión de yoga caliente. Arlo sudaría a chorros, se tambalearía y aborrecería cada segundo de la velada. Pero después... ¡ah, después! ¡Qué alivio! Saldría a la calle, sentiría el frío penetrante de noviembre en el rostro y abordaría el historial de Michelle Kowalski. Cada segundo —cada gota de sudor— la acercaba a ese momento.

—A lo mejor pido unos huevos. —Samson volteó su carta—. Pero también preparan unas tostadas francesas muy ricas.

Dentro de poco, Arlo tendría un número de teléfono. Llamaría a Michelle a media mañana.

—Uf, pero las tostadas...

O... o también podría presentarse en su casa por sorpresa, sin avisar. ¿Por qué no? Eran hermanas. Se iría derechita hasta su puerta y llamaría con ímpetu, con confianza, con determinación.

—No, creo que no es la mejor opción. Si como demasiado a primera hora, luego la tripa me hace cosas raras. Me noto hinchado y con gases, ¿sabes lo que quiero decir? ¿Alguna vez te ha pasado eso?

Y, por fin, le pondría cara a Michelle.

El abogado chasqueó la lengua.

—¿Te has decidido ya?

—Sí. —Arlo no pretendía gritar, pero vaya si lo hizo.

Apareció una camarera ataviada con una blusa que no le quedaba bien y con una libreta en la mano.

—¿Saben ya?

Samson plantó los codos en la mesa y se estrujó las mejillas con los puños, examinando el menú con un fervor renovado.

—Pide tú primero.

Arlo pidió un café y deslizó la carta sobre la mesa.

—¿Cuál es la sopa del día? —preguntó el abogado.

—No hay sopa hasta las diez —respondió la camarera.

Samson soltó un gruñido de desaprobación.

—Los huevos... ¿son camperos?

La camarera puso un mohín.

—¿Qué significa eso?

Samson volvió a fruncir el ceño.

—Creo que necesito un minuto más para pensar.

—Venga ya, elige algo de una vez —dijo Arlo, que ya no podía soportarlo más.

—No sé qué voy a...

Arlo le arrebató la carta y se la dio a la camarera.

—Tomará huevos y tostadas. Los huevos que sean fritos. Y pan de trigo integral.

La camarera tomó nota en su libreta.

—Qué monos sois —dijo.

Mientras se alejaba, Samson miró a Arlo con una especie de asombro y dijo:

—No lo sabía, pero lo que acabas de pedir era justo lo que quería.

—Se me da bien calar a la gente —repuso ella. Al menos, a veces.

Un rubor se extendió por el cuello del abogado.

—Oye, has hecho un gran esfuerzo al venir a disculparte por tu... paciente. Yo también debería responsabilizarme de algunas cosas.

Arlo tuvo un presentimiento. No estaría a punto de...

—El funeral de tu padre.

—No hace falta —replicó ella.

—Me aproveché de ti. Estabas en duelo y yo saqué provecho de ello. Lo siento.

Arlo se compadeció de él. Pobre diablo. Estaba intentando cambiar, ser mejor persona. Lo menos que podría hacer ella, sobre todo después de haberse colado en su despacho de madrugada y haberle robado unos documentos, era responder con un poquito de honestidad.

—Gracias, pero eso no es necesario.

Arlo era una mujer adulta. Una mujer que no tenía una libido especialmente alta, pero eso era lo de menos. Cuando se manifestaba el impulso, estaba en su derecho de tirarse a quien le diera la gana. Y el impulso *se manifestó*. La verdad incómoda era esta: Samson había capitalizado su duelo, acariciándole la espalda durante el funeral de su padre y suministrándole una copa de vino tras otra, pero a ella no le importunó especialmente.

—No digo que esté bien buscar rolletes de una noche en los funerales, pero por si te sirve de algo... —ay, cielos, estaba a punto de decirlo—, me apetecía mucho acostarme contigo.

—Pero ¿por qué? Quiero decir... Mírate. Seguro que tienes los contactos de diez tipos en el móvil a los que podrías haber llamado. ¿Por qué elegirme a mí? Solo soy un carroza.

Arlo no tenía una respuesta convincente para esa pregunta.

«Qué monos sois», les había dicho la camarera. Pero ¿en qué sentido? No como pareja, eso seguro. Era fácil hablar con Samson, sobre todo para ser un abogado, y poseía cierto atractivo. Pero ¿como pareja? ¿Para Arlo? Le sacaba por lo menos veinte años. Era casi como acostarse con...

Arlo reprimió ese pensamiento.

—Te subestimas demasiado —replicó.

Samson arqueó una ceja.

—¿Estás diciendo que no soy un carroza?

—Estoy diciendo que eres un carroza *atractivo*.

—Ah —repuso él con una sonrisa irónica—. Bueno, gracias.

Compartieron un silencio que no resultó desagradable.

—Ya que lo mencionas —añadió Samson—, discúlpame un segundo mientras voy al baño. Mi vejiga ya no es la que era.

Arlo observó cómo se alejaba, con la parte trasera de su cabeza asomando por encima de las demás mesas. Luego se abrió el abrigo.

El aire fresco le acarició la clavícula, el hueco de la garganta, las axilas. Fue rápido. Fue una bendición. Era el aire del futuro.

Abrió la carpetilla. La primera página estaba en blanco, excepto por una palabra: CONFIDENCIAL. Un renglón cerca de la parte superior de la segunda página estaba marcado como BENEFICIARIA. A continuación, había un trío de nombres, y el tiempo pareció ralentizarse:

Michelle Kowalski ALIAS Michelle Morris ALIAS Mickey Morris

Arlo cerró la carpetilla y se sentó encima.

—Tienes mala cara.

Samson volvió a sentarse a la mesa. Una taza marrón y desconchada llena de café había aparecido delante de ella, lo que significaba que la camarera también debía de haber regresado en algún momento. Arlo no sabía cuánto tiempo había pasado, debido a todos los petardos que estaban explotando en la base de su cráneo. Cada explosión arrasaba otra región de su rombencéfalo. Adiós, puente troncoencefálico. Hasta la vista, bulbo raquídeo. Esas neuronas ya no volverían a dirigir sus funciones vitales. Ya no volvería a respirar, ni a tragar, ni a estornudar. Y todo por Mickey. ¡Por Mickey!

—¿Te encuentras bien? ¿Vas a vomitar? —Samson alargó un brazo por encima de la mesa y le apoyó una mano en la frente.

Arlo lo apartó de un manotazo.

Una parte diminuta de su ser tendría que haberlo sospechado. Sus historias coincidían punto por punto: los padres muertos, la conexión mutua con el abogado. Y la manera que tenía Mickey de hablar de su padre, como si fuera el único culpable del cúmulo de dolor y tristeza que había recaído sobre ella. Pero era ella, y no Arlo, la que heredaría su dinero. La misma Mickey que nunca llegó a conocerlo. La misma Mickey que aún tenía mucho que madurar. Arlo seguía sin entenderlo. Y necesitaba entenderlo.

Los petardos crepitaron y se acallaron.

—¿Cómo es ella? —preguntó, siguiendo un pálpito. El abogado tenía que conocer la verdad. Pero no sabía que Arlo estaba al corriente, lo que proporcionaba algunas posibilidades interesantes—. Michelle.

—¿Perdona? —Samson bebió de un vaso de agua veteado.

—La conociste, supongo, o al menos habrás hablado con ella. Cuéntame. ¿Cómo es?

—No puedo confirmar ni desmentir...

—Tom. No pasa nada.

El abogado dejó el vaso en la mesa y lo hizo girar poco a poco.

—Es... una persona. Tiene sus cosas, como cualquiera. Problemas. Pero es cariñosa, creo. Amable.

Aquello era cierto, lo que ocurría era que Arlo no esperaba escucharlo de sus labios. Después de todo lo que le había soltado Mickey en la cafetería, después de todo el veneno que había vertido sobre él, ¿ahora la definía como *amable*?

—¿Qué tiene pensado hacer con el dinero? ¿Lo sabes?

Samson se quedó con la mirada perdida un momento, luego se rio.

—Una parte de mí cree que se lo entregará todo a la beneficencia o algo así. A alguien que se lo merezca.

Sí, pensó Arlo, mientras la pirotecnia de su bulbo raquídeo se volvía a activar. *A Mickey le pegaría hacer eso.*

MICKEY

—Creo que me va a dar un soponcio. Chris se frotó los ojos y se encogió en el cuello de su chaquetón. Y no era de extrañar. Unos focos industriales iluminaban el almacén reacondicionado, el suelo era un territorio infinito de camas elásticas que se flexionaban, rebotaban y catapultaban a docenas —no, a cientos— de niños diminutos por el aire. Se chocaban de morros, se hincaban los codos. Se separaban entre gritos y con alguna hemorragia ocasional.

—Sí, este lugar es una pesadilla. —Mickey removió los dos dedos de babas y espuma que quedaban al fondo de su vaso de plástico de cerveza—. Por eso sirven alcohol.

Estaban sentados en un banco junto a un lateral de la pista. Chris estaba a punto de rozarle el muslo derecho con el suyo izquierdo. Mickey prácticamente podía sentir ese roce imaginario, la colisión efervescente entre sus moléculas.

Ian estaba en mitad de la pista, rebotando arriba y abajo con una camiseta de Darth Vader y los calcetines largos de color lima que todo el mundo se veía obligado a comprar para poder acceder al parque de camas elásticas. Le había crecido el pelo, que se le apelmazaba sobre la cara cada vez que saltaba y revoloteaba hacia arriba cuando volvía a descender hacia el suelo.

—Sigo sin entender cómo un par de calcetines pueden costar dieciocho dólares —dijo Chris—. Además, no hacía falta que pagaras tú.

Entre los calcetines, el precio de la entrada y la cerveza, la excursión de hoy le había costado casi cien pavos: más de la mitad de los fondos que le quedaban en su cuenta corriente.

—Es lo menos que puedo hacer después de la última vez —repuso ella—. Y mira lo contento que está. Ha sido una buena idea.

—¿Lo dices en serio? —Había duda en la voz de Chris, pero también esperanza.

—Lo estás haciendo genial.

Mickey le tocó la rodilla de un modo que pensó que sería dulce, pero acabó resultando raro. En lugar de apoyarle la mano con un movimiento breve y delicado, como una persona normal, le medio hincó los dedos por accidente, dándole unos golpecitos en la rodilla con dos dedos como si fuera un operador de código morse transmitiendo la noticia de un desastre marítimo.

Retiró la mano y se sentó sobre ella. Aquello no era una cita.

—Hasta ahora, ya las pasaba canutas limpiando mi ropa y preparando mis propios almuerzos.

—Te entiendo —repuso Mickey.

Sí que era una especie de cita. Chris le había propuesto salir un viernes por la noche, quedar en una ubicación acordada de antemano, a un hora concreta, sin más motivo que el de disfrutar de la compañía del otro. Él llevaba puesta una camisa de cuadros elegante pero informal, y olía a loción para el afeitado. Ella se había puesto rímel y un sujetador de verdad. Así que, sí, puede que fuera una cita.

Chris se movió ligeramente y, bum, ya está: sus piernas se estaban rozando, se tocaban plenamente, igual que aquella primera noche en casa de él. La lluvia, el whisky.

—En ese sentido, tengo que hacer una confesión. Es posible que te haya mandado señales equivocadas.

Mickey se bebió el último trago de cerveza y se preparó para lo que se avecinaba. Chris no hablaba en serio cuando habían estado al teléfono el otro día. Ella no le gustaba. No sentía nada hacia ella. Ni siquiera el menor interés. Era un pensamiento pasajero, una pelusilla impulsada por el viento.

—No sé cocinar. —Chris inspeccionó las líneas de las palmas de sus manos—. ¿Ese plato francés que te preparé? Es uno de los tres que sé cocinar. Nada más que tres. Tengo treinta y seis años y sigo viviendo en un bucle de tres comidas.

A Mickey solo se le ocurrió preguntar una cosa:

—¿Cuáles son los otros dos?

—No puedo decírtelo. Me da mucha vergüenza.

—Venga —repuso ella—. Ahora tienes que hacerlo.

—Vale, el primero son los espaguetis.

—Obvio.

Chris apoyó una rodilla en el banco y se giró de tal manera que presionó la espinilla sobre el lateral del muslo de Mickey.

—Y para el otro, lo que hago es preparar un sándwich de queso fundido (bien grandote, eso sí), después caliento un tarro de salsa *tikka masala* y mojo el sándwich en ella. A veces me como lo que sobra con una cuchara.

—Pues eso tiene que estar riquísimo —repuso Mickey, esforzándose mucho por mantener la compostura. *¡Contacto muslo-espinilla!*

—¡Sí que lo está! Gracias. Me siento validado.

Observaron a Ian en silencio durante un rato.

—¿Por qué cacarea como una gallina? —preguntó Mickey.

—Es raro —dijo Chris con cariño—. Raro si los hay.

Un futuro completo pareció solidificarse mientras se reían juntos. Cada mañana se sentarían lado a lado de esa guisa en el sofá de su apartamento mientras bebían café preparado en una cafetera francesa. Tendrían una perra y la llamarían Rubí. Reñirían acerca de quién se quedaba toda la manta por la noche y debatirían sobre el color elegido para pintar la pared principal del salón.

Mickey sintió un picor seco al fondo de la garganta y se acordó del vaso vacío que tenía en la mano. Chris se puso serio.

—Eres la primera persona que me ha hecho sentir que de verdad puedo hacer esto. Cuidar de alguien. De un niño.

Mickey miró de soslayo hacia los padres agobiados que hacían cola ante la taquilla, todos ellos con los ojos hinchados, encorvados y deseosos de echar un trago. «Beber es una conducta aprendida», había dicho Arlo. Pero ¿acaso no lo era todo? Caminar, hablar, cubrirse con el brazo al toser. Conducta aprendida, conducta aprendida, conducta aprendida. ¿Qué más daba? Se acercaban las vacaciones, una época de ocasos tempranos y tarjetas de crédito exprimidas al límite, y esa gente se merecía un trago. *Ella* también. Qué más daba si era el cuarto —¿quinto?— del día.

—Sigo pensando que Evie va a volver. Estoy seguro. Pero, entretanto, creo que nos vamos a apañar bien el crío y yo. Y eso es gracias a ti. —Chris meneó la cabeza—. Aunque no… Es decir, escuché lo que dijiste por teléfono, acerca de que no eres un reemplazo para su madre. Eso lo entiendo. Tú no eres ella. Eres tú. Pues claro que eres tú. Qué tonterías estoy diciendo.

Mickey se quedó mirando el residuo reluciente que quedaba en el fondo del vaso. ¿Parecería una ansiosa si lo zarandeaba para ingerir esas últimas gotas? *Seguramente*, pensó. Apenas quedaba líquido suficiente para mojarse los labios.

—Lo que intento decir es *gracias*.

Esa clase de pensamientos habían empezado a copar su mente un día sí y otro también. Cuántos minutos faltaban hasta la siguiente bebida. De dónde la sacaría. Cuánto le costaría.

—No hay de qué. —Volvió a darle unos golpecitos en la rodilla, esta vez como lo haría una señora mayor con el sobrino nieto que acaba de traerle una porción de tarta, y luego se puso en pie como un resorte—. Voy a por otra. ¿Te apetece algo?

Chris parpadeó un par de veces, la emoción se disipó de su rostro.

—Estoy servido.

Mickey se acercó a paso ligero al mostrador y se sumó a la larga fila. Le entró la desesperación. Solo había una persona atendiendo, lo que significaba que iba a tener que esperar una eternidad.

El día de su trigésimo cuarto cumpleaños, Mickey se despertó resollando en busca de oxígeno. Había enterrado el rostro en la almohada en algún momento de una pesadilla que ya no podía recordar. Tenía algo que ver con el empleo de camarera que había dejado hacía más de una década. El pasado tenía facilidad para aferrarse al cuerpo, introduciéndose en los pliegues del cerebro, entre los molares y bajo las costillas. Qué injusta es la vida.

Se levantó de la cama y no echó un trago. Se fue al baño y tampoco lo echó. Se remojó la cara, se secó y se embadurnó con crema facial no comedogénica con factor 30 y tampoco bebió. Se puso un albornoz y siguió sin beber. En la cocina, abrió las contraventanas, se quedó mirando los treinta centímetros de nieve virgen que cubrían el callejón y no bebió. Metió la última rebanada en el tostador y no dio un trago, y cuando salió renegrida y quebradiza, tampoco bebió.

Su mente se embarcó en pensamientos no relacionados con la bebida: qué música pondría esa noche, qué comida iba a pedir, que su ropa era una porquería. Sacó todas las prendas de los cajones de la cómoda —vaqueros, jerséis, faldas cortas, faldas largas— y le pareció que todas dejaban mucho que desear. Una pila de ropa cubría el suelo.

Mickey se recostó en medio de todas esas prendas indebidas y poco agraciadas. Examinó el estuco del techo y, cuando empezó a difuminarse, cerró los ojos. Cuando la oscuridad también se volvió insoportable, los abrió y volvió a examinar el techo. Y así siguió —abriendo y cerrando, abriendo y cerrando— hasta que se incorporó, temblando a causa de un frío repentino, y buscó a tientas el móvil. Habían pasado veinte minutos.

Entró tambaleándose en el salón y se envolvió en una manta del sofá. Tenía las raíces del pelo humedecidas a causa del sudor, su cráneo irradiaba calor mientras se extendían unos espasmos fríos por sus extremidades, como si su cuerpo ya no pudiera asimilar el aire que lo rodeaba.

Pero ¿por qué? Aquel día no era diferente del anterior ni del previo a ese. No había cambiado nada entre esa semana y la pasada. Ese desconcierto, esa comezón continuada, eran producto de la terapeuta. Había estado hurgando en su psique por diversión, sembrando toda clase de ideas. Solo porque Mickey bebiera por la mañana y en el autobús y en el parque de camas elásticas, *no* significaba que fuera como su padre.

Se sentó en el suelo y contempló otra porción del techo, una configuración diferente de estuco.

—¡Soy una persona distinta! —proclamó.

Si su padre estuviera allí —si se hubiera presentado alguna vez con esa tarta de nueces—, la habría mirado con orgullo y habría dicho: «Tienes razón. Claro que la tienes. Soy un tipejo infame, un ladrón, un aguafiestas, mientras que tú, hija mía, eres un rayo de sol, una heroína valiente y grácil, una mujer adulta y plena».

Hacía mucho que había olvidado el sonido de su voz, pero cuando le hablaba en su imaginación, lo hacía con el timbre grave y sonoro de James Earl Jones.

¡Mírate! Tienes un título universitario.

—Eso es cierto —le dijo Mickey al estuco.

¡Tienes un helecho!

—Eso también.

Entonces, ¿qué es lo que te preocupa tanto?

Mickey se incorporó. Su subconsciente tenía razón: podía echar un trago. Era su cumpleaños, tenía sed, y la botella de vodka estaba ahí mismo, en la encimera. No tenía mayor importancia. Se tomaría un vasito, se metería en la ducha y empezaría de nuevo la jornada.

No había vasos limpios por ninguna parte, así que sirvió el vodka en una taza y la sostuvo en alto durante un buen rato para demostrar que podía esperar. Luego se acercó la taza a los labios y dio un sorbo. Eso sí, no fue un trago grande: suficiente para paladear el brebaje como es debido, pero tampoco nada exagerado.

Se lo tragó y las piezas desperdigadas del universo volvieron a encajar entre sí. Entró un poco más de luz a través de las ventanas. *Dream a Little Dream of Me*, de Mama Cass, sonaba desde el tocadiscos; una canción que parecía una soga tan gruesa y real que casi pudo agarrarla y enrollársela alrededor de las muñecas. Su cuerpo se encorvaba y se contraía al ritmo.

Mickey dejó la taza vacía en el fregadero, luego la volvió a sacar. Se sentía bien; tanto, que pensó en servirse otro trago y puede que otro más después. Siguió girando sobre sí misma por la habitación. Si había una ocasión ideal para bailar, era su trigésimo cuarto cumpleaños. Daba igual que estuviera sola. ¿Por qué se consideraba aceptable bailar con alguien por la mañana, pero no tú sola? Daba la casualidad de que otros treintañeros vivían con sus parejas o compañeros de piso. Solo porque ella no llevara esa vida, solo porque no tuviera a nadie…

Pero sí tenía gente a su lado. Un puñado, al menos. Tres adultos y un niño iban a asistir a su cena de cumpleaños.

Se detuvo en mitad de un giro. La cena de cumpleaños. Aún no había decidido nada sobre la comida, ni sobre su atuendo, ni sobre nada. Y tendría que limpiar, una perspectiva tan demoledora que volvió a tirarse al suelo.

Mickey se olvidó de la taza, se acercó la botella a los labios y dio un trago, porque… porque… a tomar por culo todo.

Daria llegó diez minutos antes de la hora con un recipiente para tartas de plástico, una botella de vino y su gata.

—Toma —dijo, presionando el vino sobre el pecho de Mickey—. Dejaré la tarta en la nevera.

Entró en el piso y dejó a Rybka en el suelo. Las dos tenían una forma entrecortada de moverse, teletransportándose de un lado a otro como si fueran personajes en una película de *stop-motion* cutre. Estaban allí un segundo y al siguiente habían desaparecido.

Así fue como Mickey supo que estaba muy, pero que muy borracha.

Para ser justos, llevaba bebiendo todo el día, cosa que no hacía nunca, o, digamos, casi nunca. Y no lo hacía porque ella no era una alcohólica, así que no lo necesitaba. ¡Pura lógica!

—¿Dónde tienes el decantador? —preguntó su vecina desde algún rincón del apartamento.

Mickey cerró la puerta, sorprendida por encontrarse todavía frente a ella. Mientras lo hacía, la puerta profirió un sonido sibilante tan cautivador que no pudo evitar abrirla y cerrarla varias veces más. *Prrssshhhhhhhhh.*

—¿Mickey?

Se giró.

—¿Mhmmm?

Daria estaba enfrente con los brazos cruzados.

—No tienes decantador.

Mickey refunfuñó una disculpa. ¿Se supone que debía tener uno? ¿Era algo que tenían todos los adultos respetables, como una olla de cocción lenta? Porque sí tenía una de esas.

—Ya traigo yo uno —dijo Daria, que volvió a salir al rellano.

Mickey se fue a la cocina para recomponerse. A no ser que no hiciera falta, porque en el fondo no estaba tan borracha. El reflejo en la puerta del microondas no correspondía con el de una persona que va pedo perdida. Se había pintado los ojos, los labios, y llevaba puesto un vestido de noche de terciopelo dorado que ni siquiera recordaba que tenía. La mesa estaba servida con platos y táperes de comida para llevar. India, a juzgar por su aspecto. En algún momento debió de pasar por casa un repartidor.

Daria sacó un trozo de *naan* del cesto y enseguida volvió a dejarlo dentro.

—Está pastoso.

Mickey pegó un respingo. No la había visto regresar.

—¿Qué?

La vecina sostuvo un decantador de cristal hacia la luz. Era un objeto deforme, con una base ancha y un cuello que asomaba en un ángulo extraño. El vino se acumulaba y centelleaba al fondo.

—*Notihabiavisto.*

Daria dejó el decantador en la mesa, con los ojos a media asta.

Mickey meneó la cabeza. No pretendía decirlo así. Su lengua se había vuelto demasiado grande para su boca. O su boca había encogido. Una de dos.

—No… te… —Podía formar palabras inteligibles. Podría hacerlo si se concentraba mucho, mucho— había… visto.

Daria dijo algo en polaco y se marchó.

Mickey sirvió un poco de vino. Mejor dicho, el vino se sirvió solo, surcando el pitorro a toda velocidad para verterse en la copa.

Sí, estaba borracha. Pero no era culpa suya. De verdad que no. Mientras no abriera la boca, nadie más se daría cuenta.

Sonó el telefonillo, provocando un estallido de estática.

Con una coordinación precisa de sus extremidades, Mickey avanzó lenta y decididamente hacia el botón de la pared que granjearía el acceso a su invitado. Logró pulsar el botón apenas al segundo intento y se dispuso a mirar hacia la puerta. Cuando por fin llamó alguien, Tom apareció en el rellano con un cuenco de algo que parecía ser ensalada.

—Feliz cumpleaños. —Se inclinó hacia delante y la rodeó con un brazo sin entrechocar sus pechos, dándole unas palmaditas agarrotadas en la espalda mientras sujetaba el cuenco de ensalada con el otro brazo. Unas lágrimas relucieron en sus ojos mientras se separaba—. Mierda. Me dije que no iba a llorar. Es por la época del año. Se acercan las fiestas. Así que, para mí, ahora mismo, que me inviten a algo como esto... No tengo mucha... uh... comunidad.

Mickey frunció los labios con un gesto empático y se encogió de hombros.

—¿Sabes lo que estoy intentando decir?

Ella le apoyó una mano en el hombro y se presionó la otra sobre el corazón.

—Exacto. —Tom señaló el cuenco con la cabeza—. Por cierto, espero que te gusten las semillas de chía.

Se reunió con Daria en el salón, donde los dos se presentaron y acabaron embarcándose en una conversación sobre sus películas de Wes Anderson favoritas mientras Mickey se recluía en la cocina con el vino. De momento, todo iba bien. Saldría airosa de esa fiesta. Una gran ventaja de que la gente fuera tan narcisista era que se pasarían todo el rato hablando de sí mismos. Mickey no tendría que abrir la boca excepto para comer algo. Sí, eso no le vendría mal.

Mickey agarró el cesto de *naan* y se dirigió al frente de combate.

— ... nada como *Los Tenenbaums* —dijo Daria—. Todas sus pelis recientes son un asco.

—¿De veras piensas eso? Dime que no es verdad. —Tom miró a Mickey de soslayo por encima del respaldo del sofá—. ¿Qué estás haciendo ahí tú sola?

Lo suyo no podía considerarse una adicción, ni mucho menos. Imposible. ¿Cómo podría ella, una mujer instruida y razonablemente exitosa, que además tenía una olla de cocción lenta, ser también una adicta? Los adictos tenían vidas mucho más emocionantes que la suya. Esnifaban coca en mesas de cristal dentro de habitaciones llenas de humo o ingerían pastillas en pistas de baile plagadas de rayos láser y luces estroboscópicas en el techo. Mickey no era así. Era profesora de infantil.

—Bill Murray debería jubilarse —dijo Daria.

—Eso es lo más cruel que he oído en toda mi vida —repuso el abogado.

Daria se rio. Era la primera vez que Mickey la escuchaba reírse.

—Hablo en serio —dijo Tom—. Eres muy mala.

Mickey arrancó otro pedazo de *naan* con los dientes. Se estaba zampando el cesto a toda velocidad, pero ¿y qué? Ella lo había pagado, presuntamente. Y podría parar cuando quisiera.

Volvió a sonar el telefonillo. Mickey ocupó su puesto junto a la puerta.

—Siento llegar tarde —dijo Chris—. Alguien ha tardado una eternidad en prepararse. Y no quiero mirar a nadie.

Ian sostuvo en alto un ramo de lirios y gisófilas, sonriendo a Mickey con una cazadora *bomber* en miniatura.

—Son para ti. Huelen muy bien. —Se había cortado el pelo hacía poco y lo llevaba engominado con una cresta diminuta—. Felicidades.

Los brazos de Mickey se resintieron bajo el sorprendente peso del ramo. Ian comenzó a cantar:

—Cumpleeeaaañooos feeeeliiiiiz. Cumpleeeaaañooos feeeeliiiiiz. Te deseeeaaa…

—Aún no, coleguilla —dijo Chris, dándole unas palmadas en el hombro—. Aún no.

Tom apareció doblando la esquina.

—¿Quién es ese que canta como los ángeles?

Rybka se restregó trazando ochos entre las piernas de todos los asistentes.

—¿Por qué tiene las orejas tan grandes? —preguntó Ian.

—Es mitad leopardo —respondió Daria.

—Qué guay —exclamó el niño mientras acariciaba a la gata entre los ojos.

Mientras sus invitados se presentaban, Mickey volvió a escabullirse hacia la cocina y hurgó en las alacenas en busca de un jarrón. Lo mejor que pudo encontrar fue un cilindro polvoriento de plástico morado, un chisme que había comprado en un bazar hace un millón de años. Lo llenó en el fregadero e introdujo los tallos de las flores. Pobrecillas. Era una pena que unos lirios tan bonitos hubieran acabado así. Mickey agachó la cabeza en deferencia hacia ellos.

Chris se sirvió otro puñado de *biryani* en su plato.

—Bueno, ¿qué se siente? Un año más vieja. Es una pregunta ridícula, ¿verdad? No sé por qué la gente dice eso. Tampoco es que se cambie tanto de un día para otro.

A Mickey no le molestaba la costumbre que tenía Chris de darle tantas vueltas a todo. Cualquier excusa era buena para admirarlo. La habitación se había inclinado un grado por cada minuto que había transcurrido desde que se habían sentado a comer, con Chris convertido en el foco de atención que la mantenía serena.

Tom intervino con su predecible optimismo:

—La gente cambia a cada minuto.

Daria replicó con su predecible escepticismo:

—¿Tú crees? ¿En serio?

—Ser humano significa evolucionar —dijo el abogado—. Superamos baches y maduramos. Así de simple.

—No sé si eso es cierto en todos los casos —repuso Chris, pensativo. Se giró hacia la cabecera de la mesa, donde Ian estaba sentado sobre una pila de diccionarios que Daria había tenido la gentileza de suministrar—. ¿Tú qué opinas, colega? ¿La gente cambia?

Ian removió el pollo *tikka masala* por el plato con una cuchara.

—Ahora soy más grande que antes.

—Una observación muy profunda —dijo Tom.

Daria se rio por segunda vez en esa velada. Qué raro.

—Apenas has abierto la boca en toda la noche —dijo de repente Chris, clavando sobre Mickey sus ojos con forma de almendra con la intensidad de un millar de soles.

Ella se encogió de hombros, intentando parecer relajada mientras su corazón se marchitaba dentro de su cavidad torácica.

—En serio —insistió Chris—. ¿Qué ocurre?

—Déjala tranquila —lo interrumpió Daria—. Los cumpleaños son… complicados para las mujeres.

—No hace falta decir más —repuso Tom con las manos en alto.

Durante un breve y maravilloso instante, Mickey pensó que se había salvado.

—¿Por qué estás triste? —preguntó Ian con un mohín. Tuvo que ser él el que lo expresara de ese modo. Su aguda vista infantil había desmontado su farsa.

El silencio se desplegó sobre los hombros de Mickey y la empujó hacia el suelo. Sus invitados la estaban mirando, con los cubiertos inmóviles en las manos, la comida olvidada sobre los platos. Tenía que dar una respuesta. A ser posible, una que fuera coherente.

Mickey instó a su hígado a que trabajase más rápido. ¡Milagro! El alcohol abandonó su sangre miligramo por miligramo, las moléculas se dividieron en fragmentos cada vez más finos hasta que finalmente dejaban de existir. Sintió que la lógica, el raciocinio y la coordinación motora regresaban a su cuerpo. Cuando la siguiente bocanada saliera de sus pulmones, estaría completamente sobria. Se irguió, adoptó una expresión solemne y dijo:

—Esssssmiiicumpppllle.

—Ah —repuso Ian con un tono de comprensión tan claro que Mickey quiso apoyar la cabeza en la mesa y no volver a levantarla jamás.

—¿Estás pedo? —preguntó Chris.

Mickey intentó verbalizar una negativa, pero le entró hipo.

Daria hundió la cabeza entre sus manos. La férrea e imperturbable Daria.

—Sí que lo estás. —Chris sonrió. Aquello le parecía gracioso—. Estás como una cuba.

—No —protestó Mickey.

Chris entrechocó sus hombros en plan colegueo, pero el efecto fue devastador.

—No te avergüences.

Mickey se levantó por acto reflejo. No estaba avergonzada. No había nada de lo que abochornarse. Y eso fue lo que dijo, o al menos lo intentó. Lo que soltó fue una retahíla de verbos, pronombres y preposiciones. Agarró el decantador de la mesa.

—Siéntate, Mickey —dijo Daria.

¿Por qué debería hacerlo? Era su apartamento. Era su fiesta. ¡Era su puto cumpleaños!

—No digas tacos delante del niño —la reprendió Tom.

¿Había dicho eso en voz alta?

—Sí —confirmó el abogado.

La habitación se inclinó diez grados más. ¿Dónde estaba su copa?

Alguien la agarró del brazo.

—Tranquila —dijo Chris—. Todo va a salir...

El aire se descompuso en un millón de pedazos.

Mickey tenía la mano abierta, vacía. ¿Dónde se había metido el decantador? Lo tenía sujeto hace un momento.

Ian tenía el rostro contraído. Dejó la boca entreabierta y de ella emergió el ruido más espantoso que Mickey había escuchado en su vida. No tenía ni idea de cómo podía surgir un grito tan tremendo de una personita tan pequeña. Todos esos sonidos... Mickey no tenía cabida para ellos.

—Es el ojo —dijo alguien—. Se le ha metido un cristal en el ojo.

—Salid —dijo alguien más—. Salid ya. ¿Dónde está su abrigo?

—No digas tonterías. Llama al 911.

Mickey ya no podía distinguir una voz de otra. El pánico las había distorsionado. El entorno también había perdido definición. Madera, cristal, vino, carne humana... Todo formaba parte de lo mismo: una penumbra densa y horrible.

—Ian, colega, tranquilo. Todo saldrá bien.

—¿Eso cuenta como una emergencia?

—Pues claro que es una emergencia. Podría perder el puto ojo.

—Te prometo que todo saldrá bien.

Un niño estaba herido. Estaba herido y era por culpa de Mickey. Aún podía escucharlo, aullando y resollando en alguna parte de la habitación, entre la penumbra. Intentó nadar hasta él, alcanzarlo, pero algo la agarró y la retuvo. Unos brazos fuertes la sujetaron. Forcejeó, pataleó, gritó, lo que fuera con tal de liberarse, pero no, nada funcionó.

Sus pies se separaron del suelo. Alguien la había levantado en volandas y la estaba transportando a través de la habitación, por el pasillo, hasta llegar a su cuarto. Luego la acostó en la cama.

—No puedes ayudarlo —dijo Tom. Sí, era él. Se materializó delante de ella con un gesto de compasión abyecta en el rostro—. No puedes ayudar a nadie en este estado.

ARLO

A rlo guardó la carpetilla robada al lado de las demás carpetillas no robadas, cerró el armario y apretó el puño de la mano con la que sostenía la llave, notando cómo el metal dentado se le clavaba en la palma. Eran las diez de la mañana del lunes y tenía un montón de cosas que hacer: sesiones que preparar, derivaciones que revisar. Aunque, por alguna razón, no se sentía capaz de hacer nada.

Era poco ético proporcionar asesoramiento en salud mental a una hermanastra. Sobre todo, si la hermanastra en cuestión no tenía ni idea de la situación. ¿O sí lo sabía? ¿Y si lo sabía desde el principio? Pero ¿por qué acudir a terapia con una hermanastra a la que nunca has conocido? Arlo no podía preguntárselo. Tenía que cortar toda comunicación con ella. Pondría alguna excusa imprecisa para justificar por qué no podía seguir siendo su terapeuta —algo sobre la cantidad de casos acumulados— y adiós muy buenas.

Aunque eso sería deshonesto. Pongamos que Mickey no lo sabía. Pongamos que todo ese embrollo no había sido obra suya. En ese caso, merecería conocer los hechos, y exponérselos sería el rumbo de acción más ético.

Ética. Había sido su asignatura favorita en el máster. Qué verde estaba en aquella época.

Abrió el correo y buscó el mensaje que había recibido aquella mañana sobre la lápida de su padre, que ya estaba lista para su instalación. La foto mostraba una losa imponente de mármol nacarado con columnatas talladas a ambos lados y un grabado con forma de pergamino en lo alto. Era perfecta.

ADAM KOWALSKI

MARIDO Y PADRE CARIÑOSO

Padre de dos, pensó Arlo.

Se puso a pensar, no por primera vez, que quizá todo habría resultado mucho más fácil si se hubiera criado con alguien más en casa, alguien mayor y más sabio. Alguien que la arropase durante esas noches que su madre estaba ocupada realizando alguna rutina de cuidado facial con tónicos y sérums, y su padre estaba ocupado durmiendo en el sofá (o en el suelo, o en algún descampado). Alguien que la abrazase con fuerza cuando dos fornidos agentes de policía trajeron a su padre a casa desde el susodicho descampado. Arlo solo tenía seis o siete años la primera vez que ocurrió, pero recordaba el momento con una claridad cristalina: su padre en la puerta principal, con la camisa abierta, descalzo, sujetado de cada brazo por un policía porque no podía tenerse en pie por sí solo. Las pistolas en las cinturas de los agentes. El frío suelo de madera bajo los pies descalzos de Arlo, que estaba allí plantada en pijama. Y el gesto de vergüenza en el rostro de su padre al comprobar que lo estaba viendo. Un gesto que no se le olvidaría en la vida.

La melodía del móvil resonó por el despacho, *El lago de los cisnes* se extendió hasta el último rincón. Reconoció el número, prácticamente se lo sabía de memoria.

—¿Diga? —dijo mientras se desplegaba un cosquilleo por su pecho.

Al otro lado de la línea se escuchó un sonoro resuello.

—Hola. Soy Mickey… Mickey Morris.

Arlo apretó el móvil tan fuerte que se hizo daño en la mano.

—Me preguntaba si tendrías un hueco hoy. Sé que tenemos prevista una cita para la semana que viene, pero es que… ha pasado… ha pasado algo, y yo…

Estaba llorando. Sollozando, a juzgar por los ruiditos que hacía. Un llanto gutural, desgarrado, repleto de mocos.

Arlo reaccionó de inmediato:

—Vamos a respirar. ¿Lista? Inspira durante uno…, dos…, tres…, cuatro. Suelta el aire durante uno…, dos…, tres…, cuatro…, cinco…, seis.

Para ser sinceros, ella tampoco podía respirar bien. Mickey había llamado durante un momento de crisis. Este podría ser su catalizador, el punto de inflexión con el que por fin iba a reconocer que necesitaba ayuda urgente. Vaya que sí. De eso no cabía ninguna duda.

—Ahora, inténtalo otra vez —dijo Arlo, sin pretender regocijarse.

—Me puse pedo en mi fiesta de cumpleaños, se me cayó un decantador de vino y el cristal se le metió en el ojo a un niño.

—Entiendo. —Entusiasmada. Esa era la palabra. ¿Cómo podría no estarlo?

—Tuvieron que sedarlo en Urgencias.

—¿Estuviste presente?

—No. Tom no me dejó ir.

Tom. ¿Tom?

—Le salvaron el ojo, gracias a Dios —continuó Mickey—. Tendrá que llevar un parche durante una temporada, pero tarde o temprano será como si nunca hubiera pasado.

—Qué bien. Cuánto me alegro.

La fiesta de cumpleaños había arrasado a la vieja Mickey y todas las mentiras con las que se sustentaba. De los restos calcinados emergería una mujer nueva, una vida nueva, y Arlo estaría allí para sembrar las semillas, para regarlas y... y...

No, ella no estaría allí. No era posible.

—Ya. —Mickey se sorbió la nariz—. Pero es que... es que...

—Es abrumador. Déjame ver. —Arlo revisó su calendario de Google—. Tengo un hueco esta tarde a las tres. ¿Por qué no te pasas por aquí y lo hablamos? Juntas.

Se quedó mirando la pantalla del ordenador durante mucho rato después de que hubieran colgado.

Durante la revisión de casos de aquella tarde, la blusa blanca y vaporosa de Punam, sumada a una trenza lateral y a la forma en que había llevado el mando de la conversación, le granjearon el aspecto de una reina guerrera en una serie de fantasía de HBO, pero no en un sentido positivo. Cuando se acercaban al final de la reunión, dijo:

—He recibido un correo de uno de tus pacientes.

Arlo se aferró al borde de la mesa. Mickey sabía que eran hermanas. Lo había adivinado de alguna manera y, para colmo, sabía que ella estaba al corriente y que le había ocultado esa información. Puede que la llamada de esa mañana hubiera sido una prueba. Puede que Mickey hubiera colgado el teléfono y le hubiera presentado enseguida una queja a su jefa.

—El gimnasta con TEPT. ¿Cómo se llamaba?

Arlo soltó la mesa, se suavizó la tensión en sus brazos y hombros.

—Ah. ¿George?

—Sí, George —confirmó Punam—. Te ha puesto por las nubes.

—Bien. Me alegro. —Arlo estaba casi segura de que había dicho eso en voz alta.

—He supervisado a un montón de terapeutas en mi vida. Pero nunca me había escrito uno de sus pacientes para elogiarlo.

Aunque lo dijo como si no se sintiera especialmente impresionada.

—Puede que el mérito sea más suyo que mío.

—Es posible. —Punam anotó algo en una libreta con una caligrafía microscópica. No había tomado muchas notas aquel día. No le había hecho falta. Habían repasado los casos de Arlo en tiempo récord—. Está bien... Suéltalo.

Arlo escrutó a su jefa en busca de indicios de descontento, decepción, ambivalencia, cualquier cosa. Tenía las mejillas hundidas y el ceño fruncido con un gesto que denotaba cierto enojo, pero la verdad es que siempre tenía ese aspecto.

—¿A qué te refieres?

—Algo te tiene desconcertada.

¡De eso nada! Arlo no se desconcertaba. Resolvía los problemas con paciencia y empatía.

—No es un conflicto de intereses. Es más bien un... escollo moral. Una zona gris.

—¿Y no puedes contarme nada más?

Podría contárselo todo a su jefa. Ahora sería el momento.

—No, no lo creo —respondió.

—Bueno, son gajes del oficio. En una ocasión tuve... —Punam se rio—. En una ocasión... Ay, madre, me había olvidado de esto... Tuve una paciente que sufría violencia conyugal. Física, verbal, financiera. Un asunto muy desagradable. ¿Y sabes dónde trabajaba el marido? En mi oficina. En otro departamento, pero lo veía a diario. Me sentaba a su lado en las reuniones. ¿Y sabes qué?

—¿Qué? —preguntó Arlo, siguiéndole la corriente.

—Esto funciona así —dijo Punam. Gracias a Dios, menos mal que su jefa estaba allí para explicarle a Arlo *cómo funcionan las cosas*—. Tienes dos versiones de ti misma. Una te pertenece a ti y la otra a tu paciente.

Una vez más, Arlo sintió la presencia de Laura Hedman con tanta intensidad como si la joven de diecinueve años hubiera cruzado la puerta para reunirse con ellas a la mesa. No era justo. No había espacio suficiente.

—En cuanto un paciente sale por la puerta después de una sesión de terapia, me olvido de su existencia. Todo lo que haya dicho, todas las revelaciones que haya alcanzado, desaparecen. Porque una versión diferente de mí almacena esa información. Del mismo modo, por supuesto, tengo que olvidar mi versión personal mientras estoy trabajando con el paciente. Tengo que aparcar mis sentimientos, mis problemas y mi carga mental cuando entramos juntos en esa sala.

Arlo no era, en fin, una asesina. No fue como si le hubiera dado esas pastillas a Laura y le hubiera dicho: «No te prives». Dijo algunas cosas que no sirvieron de ayuda, sí, pero ¿qué cambió eso? Con toda probabilidad, Laura se habría suicidado con independencia de lo que Arlo hubiera dicho o hecho. Aunque hubiera dado lo mejor de sí misma aquel día, seguramente no habría cambiado nada.

—La pregunta es: ¿puedes hacerlo? Dentro de ese escollo moral que mencionas, ¿puedes mantener esa disociación?

Punam se apoyó dos dedos en los labios, esperando, comprendió Arlo, una respuesta.

Mickey no era Laura. Estaba al borde de un cambio significativo, y Arlo tenía en su mano darle el empujoncito necesario para cruzar la línea de meta. Mickey podría dejar de beber y mantenerse sobria. Podría tener éxito allí donde su padre...

había fracasado con estrépito. Y si eso significaba que Arlo tendría que dividirse —partir su mente por el medio: una mitad para dar y otra para recibir—, que así fuera.

—Gracias por haberme hecho un hueco.

Mickey se quitó una bufanda gris y raída y la dejó hecha un gurruño sobre su regazo. Tenía un aspecto demacrado sin el maquillaje, con las pestañas lacias y empequeñecidas.

Arlo percibió entonces el parecido y aquello le suscitó una terrible ironía. Que Mickey se pareciera tanto a su padre… La misma Mickey que lo rechazó, que lo odiaba, que no llegó a conocerlo en absoluto. Si Arlo no tuviera tanta destreza en compartimentar sus propios sentimientos, lo habría considerado una injusticia. Qué injusto era que Mickey hubiera heredado el dinero de su padre *y* sus pómulos. Su nariz fina. Sus ojos separados. Tenía la misma cara que él, y quizá fuera ese el motivo por el que, a pesar de todo, Arlo tenía tantas ganas de estirarse por encima de la mesa para darle un abrazo.

—No hay de qué. —Arlo se rebulló en su asiento. No conseguía acomodarse, sus huesos chocaban entre sí en ángulos extraños—. Parece que sientes una gran necesidad de hablar con alguien.

Mickey se encogió de hombros y las dos se quedaron en silencio.

El reloj de la pared avanzaba más rápido de lo normal, sus manecillas consumían el tiempo mientras Arlo parpadeaba, respiraba y esperaba. Un minuto…, dos minutos…, tres…

Mickey se enrolló la bufanda alrededor del cuello y luego se la volvió a quitar de un tirón. Se agarró los codos y se meció

hacia delante y hacia atrás en su asiento. Sufriendo, visiblemente, y no era de extrañar.

Cuando por fin habló, lo hizo en voz tan baja que no parecía la suya propia:

—No trae nada bueno.

—¿El qué? —preguntó Arlo, vibrando por dentro.

—El vodka.

Ahí estaba: un punto de inflexión. Un avance.

Mickey negó con la cabeza.

—No solo el vodka. El vino. Y otras cosas.

—¿Qué te aporta la bebida? —La primera vez que le planteó
esa pregunta, Mickey no estaba preparada para responderla. Pero
eso era antes. Esto era el presente. Habían accedido a un mundo
nuevo, posterior a la destrucción del decantador—. ¿Qué suma?

Mickey fijó la mirada en un punto situado por encima del
hombro izquierdo de Arlo. El espejo. Estaba mirando al espejo de observación. ¿Estaría experimentando un momento profundo de introspección? ¿Estaría reconociendo sus impulsos
autodestructivos y su resistencia a establecer relaciones inter-
personales significativas?

—¿Sabes cuando estás en la calle…, conduciendo, paseando o lo que sea…, y el sol brilla tan fuerte que te hace daño?
—dijo Mickey—. ¿Y cuando te pones las gafas de sol, de repente, guau, todo se ve mucho mejor? ¿Y se vuelve mucho
más fácil? Es algo así.

—Es una vía de escape —repuso Arlo.

—A veces. Otras veces bebo porque sé que voy a acabar
haciéndolo, si es que eso tiene sentido. Como si ya hubiera
sucedido. Me limito a seguir la corriente, a leer un guion.

«No sé qué decirte», solía repetir su padre a menudo,
cuando Arlo lo sorprendía bebiendo (o esnifando, o las dos
cosas). «Así soy yo. Esto es lo que hago».

—Tu idea de las gafas de sol. —Arlo empleó un tono completamente sereno, porque ella era una profesional, una experta en su campo, y ahora mismo estaba hablando con su paciente, no con su hermana—. Es justamente así: protegen tus ojos frente a ese sol de justicia, sí, pero también te impiden ver el mundo tal y como es. Es posible que tropieces tanto porque no ves bien el suelo. Cualquier estrategia de afrontamiento es genial mientras funcione. Para ti, la bebida... puede que ya no surta efecto.

Mickey no dijo nada. Había desviado la mirada de su reflejo.

—¿Qué se te pasa por la cabeza en este momento? —preguntó Arlo.

—Mi padre. Recuerdos suyos.

Arlo tragó saliva con fuerza.

—Continúa.

Mickey apartó la mirada del espejo y la posó sobre la caja de clínex que estaba encima de la mesa, entre ambas.

—Mi padre arrastraba a mi madre a esas fiestas y le decía lo que tenía que ponerse, lo que tenía que decir. Luego volvían a casa y la llamaba «zorra» por alguna tontería. Pese a que era él el que se iba de picos pardos. Todo el mundo lo sabía. Yo era pequeña y lo sabía.

Sí, eso resultaba familiar.

—Mi madre no podía echárselo en cara, porque él le decía: «No seas tan dramática. No ocurrió así». Luego se sentaba en el sofá y le decía que le trajera una cerveza.

Eso también le sonaba: las mentiras, las infidelidades. El patrón flagrante, incluso prototípico, de maltrato emocional. Pero eso era culpa de la enfermedad, no de su padre. Él era bueno. Y generoso. ¿Tenía defectos? Pues claro. Pero a veces acudía a Alcohólicos Anónimos. Hizo lo que pudo. En el fondo, su padre era una buena persona.

—En el fondo, era una persona horrible.

Arlo sintió una descarga de calor en el pecho.

—Y tú no quieres ser como él.

Mickey asintió.

—Entonces, uh, ¿qué...? —Arlo comprendió, con un dolor repentino en el fondo de la garganta, que no tenía la menor idea de qué decir a continuación. Tosió para ganar tiempo. Volvió a toser. Sacó un pañuelo y se limpió unos mocos imaginarios de la nariz. Estrujó el clínex y lo arrojó a la papelera—. Disculpa, dame un segundo.

La terapia era una danza. La mayor parte de los días sabía con exactitud dónde y cuándo dar un paso. Ahora, el ritmo la rehuía. Las palabras no acudían a sus labios. Pero entonces recordó las carcajadas de su padre, la insolencia con la que revolucionaba la Harley, su imitación de Tigger, y de pronto se abrió una senda.

—¿Qué otras cosas era tu padre?

Mickey torció el gesto.

—¿Qué?

—Todo el mundo tiene múltiples facetas. —Sí, ahí estaba el ritmo. Había vuelto a encontrarlo—. ¿Qué otras cosas era él?

—¿Estás diciendo que no importa que hubiese manipulado a mi madre de mala manera?

—Claro que importa. Pero si no albergases ningún sentimiento de afecto hacia él, no sentirías tanto su ausencia. Bajo mi punto de vista, la pérdida es la otra cara del amor.

Arlo no escuchó bien la respuesta de Mickey, pero fue algo así como: «Vamos, no jodas».

—Tuvo que haber otras partes de él, otras facetas de su personalidad, que apreciaras. Partes de él que echas de menos.

Su padre no podía reducirse a los escombros que dejó a su paso. Vale, sí, era un poco malo. También era bueno. Era cariñoso, cruel, considerado e ignorante. ¡Era muchas cosas! Esa era la compleja realidad de los seres humanos, una realidad que Mickey no podía asimilar con esa mentalidad del todo o nada. Aún.

—Facetas de su personalidad. —Mickey chasqueó la lengua—. Veamos... facetas. Hmmmm. Facetas, facetas, facetas.

Arlo esperó con paciencia.

—Era, hum, muy cantarín —lo dijo en voz baja, casi susurrando—. Solía cantar a todas horas.

Sí, siempre. Sobre todo, los grandes clásicos de Bruce Springsteen.

—¿Qué más? —preguntó Arlo.

—Era jardinero. Le gustaba cultivar cosas. Especias, si no recuerdo mal. Había una maceta grande y alargada en el alféizar de la cocina. Un tiesto enorme de albahaca. Inmenso. Cada vez que se acercaba al fregadero, acercaba la nariz para olerla.

Arlo apretó los puños por debajo de la mesa.

—¿Qué más?

—Le gustaba hacer el tonto. Imitaba voces graciosas para hacerme reír. —A Mickey se le pusieron los ojos vidriosos—. Tigger. Sabía imitar de puta madre a Tigger.

Arlo no quería, no podía llorar.

—Me dejó algo de dinero al morir —añadió Mickey—. Un montón de pasta.

Si Arlo había obtenido alguna satisfacción de esa conversación, se disipó al instante.

—Pero para recibirlo..., para acceder a él, supongo... El testamento establecía que tenía que asistir a terapia.

Arlo se quedó perpleja. Eso —lo que Mickey acababa de decir— no tenía ningún... ningún...

—Me dejó unos vales para realizar siete sesiones contigo. Tres más después de la de hoy.

La voz de Mickey sonaba muy lejana. La habitación y todos sus contenidos se habían replegado de alguna manera, como si Arlo estuviera asomada a un túnel alargado.

—¿Te lo puedes creer? Mi padre se fue. Nos abandonó. Y ahora, después de tantos años, ¿pretende ser el héroe que por fin consiga encarrilarme? Mírate. Mira tu reacción. Estás flipando en colores. Y no es para menos. Hay que ser arrogante, hay que ser cobarde. ¿No te parece atroz?

Sí, sí que era atroz.

—¿Sabes lo que voy a hacer? Voy a dejar de beber. —Mickey sacudió las manos, como si eso sirviera para algo, como si bastara con hacer eso para zanjarlo—. Voy a dejarlo y punto.

Arlo se esforzó por ensamblar los hechos. Su padre le había arrebatado su herencia y se la había dado a otra persona, prácticamente una desconocida, y encima había tenido los santos cojones de encomendarle el bienestar psicológico de dicha persona. Sí, ese era el quid de la cuestión. Y en el fondo tenía una lógica perversa. Arlo había sido una niña buena, una hija ejemplar, siempre dispuesta a limpiar los estropicios de su padre. ¿Por qué no arreglar este también? Seguro que él ni se lo había pensado dos veces. «Así soy yo. Esto es lo que hago».

—Me pasaré al zumo. El zumo está rico. —Mickey había empezado a llorar a moco tendido, secándose las mejillas con la bufanda—. Ay, Dios, ¿qué me está pasando?

A Mickey Morris le estaban pasando muchas cosas. Retos. Tenía un montón de retos. Pero Arlo era una buena terapeuta. Podía dirigir a sus pacientes en toda clase de direcciones.

—Tengo que cortar esto de raíz —dijo Mickey—. Antes de que se convierta en un problema grave.

Al cabo de tres sesiones, esa mujer saldría de allí con todo el dinero de su padre. O quizá no. Quién sabe lo que podría ocurrir hasta entonces, qué decisiones podría tomar, si tan solo Arlo pudiera conseguir que tomase un poco más de conciencia de sí misma. Tres sesiones suponían ciento cincuenta minutos de terapia.

Podían lograr muchas cosas en ese tiempo.

MICKEY

Mickey rodeó a un trío de trabajadores de la construcción que esperaban para cruzar en el semáforo y atravesó derechita la carretera. Sus pantalones no le cubrían del todo los tobillos, lo cual era una mala noticia en un día ventoso y nevado como aquel. Malditos pantalones. Maldito invierno. Maldito mundo en general. Y de todas esas cosas tan estúpidas que lo componían, Mickey era la más estúpida con diferencia.

Un autobús pasó de largo a paso lento. Podría haberse montado, pero entonces habría dejado de sufrir, y el sufrimiento era la clave de esa caminata ardua. Se merecía todo el dolor que pudiera infligirse. Los temblores, los sudores y las décimas de fiebre no eran suficientes.

Las casas se volvieron más altas, estrechas, elegantes. Unos espasmos atenazaban su cuerpo cada pocas manzanas y entonces tenía que pararse, aferrada al poste telefónico o a un letrero de SE VENDE para estabilizarse. Su visión se difuminó con camionetas y BMW, guirnaldas navideñas y renos hinchables gigantes. Solo estaban a mediados de noviembre, pero la cara bobalicona de Rudolph era omnipresente.

Habían pasado diecinueve horas desde su última copa. Y *sería* la última. No necesitaba teléfonos de asistencia, ni reuniones de Alcohólicos Anónimos, ni centros de tratamiento a mil dólares el día. Mucha gente lo dejaba de golpe. En el fondo, ella ni siquiera lo estaba dejando, porque dejar algo implica una especie de dependencia. Beber era un hábito inútil, como cuando Mickey dejaba la ropa limpia en una pila encima de una butaca porque le daba pereza doblarla. Sencillamente, el bebercio se tenía que acabar, y vaya si se acabaría.

Después de remontar a duras penas las escaleras del porche, Mickey flexionó los dedos para apretar el puño y llamó a la puerta.

La carita pálida de Ian relucía entre las afelpadas mandíbulas verdes de lo que parecía ser un disfraz de dinosaurio de lana. Un parche negro le cubría el ojo izquierdo.

—Hola, señorita Mickey.

Ella recordó el sonido del decantador al hacerse trizas, los gritos del niño, la discusión entre sus invitados para decidir qué hacer y más gritos por parte de Ian, así que necesitó hacer acopio de toda su fuerza de voluntad para mantenerse erguida.

—Hola, Ian.

El niño giró la cabeza para mirar hacia atrás.

—Estaba viendo la tele.

—No voy a quedarme. He venido a decir... —Sería absurdo mentir. Ese niño lo entendía todo. Lo único que podía hacer era presentarse allí, mirarlo al ojo (en singular) y pedir perdón—. La otra noche bebí demasiado vino. Me dejó tonta. Lo siento mucho.

Ian encogió un poco los hombros con un gesto de gentileza que Mickey no se merecía.

—No pasa nada.

Otra voz resonó desde el interior de la casa:

—¿Ian? ¿Quién es?

Apareció en la puerta una joven vestida con un top blanco sin tirantes y unos vaqueros anchos, con un batido de frutas morado en la mano.

Mickey sintió el impulso extraño de cubrirse. Hasta entonces solo había visto de pasada a la madre de Ian en el patio, a la hora de dejar y recoger a los niños. Poseía una belleza arrebatadora en las distancias cortas, incluso sin maquillaje, y su cabello oscuro y lustroso, recogido en un moño perfecto, evocaba a la clase de bailarina de película de terror que se sumía en la locura y terminaba asesinando a todo el mundo.

—Mamá, ¿te acuerdas de la señorita Mickey? —Ian señaló a la una y a la otra y luego repitió el gesto, como si aquello fuera un encuentro de trabajo interdepartamental—. Señorita Mickey, mamá.

Mickey le dirigió una sonrisa. La madre de Ian le devolvió el gesto, con unos dientes tan blancos y radiantes que dejaron una imagen residual en sus retinas.

—Lo... lo siento. No pretendía dejar caer ese... ese chisme. —De pronto, Mickey no podía recordar cómo se llamaba. Mareada, apoyó una mano en la fachada de ladrillo—. Se me resbaló sin darme cuenta.

—Vete a jugar, cariño. —Evelyn le hizo señas para que entrase y entornó la puerta. Su sonrisa menguó y menguó hasta desaparecer del todo—. El cristal en el ojo es una cosa. A ver, para empezar, no sé qué estaba haciendo mi hijo en la cena de cumpleaños de su profesora. Pero fue un accidente. Eso lo puedo llegar a entender. Pero luego me entero de que también lo... secuestraste.

De no haber sido por el impacto demoledor de esa frase —lo secuestraste—, Mickey se habría echado a reír.

—¿Aquel día, después de clase? Lo traje a casa en coche, nada más. Jean quería llamar a los servicios de protección infantil. Puede que se lo hubieran llevado en acogida.

—Eso no viene al caso.

Mientras Evelyn removía su batido de frutas, Mickey se la imaginó metiendo moras maduras en una licuadora y cerrando la tapa con fuerza. Luego la visualizó retrocediendo mientras las cuchillas lo trituraban todo.

—¿Dónde está Chris? —preguntó con el estómago revuelto.

Él la apoyaría. Él lo explicaría. A no ser que no quisiera. A no ser que Mickey lo hubiera ahuyentado. Ninguna de las dos cenas que habían compartido acabó demasiado bien.

—Ni idea —respondió Evelyn.

Un pensamiento horrible enraizó en su mente.

—No vas a... Es decir... No vas a presentar una demanda al colegio, ¿verdad? —preguntó.

—Aún no lo he decidido.

Mickey sintió una nueva oleada de náuseas. Legítima o no, una querella de ese tipo supondría el fin de su carrera docente. Se acabaron las canciones, los bailes. Las manualidades con pingüinos.

—No lo hagas, por favor. Tal vez podríamos... Tiene que haber una forma de arreglar esto entre las dos. Una forma de enmendarlo. Le... le daré clases particulares sin cobrar nada.

Evelyn dio un sorbo del batido, luego probó otro, tomándose su tiempo, limpiándose las comisuras de la boca con el meñique. Y Mickey comprendió lo que aquello iba a requerir.

—Te ayudaré con los gastos durante una temporada.

—¿Por qué no? Con un poco de dinero extra, Evelyn podría comprarle a Ian un abrigo nuevo de invierno, apuntarlo a clases de patinaje. Puede que incluso mudarse a su propia casa. Y a Mickey no le supondría nada. Dentro de poco sería rica—. Podría darte uno o dos de los grandes, para que te cuadren las cuentas.

Evelyn se quedó en silencio.

—¿Cinco mil?

Nada.

—¿Diez?

—Estaba pensando en algo más cercano a los cincuenta y tantos mil —dijo Evelyn con otra sonrisa cegadora.

A Mickey no es que se le cayera el alma a los pies, es que directamente se le desplomó. Por supuesto, Evelyn había estado *pensando* en ello. Cuando se enteró de la historia del ojo de su hijo, vio una oportunidad para ganar dinero rápido. Otra trampa en la que Mickey se había metido ella solita.

—¿Cincuenta? —repitió—. ¿Y tantos?

—Cincuenta. Sí. Dejémoslo en cincuenta mil.

No habría abrigos de invierno ni clases de patinaje, comprendió Mickey. Evelyn se fundiría el dinero en zapatillas de marca, suscripciones a bodegas de vino o en algún resort con todo incluido en el Caribe. Un viaje largo y con todo tipo de lujos para alejarse de Ian. Otra vez.

Evelyn retrocedió un paso hacia el interior de la casa.

—¿Estás bien? Tienes muy mala cara.

Mickey nunca se había sentido tan asqueada en toda su vida.

—Sí, estoy bien.

—Vale, me alegro. Uf, hace fresquito. —La puerta se estaba cerrando, cercando la cara de Evelyn, tan bonita, tan delicada, tan merecedora de un buen puñetazo—. Los primeros diez mil dentro de dos semanas y el resto en Navidad.

Un dardo de pánico atravesó el pecho de Mickey. No, un dardo no; una flecha con la punta envenenada. Una jabalina. Aún tardaría por lo menos un mes en terminar la terapia; la herencia era un destello lejano en el horizonte arrasado y postapocalíptico de su vida.

—No... no puedo dártelo tan pronto. Aún no lo tengo.

—Pues que sean tres semanas —repuso Evelyn sin inmutarse.

La puerta se cerró de golpe.

Mickey se alejó dando tumbos, con el corazón acelerado, haciendo aspavientos, con la frente chorreando de sudor.

¿Esa era la madre de Ian? ¿Esa idiota egoísta y aspirante a modelo de H&M con un puto batido en la mano? Ian se merecía algo mejor. Y Mickey también. Después de todo lo que había hecho para mantener a los servicios sociales alejados de esa familia. Después de todo lo que había hecho para mantener a Ian en su hogar.

Hogar. ¡Menudo concepto!

Qué diferente habría sido su vida si hubiera conocido un hogar en condiciones. Si se hubiera criado allí, por ejemplo, en uno de esos adosados estrechos con un felpudo que dijera LET IT SNOW, es posible que no estuviera sintiendo en ese momento esas punzadas de dolor en las entrañas. Podría haber hecho amigos de verdad. Podría haber adoptado otros hábitos.

Se detuvo delante de un dúplex de ladrillo con uno de esos estúpidos renos inflables en el jardín. Meciéndose con la brisa, se diría que el animal ungulado se burlaba de ella. Rudolph, ese cretino engreído.

Mickey clavó la punta del zapato sobre la barriga del reno. Fijado al césped por una serie de cuerdas elásticas, el reno se volcó de costado antes de volver a enderezarse de golpe.

Lo pateó otra vez. Y otra. En todas y cada una, el reno se enderezó por sí solo.

Los demás no tenían esos problemas. Los demás nacían en familias donde el amor fluía libremente, donde el grifo no se abría y cerraba cuando a uno le daba la gana. Los padres de los demás no abandonaban a sus familias a las ocho de la tarde de un martes. Y si lo hacían, ¡al menos tenían la decencia de aparecer veinte años después con una disculpa y una puta tarta!

—¡Eh!

Mickey alzó la cabeza y vio a un tipo grandote asomado a la puerta principal.

—¿Qué coño estás haciendo? —Agarró una pala (también muy grande) de un parterre cercano.

Echó a correr. Cruzó la calle, atravesó un callejón y después otro. Entre los efluvios de unos cubos de basura, los conductos de los cuartos de la colada y contenedores para hacer fuego en los jardines traseros. Esquivando *golden retrievers*, cochecitos de bebé y partidos callejeros de hóckey. Pisando una porción de hielo tras otra.

Al cabo de dos o tres manzanas, se puso a gatas y se sentó en la acera como si fuera a jugar a «la zapatilla por detrás, tris tras». Porque, sí, ahora su vida era esta. Meciéndose hacia delante y hacia atrás sobre el suelo helado, afrontando una deuda inmensa y con calambres en sitios del cuerpo que ni siquiera sabía que tenía. Para colmo, estaba sola.

Pero tal vez no tendría por qué ser así.

Solo había una opción. Bueno, unas cuantas. Pero una opción —una persona— destacaba como la menos humillante.

—No está aquí —dijo la recepcionista cuarenta y cinco minutos después, cuando Mickey irrumpió a través de las puertas del ascensor y pidió ver a Tom.

—¿Qué significa eso?

—Que no está.

—Pero si está siempre.

—Podrías probar a llamarlo.

Mickey se paseó por la sala de espera y lo llamó al móvil.

—¿Diga?

—No estás en el trabajo —exclamó tan alto que el repartidor de comida a domicilio que estaba esperando el ascensor puso una mueca y profirió un grito ahogado.

—No estoy siempre allí —repuso Tom—, al contrario de lo que puedas pensar.

—¿Podemos hablar? En persona. Es bastante urgente.

El silencio resultante fue tan largo que Mickey comprobó si había colgado.

—Estaré allí en veinte minutos —dijo al fin.

Esos veinte minutos fueron los más lentos y largos de su vida. Hojeó un ejemplar del *Wall Street Journal* e intentó leer un artículo sobre criptomonedas, pero el tema era un rollo y la estancia se había puesto a pegar bandazos. Se metió en el baño y vomitó, lo cual aminoró las náuseas, pero empeoró el dolor muscular. Le dolía sentarse, levantarse, moverse, quedarse quieta, cerrar los ojos, mantenerlos abiertos.

Pero había hecho bien en acudir allí. Aunque vendiera la tele, el portátil y la olla de cocción lenta, seguirían faltándole por lo menos ocho mil pavos para el primer pago.

Poco después de que Mickey regresase renqueando a la sala de espera y se dejase caer sobre otra silla, Tom apareció con unos pantalones de chándal de color verde esmeralda y una chaqueta a juego.

—¿Qué llevas puesto? —preguntó ella.

—Es sábado. —Con una mirada nada sutil a las recepcionistas, la ayudó a enderezarse, le apoyó una mano entre los omóplatos y la guio hacia el ascensor. Mientras las puertas se cerraban, se giró hacia ella con gesto serio, convertido en un amasijo brillante de ropa deportiva, y preguntó—: ¿Te has metido algo?

Mickey se había presentado ebria en muchos sitios a lo largo de su vida —auditorios, convites y bautizos—, pero nadie le había formulado nunca esa pregunta.

—No he bebido ni una gota en todo el día.

Veintiuna horas y veintisiete minutos.

—¿Estás en...? Ya sabes... —Hizo un gesto ambiguo, ondeando una mano por el aire—. Puede ser muy peligroso.

Abstinencia, quería decir. Pero eso no era posible. Mickey no estaba en abstinencia porque no era una alcohólica.

—Sé que va a sonar raro —dijo mientras se sujetaba con fuerza a la barra del ascensor—, pero si te parece bien, me gustaría que me prestases por favor ocho mil dólares.

Tom torció el gesto.

—Mickey, yo... no puedo.

—¿Por qué no? Si se te sale el dinero por las orejas.

—Sería irresponsable.

Mickey tardó un momento en comprender lo que quería decir.

—No, no es eso... Me están chantajeando. —Eso era cierto al menos en un cincuenta por ciento—. La madre de Ian.

El ascensor se detuvo con un sonido sibilante y los escupió a un vestíbulo plagado de eco. Tom había vuelto a apoyarle una mano en la espalda para hacerla avanzar entre una pequeña maraña borrosa de gente.

—Deja de hacer eso —protestó Mickey, zafándose de él.

—Perdona, perdona.

Tom se hizo a un lado, se sentó en un banco con tapizado de piel junto a un ventanal y le hizo señas para que se sumara a él, cosa que hizo, como un perrillo obediente.

Mickey tuvo al menos la fuerza de voluntad necesaria para permanecer de pie. Necesitaba adoptar una posición ventajosa.

—Te ayudaré a encontrar un programa de tratamiento. Tengo un amigo que pasó por una especie de residencia hace un par de años. Lo llamaré. —Tom dio unas palmaditas sobre el espacio libre que tenía al lado—. Venga, siéntate.

Mickey se cubrió la frente con una mano. Le molestaban las luces.

—Este asunto no tiene nada que ver con eso.

—Venga. —El tono del abogado era dubitativo, casi burlón.

—¿Mil dólares? —A la mierda con él—. ¿Puedes prestarme esa cantidad?

—Mickey...

—Un par de cientos. Cualquier cosa me vendría bien.

—Tienes que darte cuenta de que esto... tú, la persona que eres ahora mismo... no está bien. Estás enferma. Y que yo te preste un fajo de billetes no serviría de nada a largo plazo.

Mickey sintió un estallido de ira. ¿Cuántas veces, a lo largo de su vida, se había topado con alguien que aseguraba saber qué era lo mejor para ella? La clase de persona que era. Lo que necesitaba.

Se irguió, contrayendo los omóplatos.

—Creía que éramos amigos, pero ¿sabes qué? Puede que me equivocara. Los amigos se escuchan. Los amigos creen lo que les dicen los demás. Y, desde luego, no se sueltan esta clase de gilipolleces.

Mickey salió de allí arrastrando los pies y se desplomó sobre una pared, apoyando la cabeza sobre una placa que decía No REMOLONEAR.

Al otro lado de la calle, el letrero de una tienda despedía un fulgor verdoso sobre la nieve que caía.

No había taburetes, así que Mickey plantó los antebrazos en la barra, entrelazó las manos y rezó para ser capaz de mantenerse derecha.

—Enseguida estoy contigo, cari. —Flexionando un bíceps escultural, la camarera accionó uno de los veinte grifos y vertió un chorro de un líquido oscuro y espumoso en un vaso de pinta.

Al igual que todos los demás presentes en esa microcervecería hípster, la camarera era todo sonrisas, saturada con la dopamina originada por el estilo de vida activo que seguramente llevaba, las pesas que a todas luces levantaba en sus días libres y los omega 3 que sin duda ingería. Allá donde mirase, la gente lucía exultante, charlando, riendo, acariciando a los perros boyeros de Berna radiantes que estaban acurrucados sobre el suelo de cemento, entre sillones y sillas de jardín disparejos. Bajo esas luces fulgurantes, todo el mundo parecía centellear.

Mickey observó cómo manaba la cerveza del grifo. Nada le impedía saltar sobre la barra, apartar a la camarera de un empujón y meter la cabeza ahí, justo debajo del chorro. La cerveza le inundaría la boca tan rápido y con tanta fuerza que la haría atragantar.

La camarera la miró de soslayo mientras le pasaba la pinta al cliente que la esperaba.

—¿Estás bien? Tienes muy mala…

—Ya sé qué pinta tengo. —Mickey oteó la pizarra con el menú que había detrás de la barra. Había muchísimas opciones: amargas, *stouts*, *porters*, IPA—. ¿Qué me recomiendas?

—¿Te gusta el lúpulo?

—No lo sé. —Mickey nunca había terminado de entender qué era eso; a partir de cierta edad, le daba apuro preguntarlo.

—¿Te gustan los sabores cítricos?

Mickey no había comido una sola fruta ni verdura en al menos siete días.

—No lo sé.

La camarera se acercó hasta situarse bajo un haz de luz y sus arrugas se acentuaron: patas de gallo, líneas en la frente, arruguitas alrededor de la boca, de esas que salen de sonreír mucho. Era mayor de lo que Mickey pensó en un principio.

—¿Qué te gusta más: la cerveza rubia o la negra?

—No lo sé.

Mickey no sabía nada. Era una masa inútil e ignorante a la que no se le podía encomendar ni siquiera la tarea más sencilla. No podía ni pedir una cerveza.

La camarera torció el gesto.

—¿Seguro que estás bien? Estás sudando y un poco pálida.

No era de extrañar. Su corazón latía con una frecuencia de por los menos ciento treinta pulsaciones por minuto. Se le habían entumecido las yemas de los dedos. Estaba empezando a ver manchitas.

—Ponme cualquier cosa. En serio. Me da igual, mientras contenga alcohol y venga servido en un vaso.

La camarera jugueteó con una hebilla de su peto vaquero.

—Me recuerdas a mi madre —dijo Mickey, que no se dio cuenta de que había dicho eso hasta que las palabras salieron de su boca.

«Tienes un problema», le había dicho Deborah, «un problema que solo tú puedes arreglar». Ese fue el día que se desentendió de su relación en pro de los límites y de su propio bienestar. Porque Mickey era una enfermedad que se introducía en el torrente sanguíneo de la gente y provocaba malestar.

Un vaso de cerveza rubia apareció encima de la barra. Irradiaba notas de miel y melocotón. Las gotitas de la condensación se escurrían por el cristal. Mickey apoyó las palmas de las manos en el vaso y sintió cómo se filtraba el frío. Esa cerveza era perfecta, tanto, que no podía cometer el sacrilegio de bebérsela. Ella, pequeña, rota y de nuevo al borde del vómito, no era merecedora de algo tan hermoso.

—Si no la quieres, no pasa nada.

La camarera apareció de repente a su lado: su presencia resultaba reconfortante. Su flequillo despeinado y sus patas de gallo transmitían cierta calidez, y además olía a maría.

—¿En serio? —preguntó Mickey.

—Llevas mirándola fijamente desde hace un buen rato.

—Qué extraño.

—¿Quieres que me la lleve?

Mickey separó las manos del vaso y se las secó en los pantalones.

—Por favor.

La mujer agarró la cerveza y se retiró detrás de la barra. Dejó el vaso en una encimera, donde centelleaba como un farol lejano. El local se había oscurecido; la gente, los perros y los muebles disparejos formaban una maraña indistinguible.

Mickey abrió su cartera y hurgó en busca de un dinero que sabía que no estaba allí.

—No hace falta —dijo la camarera con una generosidad sincera—. En serio.

—Gracias —alcanzó a decir Mickey. Sacó su móvil; estaba sin batería—. Oye, ¿podrías hacer una llamada por mí?

Vomitó dos veces en la ambulancia. Los técnicos de Urgencias fueron majos con ella. Las enfermeras, también. Le dieron una dosis de Valium, un cartón de zumo y un paquete de galletas diminutas con pepitas de chocolate, y la pusieron en una camilla en un rincón de la sala de guardia, donde se quedaría durante las siguientes horas. Las náuseas remitieron, pero la vergüenza se agudizó, su encorvamiento se acentuaba con cada mirada de compasión que recibía de algún profesional de la salud. Vera, la trabajadora social de la otra vez, estaba rondando por el puesto de enfermería.

—Ya me ocupo yo —dijo sin ningún intento aparente por bajar la voz—. La conozco.

El olor de los cigarrillos, sucio y dulzón, le inundó la nariz a Mickey mientras se aproximaba la trabajadora social.

—Hola, cielo. ¿Te apetece más zumo? —Vera mostró sus dientes amarillos.

—Estoy bien así, creo.

Como necesitaba tener las manos ocupadas, Mickey se metió otra galleta en la boca, que se desintegró hasta convertirse en una pasta edulcorada sobre su lengua y le llevó un buen rato tragarla.

—Me alegra que hayas venido —dijo Vera—. Desintoxicarse es muy jodido.

Los médicos la estaban monitorizando por si se manifestaban convulsiones, problemas cardíacos y alucinaciones, entre otras cosas.

—¿Qué planes tienes? —añadió—. Para después.

Después. ¿Cómo pretendía que supiera qué iba a hacer después? Tenía que entregarle diez mil pavos a Evelyn dentro de una semana. No tenía trabajo, ni activos. Había perdido a

Ian. Había perdido a Tom. Ya no podría volver a cenar pollo con Chris, ahora que se había convertido en una persona que lesionaba a niños pequeños en plena borrachera y era *conocida* por los trabajadores sociales. Y lo peor de todo, su mayor vergüenza, era que esas pérdidas apenas contaban. Eran rasguños y arañazos comparadas con la herida profunda que se había abierto en su interior y que ahora se negaba a cerrarse. Porque lo único que de verdad quería en ese momento, al nivel más primigenio, era una copa.

—Esta es la peor parte, ¿verdad? Tiene que serlo.

Vera hojeó los papeles que llevaba en su tablilla.

—Tienes asistencia psicológica, ¿verdad?

Mickey desvió la atención hacia la caja amarilla y translúcida que había en la pared y hacia las sombras puntiagudas que había dentro. A la izquierda había un cartel que explicaba la técnica apropiada para lavarse las manos. Qué triste era ese sitio en el que había recalado.

—Sí, tengo una loquera.

—Es un buen comienzo. —Vera hizo un ruidito con la lengua al chasquearla sobre los dientes delanteros—. Tengo contacto con la gente de SkyView. Es el centro más grande de la Costa Oeste. ¿Te gustan los caballos? Tienen caballos. Aunque es tremendamente caro. ¿Tu padre te echaría una mano con el dinero?

—¿Mi padre?

—El tipo del traje. Canoso. Con semblante tristón.

Se refería a Tom.

—No —repuso Mickey—. Mi padre no pondría dinero.

—Podemos buscar otra forma de costearlo. Existen programas más baratos, pero SkyView es el mejor con diferencia. Es mejor invertir más de inicio y recibir el tratamiento adecuado.

Mickey estrujó el cartón de zumo un poquito más. ¿Cuándo había accedido a someterse a un tratamiento?

Vera pulsó y volvió a pulsar su bolígrafo.

—Indagaré un poco y...

—Estoy bien, en serio —replicó Mickey.

Se esperaba una pausa, un silencio aparatoso, una mirada de preocupación. Pero Vera no se andaba con chiquitas.

—Entiendo. Tú misma.

Mickey llegó al final del cartón de zumo con un último chorrillo dulzón a través de la pajita. Vera le dio un vale para un taxi.

—Hasta la próxima.

ARLO

Cuando entró en la peluquería estaba sonando *Baby, It's Cold Outside*, el ambiente húmedo estaba impregnado de alegría y de un ligero aroma a menta. En un día normal, la música navideña le habría resultado entrañable, incluso a mediados de noviembre. Pero aquel día, por alguna razón, le pareció ofensiva.

—Llegas justo a tiempo —dijo Deborah, que miró a Arlo mientras ayudaba a una clienta mayor a levantarse de la silla—. Estoy terminando con la señora Tremblay.

Mientras esperaba, Arlo sacó un bastón de caramelo en miniatura de un tarro que había sobre el mostrador de recepción y lo rompió entre los dientes. Le sonó el móvil.

NÚMERO PRIVADO

Sería algún paciente. Pulsó el botón para colgar.

Se había despertado esa mañana, un lunes gris, con el peso de las citas del día sobre el pecho. El gimnasta con TEPT a las nueve, el ama de casa deprimida a las diez, la farmacéutica hipocondríaca a las once, el ganadero con TLP a las doce, media hora para almorzar y luego un bloque de terapia extralargo con el matrimonio de militares. Eran gente muy valiente, muy resiliente, y Arlo les había tomado mucho cariño. De verdad que sí. Pero eran muy habladores y lloraban a mares. Y aquel día, bueno, no tenía cuerpo para soportar sus penas. En lugar de arriesgarse a acabar quemada, hizo lo más sensato y despejó su agenda. Los pacientes eran comprensivos, según le dictaba la experiencia, así que dudó que alguno de ellos se quejara. Además, tenía tres días libres al año para asuntos personales, sin dar explicaciones. ¿Por qué no cortarse un poco el flequillo?

Otra vez el móvil:

NÚMERO PRIVADO

Arlo lo apagó y lo guardó.

—Tienes unos reflejos naturales preciosos —dijo Deborah un rato después, mientras Arlo se sentaba en la silla de peluquería.

Le alborotó el flequillo, se lo alisó y se lo volvió a alborotar, como si no tuviera nada de raro que Arlo se presentase allí por segunda vez en un mes. Como si fuera una clienta más y no la hermana de la hija de Deborah. Arlo sintió gratitud, después culpa, y no fue capaz de explicar ninguna de esas dos emociones.

—¿Quieres champú?

Arlo se sentó frente al lavabo con las piernas extendidas y la cabeza inclinada hacia atrás. Unas guirnaldas artificiales colgaban de los paneles del techo.

—¿Hoy libras? —preguntó Deborah.

—Me he escaqueado.

El agua se derramó sobre su coronilla y le llenó los oídos, arrastrando a los pacientes fuera de su cerebro durante unos segundos maravillosos antes de que volvieran a su sitio. La manía del gimnasta de menear la rodilla arriba y abajo durante toda la sesión. Los berridos del marido militar.

—Bien por ti —repuso la peluquera—. La vida es corta.

El chasquido de una tapa. Un chorretón de champú. Deborah trazó círculos con las yemas de los dedos sobre el cuero cabelludo de Arlo, provocándole unos chispazos por la columna mientras un aroma frutal se desplegaba en su nariz.

—¿A qué me dijiste que te dedicabas?

—Soy un receptáculo para el sufrimiento ajeno.

—¿Cómo dices?

—Soy psicóloga.

—Ah, sí. Lo había olvidado. —Encendió de nuevo el agua—. ¿Has visto alguna película interesante últimamente?

Arlo intentó no fruncir el ceño. Era la típica charla de peluquería, la cháchara inane que Deborah debía ofrecer a cualquier clienta que entrase por la puerta. Pero eso no era lo que ella quería.

—No, ninguna.

Pero ¿acaso era justo enredar a Deborah en una conversación jugosa sobre la descarriada de su hija? *Enredar* no era la palabra adecuada. Persuadir. Invitar.

—Hace poco me suscribí a Disney Plus —añadió la peluquera—. Vale mucho la pena.

Mientras le aplicaba el acondicionador de pelo, le ofreció una breve pero entusiasta reseña sobre una película de Los Vengadores que había visto hacía poco («Ese tal Hemsworth es un regalo de Dios»), después procedió a ordenar las nueve entregas de *Star Wars* de «menos mala» a «la peor».

Arlo no prestó demasiada atención. Era totalmente razonable que tuviera preguntas relacionadas con Mickey. Había acudido allí para saber más sobre su hermana, no sobre su paciente. Los problemas de salud mental tenían a veces un vínculo genético; era importante conocer el historial familiar. No estaba espiando. Trataría con cuidado cualquier información que obtuviese.

—Vi la tercera en el cine en el 83, cuando era adolescente. Me quedé dormida. En serio. ¿Tan grave es? Recuerdo que el chico con el que fui era...

—¿Has tenido noticias de Mickey últimamente? —preguntó Arlo como quien no quiere la cosa, como si no tuviera mayor importancia.

—¡Ja! No. —Dos sílabas, resquemor a raudales—. ¿Por?

—Por las vacaciones y todo eso.

—No tengo muy claro qué hace Michelle en vacaciones. —Deborah volvió a abrir el agua y empezó a aclarar el acondicionador—. Este producto es una maravilla.

—Ojalá pudiera conocerla.

—Es de la marca Redken. Lo tenemos en oferta.

—Siempre he querido tener una hermana. —Una mentirijilla. Arlo nunca había querido hermanas. Aunque podía ver el atractivo. Las hermanas eran expatriadas de la misma nación lejana y ya disuelta—. Aunque... Bueno, siempre supe que tenía una.

—No puedes fiarte de esas cosas que venden en el supermercado —prosiguió Deborah—. Te embadurnan el pelo con toda clase de porquerías.

—Me refiero a esa relación entre hermanas. Compartir secretos, hacerse trenzas...

No tener que explicarte demasiado, porque la otra persona te entendía a la primera.

—Sulfatos, siliconas, ácidos raros y otras cochinadas...

—¿Las hermanas de verdad hacen esas cosas? ¿Lo ves? No tengo ni idea.

Deborah le recogió el pelo y lo estrujó a modo de coleta para escurrir bien el agua.

—Lista.

Le envolvió la cabeza con una toalla y se situó delante del lavabo.

—Por favor. —Arlo se enderezó en el asiento reclinable, dirigiendo una sonrisa esperanzada hacia la sombra que se cernía sobre ella. Iluminada desde atrás por el aplique del techo, la peluquera se había convertido en una silueta—. Cuéntame cómo es ella.

Deborah hundió las manos en su mandil.

—Michelle siempre tuvo un corazón que no le cabía en el pecho. Le encantaba estar rodeada de gente.

—¿De veras?

La toalla se aflojó, un puñado de pelo húmedo se desplomó sobre el cogote de Arlo. Apenas se dio cuenta. ¿Mickey? ¿Una persona sociable?

La peluquera se dio la vuelta sin añadir nada más.

Arlo la siguió de regreso hasta la silla de peluquería y se sentó. Estaba hurgando en algunos de los peores recuerdos de esa mujer, lo cual le habría parecido cruel de no haber resultado tan necesario.

—¿Cuándo se convirtió la bebida en un problema?

Deborah sacó un peine de un tarro con un fluido azul etiquetado como BARBICIDA y lo deslizó por la parte trasera de la cabeza de Arlo. Las púas producían comezón.

—Oh, no sé. Nunca lo sabré. —Se quedó inmóvil—. ¿Cómo has sabido que le pega a la bebida?

—He acertado de chiripa —respondió Arlo, quitándole hierro.

—Tu padre. —Cuando Deborah reanudó el peinado, lo hizo con más suavidad—. Lo siento. Tendría que haber preguntado qué tal lo llevas. Al cabo de un par de semanas dejas de recibir flores, pero el dolor persiste.

Eso era cierto.

—Estoy bien —respondió—. Gracias.

—¿Y tu madre?

—Mejor, ahora que tiene organizadas las cosas de mi padre.

—Ya imagino. Yo tengo almacenadas cajas y cajas con cosas de mis padres. Ha pasado una década y sigo sin ser capaz de abrir algunas.

Arlo no pudo menos que asentir. Una persona dejaba un montón de cosas a su paso.

—Todavía tengo un mensaje de mi padre en el buzón de voz. —Noventa y seis segundos de divagaciones susurrantes infligidas por los opioides, grabadas desde su cama del hospital—. Han pasado más de doscientos días.

—¿Doscientos? Eso no es nada. Tendrías que ver todos los vídeos caseros que conservo. ¿Te acuerdas de esas cintas pequeñas que se metían en otras más grandes? Pero ¿qué cosas digo? Seguro que no te acuerdas de eso.

—No soy capaz de… —Las palabras se apelotonaron en su boca mientras tomaba conciencia de algo. Se dio cuenta de lo que estaba pasando ahí: Deborah estaba siendo amable, sí, pero también esquiva. Estaba desviando la conversación del tema de Mickey.

—No soy capaz de escucharlo —concluyó Arlo.

—Eso resultaría duro —dijo Deborah.

Pero tal vez podría darle un giro a la situación. Sabía que, a veces, es preciso dar algo para recibir otra cosa a cambio.

—Ya han terminado la lápida. Ha quedado muy bien.

—Qué bien, cielo. Me alegro.

—Tuve que sobornar a los del cementerio para que nos dejasen instalarla a pesar de que el terreno estaba congelado. Me costó unas cinco veces el precio normal.

—Ah —repuso la peluquera.

—Vamos a celebrar otra pequeña ceremonia para desvelarla, como una especie de segundo funeral. —Arlo recitó del tirón la fecha y la hora, las indicaciones para llegar al cementerio—. Deberías plantearte acudir. Te recibiríamos con los brazos abiertos.

—¿Incluida tu madre?

Su madre se pondría hecha una fiera si apareciera Deborah. Pero eso era un problema para la Arlo del futuro.

—Las dos nos sentimos fatal por no haberte invitado al funeral.

Arlo sintió un pinchazo en el cartílago de la oreja.

—Uy —dijo Deborah—. Te he pellizcado con el peine. Lo siento.

—Soy *yo* la que lo siente —dijo Arlo, reprimiendo el dolor y su orgullo—. No tuviste la oportunidad de despedirte como es debido. Fue una desconsideración por nuestra parte.

Deborah giró la silla con un movimiento veloz para situarla frente a ella y empezó a peinarle el flequillo por encima de los ojos.

—Gracias, guapa. Lo pensaré.

La visión de Arlo quedó copada por la silueta borrosa de las manos de Deborah y la curvatura de las tijeras.

—Michelle vivía conmigo mientras hacía Magisterio. Todo empezó de un modo inocente, creo. Reuniones de amigos, fiestas universitarias. Cosas de críos.

—Cosas de críos —repitió Arlo, deleitándose con esa frase. Oh, sí. Eso era lo que buscaba.

—Bebía todas las noches. «No pasa nada, mamá. Ya soy adulta, mamá».

Varios mechones cortados se posaron sobre la nariz y la barbilla de Arlo.

—No era fácil discutir con ella, porque sus notas seguían siendo muy buenas —prosiguió Deborah—, pero yo sabía que algo iba mal.

»El día que cumplió veintidós años, le tenía preparada una gran fiesta. Compré entrecots. Preparé una tarta. ¿Y qué hizo ella? Esa misma mañana decidió montarse en un avión rumbo a Ámsterdam, la puta Ámsterdam, sin decírselo a nadie. Llamé a la policía. Pensé que estaba muerta. Lo pensé de verdad.

Arlo se apartó el flequillo de los ojos y vio a Deborah haciendo aspavientos vehementes. Las tijeras, que seguían en su mano, captaban y reflejaban la luz con una especie de frenesí.

—Tres días después recibí una llamada y era ella, estaba pedo perdida y no tenía dinero suficiente para volver a casa. Y yo, como soy idiota, me fundí todos mis ahorros en un billete de avión de última hora, que costó dos mil quinientos dólares, para traerla de vuelta.

Codependencia, pensó Arlo, adusta. *Un clásico.*

—«Lo siento», decía. «Lo siento mucho. Se acabó, voy a dejar de hacer estupideces». —Deborah volvió a guardar las tijeras en su delantal—. Pero no hizo sino empeorar. Cuando empezó las prácticas, un par de meses después, la situación era insoportable.

—¿En qué sentido? —preguntó Arlo.

Deborah volvió a girar la silla hacia el espejo y se puso a buscar en un armarito cercano.

—Perdí un montón de horas de sueño cuando empezó a trabajar en esos colegios.

Un cosquilleo se extendió por los hombros de Arlo y le recorrió la espalda. Recordó que a Mickey le habían dado una baja temporal. A no ser que no fuera eso lo que pasó.

—¿Iba a clase borracha?

—No lo sé.

Deborah reapareció con una pieza de plástico y la encajó en el extremo de un secador. Al menos, lo intentó. El inserto no encajaba bien, aunque ella lo siguió intentando, frunciendo los labios a causa del esfuerzo.

—¿Crees que todavía da clases borracha?

—No lo sé, ni quiero saberlo. —Deborah se rindió con el accesorio y lo volvió a dejar sobre el mostrador—. Por eso establecí ese límite entre nosotras. Adoro a mi hija, de verdad que sí. ¿Crees que quería meter todas sus cosas en bolsas de basura y arrojarlas al rellano? ¿Crees que me hizo feliz hacer eso?

—Por supuesto que no.

—Pero imaginarla con esos niños… No, no quiero ni pensarlo.

Arlo sí podía pensar en ello. Podía visualizarlo perfectamente.

MICKEY

Algo relució en el charquito de nieve derretida que se extendía entre sus pies. Se agachó, recogió una moneda del suelo del autobús y se la guardó en el bolsillo para el trayecto de vuelta. Los ahorros que le quedaban habían desaparecido con el alquiler, la factura telefónica y cuscús por valor de un mes.

El bus circulaba a trompicones bajo un manto de nubes bajas, dejando atrás salones de manicura y restaurantes vietnamitas, solares nevados y licorerías, un local de cachimbas, una sucursal del Ejército de Salvación y más licorerías. Tenía que estar cerca.

Sacó el móvil y buscó su destino en Google. La página de resultados mostró una dirección en esa zona, a las afueras de la ciudad, y el siguiente mensaje:

La gente también busca:
¿Los prestamistas son malos?
¿Qué ocurre cuando no pagas a un prestamista?
¿Los prestamistas matan a la gente?

Mickey no era ninguna ingenua. Aquella empresa ofrecía los intereses más bajos que pudo encontrar. Las reseñas en internet no eran todas terribles. «Me trataron con dignidad», había escrito una persona. «Rápido y fácil», había asegurado otra.

Podría darle a Evelyn sus diez mil pavos y saldar la deuda con el prestamista cuando recibiera la herencia. Todo era muy prudente, de muy bajo riesgo. Muchas personas, y no solo su padre, recurrían a esa clase de servicios. Su situación actual no tenía nada que ver con la de su padre en aquella época.

Setenta y dos horas desde su última copa. La mayoría de los síntomas —la fiebre, los sudores, los pensamientos desbocados— habían cesado. El frío persistía, y la taquicardia, y esa molestia en el vientre, donde notaba un vacío muy grande.

Mickey estiró el brazo para pulsar el botón. Esa era su parada.

El letrero situado encima de la puerta decía PRÉSTAMOS DAISY, las palabras estaban bordeadas con caritas sonrientes. Cuando captó su reflejo en la puerta de cristal, le mostró una expresión bastante diferente.

—¡Bienvenida!

Una dependienta se asomó por un lateral del cliente que tenía delante, desde un mostrador de madera reluciente.

—Toma asiento, cielo, en lo que termino con este caballero.

Tenía la piel apergaminada, un busto inmenso y un acento inglés titubeante que bien podría ser forzado.

Mickey se adentró en una pequeña sala de espera abarrotada de tapices de macramé, ejemplares arrugados de la revista *People* y esos juguetes de colores chillones con unas cuentas que tenías que hacer pasar por un alambre. El televisor instalado en la pared mostraba el interior de una chimenea crepitante. Aquello no estaba tan mal.

Se sentó y escuchó las viejas canciones navideñas en clave de jazz que estaban sonando: Bing Crosby, Elvis, Nat King Cole, etcétera. Las grabaciones que su padre solía…

No. No iba a seguir por ahí. No iba a pensar en él. Ni en estar sentada entre sus piernas extendidas en un trineo, deslizándose juntos por una pendiente nevada. Ni en el aroma ahumado y ligeramente especiado de su colonia. Siempre estaban a dos velas, pero él no podía vivir sin comprarse esa colonia.

La dependienta —Daisy, según su placa identificativa— apareció diez minutos después con una taza de té con un estampado floral encima de un platillo.

—Le he puesto un poco de leche y azúcar. Espero que te guste.

Mickey aceptó el té y dio un sorbo: estaba dulce como el sirope y abrasaba la lengua.

—Está perfecto así.

En el mostrador, Daisy le enseñó la lista plastificada de sumas y tipos de interés que ella denominaba la «carta de préstamos».

—Si puedes contarme algo sobre tu situación, sobre lo que te ha traído aquí, podré encarrilarnos en la dirección adecuada.

—Necesito cincuenta mil dólares —repuso Mickey con tiento.

Daisy la escrutó de soslayo.

—Porque...

Tengo que pagar a una chantajista porque de lo contrario no volveré a dar clase en mi vida, y ninguna persona de mi entorno quiere prestarme dinero porque se piensan que soy una adicta.

—Eso no es relevante.

—Entiendo. —Daisy señaló con su bolígrafo una de las filas de abajo de la carta—. TAE del cuarenta y ocho por ciento.

—¿Qué significa eso? —Mickey tuvo un presentimiento funesto.

—Es el coste anual del préstamo, incluyendo los honorarios y el gasto por interés.

—Entonces, para conseguir cincuenta mil dólares ahora, acabaré devolviendo setenta y cinco mil, una vez sumado todo.

—Más o menos. Esa es la idea.

Mickey estaba harta de sentir náuseas. La dependienta adoptó una expresión compasiva. Mickey también estaba muy cansada de eso.

—Lo que te ha traído hasta aquí no habrá sido fácil. Pero lo superarás. Mis clientes son unos supervivientes, todos y cada uno de ellos. Da igual cuántos palos te dé la vida. Al día siguiente volverás a ponerte en pie.

Mickey era algo más que una superviviente. Podía decirse que era una cucaracha. Esa parte nunca había sido el problema. Y, hasta hace poco, le había parecido suficiente.

Chris la había llamado tres veces en lo que llevaban de semana y le había dejado tres mensajes. Mickey no había escuchado ninguno. Odiaba revisar el buzón de voz incluso en los mejores momentos, cuando no sentía una vergüenza atroz de sí misma, así que era obvio que no iba a revisarlo ahora.

—¿Procedemos, entonces? —preguntó Daisy sin darle mayor importancia, como si Mickey estuviera comprando unos vaqueros o unos aperitivos salados.

—Sí. Sí, adelante.

—Excelente. Me alegro mucho por ti. Sí, mucho. —Daisy abrió un portátil y se puso a aporrear alegremente el teclado—. Te diré que también proporcionamos recursos y referencias. Llévate algunos de estos, si quieres. —Empujó una pila de folletos sobre el mostrador—. Quizá te venga bien tenerlos a mano para otro momento.

Uno de ellos se titulaba: *Consejos para tratar con compañías de cobros*. Otro: *Cómo encontrar un administrador de insolvencias autorizado*. El último folleto era grueso y lustroso y tenía una foto de un brote incipiente en la portada: *Qué esperar cuanto te declaras en bancarrota*.

El tiempo colapsó y Mickey volvió a tener ocho años, estaba de pie junto a la puerta de casa mientras una brisa fría le rozaba las pantorrillas y unos hombres ataviados con polos azules a juego se llevaban el televisor de su madre, los sofás, la mesita auxiliar, el gabinete antiguo de su abuela. Cerraron los cajones con cinta aislante para que no se cayera la cubertería de plata.

—¿Cielo?

Mickey parpadeó varias veces.

—¿Qué?

—He dicho que vamos a empezar por tu nombre y cualquier otro alias. —Daisy se había sentado en un taburete alto y se había puesto unas gafas que ampliaban por tres sus ojos de color verde grisáceo. Era como mirar a un búho encaramado a un árbol—. Nombres previos. Por ejemplo, si has estado casada.

—Michelle Ko... —Mickey plegó los labios entre los dientes.

Una vez que lo dijera, no habría vuelta atrás. Sería imposible revertir aquello en lo que se había convertido: otra Kowalski que avanzaba a toda máquina hacia la ruina. De tal palo, tal astilla.

—No puedo hacer esto. —Empujó los folletos hacia el otro lado del mostrador—. Siento haberle hecho perder el tiempo, pero no puedo.

Daisy agarró a Mickey de la muñeca.

—No hay nada de qué avergonzarse.

Mickey se zafó y se tambaleó hacia atrás. La taza y el platillo salieron volando. Entonces se oyó el sonido de la porcelana al partirse y, en su mente, el decantador volvió a hacerse trizas. Tom la sujetó de los brazos. Ian chilló.

—¿A dónde vas? —inquirió la dependienta, observando el estropicio—. Eso era caro.

—Lo siento. Lo sien... lo siento mu...

Mickey echó a correr hacia la calle.

De vuelta en la parada del bus, ocupó un asiento dentro de la marquesina de cristal y sacó el móvil.

—Te llamo como clienta. Como... como... —El término la rehuía.

—¿Como beneficiaria? —repuso Tom con un tono adusto, oliéndose algo.

—Solo me quedan tres sesiones de terapia. Se me ha ocurrido avisarte con tiempo para que puedas empezar a mover el dinero.

—Mickey...

—Ya sé que el testamento dice que recibiré el dinero cuando concluya las sesiones, pero he pensado que a lo mejor podrías considerar ingresarlo un poco antes. ¿La próxima semana, quizá?

—Esto no funciona así.

Mickey hundió la cabeza entre sus rodillas.

—¿Por qué no?

—No podemos ordenar una transferencia hasta que se hayan cumplido las condiciones del testamento. El bufete tiene una responsabilidad con el difunto.

El mundo se disolvió en manchitas centelleantes mientras Mickey se levantaba a duras penas.

—El difunto era un cretino.

—Aun así.

Volvió a sentarse de golpe. Se materializaron de nuevo las paredes mugrientas de la marquesina y los anuncios de perfume cubiertos de pintadas. También regresó la aplastante sensación de fatalidad.

—Déjame que le eche un vistazo y te vuelto a llamar —dijo Tom.

La llamada se cortó justo cuando un autobús llegó resoplando hasta la parada, salpicando las paredes de la marquesina con la nieve derretida que levantaban sus ruedas.

Mickey se palpó los bolsillos. ¿Dónde había dejado esa moneda?

—En una ocasión me dijiste que todas las personas son horribles —comentó Arlo durante la terapia de aquella semana. Se había recogido el pelo con un estilo elegante que su madre habría denominado «moño francés». El flequillo se desplegaba en dos alrededor de sus ojos—. ¿Sigues pensando lo mismo?

—El *por qué* importa. —Mickey tosió, disipando de su voz cuatro días de silencio y somnolencia. No había dicho nada en voz alta desde aquella llamada con Tom. No había tenido motivos para hacerlo—. La gente que hace cosas malas suele haber vivido un montón de cosas malas. Maltrato. Abandono. Y también son personas con mayor tendencia a enfermar.

Arlo alzó el mentón ligeramente y se pasó la lengua por el frontal de sus dientes blancos y rectos. Seguramente había llevado aparato de pequeña. Comía un montón de verduras. Nunca le faltaron zapatos de su talla.

—Te refieres a los determinantes sociales de la salud.

—Es una bonita forma de decirlo, muy académica —replicó Mickey. Conocía bien el concepto. Los individuos más pobres y marginados de la sociedad eran los más vulnerables a la miseria y las enfermedades. Y a la delincuencia.

Pero el episodio con la prestamista le había dejado pocas opciones. ¿Fraude? ¿Desfalco? En el fondo, no sabía qué significaban esas cosas, no hablemos ya de llevarlas a cabo. Podría vender óvulos, pelo, sexo, o una combinación de todo eso. Había oído que ejercer como vientre de alquiler era lucrativo, pero no tenía tiempo suficiente. Se le había ocurrido otra solución —algo que podría robar y revender por dinero más que suficiente—, pero después de eso no habría vuelta atrás posible.

—¿Qué me dices de la clase de persona que pone en peligro a otras? —La dureza del tono de Arlo tomó a Mickey por sorpresa. Por alguna razón, la terapeuta estaba cabreada aquel día—. ¿Hay alguna excusa para esa conducta?

—Excusa, no. Pero sí una explicación.

—Pero estarás de acuerdo en que cualquier persona debería rendir cuentas por el daño que provoca.

Esa línea de investigación, Mickey estaba segura de ello, no conduciría a ninguna parte a la que ella quisiera ir. Así que se enfrascó en el cuadro del faro que había en la pared, a su izquierda, y se imaginó cómo se hundiría la arena bajo sus pies. A qué olería la brisa. Si tendría un roce cálido o frío sobre su piel. Cálido, decidió. En el mundo del faro, las temperaturas nunca caían por debajo de las necesarias para vestir de corto. Las aguas estaban siempre tranquilas y los cielos despejados, hasta el punto de que el faro cumplía más que nada una función decorativa. La costa resultaba visible de sobra sin él.

—Una parte de la terapia consiste en enfrentarnos a nosotros mismos —dijo Arlo. Sí, aún seguía hablando, entrometiéndose sin consideración en las agradables fantasías marítimas de Mickey—. No estoy aquí para ponerte las cosas fáciles.

—Ya se nota.

—Estoy aquí para apretarte las tuercas con suavidad.

Mickey se rio. Lo que Arlo quería decir era esto: «Estoy aquí para jugar contigo. Porque me pone a cien».

—¿Y qué pasa si no quiero eso?

—Puedes marcharte cuando quieras. Aquí mandas tú, Mickey.

Ojalá fuera cierto. No, Mickey estaba atrapada. En esa sala, en esa vida, con una terapeuta que coleccionaba las penas de los demás como si fueran caracolas marinas.

Suspirando, apartó la mirada del faro.

—Entonces, ¿estás diciendo que... hago daño a la gente?

—No lo sé —repuso Arlo—. Esa es la pregunta.

—¿No es verdad que todo el mundo le hace daño a alguien en algún momento? Forma parte de ser humanos. Cometemos errores. No pasa nada, mientras aprendamos de ello y pidamos perdón.

Arlo pareció perpleja.

—¿Está bien hacer daño a los demás, siempre que luego te disculpes?

—No. Eso no es lo que he dicho. —¿Había dicho eso? Es posible—. Eso no es lo que quería decir.

—Piensa en alguna de tus relaciones, presentes o pasadas. Por ejemplo, con tu madre.

Un cepo atenazó el corazón de Mickey.

—¿Mi madre?

—¿De qué cosas te has disculpado con ella?

—¿Por qué mi madre?

—Piénsalo y ya está, Mickey.

Ya estaba pensando en ello. En Ámsterdam. En el auricular de un teléfono público pegado a la oreja de su yo de veintidós años.

—¿Qué se te pasa por la cabeza en este momento? —preguntó Arlo.

—Nada —respondió. Su madre corriendo hacia ella por el vestíbulo de llegadas del aeropuerto. Estresada, con los ojos hinchados—. Tengo la mente en blanco.

—Estás llorando.

—No, para nada.

Las dos se quedaron calladas. Arlo estaba recurriendo a esa técnica de esperar, cada segundo de silencio sumaba otro kilo al peso que cargaba Mickey sobre los hombros.

—Hubo momentos en los que hice que se preocupara —añadió para zanjarlo de una vez.

—¿Por ejemplo...?

¿Aparte de Ámsterdam? Todas esas noches que no regresó a casa porque se había quedado dormida en un descampado, o en un autobús, o en casa de algún tipo. Las noches que la policía la llevaba de vuelta al apartamento; policías, en plural, porque hacía falta más de una persona para mantenerla derecha. Luego estaban todos los sitios donde había vomitado: jarrones, bolsos, alfombras y fregaderos.

—No se me ocurre ningún ejemplo —respondió.

—Hace falta mucho valor para reconocer lo que nos merecemos y lo que no.

Mickey no tenía ni la más remota idea de lo que quería decir con eso, pero no tenía intención de preguntar nada. Una sombra se estaba desplegando en su mente, la oscuridad avanzaba a toda velocidad.

Arlo inspiró hondo por la boca, de un modo audible.

—En el programa de Alcohólicos Anónimos, uno de los doce pasos que da un adicto...

—Ya te lo he dicho: no necesito eso.

— ... consiste en congraciarse con la gente a la que ha agraviado.

—Ya lo he dejado. Se acabó.

—No estoy sugiriendo que lo hagas ahora, pero un pequeño paso...

—No —sentenció Mickey mientras se disipaba el último atisbo de luz.

— ... podría ser tomar cierta conciencia de ti misma. ¿Cuándo has actuado con egoísmo? ¿Hubo algún momento en que alguien te confió algo muy valioso y lo decepcionaste? ¿Te aprovechaste de su confianza, de su vulnerabilidad? Eres profesora. Eso supone una responsabilidad muy grande.

—He dicho que parases.

Pero era demasiado tarde. La sombra había llegado y, con ella, el peor recuerdo de todos. Mickey se remontó ocho semanas atrás, cuando se bebió un lingotazo de vodka en el baño de un colegio y puso al inocente Ian a su cuidado, a pesar de que estaba demasiado triste, demasiado hecha polvo, y, sobre todo, demasiado borracha como para cuidar de nadie. Solo una persona profundamente egoísta haría esas cosas. La misma clase de persona que desaparecería al otro lado del charco sin decirle una sola palabra a su madre.

La misma clase de persona capaz de robar.

ARLO

A rlo se encorvó sobre el teclado y se quedó mirando el vacío blanco y cegador de un documento de Word. El cursor parpadeaba sin parar, como un ojo malévolo.

Faltaban treinta minutos para su próxima cita. Confiaba en causar impresión con su discurso para la revelación de la lápida de su padre, pero el ambiente del despacho había resultado ser muy poco inspirador. Lo único que tenía hasta el momento era:

Mi padre era un gran hombre.

No estaba mal. Pero tampoco bien. Borró la frase y lo intentó de nuevo.

Mi padre era un hombre excepcional.

Arlo cerró el portátil. Necesitaba estar en casa, o en una cafetería, o, bueno, en cualquier sitio menos allí. En cuanto se alejase de sus archivos, sus notas adhesivas y sus manuales sobre terapias cognitivo-conductuales, las palabras encajarían en su sitio.

Tras pasar de largo a toda prisa junto al despacho de Punam —que estaba sentada a su escritorio, hojeando abstraída un pasaporte—, Arlo le murmuró algo a Sam en la recepción sobre una emergencia familiar e intentó parecer agobiada.

—Pídele disculpas a mi cita de las dos, ¿vale? Gracias.

Salir a la calle fue como despertar de un letargo. Todo estaba tranquilo. Los pájaros trinaban en las calles cubiertas de nieve. El mundo parecía perfecto, el futuro parecía asegurado. Dentro de poco —esa semana o la siguiente—, Mickey acudiría a ella con un gesto de certeza triste en los ojos y diría: «Soy una alcohólica con un historial de traumas complejos y problemas de intimidad enraizados que aún no he reconocido del todo. Mis actos han tenido efectos perjudiciales y duraderos sobre mi círculo más cercano, así que no merezco recibir cinco millones y medio de dólares».

—Eso es cierto —murmuró Arlo mientras se dirigía hacia su coche—. Al menos, por ahora.

Si Mickey hacía lo correcto y devolvía la fortuna de su padre, Arlo podría asegurar que se dejara una porción apartada para el futuro, por si/para cuando por fin encarrilase su vida. ¿Dinero suficiente para concederle una calidad de vida cómoda, pero no tanto como para que amenazara su recién adquirida sobriedad? Tendría que pensar en ello.

—Disculpa.

Arlo se dio la vuelta.

Una mujer de unos cincuenta años se encontraba en la acera con unos vaqueros de cintura alta y un chaquetón de lana superestiloso. La forma redondeada de sus carrillos y su boca ancha le resultaban familiares. Y también su pose, con el mentón ligeramente elevado, como si Arlo le debiera algo.

—Soy Jennifer Hedman, la madre de Laura.

Un sumidero se abrió en el abdomen de Arlo y absorbió sus órganos uno por uno hacia sus profundidades. Se instó a correr, pero sus pies no se separaron del suelo.

—Tranquila —se apresuró a añadir la mujer—. Vengo en son de paz.

Sí, aquel día tenía una expresión más amigable que la primavera pasada en el tribunal, eso desde luego. Ni resuellos sonoros, ni trembleques en el labio superior. Nada de miradas cargadas de odio. Pero su postura resultaba demasiado relajada, su sonrisa demasiado afable. Arlo no se fiaba ni un pelo.

—¿Estaba... estaba aquí fuera esperándome?

¿Por qué? ¿Para gritar? ¿Para discutir? ¿Para partirle las piernas con una tubería de acero, como le había pasado a aquella patinadora artística de los noventa? ¿Cómo se llamaba? ¿Tina no sé cuánto? ¿Por qué no se acordaba? Arlo había visto unas cuatro películas sobre ella.

—Ya sé lo que parece, pero te pido que me escuches. —Jennifer juntó las yemas de los dedos—. ¿Te apetece un café? Invito yo.

—De ninguna manera —replicó Arlo, que aun así permaneció inmóvil.

Una arruga apareció entre las cejas perfiladas de Jennifer.

—¿Estabas hablando con alguien hace un momento?

Arlo señaló hacia el espacio que la rodeaba, la acera vacía.

—Aquí no hay nadie más.

—Pensé que llevarías puesto un auricular o algo así. Como si estuvieras hablando por teléfono. Te escuché decir... No sé muy bien lo que oí.

Arlo no ofreció ninguna explicación, porque no era necesario explicarse. Mucha gente murmuraba cosas para sus adentros y, francamente, lo que dijera al aire no era asunto de nadie.

—Te he llamado —dijo Jennifer—. Montones de veces. Pero nunca respondías.

Así que eso explicaba lo del NÚMERO PRIVADO.

—No me ha dejado ningún mensaje —replicó.

Jennifer frunció los labios. Percibió algo sentencioso en ese gesto.

—Tengo permiso para proteger mis llamadas. Los límites son muy importantes en mi oficio, como también el autocuidado, así que ¿sabe qué?, no, no pienso responder al teléfono cada vez que suene, y no, no pienso sentirme mal por ello.

—Esa perorata era innecesaria. No le debía nada a esa mujer, por más que lo insinuara ese mentón elevado. Pero las palabras no dejaban de surgir. Arlo no podía parar—. Porque no es mi obligación resolver todos los problemas y necesito tener una vida fuera de mi trabajo. Además, mi buzón aconseja llamar al centro de emergencias si se está experimentando una crisis, así que no hay más que hablar.

Tomó aliento y aguardó la réplica furiosa.

—Tienes razón. Lo siento. —La voz de Jennifer estaba cargada de humildad. Es más, de arrepentimiento. Su mirada había perdido intensidad, su sonrisa se había vuelto titubeante. No era el rostro de una persona que estuviera a punto de aporrearle las rodillas a alguien con una tubería. Más bien todo lo contrario—. Estoy empezando a ver las cosas desde otro prisma. Ahora tengo mucha más claridad.

Arlo sintió una punzada de culpa. ¿Era posible que la madre de Laura no hubiera acudido allí en busca de venganza, sino para disculparse, y que ella se hubiera puesto a la defensiva para nada? Tal vez pensaba reconocer lo equivocada que había estado con la demanda y con esas acusaciones tan dolorosas.

—Solo te pido tomar un café —insistió Jennifer.

Puede que ese encuentro la embarcase por fin en una senda hacia la sanación y la aceptación. ¿Y quién era Arlo para negárselo?

—Por favor.

A unos metros de allí, el parachoques del Prius relucía bajo el sol invernal. Tan cerca y a la vez tan lejos. Arlo suspiró.

—Está bien, vamos.

Se sentaron en un par de sillas de madera maciza, dentro del Starbucks más cercano. Arlo no sabía qué hacer con las piernas. ¿Cruzar un tobillo por detrás del otro como una duquesa? ¿Extender las piernas como un cowboy? Ninguna postura le resultaba cómoda. Al final, encajó con fuerza cada pie alrededor de una pata de la silla.

—Me chiflan las bebidas navideñas —dijo Jennifer después de dar un buen trago a una creación que despedía un aroma a menta que Arlo percibió desde el otro lado de la mesa. Ella sujetaba entre las manos un café con leche de avena supercaliente.

—A mí me gustan los vasos rojos.

—Sí. Los vasos rojos.

De fondo sonaba una versión de *Do They Know It's Christmas?* en clave de electro.

—Esta canción es horrenda —dijo Jennifer.

—Sí —coincidió Arlo—. Espantosa.

Se bebieron los cafés. Jennifer dirigió sus siguientes palabras hacia el techo:

—He estado yendo a terapia.

Ah, pensó Arlo. Todo estaba empezando a cobrar sentido. Seguro que su terapeuta había alentado esa disculpa, puede que incluso la ayudara a ensayarla.

—Estupendo. —Desencajó los tobillos de las patas de la silla y se relajó un poco—. Espero que haya sido útil.

—Gracias —dijo Jennifer en dirección al techo.

Do They Know It's Christmas? llegó al pasaje donde se mencionaba que no había nieve en África.

La luz se deslizó sobre el blanco de los ojos de la mujer mientras negaba lentamente con la cabeza.

—No la creí. Se acercó a mí aquella mañana y me dijo que lo iba a hacer, pero no me lo creí.

Arlo se permitió, por primera vez, imaginar el alcance del dolor de esa mujer. Y todos los días que debió de pasar aplastada por ese peso, incapaz de moverse.

—Lo dijo de un modo extraño. «He llegado hasta el final, mamá. Se acabó». Fue algo así, como si se tratase del último día de clase o algo parecido. Se la veía bien. Parecía feliz. Asentí con la cabeza y no le di mayor importancia. Estaba... La verdad es que estaba muy cansada. No es fácil querer a alguien que está tan enfermo.

Varias cosas acudieron a la mente de Arlo, sin seguir un orden concreto: el dispensador azul de desinfectante de manos en la pared, junto a la habitación de su padre en el hospital; el chasquido de los guantes de látex; el chirrido del rotulador sobre la pizarra blanca; las batas amarillas y ondulantes de las enfermeras y las enormes viseras de plástico que se empañaban constantemente con el aliento; el olor empalagoso de los dedos de los pies de su padre, siempre pelados y cubiertos de costras, por más que Arlo los embadurnase de crema.

—Bill y yo nunca podíamos hacer planes, porque nunca sabíamos si Laura podría levantarse de la cama ese día. Navidades, cumpleaños, reuniones familiares. Nos lo perdíamos todo. Todo. La vida pasó de largo y nos la perdimos. Porque cualquier compromiso, cualquier cosa mundana, quedaba en segundo plano frente a nuestra hija.

—Ya —murmuró Arlo. Aquello también le resultó bastante familiar.

—Algo en lo que pienso mucho, algo que estoy trabajando, es la idea de que yo estoy aquí y ella no. Sobrevivir a tu hijo es el peor fracaso posible para un padre. El único, si somos honestos. Y sé lo que estás pensando. Que sufro la culpa del superviviente, que el suicidio de mi hija no fue culpa mía. Bla, bla, bla. Sí, todo eso lo sé a un nivel racional. Pero es difícil ser racional. Estoy harta de serlo. Sobre todo, estoy harta de estar enfadada. Y eso es... es lo que he venido a decir.

Ahí venía la disculpa. Arlo no tenía claro si deberían abrazarse después. Dio un sorbo rápido de café para ganar tiempo.

—Te perdono —dijo Jennifer.

El café inundó la tráquea de Arlo, que se atragantó.

—Estaba muy enfadada contigo. Ahora necesito dejar salir esa ira.

Arlo resolló y resolló, intentando recabar aire, palabras.

—¿Enfadada... conmigo? ¿Todavía?

—Por supuesto.

—¿Por qué yo?

Jennifer frunció el rostro.

—Ya sabes lo que ponía en la nota.

La nota, la nota, la nota. Siempre la misma cantinela.

—La sacaste a empellones por la puerta —dijo Jennifer—. Eso fue lo que escribió.

—Yo nunca haría eso —replicó Arlo.

—Laura te dijo que iba a suicidarse y tú la sacaste a toda prisa por la... —Jennifer se mordió un puño para contenerse.

Do They Know It's Christmas? llegó a la estrofa final.

—¿Por qué sigue sonando eso? —masculló Arlo.

¿Y por qué seguían manteniendo esa misma conversación después de tanto tiempo? Habían pasado nueve meses y once días desde el funeral de Laura. Envolvieron el féretro blanco con una de sus camisetas del equipo de hóckey sobre hierba del instituto y pusieron *A Hard Rain's a-Gonna Fall* de Bob

Dylan durante la procesión inicial. Arlo vio la emisión en directo desde su portátil, porque no le permitieron acceder al tanatorio.

Jennifer retiró la tapa de plástico de su vaso y agachó la nariz para olerlo. Permaneció encorvada en esa postura, inspirando profundamente, durante lo que pareció una eternidad. Arlo sintió un soplo de peste mentolada en el rostro.

—No tendría que haber levantado la voz —dijo Jennifer—. No ha servido de nada.

—Laura no me lo dijo —repuso Arlo—. Al margen de lo que escribiera, al margen de lo que dijera que pasó, no me contó que iba a quitarse la vida.

—Ya. —Jennifer esbozó una sonrisa serena, como si hubieran estado discutiendo por un abollón en el paragolpes trasero o por determinar quién estaba primero en la cola del supermercado.

—No me cree —dijo Arlo.

—Gracias por escucharme. Te lo agradezco mucho.

La madre de Laura se levantó.

—¿Por qué no me cree?

Pero Jennifer ya se había ido, el único indicio de su presencia era el vaso vacío que había dejado encima de la mesa.

El domicilio del informe se correspondía con lo que había imaginado Arlo: un bloque de apartamentos desvencijado con la fachada de estuco y unos balcones diminutos, repletos de bicis, barbacoas y luces de Navidad. Reclinada en el asiento del conductor, al otro lado de la calle, observó cómo las luces parpadeaban bombillita por bombillita, hilera por hilera. Llevaba dos horas y media allí sentada. Tenía la vejiga llena. La espalda agarrotada. Aun así, siguió esperando. Esperó porque estaba en su derecho de hacerlo. Porque no había ninguna ley que prohibiera quedarse sentado en un coche aparcado, observando el portal de un edificio de apartamentos hasta que tu hermanastra/paciente saliera de su interior. Porque si la madre de Laura podía irse de rositas tras esa pequeña campaña de acoso, Arlo también podría. No tenía claro qué estaba buscando, pero sabía que tarde o temprano surgiría algo, alguna evidencia de juego sucio por parte de Mickey.

Los recuerdos de lo ocurrido aquella mañana salieron a la superficie de su mente como los restos de un accidente aéreo. Un chaquetón de lana. Un café con leche de avena. *Te perdono.* Arlo sorteó esos pensamientos lo mejor que pudo. Jennifer estaba atravesando un duelo, una fase que podía cegar a la gente ante la realidad. No había que darle más vueltas.

Metió una mano en la bolsa para sacar otro puñado de patatas fritas con sabor a cebolla y crema agria cuando se oyó un golpe —un golpetazo, más bien— en la ventanilla del copiloto. El cristal estaba copado por el rostro radiante y vehemente de un joven. Aunque había caído la temperatura, no llevaba gorro y se le habían puesto coloradas las puntas de las orejas. Una insignia de policía centelleaba sobre su pecho.

Arlo bajó la ventanilla, serena y dueña de sí misma. Quizá se habría sentido más amenazada si el policía no tuviera pinta de bobo, o si este episodio de acoso leve no estuviera tan justificado, o si ella resultase no ser una mujer blanca. En vista de la situación, no tenía motivos para asustarse.

—Disculpe, señora —dijo el policía—. No pretendía asustarla.

—¿Asustarme?

—Ha gritado.

—¿De veras?

Sí, es posible que hubiera gritado. A lo mejor se había sobresaltado. Eso explicaría por qué las patatas fritas habían acabado diseminadas por todas partes.

—El límite para aparcar es de dos horas.

—Vale.

Arlo alternó la mirada entre el joven policía y el edificio donde vivía Mickey. Le pareció detectar algo en el vestíbulo de la entrada. ¿Se había movido algo?

—Tiene que mover el coche, señora.

Arlo se obligó a devolver su atención al policía.

—Tiene razón. Lo siento.

Arrancó el coche y avanzó medio metro, sin apartar la mirada del edificio situado al otro lado de la calle. Más revuelo en el vestíbulo, más movimiento.

El joven volvió a llamar a la ventanilla.

—Tiene que moverlo más. Irse más lejos.

—¿Cuánto?

—Hasta la siguiente zona.

—¿Qué es una zona? —preguntó Arlo, achicando los ojos. Una figura sombría había aparecido en el umbral de la puerta del edificio.

—Cada sector de la calle tiene una tarifa distinta para aparcar —explicó el policía.

—Pero es gratis después de las seis —repuso ella.

—Sí, hasta que transcurren dos horas.

La figura empujó la puerta de cristal y salió a la acera con un bolso inmenso colgado de un hombro y una melena rubia que cobraba tintes verdosos bajo la luz de las farolas.

El corazón de Arlo pegó un respingo. Era Mickey.

—Está bien. ¿Carné de conducir y permiso de circulación?

Arlo giró la cabeza y vio que el policía había sacado una libreta.

—¿Qué? No. Tengo que irme.

—Ah, *ahora* tiene que irse, ¿eh? —Pulsó su bolígrafo con deleite—. Carné de conducir y permiso de circulación, por favor.

Arlo siguió la pista de Mickey por el espejo retrovisor mientras rebuscaba en la guantera. Se movía de un modo extraño, deteniéndose cada pocos pasos para reajustar la correa de su bolso. Se aproximó a una parada de bus situada al final de la manzana.

—¿Va a tardar mucho? —Arlo le entregó los documentos—. Porque tengo que…

El policía la fulminó con la mirada.

En la parada, Mickey se rebullía en el sitio; metió una mano en el bolso y dio un trago de lo que parecía ser… ¿una botella de agua? Vodka, casi con toda seguridad. Tal vez ginebra. Su padre siempre se pirró por el Tanqueray. Hendrick's en ocasiones especiales.

—¿Sabe una cosa? —dijo el policía—. Las leyes son el pilar de una comunidad. Cumplirlas es una responsabilidad importante.

Arlo carraspeó para fingir que mostraba interés. Otro vehículo accedió a la calle, proyectando la luz de sus faros hasta el fondo de su cerebro. Era un bus municipal.

—Para algunos, es la responsabilidad más importante.

Arlo observó con impotencia cómo el autobús llegaba a la parada con un chiflido y una bocanada de humo del tubo de escape. Una cortina de vapor le impidió ver la marquesina. Y a Mickey.

El policía le pasó una hoja de papel calco rosa.

—Tiene sesenta días para…

—Gracias —dijo Arlo con la multa en la mano y el pie en el acelerador.

Cambió de sentido en el siguiente cruce y aceleró para seguir al autobús, dejando atrás el edificio de apartamentos y al joven policía, que ondeó el puño hacia ella como el anciano fastidioso en el que sin duda se convertiría.

Durante los siguientes veinte minutos, Arlo siguió al bus dejando uno o dos coches de distancia, acercándose al bordillo cada vez que se paraba, guiñando los ojos para comprobar quién se había apeado. Mientras la comitiva se adentraba en la periferia de la ciudad, las cafeterías y las tiendas de ropa fueron desapareciendo. En su lugar aparecieron licorerías y locales de préstamos.

Al cabo de unas cuantas manzanas, Mickey se bajó del autobús delante de una tienda de empeños.

MICKEY

A pesar de haber abierto la puerta con un camisón que no dejaba casi nada a la imaginación, la expresión de Daria no demostró vergüenza alguna. Seguro que esa palabra no formaba parte de su vocabulario. Esa mujer campaba por el mundo a sus anchas: sin remordimientos, sin disculpas, sin mezquindades pesando sobre su conciencia.

Mickey la saludó con la mano.

—Hola.

Daria se enderezó, sus pezones abultaban la tela de raso de color rosa.

La primera tarea consistía en entrar. Mickey había pensado en fingir malestar o inventarse una crisis emocional, pero concluyó que era una actriz demasiado pésima como para engañar a su vecina. En lugar de eso, mantuvo la boca cerrada, adoptó un gesto de aflicción y rezó para que eso le granjease la entrada.

—Anda, pasa —dijo Daria en voz baja, abriendo la puerta del todo.

Esto —lo que estaba a punto de hacer— no era la elección correcta. Estaba mal, era un error, pero estaba sucediendo. Mickey estaba dentro, se estaba quitando los zapatos, y ya no había vuelta atrás. Siguió a su vecina hacia la calidez húmeda del apartamento, con el bolso casi vacío colgado de un hombro.

Mickey olisqueó el ambiente. ¿Citronela? ¿Naranja amarga?

—Me lo prestó una amiga. —Daria señaló hacia el difusor de aceites esenciales que estaba encima de la mesita auxiliar. Había un cojín para meditar, otra nueva incorporación, apoyado en el suelo del salón. Mickey no se habría fijado si no hubiera estado oteando la habitación en busca de metalurgia artística cara. La escultura del hombre en cuclillas había sido trasladada a una de las estanterías, donde ahora estaba sentado encima de unos cuantos volúmenes apilados de Proust y Chéjov. Otras esculturas destacaban en diferentes recovecos: un cuerpo sin cabeza, una cabeza sin cuerpo, la mitad de una mano. Eran pequeñas, ninguna sería más grande que una caja de cereales.

A pesar de la franqueza con la que Daria siempre había hablado de su exitosa carrera como escultora, Mickey nunca se lo terminó de creer hasta que esa tarde introdujo el nombre de su vecina en Google. Resulta que Daria había ganado una beca MacArthur a los veinticuatro años. Había dado clase en Emily Carr, Rutgers, UCLA. Sus obras se exponían en museos franceses, españoles y daneses de los que ella nunca había oído hablar, pero todos sonaban superpijos.

Daria llevaba una vida demasiado austera para ser rica y famosa, o eso había pensado siempre Mickey. Sin piscinas ni casas en la playa. Ponía la colada a secar en un tendedero de alambre y se movía por la ciudad en bicicleta. Y ni siquiera era una buena, sino un modelo cutre de tres marchas. Aunque sí mantenía su apartamento muy caldeado, una curiosa extravagancia. Y también estaba la gata leopardo, recordó Mickey, mientras Rybka se contoneaba hacia el árbol rascador de la esquina y saltaba sobre el escalón mullido más alto. Esa gata no debió de ser barata.

Mickey sostuvo los brazos en alto para airearse las axilas.

—Ven —dijo Daria, que asomó la cabeza desde la cocina—. Siéntate.

Mickey esperó sentada a la mesa mientras Daria cacharreaba por la cocina. Eran las ocho y se escuchaba el murmullo de un programa de noticias en la radio. Los mercados cotizaban al alza, o a la baja, y alguien estaba a punto de sacar de la cárcel a otra persona, lo cual había encendido la ira de mucha gente. O puede que se alegrasen de ello. Mickey no entendió bien lo que decían, estaba demasiado nerviosa para concentrarse. Llevaba todo el día bebiendo a ratos, pero no era suficiente ni de lejos.

El tintineo de los vasos le produjo escalofríos de placer por los brazos. ¿Qué tocaría esa noche? ¿Absolut? ¿Stolichnaya? Puede que Daria sacase algún licor. Palinka. Krupnik. Llegados a ese punto, aceptaría de buena gana incluso un poco de *limoncello*.

Entonces su vecina regresó a la mesa con un vaso de leche y un plato de galletas. El camisón se le subió sobre las caderas mientras se sentaba; una vez más, no pareció importarle.

—Oh —murmuró Mickey.

—Esta noche tomaremos leche —dijo Daria. Pero solo había traído un vaso.

Mickey se obligó a sonreír. Quiso darle las gracias, pero comprobó que además de ser incapaz de escuchar, también había perdido el habla. Agarró el vaso y lo levantó en dirección a su vecina, acompañando el gesto con una ligera inclinación de la barbilla.

De pequeña, Mickey solía robar cartoncitos de leche chocolateada del 7-Eleven que estaba cerca de su colegio. En el instituto, birlaba calcetines y pintalabios de las taquillas de otras chicas cuando estaban distraídas. Cuando se quedaba a dormir en casa de alguna amiga, se escabullía por la noche y registraba los cajones de la cocina en busca de mecheros, bolis, calderilla, lo que fuera, incluso cosas que no necesitaba, ya que ¿por qué sus amigas debían tener esas cosas y ella no? Se llevaba barajas de cartas, velas de cumpleaños, cargadores para aparatos que no tenía en casa.

Por supuesto, esos incidentes no contaban. Los niños estaban excusados por robar. Pero ¿cuándo había terminado ese periodo de gracia? ¿Estaba libre de culpa en el instituto, cuando iba a una fiesta en casa de alguien y robaba abrigos para venderlos en Kijiji al día siguiente? ¿Y en la facultad de Magisterio, cuando se enrollaba con tipos al azar, solo para robarles la cartera de los pantalones mientras salía de puntillas por la puerta a la mañana siguiente?

Desde luego, no estaba libre de culpa ahora. El lustre de la infancia se erosionó hace mucho, y si estaba a punto de robar algo, la culpa era solo suya.

—¿Puedo llevarme prestado un libro? —preguntó.

Daria se recolocó un tirante del camisón, que quedó apoyada sobre la carne tonificada de su hombro. Tenía pinta de haber repartido buenos mamporros en sus tiempos.

—¿Cuál?

—Aún no lo sé. Pero me apetece leer algo.

Daria asintió lentamente al principio, luego más rápido.

—Algo tengo.

Mickey tomó el bolso del respaldo de la silla y siguió a su vecina al salón, donde sacó un librito fino de la estantería: era un ejemplar desgastado de *El principito*.

—Este libro está bien para cuando estás mal.

Mickey aceptó el libro, demasiado distraída como para ofenderse. El hombre en cuclillas le cabría en el bolso, pero seguramente pesaría más que una bola de los bolos. Una de las esculturas más pequeñas y ligeras sería una apuesta más segura. Menos obvia. La cabeza incorpórea, quizá, o el cuerpo descabezado.

—¿Te queda algo de tarta Napoleón? —preguntó Mickey.

—¿Quieres tarta? —Daria parecía más preocupada que suspicaz.

—Es que está riquísima. Si te queda alguna porción…

Daria esbozó una sonrisa inusual en ella.

—Espera aquí —dijo y se marchó.

Mickey dio una zancada hacia la estantería, intentó tragar saliva, intentó respirar. Era el momento de decidirse. ¿Cabeza o cuerpo? ¿Cuerpo o cabeza? Sostuvo la mano entre ambos. *Elige*, se dijo. Pero no podía. Ella no era esa clase de persona. No recurriría a malas artes para pagar a Evelyn. Mickey era profesora, una moldeadora de mentes, un referente. Se regía por ciertas obligaciones morales. «No empeñarás las obras de arte rarunas de tu vecina».

Pero entonces la voz de su terapeuta resonó —«¿Hubo algún momento en que alguien te confió algo muy valioso y le decepcionaste?»—, y Mickey recordó que sí, sí que era esa clase de persona.

Sostuvo en alto el bolso abierto y agarró el cuerpo sin cabeza por la cintura.

—¿Te parece bien esta porci…?

Era Daria, plantada en el umbral de la cocina con un plato de tarta hojaldrada en la mano. Su boca se contorsionó hasta adoptar una forma desconocida. No era algo tan endeble como una mueca de decepción. Su expresión palpitaba e irradiaba algo.

Asco. Era una expresión de asco.

La escultura se escurrió de la mano de Mickey e impactó contra el suelo con un crujido estremecedor.

—Ya me voy —dijo con las mejillas ardiendo, a mitad de camino por la estancia. Cuando giró la cabeza para mirar atrás, atisbó la curvatura de la pantorrilla de Daria al desaparecer dentro de la cocina.

Mientras se calzaba junto a la puerta principal, oyó un suave maullido felino que subió de intensidad al final, como si estuviera formulando una pregunta.

—Rybka —la rara, exótica y cara Rybka— estaba sentada sobre sus cuartos traseros y la observaba con la cabeza ladeada.

—No —repuso el chico del mostrador. Solo era un crío de unos dieciséis años, con un libro de texto de matemáticas abierto delante de él y unos auriculares enormes alrededor del cuello—. Ni de coña, señorita.

—Escúchame un momento —dijo Mickey con la desesperación propia de una persona que ha cruzado la ciudad en autobús con una gata leopardo metida en el bolso. Rybka consiguió salir del bolso, se lanzó hacia el mostrador y aterrizó con gracilidad sobre el cristal.

El chico la observó con incredulidad mientras la gata inclinaba el hocico hacia el mostrador y los relojes que relucían por debajo.

—¿En serio quiere empeñar un gato?

—Vale miles de dólares —replicó Mickey.

—Sí, ya veo que lo dice en serio.

—Es una gata ashera. Es mitad leopardo.

—Ya, y yo soy mitad Targaryen. —Una carcajada escapó de sus labios agrietados hasta que Rybka lo miró con sus pupilas rasgadas, sofocando su hilaridad—. ¿Tiene alguna documentación para esta ash… asher…?

—Ashera. Y no, no tengo.

—Entiendo. —El chico hinchó los carrillos e inspeccionó a Rybka desde diferentes ángulos, como si fuera un cacho de circonita. Una chuminada más traída por algún panoli a cambio de calderilla—. Esta gata tiene algo raro, ¿no cree?

—Es muy cariñosa —Mickey sofocó unos recuerdos de su fiesta de cumpleaños, cuando Rybka le había restregado el hocico a Ian con tanta dulzura. Si el niño le preguntase por ella alguna vez, le diría que la gata había... ¿qué? ¿Muerto? ¿Qué demonios podría contarle?

El dependiente se frotó la frente, visiblemente desconcertado.

—Deje que llame a mi jefe.

Mickey se sentó en una silla La-Z-Boy (429 dólares) con Rybka sobre su regazo y miró sin prestar mucha atención el partido de hóckey que estaban emitiendo en una tele de 55 pulgadas (699 dólares), sintiendo que su dignidad se reducía a cada segundo que pasaba. La gente no era mala por naturaleza, ahora se daba cuenta de ello. La bondad de carácter era un lujo, como las sales de baño y las lanchas motoras, y en la gran lotería del nacimiento y la biología, ella se había llevado la peor parte. Todos esos cuentos ilustrados que les había leído a sus alumnos sobre la amistad, la lealtad y la valentía, como si ella hubiera poseído tales virtudes alguna vez en su vida. ¡Cuánta gilipollez!

Le sonó el móvil mientras estaba allí sentada. Era Chris. Otra vez.

Rechazó la llamada. Poco después le llegó un mensaje:

Hola, he pensado que deberías saber que tienes el buzón de voz lleno. Supongo que será porque no paro de dejarte mensajes porque sigues SIN RESPONDER AL PUTO TELÉFONO.

Y otro:

Por favor, confírmame que estás bien.

Mickey añadió su número a la lista de contactos bloqueados. No tenía claro cómo vaciar el buzón de voz sin escuchar los mensajes, así que dejó ese problema para otro día.

Cuarenta minutos después, un hombrecillo de pelo castaño y bigote francés entró desde la calle, donde reinaba la noche. El chico lo presentó como Henry.

—Es el encargado de tasar a los animales.

Mickey estuvo a punto de preguntar qué clase de animales tasaba ese hombre, pero luego decidió que prefería no saberlo.

Henry pellizcó el pelaje de Rybka, examinó las almohadillas de sus patas e incluso le levantó la cola para echarle un vistazo al ojete, todo ello mientras tomaba notas en una libreta diminuta que había sacado del bolsillo del pecho de su camisa hawaiana. Al cabo de unos minutos, estimó su valor en veinticinco mil dólares.

—Es un ejemplar precioso —dijo.

El chico se giró hacia Mickey con un gesto de avidez en los ojos.

—Le doy diez mil.

—Veinte —repuso ella.

El dependiente resopló.

—La gata no tiene papeles.

—¿Y? Dieciocho.

—Doce.

—Diecisiete.

Henry tomó a Rybka en brazos y la acunó como si fuera un bebé peludo, arrullándola en voz baja.

—Puedo llegar hasta quince —dijo el chico.

La conciencia de Mickey pataleó, se zarandeó y soltó un resuello final.

—Quince mil quinientos y no hay más que hablar.

—Trato hecho. —El chico extendió la mano para que se la estrechara, irradiando entusiasmo por sus poros grasientos—. Mi padre va a alucinar con esto.

Henry depositó a Rybka sobre el mostrador. La gata avanzó varios pasos y retrocedió otros tantos, sin saber muy bien a dónde ir. Solo de verla, se te encogía el corazón.

—¿Puedes reservarla durante unas semanas? —preguntó Mickey—. La volveré a comprar por el doble de esa cantidad.

El chico hizo desaparecer su labio superior por debajo del inferior.

—Estoy esperando que me llegue cierta suma de dinero —añadió Mickey.

—Ya —repuso sin más el muy cretino.

—Es cierto.

—Eso es lo que dice todo el mundo —intervino Henry.

—Pero en mi caso es cierto.

—Aun así... quizá debería aprovechar para despedirse ahora —dijo el dependiente—. Por si acaso.

El chico se dio la vuelta. Henry, también. Entonces Mickey se quedó a solas con la gata.

Acarició por última vez a Rybka por detrás de las orejas. No tenía claro cómo había acabado así y no quería pensar demasiado en ello.

—Bueno, supongo que ya no hay más vuelta de hoja. Lo siento. De verdad.

La gata miró a Mickey con curiosidad. No entendía nada.

Cuando terminaron de arreglar cuentas, el chico se acercó a la entrada de la tienda y volteó el letrero de la puerta. En la calle, las farolas escupían una luz amarillenta sobre la nieve.

—¿Tenéis al menos un arenero? —Mickey sintió que se le cerraban los párpados. Quería irse a casa, pero tampoco podía imaginarse abandonando ese lugar, pues no tenía claro en qué clase de persona se convertiría una vez que pusiera un pie en la calle.

El chico se encogió de hombros.

—Ya nos las arreglaremos.

—¿Y yo me las arreglaré? —preguntó ella.

Nadie respondió. Puede que nadie la hubiera oído.

ARLO

El gimnasta con TEPT iba por la mitad de una crónica lacrimógena sobre la cena de cumpleaños de su tío cuando Arlo se dio cuenta de que estaba pintarrajeando en sus notas. Llevaba haciéndolo toda la sesión, abarrotando el papel de su tablilla con garabatos, flores y estrellas.

— … y cuando nos sentamos a comer, mi madre me colocó en la cabecera de la mesa, de espaldas a la puerta, a pesar de que la llamé de antemano y le pedí específicamente que no lo hiciera. Es un ejemplo perfecto de por qué no le cuento las cosas. ¿De qué sirve?

—Ajá, ajá. —Arlo echó un vistazo al reloj.

Mickey se había pasado un siglo dentro de la tienda de empeños la noche anterior. Pero ¿había ido a comprar o a vender? Lo segundo parecía más probable. Un collar de diamantes o un conversor catalítico; algo que se hubiera caído de la parte de atrás de un camión, como se suele decir.

—Había mucho ruido. —El gimnasta se frotó las sienes—. Los niños. El perro.

Arlo habría querido entrar para investigar, pero la tienda de empeños ya había cerrado cuando salió Mickey. Por suerte, aquel día abrían hasta las siete. Saldría en cuanto terminase de trabajar, algo para lo que faltaban… ocho minutos.

—¡El perro! Ladraba, ladraba y no dejaba de ladrar. Y el suelo de toda la casa es de madera, así que los ladridos reverberaban. Y mi hermana espera que yo...

Por el camino compraría algo de comer: un *poke* hawaiano o algo así. Una ensalada cara con suficiente quinoa y *edamame* como para colmar los requisitos nutricionales de la jornada.

— ... me llama tres veces al día para pedirme...

Tras las labores detectivescas de anoche, Arlo se había olvidado de prepararse el almuerzo. Ahora eran casi las cinco y su estómago había recurrido a comerse su propio revestimiento. Sentía una punzada cada pocos minutos.

—¿Qué opinas? ¿Me pasé de la raya?

El gimnasta había abierto mucho los ojos, pidiendo absolución. Pero ¿por qué?

—¿Podemos parar un segundo y valorar que te hayas decidido a formular esa pregunta? —repuso Arlo, improvisando con su voz más serena de terapeuta, una voz que no tenía nada que ver con su voz interior, que estaba diciendo: IDIOTA IDIOTA IDIOTA IDIOTA JODER JODER JODER JODER. Era posible que su paciente acabara de alcanzar un punto de inflexión, pero ella no tenía forma de saberlo. Durante los últimos treinta segundos no había escuchado casi nada.

—Estoy muy impresionada con tu impulso para reflexionar... Ya sabes, ese nivel de autoevaluación.

El gimnasta sopesó esas palabras durante un rato.

—Sí. Sí, supongo.

—Y eso nos conduce al final por hoy —zanjó Arlo mientras se juraba que jamás volvería a pintarrajear en toda su vida—. ¿La semana que viene a la misma hora?

Tras acompañar al gimnasta hasta la puerta, se montó en el coche y se fue al restaurante mexicano más cercano que servía comida para llevar. Condujo con las rodillas, con un burrito en una mano y el móvil en la otra. Veintisiete mensajes de texto nuevos, todos procedentes de la misma persona.

Quieres esto

O esto

Quieres algo de esto

Dime si quieres esto

Su madre le había enviado por lo menos quince fotos: una cazadora, un libro en tapa dura sobre los Rolling Stones, una réplica de una Harley en miniatura, una armónica, un taladro eléctrico, una sudadera de los Chicago Bears, una estilográfica, un teclado ergonómico, un masajeador de pies, una bolsa isotérmica, la trilogía de *El padrino* en DVD, un guante de béisbol y uno de los audífonos beige de su padre.

Arlo escribió una respuesta cuando se detuvo ante un semáforo en rojo:

¿Para qué quiero un audífono?

Su madre respondió en cuestión de segundos:

No lo sé por esto te pregunto

Se negaba a usar signos de puntuación. Era su mayor defecto, y eso que tenía montones de ellos.

Ahora no puedo hablar, madre. Estoy ocupada.

Arlo le pegó un bocado al burrito y masticó otro pedazo de carne tierna y asada. Se sentía muy viva.

La tienda de empeños tenía un aspecto aún más sórdido bajo la luz de media tarde, si es que tal cosa era posible. Los arcos dorados del McDonald's del otro lado de la calle se reflejaban en las ventanas con barrotes. Un letrero instalado en la acera anunciaba: ¡MÁXIMO PRECIO POR ORO! ¡DIAMANTES! ¡RELOJES! ¡Y MÁS! ¡RECUPÉRELOS MÁS TARDE EN EMPEÑOS EAST-SIDE! El interior estaba tan sumido entre las sombras que Arlo necesitó un rato para que se le acostumbrase la vista después de cruzar el umbral.

Un hombre que iba peinado con cortinilla y un adolescente con un acné muy marcado estaban sentados lado a lado en sendos taburetes por detrás del mostrador de cristal. El chico estaba haciendo sus deberes y tenía un gato sobre su regazo, mientras que el padre —Arlo dio por hecho que eran padre e hijo; tenían la misma forma de «V» en el nacimiento del pelo y las mismas cejas arqueadas— tamborileaba sobre un teclado con los dedos índices, enfrascado por completo en su labor.

El adolescente apoyó el boli entre las páginas de su libro de texto y esbozó una sonrisa cargada de dientes puntiagudos.

—Bienvenida a Empeños Eastside. ¿En qué podemos ayudarla?

El padre murmuró algo hacia la pantalla del ordenador.

—Anoche pasó por aquí una mujer rubia. —Arlo reprimió un eructo. Se había comido el burrito demasiado rápido—. Poco antes de que cerrasen.

Padre e hijo cruzaron una mirada fugaz, pero con un nerviosismo palpable.

—Tenemos muchos clientes. —El padre se levantó del taburete, se desplazó hacia la izquierda de su ordenador y se inclinó por encima del mostrador, con las manos apoyadas en el cristal. No era un hombre grande, pero esa postura provocó que Arlo retrocediera ligeramente—. Es difícil acordarse de todos.

—Esa mujer les vendió algo —añadió.

—Tendrá que ser más específica.

—Ella es mi... —flexionó el cuello hacia un lado hasta que crujió— hermana.

—Me refería al producto.

—No sé qué era exactamente.

—Entonces nos resultará difícil ayudarla.

Arlo captó la tensión latente en los hombros y los labios fruncidos de sus interlocutores.

—No soy poli.

El adolescente se mostró escéptico.

—Eso es precisamente lo que diría un poli.

—Calla, Matthew —le soltó el padre.

La gata arqueó el espinazo perezosamente. Su rostro alargado resultaba... extraño. Insólito.

Le sonó el móvil. Vio el nombre que salía en la pantalla y se autocompadeció.

—Un segundo —dijo mientras se alejaba del mostrador y se dirigía hacia el estante de las herramientas eléctricas.

—He encontrado más zapatos —dijo su madre.

—¿Cómo? —Eso fue lo único que se le ocurrió responder.

—En el cobertizo del jardín.

—¿Guardaba zapatos en el cobertizo?

—Zapatos, ropa, baterías de coche, esquíes viejos, animales disecados... Toda clase de trastos. Trastos que ni siquiera sabía que tenía en su poder. Me ha llevado horas. No puedo sacarme el olor de la nariz.

—No es un buen momento, madre.

Arlo miró por el rabillo del ojo cómo el dependiente aporreaba el teclado un poco más. El hijo había dejado su libro a un lado y estaba pegando etiquetas con precios a unas tazas de porcelana con una pistola especial. Pobrecillo. Las horas que debía de tirarse en esa tienda que parecía una cripta deprimente, apilando equipos de audio domésticos en los estantes, saludando a clientes siniestros y, por lo demás, dejándose esclavizar por su padre, que seguramente no lo valoraba, que seguramente nunca le daba las gracias, que *seguramente* acabaría dejándole la tienda a otra persona.

—Para ti nunca es un buen momento —replicó su madre—. Necesito tu ayuda. No sé qué quedarme. La gente que recoge las donaciones no se lleva nada que esté manchado. ¿Qué hago? ¿Lo tiro todo a la basura?

—He dicho que me da igual. —Y era cierto. No le importaba un comino, un rábano, un pepino—. Deshazte de todo.

Arlo deslizó el dedo para cortar la llamada. Cuando volvió a girarse hacia el mostrador, algo peludo le estaba bloqueando el camino. Sentada sobre sus cuartos traseros, la gata estiró su largo cuello y alzó un par de orejas enormes hacia el techo. Era una criatura intrigante, aunque horrorosa. Arlo se agachó y extendió el reverso de la mano.

—Hola, gatita.

La gata bufó, revelando unas fauces repletas de dientes afilados y centelleantes.

Arlo retrocedió. Sus pantorrillas toparon con algo blando pero sólido, que le hizo perder el equilibrio y caer sobre lo que resultó ser una butaca reclinable. Los cojines verdes tapizados con terciopelo despidieron una nube de polvo.

El adolescente reapareció un momento después, cerniéndose sobre Arlo con la gata, ahora mansa, acurrucada en el hueco de su codo.

—Está claro que no es policía.

—No. —Arlo reprimió un estornudo. La humillación se asentó junto con el polvo—. No lo soy.

El chico frunció el ceño.

—Tendrá que volver dentro de tres semanas, cuando expire el recibo de empeño.

—¿El recibo de empeño?

—Por la gata. La vendedora tiene tres semanas para volver a comprarla.

El chico meneó la cabeza, como queriendo decir: ¿Quién es usted? ¿Es que no sabe cómo funciona una tienda de empeños? ¿Acaba de caerse de un guindo?

—Mencionaste que estás a punto de heredar cierta suma de dinero.

Una semana después, Arlo volvía a estar en la consulta con Mickey, que se había limitado a quedarse mirando el faro durante los últimos doce minutos. ¿Se estaría disociando? ¿Estaría borracha? Por una vez, Arlo no percibió alcohol en su aliento, pero eso no significaba nada. Su adicción era tan fuerte que había robado y empeñado la mascota de alguien para comprar alcohol. En ese momento, ninguna cantidad del dinero de su padre —siquiera un par de miles extra— le reportaría ningún bien.

—Fue un gesto muy cariñoso por parte de tu padre el haber cuidado de ti de esa manera —dijo Arlo, alzando un pelín la voz. Estaba decidida a indagar. A husmear. Abriría la psique de Mickey con una palanca si fuera necesario. Al fin y al cabo, era por su bien—. Y demuestra que confiaba en ti. Cuando piensas en la cantidad de tiempo y esfuerzo que debió de suponerle ganar ese dinero. Es un honor, ¿no te parece?

Mickey no mostró el menor atisbo de remordimiento. Mejor dicho, no mostró ningún atisbo de nada.

Su mirada, perdida y ausente, le trajo recuerdos del pabellón para casos de demencia donde había hecho sus primeras prácticas. Aplanamiento afectivo. Empobrecimiento del lenguaje. Pelo que llevaba al menos dos semanas sin lavarse, posiblemente tres.

—¿Crees que te lo mereces? —preguntó Arlo—. El dinero.

Mickey arrugó la nariz y parpadeó rápidamente, saliendo por fin de su ensimismamiento.

—¿Sabías que no he tenido nunca una tarjeta de crédito? Ni tampoco una línea de crédito o un préstamo.

—¿Y eso por qué? —preguntó Arlo, regocijándose. ¡Por fin algo en lo que ahondar!

—No quiero pagar cosas a plazos. Sofás, coches y cosas de ese tipo. No quiero... —Mickey puso una mueca, como si hubiera dado un sorbo de un líquido amargo— deberle nada a nadie.

No era una conducta sorprendente para una ermitaña que pensaba que todos los seres humanos eran unos buitres egoístas.

Mickey continuó:

—Cuando mi padre se marchó, desapareció. Sin dejar rastro. Creo que se fue a México durante un año.

A Costa Rica. Se fue a Costa Rica. Arlo solía hojear los álbumes de fotos cuando era pequeña, fascinada con los loros multicolores, con la selva verde y frondosa, con su padre tumbado en la arena con un sombrero echado sobre los ojos.

—Sus acreedores nos lo quitaron todo. Recuerdo cuando el equipo de cobro vino a llevarse todos los muebles. Se llevaron incluso mi cama. Con sábanas y todo. Sábanas, almohadas y una colcha que tenía desde que era un bebé. Parecían tan culpables, tan apenados por mí. Pero aun así se lo llevaron.

¿Arlo sabía algo de eso? Sí, supuso que sí. Pero las circunstancias de la vida anterior que su padre dejó atrás nunca la importunaron. El hombre que abandonó a Mickey y a Deborah no era su padre. Era el hombre que lo precedió, una persona aparte. A nivel psicológico, espiritual e incluso físico. Cada célula del cuerpo humano moría y era reemplazada muchos miles de veces en el transcurso de una vida. Recordaba haberlo leído en alguna parte.

—¿Dónde dormías? —preguntó.

—¿Qué?

—Después de que se llevaran tu cama.

Mickey se encogió en su asiento hasta parecer una chiquilla. Sin arrugas, sin cicatrices. Una piel sobre la que el mundo aún no había dejado su marca.

—Compartí cama con mi madre. Fue así hasta que tuve quince años.

Cuando Arlo era pequeña, dormía en una cama enorme de cuatro postes rodeada por un dosel diáfano de color rosa que colgaba del techo. Su camita de hadas, la llamaba.

—Me he pasado la mayor parte de mi vida intentando no parecerme a mi padre —añadió Mickey—. Es *lógico*. Cuando tu infancia está marcada por una persona tan, tan horrible, la meta principal se convierte en no acabar siendo así.

Arlo escuchó un traqueteo y cuando bajó la mirada comprobó que estaba golpeando la pieza metálica de su tablilla con la uña. La dejó a un lado.

—Mi padre siempre ha estado presente en segundo plano dentro de mi cabeza —prosiguió Mickey—. Guiando mis decisiones, si es que eso tiene algún sentido. A la inversa, quiero decir. Siempre ha estado ahí para decirme lo que no tengo que hacer.

—¿Y ahora…?

Mickey se deslizó hacia el borde de su asiento y le hizo señas a Arlo con el dedo flexionado para que se acercara, como si estuviera a punto de contarle un terrible secreto.

Arlo se acercó, con el pulso acelerado.

—Ahora está muerto —susurró Mickey.

—Sí, ya… ya lo sé —repuso Arlo.

—Me refiero a muerto de verdad. Muerto, muerto, muerto, muerto, muerto.

—¿Y acabas de darte cuenta de eso?

—Sí, acabo de darme cuenta. —Mickey golpeó la mesa—. *Acabo*. —La golpeó otra vez—. *De darme*. —Lo hizo una vez más—. *Cuenta*. —Volvió a recostarse en el asiento—. Lógicamente, sabía que estaba muerto. Pero hasta ahora no había asimilado que ya no está.

Arlo notó un chasquido en lo más hondo de su cerebro anterior, tal vez un fallo en una neurona situada cerca de la amígdala. Olvidó brevemente quién era y dónde estaba.

—¿Qué diferencia hay?

—Mi padre no hace ni dice nada. No piensa en nada. No puede verme. Ni *oírme*. Su presencia ha desaparecido del mundo. ¿Me entiendes? No es real.

Arlo trató de asir a su padre en su mente, pero no pudo alcanzarlo. Disneyland, Ella Fitzgerald, la Harley... Todo aquello se estaba escurriendo entre sus dedos.

—Y eso supone para ti que...

Mickey levantó las manos.

—No lo sé. Ese es el problema. Antes vivía mi vida para demostrar que se equivocaba. Ahora la vivo para nada.

—Estás diciendo que no sabes cómo... —¿cuál era el verbo apropiado?—, cómo *existir*. Sin él.

—Eso es lo que me cabrea. Incluso cuando desapareció de mi vida, no desapareció del todo, y ahora que se *ha ido* de verdad, parece un desperdicio. —Mickey se ruborizó—. Es absurdo. Durante todo este tiempo, podría haber tenido una tarjeta de crédito. Qué cosas, ¿eh?

—Respecto al tema del dinero... —Arlo había perdido el control de la conversación, que había empezado a dar vueltas sin sentido, dejándola mareada y con un principio de náuseas—. Esa herencia. Me gustaría hablar un poco más sobre eso. ¿Qué planes tienes para el...?

—¿Podemos dejarlo aquí? —Mickey empezó a levantarse de la silla. ¡No! ¿Por qué se levantaba?—. Lo siento. Ya no puedo más por hoy.

—¿Con qué no puedes más?

Mickey se puso el abrigo.

—¿Mickey?

Se dio la vuelta.

—Mickey.

Llegó hasta la puerta.

—*Mickey*.

Y se fue.

MICKEY

D espués de la terapia, Mickey se montó en un bus y se desplomó sobre la ventanilla.

Se sentía desnivelada, con el bolsillo del abrigo cargado con el peso de diez mil dólares ilícitos. Los cinco mil restantes estaban a buen recaudo en su cuenta corriente, como prueba de su bancarrota moral. Qué fácil sería hacer desaparecer ese dinero. De acuerdo con los cálculos estimados que hizo en el móvil (y que repitió una y otra vez), cinco mil dólares equivaldrían a comprar doscientas veinte botellas de vodka; ciento cincuenta si se ponía exquisita con el Absolut. Una suma irrisoria, sobre todo cuando recordaba el ligero peso de Rybka en sus brazos.

Agarró el trozo de papel que encontró pegado con celo debajo de la mirilla aquella mañana. La foto, aunque granulada, era inconfundible.

GATA PERDIDA
CON MANCHITAS DE LEOPARDO,
RESPONDE AL NOMBRE DE «RYBKA»
RECOMPENSA GENEROSA
SI LA ENCUENTRA, LLAME A DARIA

Era un mensaje: su vecina lo sabía. Pues claro que lo sabía. No era estúpida. Su carísima gata había desaparecido escasos segundos después de que sorprendiera a Mickey intentando robar una de sus carísimas esculturas. No hacía falta ser muy listo.

Eres lo peor, le dijo Rybka a Mickey con su rostro anguloso y sus grandes ojos grises. *Eres lo peor de lo peor.*

La verdad no debería haberle causado una impresión tan fuerte. Mickey llevaba embarcada en esta senda desde que dio su primer trago de cerveza a los siete años, el día que se encontró a su padre frito en el sofá con la lata medio sujeta entre sus dedos nudosos y la boca abierta de par en par. Todavía recordaba el cosquilleo de aquel líquido amarillento en la lengua.

A esa edad conocía el olor de la cerveza (como un cuenco de fruta cubierto de moscas), su color (dorado como la estrella de un árbol de Navidad) y la espuma que generaba al servirse (como las burbujas de la bañera). Conocía el chasquido de la anilla al perforar la lata y el tintineo de un recipiente vacío al impactar contra el suelo. Pero no conocía el sabor.

Se golpeó la cabeza con la ventanilla cuando el bus pegó un bandazo sobre un badén o quizás un bache. Su parada. ¡Mierda! Esa era su parada.

Desde su última visita, el barrio había acumulado varios renos hinchables más, un pingüino con sombrero y un Grinch. Las ventanas tenían pegados copos de nieve de papel; las barandillas de los porches estaban engalanadas con guirnaldas; delante de las puertas había macetas con flores de Pascua artificiales montando guardia.

—Puta Navidad —murmuró mientras se abría camino entre los cuatro o cinco centímetros de nieve fresca acumulados sobre la acera. Aún seguía cayendo, aterrizando en montoncitos blancos sobre sus labios y pestañas.

Por suerte, la casa de Chris era la menos festiva de la manzana. Ni coronas navideñas ni ángeles electrónicos, solo un muñeco de nieve torcido en el jardín. Ian debió de acumular la nieve, buscó unas ramitas para fabricar los brazos y le encajó una zanahoria a modo de nariz, todo con sus manitas.

Mickey levantó un dedo tembloroso hacia el timbre. Evelyn apareció al otro lado de la puerta.

—Vaya, hola —la saludó, jovial.

Mickey le tendió el dinero.

—Te conseguiré el resto para año nuevo.

Evelyn se quedó mirando el sobre durante medio segundo antes de aceptarlo con una solemnidad sorprendente. Mientras levantaba la solapa y echaba un vistazo dentro, sus hombros parecieron relajarse y su sonrisa se desmoronó, como si se hubiera afanado mucho para apuntalarla, pero ya no pudiera mantener el esfuerzo.

—Ah, vale —repuso—. Bien.

—¡Señorita Mickey!

Ian apareció al lado de su madre, cubierto hasta los codos con una especie de grasa reluciente.

—La batidora hacía mucho ruido y no me gustaba. Pero luego me tapé los oídos y lo aguanté.

—Así es, tesoro —dijo Evelyn—. Lo has hecho genial.

—Se giró hacia Mickey y añadió—: Hemos preparado galletas. Con forma de cazas estelares, por supuesto.

—¿Puede probar alguna la señorita Mickey? —preguntó el niño.

Evelyn le acarició el pelo, recolocándoselo por encima de la frente con... ¿orgullo? ¿Y deleite genuino? ¿Como la madre normal y cariñosa que nunca podría ser, ni en un millón de años, porque una madre cariñosa jamás se habría comportado así?

Mickey sintió una punzada al otro lado del esternón. Necesitaba salir de las escaleras de ese porche.

—Lo siento, peque, pero tengo que...

—Sí —dijo Evelyn mientras abría la puerta del todo—. Claro que la señorita Mickey puede probar alguna.

Un aroma a jengibre y melaza flotaba desde el horno encendido, mientras una segunda bandeja de galletas crudas aguardaba su turno sobre la encimera. Mickey se quedó plantada en mitad de la cocina, sin saber muy bien qué hacer.

Ian se encaramó al taburete que estaba delante del fregadero y extendió las manos, que su madre embadurnó con líquido lavavajillas dorado. Encendió el grifo izquierdo, probó el agua, encendió el derecho y la volvió a probar. Después lo ayudó a enjabonarse, frotándole las manos con delicadeza entre las suyas mientras le cantaba —¿le cantaba?— al oído: «La, la, la, las manos a lavar, a lavar. La, la, la, las manos a lavar, a lavar».

Después de secárselas, Ian se bajó de un salto y se remangó una pernera para revelar un calcetín de color lima, perteneciente al par que le había comprado Mickey en el parque de camas elásticas.

—¡Mira! —exclamó el niño.

—Fue un día divertido —alcanzó a decir Mickey.

Ian le enseñó el calcetín a su madre.

—Me lo compraron el tío Chris y la señorita Mickey mientras estabas fuera, mamá. Pero no sé dónde está el otro.

Evelyn se puso colorada en el acto, fruto de una vergüenza pura, sin filtrar y completamente justificada por haber abandonado a su hijo y abusado de todo aquel que se preocupaba por él.

—Ve a mirar en el sofá.

Mientras las pisadas del niño se alejaban por el interior de la casa, Evelyn dobló un paño sobre su pecho, tomándose su tiempo para alinear las esquinas. En dos ocasiones, lo sacudió y empezó de nuevo. Hubo una desesperación tan patente en ese gesto que Mickey no pudo evitar suavizar un poco su animadversión hacia ella.

—Le ha cambiado la cara desde que me fui —dijo Evelyn en voz baja.

Cierto. Su mandíbula se había alargado durante los últimos dos meses.

—Y está mucho más alto —añadió.

Cierto también. Los niños cambiaban rápido a esa edad. Evelyn se dio por vencida con el trapo y lo arrojó a un lado. Se le estaba aflojando el moño, escurriéndose por un lateral de su cabeza.

—No podía más. No podía más, así que me hice a un lado.

«Me hice a un lado», como si hubiera cancelado una cena en el último minuto o dejado tiradas a sus amigas en algún bar de universitarios con el suelo pegajoso para enrollarse con un jugador de *lacrosse*. Las chicas de diecinueve años hacían esas cosas. La mayoría. Las que no habían tirado su vida por la borda a los quince años. No debió de ser fácil para Evelyn caminar por los pasillos abarrotados de su instituto con la barriga abultada por un bebé.

Mickey suspiró. Había comprobado que le resultaba mucho más difícil juzgar a los demás desde que robó esa gata.

—Y sí, vale, no ha sido la primera vez que lo hago —admitió Evelyn—. Pero ahora he vuelto y voy a tomármelo en serio. De verdad. Esta vez es diferente. Para eso quiero el dinero, para que podamos empezar de cero.

—¿De cero? —A Mickey le pareció preocupante ese término.

—Hola. —Chris apareció en el umbral con un bate de béisbol de plástico rojo en la mano. Iba descalzo y sin afeitar, con unos pantalones vaqueros y una sudadera de Harvard que habría resultado repelente si la llevase puesta cualquier otra persona—. ¿Qué estás haciendo aquí? —añadió—. Es decir... no es que me moleste. Solo estoy sorprendido.

Evelyn agarró el sobre, que había metido en el cuenco de la fruta, al lado de un manojo de plátanos.

—Se ha pasado para ver qué tal está mi hombrecito.

Mickey recordó los nueve mensajes sin responder que seguían languideciendo en su buzón de voz. Ahora le tocó a ella ponerse roja de vergüenza.

—¿Qué haces en casa? Es miércoles.

—Me he quedado para pasar un rato con Ian. —Chris fingió que bateaba una bola—. ¿Has visto nuestro muñeco de nieve?

—Le he dicho que Ian está estupendo —dijo Evelyn—. Listo para la mudanza.

La capa de ozono se desgarró y el mundo se desinfló, mientras la atmósfera se veía absorbida hacia el espacio.

—¿La mudanza? —preguntó Mickey.

Evelyn estaba plegando el paño otra vez.

—¿La mudanza? —repitió Mickey, esta vez dirigiéndose a Chris.

—Uh, sí... sí, ya lo tienen todo recogido. —Dejó caer el bate junto a su costado—. Oye, hacía mucho que no nos veíamos. ¿Te apetece dar un paseo?

Chris ya estaba apoyando el bate en la pared y enfundando su cuerpo en un abrigo.

—¿Se marchan? —preguntó Mickey en cuanto la puerta se cerró tras ellos.

Chris apretó el paso por la acera. Ella corrió para alcanzarlo.

—¿A dónde se van?

—Evelyn tiene un nuevo novio en Trail.

—Eso está a varias horas de distancia.

—Y un empleo en la consulta de un dentista.

—¿A quién le importa?

—Es su madre. Lo quiere.

No existe una fuerza más potente que el amor, pensó Mickey.

—Evelyn es un desastre.

—¿*Ella* es un desastre? —repuso Chris con una carcajada adusta.

Mickey se paró en seco. Chris recorrió media manzana antes de aparentar darse cuenta de que ya no lo seguía. Se dio la vuelta y regresó al trote, mientras el vaho de su aliento se enroscaba alrededor de sus largas pestañas.

—Un niño debería estar con su familia —dijo—. ¿No crees?

—Sí —respondió Mickey—. Eso es precisamente lo que creo.

Chris tenía un rostro tan delicado. Todo su ser era delicado, su fragilidad resultaba más evidente allí, ahora, sobre una calle resbaladiza en diciembre, con los efectos del frío sobre su tez sonrosada. Mickey sintió ganas de zarandearlo para que entrase en razón.

Un hombre trasteaba con un inflador eléctrico en el jardín de al lado. La máquina cobró vida con un gruñido y un charco de plástico rojo que estaba en el césped se convirtió en un enorme bastón de caramelo.

—¿Podemos...? —Chris ladeó la cabeza para indicar que siguieran caminando.

Pero Mickey se negó a ceder.

—No está preparada.

—Lo sé.

—Lo abandonó. —Casi estaba gritando, tratando de hacerse oír entre el zumbido de ese puto inflador.

—Lo sé.

—¿Qué ha pasado con eso de «yo podría cuidar de él» y «creo que voy a ser capaz»?

—El hecho de que *pueda* cuidar de él no significa que *deba* hacerlo. Ese no era el plan.

—Los niños nunca forman parte del plan. Simplemente, aparecen sin más.

—¿Qué te convierte en una experta? En serio. Quiero saberlo.

Porque a Mickey la abandonaron. Porque ella también se vio inmersa en una vorágine de adultos con la cabeza hueca. Le hicieron daño. La dejaron marcada.

—Soy profesora de infantil.

—*Ex*profesora —resopló Chris.

Aquello la dejó sin palabras.

El inflador se quedó callado y Mickey pudo volver a oírse: el aliento que se arremolinaba en sus pulmones de profesora, los latidos de su corazón de profesora.

—Es lo que soy —dijo—. Y lo que seré siempre.

Chris se frotó el rostro con las palmas de las manos, despeinando sus cejas pobladas.

—Esto es ridículo. Ian está en casa con su madre. Pensaba que te parecía bien. Que por eso no llamaste a la policía aquella vez.

—Eso era antes —repuso Mickey.

Chris se acercó un paso.

—¿Antes de qué?

Mickey advirtió, por primera vez, los pelillos grises desperdigados por sus cejas y la cicatriz diminuta que tenía entre el labio superior y la nariz. Cuando se quiso dar cuenta, había vuelto a visualizar ese futuro en el que compartían una taza de café preparado en una cafetera francesa y pintaban una pared para crear contraste. En el que se ponían disfraces de Halloween a juego. En el que caminaban con la mano metida en el bolsillo trasero del otro, sabiendo la grima que daba hacer eso, pero sin importarles. Luego recordó dónde estaba y quién era.

—Tienes una oportunidad para darle un futuro mejor a Ian del que ella podría ofrecerle —replicó, retrocediendo.

—¿Cómo? —Chris desplegó los brazos, la exasperación resultaba palpable en su voz—. No, en serio, quiero saberlo. ¿Qué propones que haga? ¿Raptarlo?

—Habla con ella. Hazle ver que es una opción.

—No es una opción. Yo no soy su padre.

Pero podría serlo. Chris podría llevar a Ian en coche a los entrenamientos de fútbol, enseñarle a atarse los cordones, enseñarle a cocinar un entrecot. Habría momentos difíciles —portazos y discusiones a voces—, pero al final, los dos se querrían y permanecerían juntos.

—Evelyn me está chantajeando —añadió Mickey.

Chris puso una mueca burlona. En serio. Mickey nunca había visto a nadie hacer eso en la vida real. Hasta ese momento, ni siquiera tenía claro qué aspecto tendría ese gesto. Pero no había más vuelta de hoja. Chris se había burlado de ella.

—Venga ya, Mickey —replicó.

—¿Qué? Es verdad. ¿No me crees?

Chris retrocedió con las manos en alto, un gesto que decía: «Estás loca. Eres una persona trastornada».

—He estado muy preocupado por ti. Bloqueas mis llamadas, ignoras mis mensajes, ¿y luego te presentas aquí de buenas a primeras para gritarme?

Mickey se iba estremeciendo a medida que él decía eso, cada palabra era una aguja en el espinazo.

—¿Qué significas tú para nosotros? Te conozco desde hace dos meses. Creo que deberías alejarte un poco. —Chris debió de percibir la aflicción en su rostro, porque se sobrecogió ligeramente y suavizó el tono—. Oye...

—No, tienes razón —repuso ella.

Pues claro que la tenía. Aquello no era una relación de amistad. No era una relación de ningún tipo. Chris y Mickey eran dos seres humanos dispares a la deriva en el cosmos de ese cacho de roca conocido como la Tierra. No tenían nada más en común que el suelo que pisaban. Lo que había estado visualizando en su mente era una fantasía y no el futuro.

Abrió la boca para decir adiós, pero luego concluyó que resultaría ridículo y seguramente melodramático. No era posible despedirse de alguien que nunca ha sido tuyo.

La última vez que Mickey había visto a su madre fue durante el episodio de las bolsas de basura. Deborah abrió la puerta por un resquicio y soltó una perorata burda sobre lo duro que le resultaba todo aquello, lo mucho que le partía el corazón, y que ojalá hubiera otra solución. Mickey dejó de prestar atención. Porque tenía veintidós años y creía que lo sabía todo.

Ahora, mientras observaba a su madre a través del escaparate de la peluquería, no estaba segura de saber nada.

Deborah daba vueltas por el local, reaprovisionando los estantes; su cuerpo esbelto se flexionaba mientras sacaba más frascos de champú de la caja de cartón que había en el suelo. Tenía el mismo pelo de siempre, dorado como el lino; la misma nariz alargada, el mismo peto vaquero. Siempre tan fanática de ese tejido.

Una cosa sí había cambiado: había cumplido su mayor ambición. Después de tantos años apretándose el cinturón, comparando tarifas de alquiler y garabateando logos en las servilletas de los restaurantes, había cumplido su sueño.

Su madre tomó en brazos la caja vacía y rascó con la uña la cinta aislante que la sujetaba. Después de manipularla con torpeza durante un par de minutos, volvió a dejarla en el suelo y la pisoteó hasta que se aplanaron las paredes. Luego recogió el gurruño de cartón y desapareció.

Mickey abrió la puerta y accedió al sueño de su madre.

Una versión lenta de *Feliz Navidad* resonaba en el ambiente, que despedía un ligero aroma a coco. Había un tarro radiante con bastoncitos de caramelo en el mostrador, al lado de un árbol de Navidad animatrónico que Mickey supuso que cantaría si se pulsaba un botón. Típico de su madre. La licencia de apertura que estaba colgada en la pared lucía su nombre y ninguno más.

Mickey la encontró barriendo el suelo alrededor de la silla de peluquería.

—Veo que te has montado tu propio salón.

La escoba cayó traqueteando sobre las baldosas.

—Joder. —Deborah se apoyó las manos sobre el corazón—. Me has pegado un susto de muerte.

—Lo siento. —Mickey escrutó el rostro de su madre, donde floreció una sonrisa, se estremeció y se marchitó. No fue una expresión de alegría desmedida, pero con eso le bastó—. He venido por un corte. Nada más.

Deborah se quedó mirándola sin reaccionar, así que Mickey se sintió obligada a añadir:

—Un corte de pelo. De mi pelo.

Deborah dejó la escoba en el suelo y la condujo hasta el lavabo. Los masajes en el cuero cabelludo habían sido su ritual compartido desde que Mickey tenía recuerdos. Durante todas las tardes de su infancia, se sentaba en el suelo del salón mientras su madre se situaba detrás de ella, en el sofá, y le masajeaba la base del cráneo. Nunca cruzaban palabra, pero Mickey siempre se había sentido comprendida. La tradición fue desapareciendo a los trece años, coincidiendo más o menos con el descubrimiento del Smirnoff de frambuesa.

—Es tal y como tú querías —añadió mientras el agua del grifo se introducía en sus oídos y se escurría por su cuello.

Una de las guirnaldas navideñas que estaban colgadas del techo se había desprendido y se meneaba con la brisa de un conducto de ventilación cercano.

Oyó cómo su madre apretaba el champú, para luego convertirlo en espuma entre sus manos.

—¿La peluquería? La verdad es que a veces me estresa tanto que olvido sentirme agradecida. Puede que contrate a alguien el año que viene para que me ayude.

—Entonces será que te está yendo bien.

Percibió un aroma como a arcilla mientras su madre le aplicaba el champú en el pelo. El nudo que sentía en el estómago había empezado a aflojarse.

—La verdad es que no pienso en esos términos —repuso Deborah.

Mickey se acordó de las barajas del tarot, las cartas astrales, los psíquicos de la tele con sus paisajes cósmicos de fondo. Su madre sentía tal aversión hacia el complejo capitalista industrial desde que se largó su padre —es lo que tiene vivir asfixiado por las deudas—, que se rodeó de símbolos divinos y renunció a cualquier meta de enriquecimiento personal. A excepción del bolso de piel italiano que había comprado en la teletienda aquella vez. Y aquel lavaplatos nuevo. Y ahora era la propietaria de un negocio.

—No has cambiado nada —dijo Mickey, conteniendo una carcajada.

Esperó a que su madre dijera: «Tú tampoco».

—Por cierto, me han invitado a ver la lápida de tu padre.

El nudo del estómago volvió a tensarse.

—Le han puesto una muy sofisticada, tan alta como las de las películas. Van a reunirse la semana que viene para descubrirla.

—¿Quiénes?

—La hija vino a verme.

—¿Qué? ¿Aquí?

—Dos veces.

Mickey se imaginó a su hermanastra reclinada en ese mismo asiento. Fue sorprendente lo mucho que le molestó imaginarse a su madre lavándole el pelo a Charlotte, prodigando cuidados y atenciones sobre su cuero cabelludo. Aun así, sintió un impulso extraño por averiguar algo más.

—¿Cómo era?

Deborah se quedó callada un momento.

—Joven. Y menuda. Cansada, diría yo.

Eso tendría lógica. Aunque su padre no hubiera abandonado a *Charlotte* de pequeña, ni hubiera arruinado económicamente a *su* madre, eso no significaba que hubiera resultado fácil convivir con él. Charlotte habría tenido que ahuecarle la almohada en el hospital y acariciarle la frente mientras agonizaba. Eso después de veinticinco años de manipulación emocional flagrante. Mickey había soportado las gilipolleces de su padre durante siete años. Charlotte habría tenido que lidiar con ellas durante toda su vida.

—Solitaria —añadió Deborah.

Cerró el grifo. Empezó a aplicar el acondicionador.

—La reunión será la semana que viene. El jueves a las once en el cementerio de Greenwood. A lo mejor te apetece venir conmi...

—¿Por qué quieres ir a eso?

La simple idea de asistir, de homenajear al hombre que les había arruinado la vida, provocó que se le revolviera el estómago.

—Para pasar página —respondió su madre mientras le extendía el acondicionador por las puntas.

Pasar página. *Pasar página.* Pa-sar pá-gi-na. No, por mucho que Mickey repitiera mentalmente esas palabras, seguían resultando absurdas.

—Estuvimos juntos mucho tiempo —añadió Deborah.

—Stalin gobernó Rusia durante veinticinco años.

—Hay personas en la vida que te dejan huella.

—El presidente Mao, Kim Jong-il, Mussolini.

—Incluso mucho tiempo después de que se hayan ido. Le aportan cierto color a tu vida.

Mickey se enervó. ¿Qué coño significaba eso?

Su madre se situó delante del lavabo, a contraluz y con los dedos goteando. Mickey no pudo discernir su expresión, pero su voz era desesperada:

—Tendría que haber dejado a tu padre antes de que nos hundiera en la miseria. Lo siento.

Mickey se incorporó sobre los antebrazos. Un escalofrío le recorrió la nuca; sería un chorro de agua, seguramente, o quizás estaba experimentando algún tipo de reacción neurológica. Había esperado mucho tiempo para escuchar esas palabras y ahora no sabía qué hacer con ellas. Perdonar a su madre supondría una traición a su yo juvenil, todavía presente en su interior. Pero tampoco podía rechazarla por completo. Tenía que decir algo a cambio.

—¿Yo he dejado de beber?

La frase quedó flotando en el aire. Mickey no sabía por qué la había expresado como una pregunta.

—¿Cuándo? —preguntó su madre.

—¿Hace dos semanas?

¡Otra vez con entonación de pregunta! ¿Por qué?

Cuando Deborah volvió a hablar, no pareció la misma de siempre, sino la interfaz de usuario de un sistema domótico en una vivienda inteligente.

—¿Estás recibiendo ayuda?

Mickey se puso tensa. Lo que estaba recibiendo era una ducha de agua fría.

—Voy a ver a una terapeuta.

—¿Cada cuánto?

—Tengo pagada una sesión más. He hecho seis.

¿Qué más daba eso? Estaba sobria. ¿Es que no lo había oído?

—Pero vas a seguir yendo, ¿verdad?

—No lo sé. No lo he decidido. —Mickey se volvió a recostar y se escurrió el pelo en el lavabo ella misma—. ¿Por qué no te alegras? Querías que lo dejase. Y lo he hecho.

—¿Es suficiente con un par de sesiones de terapia de vez en cuando? Muchos adictos… —Mickey puso una mueca; uf, otra vez esa palabra— necesitan más apoyo. Sobre todo, al principio.

Su madre sabía de esas cosas, desde luego, por todos los libros que había leído, los seminarios digitales que había visto, las reuniones de Alcohólicos Anónimos a las que había asistido en los sótanos de diversas casas durante los años universitarios de Mickey. Acostumbraba a volver a casa con pilas de folletos y frases pegadizas como «Progreso, no perfección», «Paso a paso, día a día», «Es una enfermedad familiar».

Entonces pasó lo de Ámsterdam y dejó de hacer esas cosas.

—Crees que estoy de mierda hasta el cuello —dijo Mickey.

—No. No creo que…

—Crees que no tengo arreglo.

Increíble. Aquella era su madre, la persona que la bañaba, que le cambiaba la ropa, que le vendaba las rodillas cada vez que se las magullaba. Querer a Mickey era su única ocupación. Si alguien sobre la faz de la Tierra podría hacerlo, era ella. Y, aun así, decidió no hacerlo.

Deborah tomó aliento despacio y lo soltó en forma de suspiro. Inspiración larga, suspiro.

—¿Estás haciendo ejercicios de respiración? —preguntó Mickey.

Otra vez: inspiración, exhalación.

—Porque esa es la única forma de tratar conmigo. —Mickey se enderezó y se levantó del asiento, sin haber terminado de aclararse el acondicionador—. Me largo de aquí.

Vio a su madre allí encogida, temblando, con las pestañas cubiertas de lágrimas, y el paso del tiempo se revirtió. Mickey volvía a tener veintidós años, estaba bajándose de ese avión.

Así era la dinámica entre su madre y ella, siempre había sido así.

ARLO

E l trayecto hasta casa de sus padres nunca le había llevado tanto tiempo. Había un tráfico endiablado para esas horas del día, todos los semáforos estaban en rojo y ¿desde cuándo había tantas zonas escolares? Mientras Arlo paraba y arrancaba, paraba y arrancaba, saliendo de la ciudad a paso de tortuga para acceder a las afueras, dejó de intentar mantener la calma y se puso a berrear al son de *White Christmas*, que sonaba en la radio, apenas consciente de las lágrimas que corrían por sus mejillas y de las miradas lascivas que le lanzaba el conductor del carril contiguo.

Arlo solía consolar a los pacientes en duelo alegando que los muertos nunca desaparecían del todo. «Nunca nos abandonan», decía, «porque seguimos llevando dentro su cariño». Pero si eso era cierto y el cariño de su padre seguía dentro de ella, rebotando en sus bolsillos como si fuera calderilla, ¿por qué no podía sentirlo? Ya ni siquiera podía visualizarlo. Desde aquella última sesión con Mickey, las imágenes de su padre se habían oscurecido y difuminado, como si nada de aquello hubiera sido real, como esa película de los ochenta en la que todo el mundo vive en Marte y descargan recuerdos en los cerebros de la gente, relacionados con vacaciones que nunca existieron.

Todo mejoraría en cuanto llegase a casa. Necesitaba tomar en brazos una pila de camisas de su padre, estrujarlas sobre su pecho e inspirar el olor de su colonia. Nada despejaba tanto la mente como una buena bocanada de Bos d'Argent de Dior.

El lago del vecindario yacía inmóvil cuando pasó a su lado, con las aguas negras y relucientes. Cruzó el puente sobre el cauce nevado del arroyo, dejó atrás las pistas de tenis al aire libre y pisó el acelerador por la larga cuesta que conducía hasta la casa de sus padres, que parecía un abalorio de cristal en lo alto de la colina.

A su padre le encantaban esos ventanales. También le gustaba mucho el ciruelo del jardín. Y las hortensias cubiertas por una capa de nieve. De hecho, todo el exterior de la casa anunciaba «papá» a gritos. Excepto el Saturn plateado que estaba aparcado delante del edificio y que Arlo no reconoció. Ninguno de los amigos de sus padres conduciría un cacharro abollado como ese, y la señora de la limpieza que había contratado su madre tenía una camioneta.

Aparcó al lado del Saturn y se bajó del coche con los muslos doloridos por haber pasado tanto tiempo sentada. Se asomó por la ventanilla del coche misterioso y vio un calcetín suelto en el asiento trasero, una bolsa del McDonald's estrujada en el suelo del lado del copiloto y un vaso de papel en la guantera central. Un rastro de pisadas en la nieve conducía desde el Saturn hasta el porche principal.

Arlo sacó un zapato de repuesto del asiento trasero —un modelo beige con un tacón considerable— y lo sostuvo en alto. Seguramente solo sería un vecino, un vendedor o alguien que recolectaba dinero para una ONG, pero también podría ser un ladrón o un asesino, así que ¿no sería prudente llevar algo punzante en la mano? No se paró a pensarlo demasiado.

Abrió la puerta. Allí encontró el mismo felpudo, la misma mesa en el vestíbulo, el mismo jarrón de cobre decorativo en el que su madre debió de gastarse cinco mil pavos. La luz descendía en espiral desde la lámpara de araña, iluminando rendijas y arañazos reconocibles en el parqué.

Embargada por una decepción extraña, Arlo bajó el zapato y entró en el salón. Entonces se le cortó el aliento.

Habían desaparecido los libros y los discos de su padre. El cuadro que representaba una selva, que estaba colgado encima de la chimenea, el tocadiscos que solía estar encima del aparador... Esas cosas tampoco estaban. El televisor estaba encendido sin explicación aparente, con un canal musical que emitía baladas de rock. Sheryl Crow cantaba acerca de absorber la energía del sol.

Unas voces masculinas resonaron desde el sótano.

—*Esta casa es enorme.*

—*Ya lo has dicho ocho veces.*

—*Pero es que lo es. Es demasiado grande.*

Arlo avanzó de puntillas por la cocina y descendió el primer tramo de escaleras, deteniéndose en el rellano. No se le pasó por la cabeza marcharse. Al fin y al cabo, esa era su casa.

—*¿Crees que tendrán whisky?*

—*No husmees.*

—*Tengo permiso para abrir los armarios. ¿No es así?*

Habló otra persona, una voz amortiguada de mujer. Arlo casi pudo desentrañar sus palabras.

Siguió bajando, pisando de puntillas.

Al pie de las escaleras, la puerta de cristal de la sala de juegos estaba entreabierta. Sonaba el mismo canal de rock lento desde el televisor que había dentro, el audio se escuchaba con uno o dos segundos de adelanto con respecto al suave eco que llegaba desde la planta principal. Dos cuadrados hundidos en la moqueta señalaban los lugares donde antes habían estado las máquinas recreativas de su padre, con el Pac-Man y el Big Buck Hunter. Parecía como si alguien se hubiera colado allí con un destornillador, hubiera desmantelado las máquinas y se las hubiera llevado en una plataforma rodante. Así sin más, como si las pertenencias de su padre no tuvieran ninguna importancia.

Como si carecieran de valor.

Arlo se echó las culpas. Tendría que haber conservado mejor esas cosas, haberlas apreciado más. Tendría que haber pasado más tiempo con esos objetos mientras aún seguían allí. La gente se pasaba la vida buscando algo así, esa clase de cosas, sin saber lo que suponía adorar una máquina de Pac-Man, una recreativa puesta en la Tierra específicamente para ellos. Ella sí lo sabía. Siempre había tenido una recreativa con el Pac-Man: la mejor máquina del mundo. Ahora había sido robada, y estaba perdida, seguramente revendida a algún desconocido por la mitad de su verdadero valor, ¿y en qué lugar la dejaba eso a ella?

No se dio cuenta de que estaba corriendo hasta que el pasillo se difuminó y el salón apareció ante sus ojos. No se dio cuenta de que estaba gritando y ondeando su zapato hasta que una mujer con un pantalón de vestir se cayó al suelo. Dos hombres —cazadoras de cuero, gorras de béisbol— se cobijaron detrás del sofá.

—¡Fuera! —Arlo zarandeó el zapato un poco más.

La mujer retrocedió con el culo apoyado en el suelo y se escudó con un brazo levantado.

—¿Quién eres? No te acerques.

—No te acerques *tú* —replicó Arlo.

—Voy a llamar a la policía.

—*Llámala*. Esta es la casa de mis padres.

La mujer se dio una palmada en la frente y agachó la cabeza.

—Ay, mi madre.

—¿Qué pasa? —exclamó Arlo.

—Soy la agente inmobiliaria.

¿Una agente inmobiliaria?

—¿Quiénes te creías que éramos? —inquirió la mujer.

Sería demasiado ridículo decir *ladrones* en voz alta.

—Está claro que te has equivocado de casa —dijo Arlo, que de repente se paró a pensar en sus orejas, que seguro que habían cambiado de color.

La agente inmobiliaria desapareció detrás del sofá.

—Lo siento mucho, chicos. ¿Estáis bien? —Asomó la cabeza y le lanzó una mirada fulminante a Arlo—. Quizá deberías llamar a tu madre.

Arlo masculló algo entre dientes. *Pfff.* Después sacó el móvil.

—Por fin —dijo su madre en lugar de «hola»—. Te he dejado siete mensajes.

—Estoy en casa —repuso ella mientras regresaba hacia la sala de juegos.

—¿Por qué? Están haciendo una visita con los de la agencia.

—Creía que eran, no sé, intrusos o algo así.

—¿Qué?

—Irrumpí en el sótano con un... —Arlo miró de soslayo el ridículo zapato que tenía en su ridícula mano—. Irrumpí en el sótano.

—¿Por qué no me llamaste? —preguntó su madre—. En el momento.

Una vez más, Arlo pasó por encima del punto de la moqueta donde antes estaba la recreativa del Pac-Man.

—No se me ocurrió.

Se hizo el silencio al otro lado de la línea.

—Creíste que la casa estaba llena de intrusos y no se te pasó por la cabeza comprobar cómo estaba tu madre.

No era una pregunta. Pero esa no era la cuestión.

—¿Has puesto la casa en venta? —inquirió Arlo.

—¿No has visto el cartel que hay en el jardín?

—No hay ningún cartel.

—Ve a mirar.

Subió al trote por las escaleras, se dirigió a la ventana situada junto a la puerta principal y se asomó al jardín.

—Es muy pequeño.

Leonora murmuró algo entre dientes.

Arlo sintió una punzada de dolor en el fondo de su corazón. Esta era la casa de su infancia. Allí practicaba volteretas laterales en el salón, hacía los deberes de mates en la mesa de la cocina y ayudaba a su padre a sembrar plantas perennes en los parterres. Esa casa la había moldeado: esas paredes, ese tejado. ¡Esos suelos de madera!

—¿Por qué la has puesto a la venta? —preguntó mientras acariciaba un aplique con suavidad. ¡Los apliques!

—Es demasiado grande para una persona —respondió Leonora.

—Ya lo era para dos.

—Ya, bueno, pero no me había fijado hasta ahora.

—¿No podrías haberme consultado primero?

—Tú no vives ahí.

—Sigue siendo mi casa. —Arlo se fue al salón y deslizó una mano sobre el estante que antes albergaba los vinilos de su padre. Creedence. Mellencamp. Su copia original de *Pet Sounds* de 1966—. ¿Y dónde están sus cosas?

—Llamé a una empresa de reciclaje para que se lo llevasen todo. El chico fue muy amable. Alex. Lo dejó todo cargado en el camión en menos de dos horas. Muy muy amable. Menudos brazos tenía.

La realidad se elevó alrededor de Arlo, sepultándola hasta el cuello, la barbilla, la nariz, los ojos. Se estaba ahogando en ella.

—Me estás diciendo que las cosas de papá están tiradas en algún vertedero.

—Me dijiste que lo tirase todo.

—No te dije eso.

—Claro que sí. El otro día por teléfono. «Me da igual», dijiste. «Deshazte de todo».

Esa conversación en la tienda de empeños. Pero ¿de verdad había dicho eso? Si lo había hecho, no lo decía en serio. Pues claro que quería las cosas de su padre. Si no podía conservar su dinero, ni su recuerdo, o ni siquiera su cariño, como mínimo quería el muñeco cabezón de Bruce Springsteen, por el amor de Dios.

—Y fue un buen consejo —añadió su madre—. Me sentí más ligera en cuanto se fue Alex.

Arlo se dejó caer sobre el sofá.

—¿Al menos conservaste algo? ¿Algunos zapatos?

—¿Para qué?

—No sé, ¿de recuerdo?

—¿Necesitas un zapato para acordarte de tu padre?

—Por supuesto que no. Pero es que... está... muerto.
—Arlo oyó cómo su voz se fragmentaba en trocitos pequeños—. Muerto *del todo*.

Su madre guardó silencio.

—Papá ha muerto —dijo Arlo—. Ya no está. No volverá. Se acabó.

—¿Te das cuenta ahora?

—Nunca volverá a hacer ni a decir nada.

—Así funciona la muerte.

Arlo estuvo a punto de colgar en ese momento.

—No hagas eso.

—¿El qué? Te estoy dando la razón.

El duelo era un proceso aprendido. Ella lo sabía bien, como terapeuta que era. Estaba aprendiendo a vivir en un mundo sin su padre, lo cual requeriría tiempo y práctica. Pero no esperaba que se le diera tan mal. Cuanto más tiempo pasaba, más cuesta arriba se le hacía.

—No sé cómo existir sin él. —Arlo apareció de repente delante de la chimenea del salón, observando la urna de color blanco nacarado que estaba encima de la repisa.

—Te entiendo. Mírame a mí, sola por primera vez desde hace...

—No. No me estás escuchando. —Alargó la mano y presionó las yemas de los dedos sobre la piedra. Lisa, fría. Era casi como tocar una cara—. No sé cómo *existir* sin él.

Su madre suavizó el tono:

—¿Te apetece venir a casa el jueves por la mañana? Podríamos ir juntas al cementerio.

Su padre estaba allí. Allí mismo.

—¿Charlotte? ¿Sigues ahí?

Arlo deslizó el dedo para cortar la llamada y estrechó la urna sobre su pecho.

Seis horas antes de su muerte, Laura Hedman le dio un medallón a Arlo. «Quiero que te lo quedes —le dijo, sujetando el colgante con tres dedos mientras su última sesión de terapia se acercaba a su fin. Un corazoncito de plata giraba y se balanceaba en el extremo de una larga cadenita—. Para darte las gracias. Por todo».

Aunque se suponía que no debía aceptar regalos de los pacientes, el medallón era tan diminuto y endeble —tan barato, saltaba a la vista—, que lo aceptó sin pensar y se lo guardó en el bolsillo. Cuando llegó a casa aquella noche, sacó el medallón y lo dejó en alguna parte. No supo qué hacer con él. Hasta hoy. Juraría que lo había guardado en el cajón de debajo del microondas. El medallón tenía que estar ahí, arrebujado detrás de una baraja de cartas, enredado con el cable de algún cargador o enterrado bajo una pila de horquillas y calderilla. Pero incluso cuando volcó todos esos trastos en la encimera y se puso a rebuscar con las yemas de los dedos, incluso cuando oteó el fondo del cajón vacío con una linterna, el medallón siguió sin aparecer.

En su mesa, entonces. Abrió los cajones y rebuscó entre folios, bolígrafos de repuesto, notas adhesivas estrujadas, certificados de talleres de formación continua a los que asistía y que luego no tardaba en olvidar.

Después de la mesa, revisó la mesilla de noche. Después de la mesilla, revisó sus bolsillos. Todos los bolsillos de todas las prendas que tenía. Pantalones de vestir, vaqueros, faldas, vestidos, sudaderas, todo. Palpó cada prenda de arriba abajo antes de arrojarla sobre la cama o el suelo. No tardó en acabar cubierta hasta las pantorrillas entre una pila de algodón y poliéster mientras le palpitaban las sienes y le latía con fuerza el corazón. El medallón no estaba allí. No estaba en ninguna parte.

Arlo arrojó una última chaqueta sobre el colchón, luego se dejó caer ella misma también. Era posible que no se hubiera llevado el medallón a casa. Podría estar en su mesa de la consulta o en el coche. Puede que se le cayera del bolsillo en algún momento. Podría estar en el vertedero, en la alcantarilla, en el sumidero.

Rodó hasta ponerse de costado y se encogió en posición fetal.

Y ahí estaba el medallón, reflejando la luz del sol que entraba por la ventana. Estaba colgado de un poste de la cama, una imagen tan cotidiana que su cerebro la había ignorado. Estiró el brazo y lo sacó del poste de un tirón. ¡Qué alivio! ¡Lo había guardado! ¡No era una mala persona!

El corazón se hundió en la palma de su mano como si fuera un trocito de hielo, más frío y pesado de lo que recordaba. Se abrió sin oponer resistencia, revelando un hueco que podría albergar una cucharadita de las cenizas de su padre. La misma cantidad que había extraído de la urna.

Arlo oteó el estropicio reinante en el dormitorio. Las cenizas. Las había dejado encima de la cómoda, dentro de la bolsita de plástico que se había llevado de casa de sus padres. O quizá no. Cuando se levantó de la cama con un salto y cruzó la habitación, la cubierta de la cómoda estaba vacía.

¿Habría dejado la bolsita en la mesilla de noche? ¿O sobre la cama? Arlo se puso a buscar entre la maraña de ropa que cubría toda la puta estancia.

—Lo que me faltaba —masculló.

Revisó el cuarto de baño, el salón, la mesita que había al lado de la puerta principal, la ostra de cerámica donde dejaba las llaves. Se fue al coche y revisó los posavasos, la guantera, el hueco debajo del asiento del conductor, que estaba lleno de pelos y monedillas. Volvió a entrar en casa y revisó otra vez el baño, poniéndose a gatas para mirar detrás del retrete.

El pánico la asaltó en oleadas. Si extraviar el medallón de Laura la convertía en una mala persona, perder las cenizas de su padre la convertía en una villana. Era Harvey Weinstein. Peter Nygard. Pol Pot.

Entró en la cocina y volvió a registrar el cajón de los trastos. Hizo rodar las manzanas por el cuenco de la fruta, se asomó detrás de la máquina de café. A lo mejor había metido las cenizas en el frigo. La gente dejaba cosas raras en la nevera cuando tenía la cabeza en las nubes: la cartera, las llaves del coche, ¿por qué no unas cenizas? La abrió de golpe, contempló el estante vacío de cristal y rebuscó entre los botes de salsa de soja y los aliños para ensalada caducados que había en el reverso de la puerta.

—¿Dónde coño está? —exclamó.

Para empezar, no tendrían que haber dividido las cenizas. Al fin y al cabo, su padre era católico, ¿y cómo podría levantarse de entre los muertos para el Juicio Final si la mitad de su ser estaba en el cementerio, la otra mitad sobre la repisa de la chimenea de su madre, y una pizquita la llevaba Arlo colgada al cuello? ¿Estaría haciendo una montaña de un grano de arena?

Volvió a entrar en el baño, apoyó las manos en la encimera y se inclinó hacia delante hasta rozar su reflejo con la nariz.

—Reacciona.

Mientras se inclinaba de nuevo hacia atrás, algo más llamó su atención en el espejo, un bultito en su bolsillo izquierdo.

Ah, ya. Se las había guardado en el bolsillo.

Sacó la bolsita para sándwiches arrugada.

Las cenizas no eran como se esperaba. Parecían los restos de la fogata de un campamento, pero más arenosas, con motitas blancas que debieron de pertenecer a un hueso o un diente.

Empleó un embudo diminuto para asegurarse de que ningún ápice de las cenizas acabase en la encimera, sino dentro del medallón, después selló el cierre hermético de la bolsita vacía y la dejó en la encimera, sin saber muy bien qué hacer con ella. Tirarla a la basura no, eso seguro. Esa bolsita, aunque era de plástico desechable, contenía fragmentos microscópicos de su difunto padre.

Las dos mitades del medallón encajaron con un chasquido. Se lo pasó por la cabeza y dejó que se asentara sobre la depresión entre sus clavículas.

Tras reflexionar acerca de la cuestión de la bolsita durante un rato más, la plegó, la metió en el cajón de los trastos y se sirvió una copa de vino.

MICKEY

Para cuando llegó el jueves, Mickey había ingerido dos pizzas de queso extragrandes, dos bolsas de Doritos rancheros, doce latas de Coca-Cola, una cubeta de helado y nada de alcohol. Ni una gota, ni un sorbo, ni siquiera había olido ese mejunje. No había consumido nada, porque hacerlo supondría admitir su derrota. Se encontraba en el borde de un precipicio, mientras el resto del mundo —su madre, Tom, Daria, Chris, la psicóloga, todos, todos aquellos en los que se había atrevido a confiar durante los últimos meses— le gritaba que saltara.

Pero no pensaba saltar. Clavaría los talones en el suelo. Resistiría. Por eso se había pasado la última semana alimentándose de comida procesada en su apartamento. Solo tenía que esperar a que desapareciera el ansia, a que se calmasen los pensamientos negativos, a que se cerrase el enorme agujero que tenía en el pecho.

Se apostó junto a la ventana del salón con una taza de café calentada tres veces en el microondas mientras la noche se desvanecía del cielo. Eran las siete de la mañana y apenas había pegado ojo. Aunque ya casi nunca dormía demasiado. No como lo haría su madre, probablemente. Seguro que ella dormía ocho horas cada noche. Serena, tranquila, estable a nivel emocional, con sus límites y sus inspiraciones profundas.

Encontró una caja de pizza debajo de una pila de mantas en el sofá, sacó una porción endurecida y le pegó un bocado como si fuera un perro.

Su madre iba a asistir a la revelación de la lápida para pasar página, lo cual venía a ser lo más patético que Mickey había escuchado en su vida. ¿Cómo era posible que necesitara pasar página después de veinticinco años? Tras dos décadas y media sufriendo los efectos de la devastación que su padre había provocado en sus vidas, ella no necesitaba pasar ninguna página. Sus sentimientos hacia *él* estaban resueltos al cien por cien; hasta tal punto era así que, para probarlo, recogió su abrigo y sus botas, movió el culo hasta la pastelería de la esquina, eligió una tarta recién hecha y la compró para pegarse un buen festín.

De vuelta en el apartamento, sacó un tenedor del fregadero y se sentó en el sofá con la tarta entera sobre el regazo. En la pastelería no la tenían de nueces, así que se conformó con la de calabaza: un sabor adyacente. La costra produjo un crujido agradable cuando le clavó el cubierto. El relleno se fundió sobre su lengua. Dulce pero especiado. Con un toque de nuez moscada.

El silencio la envolvió. Nadie estaba diciendo «Lo siento», ni «Estoy orgulloso de ti», ni «Te quiero». Nadie estaba diciendo ni una palabra, y mejor así, porque no hacía falta decir nada.

Si Mickey acudiera al descubrimiento de la lápida aquel día, solo lo observaría con un interés pasajero. Si hubiera discursos, solo los escucharía de fondo. Vería cómo la segunda mujer de su padre tiraba de una cortinilla para revelar una lápida hortera, algo con columnas jónicas y leones esculpidos, y ella no se molestaría ni siquiera en resoplar. Mientras la multitud lanzaba silbidos o resuellos, sobrecogida por la emoción, Mickey no sentiría nada. Porque ese hombre no significaba nada para ella.

ARLO

Con una mano apoyada en el atril para mantener el equilibrio, Arlo se giró para observar la lápida cubierta. La cortina negra aleteaba y se arrugaba con el viento, que seguía soplando a pesar de que su padre estuviera muerto. Una capa de nieve cubría el suelo, centelleando bajo el sol radiante a pesar de que su padre estuviera muerto. Los pájaros trinaban en una arboleda cercana, entonando sus saludos amigables a pesar de que su padre estuviera, sí, muerto. Arlo se encontraba situada frente a una enorme corriente de indiferencia, esperando a ser engullida.

—Mi padre pensaría que estamos locos, sentados aquí fuera con este frío —les dijo a los asistentes. Cuatro docenas de dolientes tiritaban sobre unas endebles sillas de plástico con las bufandas subidas hasta los ojos—. Así que intentaré ser breve.

Les dio las gracias a todos por venir. Al menos, tenía intención de hacerlo. Puede que se debiera a la solemnidad de la situación, o tal vez a que las bajas temperaturas estaban interfiriendo en sus funciones sensitivas, pero fuera cual fuere la razón, le costó establecer la diferencia entre las palabras que poblaban su cabeza y las que salían de sus labios.

—Mi padre no era un hombre perfecto —se oyó decir—. Ni mucho menos.

El público se rio, o quizá fueron de nuevo los pájaros. Su madre achicaba los ojos en la primera fila, la escarcha formaba una capa blanca sobre sus pestañas postizas.

—A veces tenía la mecha corta. A veces le costaba perdonar. Comía y bebía demasiado. Ponía el volumen de todo a toda potencia. Si estabas en otra habitación de la casa y querías hablar contigo, nunca salía a buscarte. Se limitaba a gritar, a gritar y a gritar hasta que respondías.

Más risas/trinos de pájaros.

—Se ponía hecho una furia al volante. Aborrecía a mis novios. No probaba ni un bocado de la comida saludable que le preparaba. Una vez, en el hospital, agarró una ensalada que le llevé y la arrojó contra la pared. El vinagre balsámico dejó una mancha en la lechada. Compré un espray especial, un limpiador industrial, para intentar borrarla, pero no hubo manera.

Menuda batalla había librado contra esa mancha. Presionó el peso de su cuerpo sobre el suelo y frotó, frotó y frotó, porque esa era su labor.

—Era tan antipático con el personal del hospital que temí que lo echasen a patadas.

Otra de sus tareas: preocuparse. Por las piernas rotas de su padre, por sus dedos amputados, por sus vómitos, uf, cuántos vómitos. Vómito rojo de vino tinto, vómito espumoso de cerveza, vómito mezclado con tropezones de carne. Las arcadas, los gemidos mientras se sujetaba el estómago entre espasmos. La cantidad de veces que pensó: *Se acabó. Se va a morir.*

Arlo se acercó una mano a la garganta y giró el medallón entre las yemas de sus dedos. El metal estaba tan frío que casi no lo podía tocar.

—La pérdida es la otra cara del amor. Eso es algo que siempre les digo a mis pacientes. Porque tiene sentido. No puedes perder algo que nunca has amado, y es inevitable perder todo cuanto amas. A no ser que seas el primero en morir, supongo. Pero ya me entendéis. Duelo, amor... todo forma parte de lo mismo. Durante años, he pensado así. Por tanto, naturalmente, cuando mi padre murió, di por hecho que mantendría el amor. Su cariño.

Arlo se desabrochó el botón superior del abrigo. La presión aumentaba en su interior como si fuera vapor, expandiéndose hacia fuera, amenazando con abrirla en canal.

—Pero ¿sabéis una cosa?

Los miembros del público la miraron con los ojos como platos, sus cejas desaparecieron bajo sus gorros de lana. Arlo se inclinó hacia el micrófono.

—Eso es una gilipollez.

Las costuras reventaron y lo que salió de su interior fue una carcajada. El vaho empañó el aire con una capa tan densa que el público desapareció durante un par de segundos. Arlo se rio y se rio, no podía parar. Porque tenía gracia lo equivocada que estaba sobre el duelo y el amor, sobre su padre y todo lo demás. ¡Era para partirse el culo de risa!

Pero cuando se despejó la neblina, curiosamente, nadie más parecía muy risueño. Arlo tendría que explicarse mejor, ayudarlos a entenderlo.

Volvió a agarrar el medallón y envolvió con el puño el colgante con forma de corazón.

—Llevo a mi padre aquí mismo, alrededor del cuello. Un fragmento diminuto de él, es decir, una pizca de sus cenizas. Puede que sea el bazo, o tal vez el codo. No lo sé, pero esto es lo único que me queda. En serio, lo único. Todos los recuerdos que guardo de él se han visto afectados, porque resulta que mi padre se portó como un gilipollas con todo el mundo, incluida yo, y no me había dado cuenta hasta ahora.

Arlo no tenía el cariño de su padre. Puede que nunca lo hubiera tenido. Su padre era, al fin y al cabo, la peor persona del mundo. Y decir esa verdad en voz alta hizo que se sintiera mucho más ligera. Ahora era una pluma. Un copo de nieve. Un soplo de aire.

—No solo no tengo su cariño, sino que tampoco tengo ni un solo céntimo de su dinero. No lo tengo porque me excluyó del testamento en el último segundo y se lo dio todo a su otra hija, una chica a la que no había visto en décadas, cuya vida, por cierto, le arruinó por completo. Lo sé porque esa chica ha estado asistiendo conmigo a terapia, otra cosa que ideó mi padre y una prueba más de que, en conjunto, era una persona horrible.

Por alguna razón, ahora la miraba mucha menos gente. La mayoría de los miembros del público estaban mirando al suelo, o sus manos enguantadas, o unos a otros.

—Decidme, ¿vosotros también sabíais lo horrible que era? Yo estaba al corriente de algunas cosas, pero no de todas. Lo sabía, pero *sin saberlo*. ¿Me entendéis?

Una mujer de la tercera fila se bajó la bufanda, varios mechones de cabello asomaban por debajo de su gorro. Era Deborah. Le susurró algo a la persona del asiento de al lado, a la que Arlo no reconoció. Pero esa desconocida siguió captando su atención, y cuanto más miraba a esa persona, más comenzaba a convertirse en alguien conocido. Sin embargo, esa persona pertenecía a una faceta diferente de su vida. No tenía cabida allí, en el cementerio, con el viento, el sol y los pájaros que seguían cantando a pesar de que su horrible padre estuviera muerto. Su padre y el de… Mickey.

Arlo intentó girarse y salir corriendo, pero no pudo. Ya no era una pluma, ni un copo de nieve, ni un soplo de aire. Era la misma de siempre y estaba paralizada. Sus músculos se negaban a flexionarse. Sus pies se negaban a transportarla. Así que cerró los ojos, se introdujo en su cuerpo y se acurrucó entre los órganos, los tejidos, los latidos de su corazón. Todo estaba tranquilo ahí dentro.

Hasta que dejó de ser así.

—¿Charlotte? Charlotte.

Su nombre se estiró y se deformó, como si se estuviera desplazando por el agua.

Abrió los ojos. Un alzacuello, un abrigo, un corte de pelo poco favorecedor. Un sacerdote. Sí, habían invitado al sacerdote de su padre. Le había apoyado una mano en el brazo. Se encontraba muy cerca.

—¿Charlotte? —repitió.

Entre el público, Mickey se estaba levantando. Sí, Mickey estaba allí, había escuchado su discurso y ahora sabía la verdad. Peor, sabía que Arlo se la había ocultado.

—Charlotte, ¿te encuentras bien?

Una descarga de adrenalina se extendió por su torrente sanguíneo. Tal vez podría arreglarlo. Si se explicaba.

—Al principio no lo sabía —dijo por el micrófono. Su voz se proyectó desde el altavoz y reverberó en las paredes de su cráneo—. Juro que no lo sabía.

Mientras Mickey se aproximaba, su rostro no mostraba indicios de solidaridad, ni de ira, ni de nada. Esa ausencia de emociones resultó más inquietante que la rabia más febril. Si Mickey estuviera enfadada —si estuviera alzando la voz con indignación o rompiendo un clínex en trocitos diminutos, como había hecho en la consulta—, al menos habría sabido a qué atenerse.

En vez de eso, Mickey llegó hasta el estrado y se quedó parada, expulsando unos largos hilillos de vaho desde las fosas nasales. No llevaba gorro ni bufanda, su nariz y sus orejas formaban una masa carnosa y sonrosada.

El sacerdote observó a Mickey con curiosidad.

—¿Eres una amiga, querida?

Mickey esbozó una sonrisa tan amplia y vigorizante que hizo tambalear a Arlo.

—Pariente —respondió.

—Somos... Ella es... —Arlo no supo qué decir.

Quiso hincar los dedos en el pasado y retroceder a rastras. ¿Por qué no rebobinar los últimos dos minutos? Era un lapso muy breve, el momento en cuestión era muy reciente. ¿Por qué no podía revertirlo y ya está?

Mickey señaló hacia el micrófono con un ademán.

—Me toca.

No era una pregunta. Arlo se hizo a un lado. En vez de regresar a su asiento, junto a su madre, apoyó la cadera en la lápida y agarró una porción de la cortinilla de terciopelo.

—Vosotros no me conocéis, pero soy Michelle.

No hubo murmullos ni cuchicheos. Los asistentes no mostraron reacción alguna.

—Michelle Kowalski. —Notó como si le vibrasen las manos cuando las apoyó sobre el estrado—. Adam, aquí presente —señaló hacia la lápida tapada—, nos abandonó a mi madre y a mí cuando yo tenía siete años y nos dejó una deuda de cientos de miles de dólares, así que me inclino a coincidir con lo que ha dicho Arlo de que era un puto desaprensivo de mierda.

Entonces llegaron los cuchicheos. Arlo se pegó como una lapa a la lápida.

—Por cierto, aquello fue después de años de verlo vomitar por todas partes. Años de pegar tumbos borracho y quedarse frito en cualquier parte, años de habernos llamado «zorras imbéciles» a la cara. Era un maltratador, lo cual me lleva a preguntarme qué hacéis todos aquí otra vez, homenajeando su memoria.

—Mickey... —dijo Tom Samson. El abogado estaba de pie entre el público, intentando detener esa escena, la escena que había iniciado Arlo.

—¿Cómo se puede querer a alguien así? ¿Qué demonios os pasa?

Mickey dirigió esa pregunta hacia Leonora, que estaba llorando en silencio, parapetada tras sus guantes de diseño, la viva imagen de la humillación, una escena tan terrible que Arlo tenía que borrarla de alguna manera, tenía que ponerle fin.

—Y tú —añadió Mickey, girándose hacia Arlo con un gesto de rabia y aflicción, de confianza rota, vergüenza y un ínfimo atisbo de miedo—. Eras el ojito derecho de papá, ¿eh?

Arlo se encogió hasta quedar reducida a la nada. ¿Dónde se habían metido los pájaros? Ya no podía oírlos. El sol también se había desvanecido. Lo único que podía ver era a Mickey sacando una petaca plateada del bolsillo de su abrigo y desenroscando la tapa.

—Brindo por ti, papá —dijo, alzando la botella hacia la lápida—. Tú me enseñaste la peor cara del ser humano.

Después de dar un largo trago, se limpió los labios y se marchó.

Arlo no pudo hacer nada más que tirar de la cortina, que se hundió junto a sus pies formando una pila resplandeciente.

MICKEY

Mickey alzó la petaca hacia la tumba más cercana con su modesta lápida de piedra.

—Salud, Wilfred, amado esposo, padre y abuelo. —Se puso en cuclillas y retiró la nieve acumulada en la base de la piedra para revelar las fechas de nacimiento y defunción—. Edad... —El cálculo mental le llevó más tiempo del que debería—. Setenta y siete. No está mal. No es para tirar cohetes, pero no está mal.

Había un ramo de claveles marchitos apoyado en la lápida de al lado, junto con una pequeña cruz de madera y un osito de peluche que sujetaba un corazón de satén entre las patas. Alguien había doblado un trozo de papel con renglones en forma de abanico y lo había encajado del derecho en la nieve.

—Y tú, Luisa. Esposa, madre y *nonna*. —De nuevo, Mickey alzó la petaca y echó la cuenta. Ochenta y cuatro años. ¿En la media o un poquito por encima?

A lo lejos se oía el traqueteo de unos motores, el único sonido que pudo detectar aparte del crujido de la nieve bajo sus botas y el tintineo de la petaca al rozar con sus uñas pintadas. El cementerio era grande y se había adentrado bastante en él, tras remontar una colina y descender por el otro lado hasta llegar a ese rincón nevado salpicado de álamos. El aire frío la dejó inmovilizada en el sitio.

La revelación de la lápida de su padre ya habría concluido, los asistentes estarían de regreso a sus coches con los dedos de los pies helados y las lenguas cargadas de chismorreos. Menuda mañana habían tenido. Contarían esa historia durante años.

Mickey plantó el culo en la nieve y observó la costra blanca y perfecta de la cima de la colina. Después del numerito que había montado, seguro que alguien la estaría buscando. En cualquier momento, una silueta bajaría patinando por ese sendero, ansiosa por darle una palmada en la espalda y transmitirle sus condolencias. Seguramente sería su madre. Si no ella, entonces Tom. Si no era el abogado, sería Arlo, la hermanastra a la que pensó que no conocería nunca, pero no fue así, *sí* que la había conocido, ¡porque era su puta terapeuta!

La cantidad de veces que Arlo había sacado el tema de la herencia durante la terapia. La cantidad de veces que había preguntado si Mickey la merecía o no. Su expresión, una colisión entre tristeza y vergüenza, cuando Mickey se acercó al micrófono aquel día. Todo tenía sentido: Arlo quería quedarse con ese dinero. Y sí, su padre —el de *las dos*— había cometido una cagada con el testamento, pero eso no justificaba el egoísmo de Arlo, su crueldad, sus descarados intentos de manipulación. ¿Por qué no estaba allí ahora, rogando que Mickey la perdonase?

Cuando vació la petaca, metió la mano en el bolso y sacó otra.

—Sé lo que estáis pensando —dijo en dirección a la hilera de lápidas—, pero recordad una cosa: soy una niña grande. Una mujer adulta.

Oteó la colina en busca de algún indicio de movimiento, esforzándose por no parpadear.

Si su madre no acudía a buscarla, ni Tom, y si Arlo tampoco aparecía, entonces seguramente lo haría algún otro de los asistentes. Uno de los amigos de su padre, tal vez, alguien compasivo y chismoso. «Tú no me conoces», le diría, «pero quería asegurarme de que estuvieras bien».

La siguiente lápida tenía incrustada una fotografía en tonos sepia, un detalle que a Mickey le pareció bastante macabro y narcisista. El retratado llevaba bigote y un sombrero de cowboy, ambos demasiado grandes para su cabeza. Se diría que la miraba con los ojos entornados, engreído, como si se creyera muy listo, como si lo supiera todo.

—Cállate, Phillip —le soltó, estremecida. El frío se había filtrado a través de sus vaqueros, le había subido por el espinazo para luego descender por el reverso de sus muslos—. ¿Qué sabrás tú? Solo porque hayas vivido hasta los... —otra cuenta; esta tenía su miga—, noventa y siete años. Solo porque estuvieras rodeado de gente que te quería lo suficiente como para comprarte esta puta lápida siniestra.

Mickey fulminó las demás tumbas con la mirada, todos esos fulanos tan queridos con sus estatuillas de ángeles y sus pequeños poemas grabados. Mickey no era esposa, madre ni amiga de nadie. No se relacionaba con la gente. Esa verdad caló hondo en ella.

No iba a venir nadie. Nadie emergería de entre los árboles para ofrecerle una palabra amable. Mickey no se lo merecía. Había robado y mentido. Llevaba haciéndolo toda la vida. Había humillado a la madre de Arlo y a todos los demás que se habían reunido aquella mañana para recordar a un ser querido. Por muy cruel que hubiera sido su padre, era innegable que había gente que lo quería. En ese sentido, lo había hecho mejor que ella.

Noventa y siete años, pensó, girándose de nuevo hacia el cowboy. No podía imaginarse vivir tanto. ¿Sesenta años más en esa línea? ¿Tomando una decisión tras otra y tras otra, ingeniándoselas para elegir siempre mal?

Mientras se acercaba las rodillas al pecho, temblando, se le escurrió la petaca y cayó al suelo.

—Mierda.

Hizo amago de enderezarla, pero se quedó paralizada con la mano extendida.

El vodka derritió la nieve, abriendo un túnel hacia la hierba pálida que había debajo. Observó cómo fluía a chorros, a borbotones, a gotitas.

Una llama prendió detrás de su corazón.

Recogió la petaca y la zarandeó para extraer lo que quedaba, unas gotitas que giraron por el aire como cuentas y dejaron motitas sobre la nieve. Cuando se acabó el vodka, arrojó la petaca hacia los arbustos. Para entonces estaba llorando, no de tristeza, sino por otra cosa, una extraña alquimia entre dolor y alivio. Librarse por fin de eso, de esa cosa que cargaba a diario y que llevaba cargando durante la mayor parte de su vida... Fue como nadar hacia arriba desde las profundidades con los pulmones ardiendo y la superficie apenas a unas pocas brazadas de distancia.

Apoyó las manos en el suelo y se puso de rodillas, incorporándose, dejando atrás la nieve, el vodka y las tumbas; sintiéndose, si no libre, al menos más ligera.

El sol se asomó por encima de la cumbre de la colina, como un ojo brillante e indómito.

Mickey recogió su bolso, se lo colgó del hombro y comenzó a remontar la pendiente.

La mitad de la gente parecían madres: mujeres con blusas holgadas masticando las barritas de cereales y los palitos de zanahoria que llevaban guardados en sus bolsos de imitación. A juzgar por las prendas de hospital y los ojos cansados, una de ellas era enfermera. Varias personas llevaban puestos petos vaqueros con manchas de pintura y botas con punteras de acero, otros iban de traje. La persona más joven no tendría más de veinte años. El más viejo, un hombrecillo arrugado con un bote de oxígeno colgado de su andador, debía de rondar los noventa.

—Empezamos en cinco minutos —dijo alguien.

La gente se dispersó en dirección a la sillas situadas en el centro de la sala. Eran simples personas. Simples sillas. La cabeza le decía que no había nada que temer. Aun así...

Se sirvió un par de chorritos de café de una jarra grande de acero que había en la mesa de avituallamiento. Tenía la taza medio llena cuando el pitorro se quedó seco con un chisporroteo.

—Maldita sea.

—Nunca hay suficiente, ¿verdad?

Un hombre mayor se situó a su lado, llenó su termo con agua caliente de un hervidor y añadió una bolsita de té. Mickey lo reconoció de inmediato. ¿Quién podría olvidar esa camiseta ceñida de Playa del Carmen?

—Usted estuvo en el encuentro de la cafetería.

—Ah, ya decía yo que te había visto antes. —Se presentó como Roger y se dio unos golpecitos en la sien—. Mi memoria sigue en plena forma.

Llevaba puesto uno de esos ponchos de rayas típicos de Perú, extragrande y de colores vistosos. Las alpacas del estampado parecían lanzarle miradas acusadoras a Mickey.

—No estoy sobria. —Había salido del cementerio hacía hora y media, y el runrún del vodka aún no se había disipado.

Roger sacó tres paquetitos de azúcar de un recipiente de cerámica y los abrió todos a la vez.

—Entonces estás en el sitio adecuado.

Por lo visto, se celebraban reuniones públicas de Alcohólicos Anónimos a cualquier hora del día y en todos los distritos de la ciudad. Aquella estaba teniendo lugar en el sótano del centro cultural danés, donde los cuadros de las paredes representaban escenas de batallas tempestuosas de la mitología nórdica y el techo crujía a causa de los bailarines de danzas tradicionales que estaban ensayando en el salón de baile del piso de arriba. Habían llegado con sus zuecos y sus faldas de colores al mismo tiempo que Mickey.

—Estás temblando —dijo Roger.

Mickey se encogió de hombros. No se había cambiado los vaqueros mojados.

—Toma. —Roger se quitó el poncho de alpacas y se lo ofreció. Una mata de pelo blanco asomaba de la camiseta de tirantes que llevaba por debajo.

—¿Alguna vez comienza el día pensando que acabará en un sitio y luego resulta que termina en otro completamente distinto? —preguntó Mickey mientras aceptaba el poncho con una oleada de gratitud—. ¿O es así como funciona la vida en general? ¿Todos los días son así, solo que a veces no te das cuenta?

—Sí, *estás* borracha —concluyó Roger.

Mickey miró de soslayo hacia la puerta y el letrero luminoso de salida que había encima. Qué fácil sería cambiar de idea y escabullirse por allí. Se puso el poncho por arriba del abrigo.

—¿Puedo sentarme a su lado?

Le sonó el móvil poco después de que terminase la reunión. Era alguien del sindicato de profesores.

—El dieciocho de diciembre —dijo el interlocutor—. Esa es la fecha.

—¿Para mi inquisición? —Mickey sujetó como pudo el móvil mientras se pasaba el poncho de Roger por la cabeza para devolvérselo.

Ocupado en apilar las sillas, él le sonrió y articuló con los labios: «Quédatelo».

—Para la *investigación*. —Habría un tribunal formado por tres personas, explicó el interlocutor—. Podrá presentar un testigo de carácter en su defensa. Con un testimonio por escrito o en persona. Entre usted y yo, es mejor en persona.

—¿Algún consejo más? —preguntó, estrujando el poncho de Roger sobre su pecho.

—Puede representarse a sí misma, pero la mayoría de la gente que está en su situación contrata a un abogado.

—Un abogado —repitió Mickey.

Todo el mundo salió de la habitación y ella volvió a quedarse sola.

ARLO

Después de la ceremonia, Arlo encontró a su madre encorvada sobre un lavabo agrietado dentro de los aseos del cementerio, que no disponían de calefacción, mojándose la cara con agua que debía de estar helada. He aquí una persona que se había visto desnudada, avergonzada, que había visto cómo el peso de los últimos veinticinco años se desplomaba sobre su cabeza. Iba a necesitar el apoyo de su hija.

—¿Madre?

—Tengo que quitarme esta mierda de encima.

—Madre, ¿estás bien?

Se quitó una ristra de pestañas postizas de un párpado y la colocó en el borde del lavabo.

—Tengo cara de haber estado en Chernóbil.

Tenía unas manchas moradas de maquillaje en la piel que rodeaba sus ojos hundidos. Restos de carmín en la barbilla y el labio superior, con la boca agrietada y las comisuras enrojecidas, como una herida infectada.

—No es para tanto —le aseguró Arlo.

Leonora se acercó al dispensador de toallitas de papel abollado que había en la pared. Al encontrarlo vacío, empezó a secarse con el abrigo, dejando las mangas manchadas de base y colorete. Arlo nunca había sentido tanta lástima por alguien.

—Lamento todas esas cosas horribles que ha dicho.

Su madre parpadeó con sus ojos de mapache.

—¿Qué?

—Mickey. Te hizo llorar.

—No, de eso nada.

Arlo hundió la mirada en las baldosas mugrientas. Habían dejado restos de barro y nieve por todo el suelo con sus botas.

—Yo estaba presente, ¿recuerdas? Te reprendió por haber seguido queriendo a papá incluso después de que te tratase tan mal. —Arlo había soltado verdades como puños durante su discurso, pero al menos no la emprendió personalmente contra su madre—. «Era un maltratador». Eso fue lo que dijo.

Su madre soltó un bufido.

—¿Crees que es la primera persona que me lo ha dicho?

Arlo titubeó, no tenía claro hasta qué punto debía ser sincera.

—¿Sí?

—¿Crees que no se me pasó por la cabeza que mi marido durante veintiséis años, el que me decía cosas feas, el que decidía lo que debía ponerme cada día y el que nunca me dejaba tener mi propio dinero, era un maltratador? A lo mejor tú no te diste cuenta de lo que era, pero créeme, yo sí.

—¿Qué? Entonces, ¿empezaste a llorar sin venir a cuento por alguna otra razón?

Aquello no tenía sentido. Su madre no había derramado una sola lágrima en todo el día hasta que Mickey se plantó frente al micrófono.

—Tendría que haberme marchado contigo —dijo Leonora. De repente estaba muy cerca y le acariciaba la mejilla a Arlo con unos dedos helados—. Pensé en hacerlo durante tus primeros años en el colegio. Debí haberlo hecho. Antes de que tu padre te convirtiera en… —Leonora frunció el rostro, que ya era un desastre nuclear— lo que quiera que seas ahora.

—Un momento. —Arlo encajó las piezas. Resultaba más difícil pensar allí, con ese techo tan bajo y esa bombilla crepitante—. ¿Estás diciendo que fui *yo* la que te hizo llorar? —¿De verdad esa mujer acudió a ti para someterse a terapia? —inquirió su madre.

¿No del todo? No exactamente.

—Es complicado —repuso Arlo, intentando olvidar las miradas que le había lanzado Mickey mientras estaban juntas ante el micrófono. Esa mezcla de ira, dolor y miedo en su expresión, como si ella, y no su padre, fuera el verdadero monstruo.

—¿Y tú accediste a verla, a pesar de saber quién era en realidad?

Arlo se esforzó por responder con voz firme:

—Ya te he dicho que es complicado.

—No soy una mujer de grandes valores morales, Charlotte. Pero has metido la pata hasta el fondo y no te imaginas lo mucho que eso me deprime.

Arlo sintió una oleada de calor en los brazos.

—He venido a consolarte.

—No. Has venido para que yo te consolase *a ti.*

Eso no era cierto. Era una mentira como un templo.

—No sé por qué me sorprendo tanto —prosiguió Leonora—. Las señales han estado ahí desde hace años. En fin, mírate: no tienes amigos, ni aficiones, ni intereses propios. Te divorciaste de tu marido porque a tu padre no le caía bien ese pobre diablo.

—¿Estás hablando de mi relación con Hayden?

—No me suena que tengas más exmaridos.

—No rompí con él porque… porque… —Arlo se interrumpió. No pensaba dignarse a responder a esa estupidez. Y menos cuando la más perjudicada había sido ella—. Papá le dio a Mickey todo el dinero que se suponía que iba a darme a mí.

Leonora inspiró una bocanada trémula.

—¿Y qué?

—Pues que eso no está bien.

—¿Quién te ha nombrado guardiana del bien y del mal?

Su madre empezó a farfullar otra vez, a sollozar. Los padres solo lloraban así cuando les ocurrían cosas terribles a sus hijos: accidentes de moto, catástrofes aéreas, tumores cerebrales. Tragedias.

Arlo notó cómo se le agolpaban las lágrimas. De acuerdo, había espiado. Había abusado de su poder. Había intentado manipular a una paciente —a una hermana— para que renunciase a una enorme suma de dinero. Pero esa no era la historia completa. Había que tener en cuenta otros factores, como por ejemplo... por ejemplo...

Leonora volvió a limpiarse la frente con la manga.

—Sí, tendría que haberme marchado contigo.

MICKEY

Eran las diez de la mañana de un viernes —una hora más que razonable para visitar un bufete de abogados—, pero a juzgar por la expresión de Dean mientras Mickey se aproximaba a su escritorio, su presencia lo molestó e inquietó a partes iguales. La puerta del despacho de Tom estaba cerrada, no se percibía ningún movimiento por detrás del cristal esmerilado.

—Si dispone de un par de minutos, me gustaría hablar con él —dijo Mickey—. Por favor.

—¿Quién le digo que quiere verlo? —La voz del secretario denotó un ligerísimo temblor.

Mickey sopesó la respuesta.

—Dile que soy Michelle.

El secretario levantó el teléfono y giró la silla hacia otro lado. El tono de llamada de Tom —unos carillones de viento, ¿qué iba a ser, si no?— tintineó a través de las paredes. Al cabo de un rato de conversación entre murmullos, el secretario volvió a darse la vuelta.

—Adelante.

Mickey le dio las gracias con un ademán.

Al otro lado de la puerta, un estallido de luz solar. Mientras se le acostumbraba la vista y el despacho cobraba forma, le costó reconocer el lugar. Las persianas estaban subidas. El sofá estaba libre de mantas y almohadas. El suelo no estaba cubierto de cuadernos y carpetas. La mesa no estaba abarrotada de recipientes de comida para llevar. El difusor de aceites esenciales también había desaparecido.

—Me esperaba que oliese raro aquí dentro —comentó.

Tom estaba sentado detrás del escritorio, con la mirada desviada hacia la pantalla del ordenador.

—Hola a ti también.

Había una botella de whisky en el aparador que tenía detrás. Mickey evocó la sensación de estar atontada, de sentirse sumergida.

—¿Dónde está el chisme ese del incienso? —preguntó, obligándose a apartar la mirada del licor.

—Se lo regalé a un amigo.

—¿Y tu cama?

—En casa.

—¿Ya no duermes en tu despacho?

—Estoy reduciendo mis horas de trabajo. —Tenía mejor aspecto de lo normal, más radiante, con la espalda un poco más erguida y los ojos un poco menos inyectados en sangre—. Y me estoy viendo con alguien.

—¿En plan romántico?

—Sí, en ese plan —repuso con cierto tono mordaz.

Bien por él, pensó Mickey. Estaba intentando cambiar, y eso no era poca cosa.

Entrelazó las manos por detrás de la espalda y rotó los hombros, estirándose de un modo doloroso. Quería moverse, hacerse añicos, tirarse al suelo con una llave de lucha libre.

—He ido a una reunión de Alcohólicos Anónimos.

Tom dejó las manos inmóviles por encima del teclado. Cerró la tapa del portátil y la miró directamente por primera vez desde que había entrado.

—¿Y?

—Fue rara. Pero estuvo bien. Rara, pero bien.

Tom asintió.

—Así fue como me sentí yo cuando empecé a ir a terapia. Raro, pero bien.

—Bueno, ya sabes lo que dicen. Es difícil encontrar la ayuda apropiada.

Mickey esperó, por el bien de Tom, que su terapeuta fuera mejor que la suya.

—Mi psicóloga es como un grano en el culo —dijo el abogado—. Pero supongo que esa es la clave.

Mickey señaló hacia una silla libre.

—¿Puedo?

Tom frunció los labios. Pasó un rato largo hasta que reconfiguró su boca para formar una sonrisa titubeante.

—Claro.

Mickey recordó la conversación que habían mantenido aquel día en su coche, frente a la casa de Chris. ¿Qué había dicho Tom? «Puede que te lleves bien con esa terapeuta».

—Tú lo sabías —dijo—. Lo sabías desde el principio.

Tom puso una mueca.

—Tenía un compromiso de confidencialidad. Pero me sentí fatal. Créeme. Sabía que toda esa argucia era inmoral. Obviamente, tu hermanastra desconocida no debería ser tu terapeuta. No hay que ser un lince para darse cuenta de eso. —Hablaba atropelladamente, haciendo aspavientos—. Pero ya había liado bastante la cosa al acostarme con ella...

—¿Cómo dices? —Mickey se los imaginó juntos, desnudos, y le explotó la cabeza.

—Lo sé. —Tom se cubrió el rostro con las manos y soltó un grito ahogado—. Lo sé.

—¿Cuándo os...? ¿Por qué os...? Bueno, ya sé por qué. Pero ¿por qué?

—No lo sé. Arlo es joven y guapa, y yo... doy grima. Doy una grima tremenda.

Mickey no dijo nada. A veces, según había aprendido, había que dejar espacio a los demás.

—El testamento —continuó el abogado—. Ella, tú. La terapia. Pensé que Arlo se daría cuenta y lo anularía todo. Supongo que no fui consciente de lo enfadada que estaba. Y lo sigue estando.

—¿De verdad le quitó su parte? —preguntó Mickey. Borrar a Arlo del testamento sin explicación alguna... era una ruindad, incluso para su padre.

—Aquello pasó en marzo. Tu padre vino a mi despacho y se plantó justo ahí. Sin cita previa, irrumpió sin más, y dijo: «No quiero que Arlo reciba nada cuando me muera». Me quedé pasmado. Recuerdo nuestras primeras reuniones, cuando empezamos a hacer la planificación del patrimonio hará unos dos o tres años. No hacía más que hablar de ella. De lo lista y triunfadora que era. Y especial.

—Entonces, ¿por qué? —preguntó Mickey.

—Mencionó algo sobre la necesidad de enmendar las cosas. Una «corrección de rumbo», lo llamó.

Mickey podía ver cierta lógica. Su padre había reunido a las dos hermanas —las dos con el norte perdido, aunque cada una a su manera—, confiando en que curasen sus respectivas heridas y así rectificaran sus errores. Como solución, era una maniobra obscena, manipuladora y muy elegante.

—En fin, ahora entiendo por qué me odia.

—Debió de robarme un archivo. Creo que fue así como descubrió el pastel. —Tom se quedó pensativo—. ¿Cuántas sesiones te quedan?

—Solo una —respondió Mickey, mientras la botella reflejaba la luz del sol.

Tom alargó un brazo hacia el whisky y lo guardó con disimulo en un cajón.

—Ve a ver a otro terapeuta para una sesión individual e iniciaremos el proceso para transferir los fondos.

Una victoria pírrica. Mickey conseguiría su dinero, le pagaría a Evelyn lo que le debía y... ¿qué? ¿Se pasaría el día sentada en el sofá, viendo episodios de *Los Bridgerton*? Si no podía volver a dar clase, todo daría igual.

—Lo siento —dijo Tom—. Por no habértelo contado. Por todo. Si hay algo que pueda hacer para mejorar la situación...

Mickey tomó aliento. Esa era su oportunidad.

—Bueno, a eso he venido, la verdad. —¿Tom se puso un poco tenso, o fueron imaginaciones suyas?—. ¿Alguna vez has demandado a un comité escolar?

Tom la miró con los ojos entornados.

—Estoy especializado en herencias.

—¿Y te *plantearías* demandar a un comité escolar?

—Lo dices por tu trabajo.

—Van a poner en marcha una inquisición.

El abogado frunció los labios.

—¿Una investigación?

—Sí —repuso Mickey—. Eso.

—Y te vendría bien contar con representación legal —murmuró—. Entiendo.

Mickey entrelazó los dedos y arremetió la uña de un pulgar por debajo de la del otro.

—Oye, olvida que...

—Lo haré.

Tom percibió algo en el rostro de Mickey que le hizo sonreír.

—Siempre me pongo de parte de los desamparados —añadió—. Porque yo también lo soy.

El muñeco de nieve del jardín de Chris había conocido tiempos mejores. Había perdido la bufanda y tenía el sombrero torcido. Las tres esferas que conformaban la cabeza, el tronco y el cuerpo se habían fusionado en un solo cono. Se había producido una subida de las temperaturas con vientos cálidos que atravesaban las montañas, dejando a su paso rayos de sol, nieve derretida y ese olor a hierba propio de la primavera. Faltaban doce días para Navidad, pero bien podrían estar en marzo.

Mickey enderezó la nariz colgante del muñeco, colocándola en paralelo al suelo. La zanahoria se volvió a torcer en cuanto la soltó. Pobre diablo.

—¿Qué estás haciendo?

Apoyado en la barandilla del porche, con pantalones cortos de chándal y una camiseta, Chris tenía pinta de universitario. Algo tendría que ver con la barba de varios días y la gorra puesta del revés. O quizá se debiera a la botella de Coronita que tenía en la mano. Era curioso que alguien con un aspecto tan ridículo —un niño grande en toda regla— pudiera provocarle esas mariposas en el estómago.

—Es que… el muñeco estaba triste. —Mickey intentó no fijarse en la cerveza. Intentó no imaginar cómo se deslizaría la espuma entre sus dientes y por su garganta con cada trago—. Está triste.

Chris asintió, señaló con languidez al cielo y asintió un poco más.

—Qué bueno hace en la calle. ¿No te parece? Excepto para… sí, nuestro amigo está hecho una pena. Tenía pensado salir a recoger la zanahoria antes de que se pudriera, pero… nunca me acuerdo.

Se quedaron quietos un rato, sin mirarse directamente, mientras la nieve derretida goteaba desde los aleros de la casa. Chris sujetó la cerveza por el cuello de la botella y trazó unos círculos con ella.

—Respecto a lo de la última vez...

—Lo siento. —A Mickey le sorprendió lo fácil que había sido pronunciar esas palabras. Se había propasado, entrometiéndose en una familia que, por más que lo quisiera, no era la suya—. No tendría que haber... En fin, no me correspondía a mí... Vamos, que lo siento.

Se preparó para recibir la réplica. «Es un poco tarde para eso», diría él. «Creo que deberías marcharte».

—Gracias —dijo él, sonriendo con un afecto genuino, con simpatía y madurez, porque en realidad no era un niño grande. No era ridículo en modo alguno. Y aunque Mickey se había llevado un chasco con la pared de color, la cafetera francesa y los disfraces de Halloween a juego, no había dejado de anhelar esas cosas. Las deseaba con todas sus fuerzas.

Consultó la hora en el móvil. Veintiséis horas sobria. Dentro de once minutos serían veintisiete.

—¿Está Evelyn?

—Ha salido a comprarle un bolso a no sé quién. Encuentra chismes de esos en Facebook Marketplace y luego los revende para sacar beneficio. Es una buena idea, la verdad.

—Es una chica lista.

Chris dejó la Coronita sobre la barandilla del porche, luego la volvió a agarrar.

—Entonces, has venido a hablar con... ¿Con quién has venido a hablar?

—Con Ian —respondió ella—. Si te parece bien.

No podía dejar que se fuera sin despedirse. Ian había sido su alumno favorito, su personita especial.

Y si quedaba tiempo para hablar de lo otro con Chris, mejor que mejor.

—Me he pedido el día libre para ayudarlos a recoger —dijo él.

Mickey no tuvo claro si eso era un «sí» o un «no». Pero entonces Chris se giró y volvió a entrar en casa, dejando la puerta abierta a su paso, así que ella lo interpretó como una señal para que lo siguiera.

Encontraron a Ian sentado a la mesa de la cocina, encorvado sobre un cuenco de cereales. Vertía un poco de leche en una cuchara y la volvía a vaciar. Vertía, vaciaba. Tenía las comisuras de los labios un poco más caídas de lo normal, lo que le reportaba el aire desilusionado de un oficinista de mediana edad.

Mickey se sentó a su lado, a metro y medio escaso de la nevera, que seguramente contendría más cerveza.

—Siento haberte hecho daño en el ojo, Ian.

La cuchara cayó dentro del cuenco con un tintineo y un chapoteo. El niño se reajustó la cinta del parche.

—Eso ya lo has dicho.

—Sigo sintiéndolo.

—Y yo te sigo perdonando.

Ian apartó el cuenco hacia un lado.

—He oído que te vas a ir a vivir una aventura con tu madre. —Sí, Mickey estaba alargando el momento. No pudo evitarlo. En cuanto terminase esa conversación, nunca volvería a verlo.

—Nos vamos a ir a Trail.

—Eso cuenta como aventura.

El niño pareció escéptico.

—En serio —insistió Mickey—. Y luego pasarás a primero.

En su mente, Ian se convirtió en un alumno de primaria, luego de instituto, después en un universitario.

—Para —dijo Ian con cierta pena, como si pudiera ver dentro de su cerebro.

No debería ponerse tan sentimental. Ese niño estaba destinado a crecer y a olvidarse de ella. Mickey, en cambio, lo conservaría en su mente para siempre. Ese era su privilegio y su condena.

—Espero que te toque un buen profesor —añadió.

—Lo mismo digo. —Entonces Ian se estiró para meterse entre sus brazos.

A Mickey se le ralentizó el corazón. Le bajó la tensión en picado. Qué poquita cosa era Ian; tan ligero, tan frágil, pero al mismo tiempo qué importante era. Era la persona más importante del mundo y el pelo le olía a manzana.

El niño se apartó y el abrazo concluyó tan deprisa como había empezado. Se bajó de la silla y se marchó sin más.

—Nunca lo había visto abrazar a nadie. —Chris estaba junto a la encimera, untando unas rebanadas gruesas de pan blanco con mantequilla de cacahuete —. Ni siquiera a Evie.

Hacía tanto tiempo que Mickey no sentía ningún tipo de orgullo que le costó reconocer esa sensación.

—He asistido a mi primera reunión de Alcohólicos Anónimos.

Cada vez resultaba más fácil decirlo, cada vez parecía más cierto.

Chris entrechocó las dos rebanadas de pan.

—Tengo un amigo que acude a una de esas. Dice que les sirven unos dónuts muy ricos. Bueno, no es que la gente vaya allí por la comida, claro. Solo lo he dicho por decir, pero... sí. Me parece genial.

Mientras Chris le pegaba un bocado al sándwich, Mickey sintió el impulso de liberarlo de todas las cargas de la vida. Era tan patoso, tan extraordinario.

—No está mal —repuso ella.

—*Malefroforti* —dijo Chris con la boca llena.

—¿Qué?

Necesitó tres o cuatro bocados para terminar de engullirlo.

—Me alegro por ti.

A pesar de todo, Mickey se sintió henchida.

—Gracias.

La televisión se encendió en la habitación de al lado y resonó el pijo acento británico de los cerdos de los dibujos animados. Chris cerró los ojos por un momento.

—¿Cuándo se van? —preguntó Mickey.

—Un par de días después de Navidad. Voy a echar de menos al pequeñajo.

Lo dijo como si no fuera para tanto, con un tono jovial forzado.

Mickey intentó pensar mal de Evelyn, pero aquel día no fue capaz. No mientras se acordaba del decantador, de la gata, del cementerio, del millón de putadas que le había hecho a la gente. Sus desaires formaban una pila tan alta que a veces pensaba que sería imposible emerger de debajo de ella. Pero lo intentaría.

La pose de Chris comenzó a flaquear, igual que su sonrisa.

—Durante todo este tiempo, quería que se fuera, pero ahora que se va...

—Estás triste.

Chris dejó su sándwich mordisqueado sobre la encimera.

—Estoy triste de cojones.

—Ian es un chico especial.

—¡Sí que lo es!

—Era mi favorito de toda la clase.

—¿Puedes tener favoritos?

Mickey se levantó de la silla y se acercó a Chris, junto a la encimera. Alargó una mano para tocarlo, pero la dejó paralizada a mitad de camino. La dejó colgando durante un rato, sin hacer nada, antes de volver a bajarla.

—¿Alguna novedad sobre tu trabajo? —preguntó Chris, con un paso diminuto hacia atrás.

—La verdad es que quería pedirte algo relacionado con eso. —Se le quedó la boca seca. Se sorbió la lengua para intentar producir más saliva, sin saber si sería efectivo o no—. Van a llevar a cabo una investigación para determinar si puedo recuperar mi puesto. Puedo presentar un testigo de carácter para que, hum, hable en mi defensa o algo así.

Chris retrocedió un poco más. No era una buena señal. ¿O serían imaginaciones suyas?

—Me preguntaba si estarías dispuesto a hacerlo. Lo de testificar.

Chris juntó las yemas de los dedos, un gesto que Mickey nunca le había visto hacer. Definitivamente, no era una buena señal.

—Me parece que… Uh, no es fácil decir esto.

Era un «no». Pues claro que lo era. Había sido una tontería acudir allí. Qué tonta era.

—Me parece que no te conozco tan bien. Han pasado… ¿qué? ¿Dos meses desde que apareciste aquí con Ian? No me malinterpretes: me caes genial. Me alegro de que tu situación se esté arreglando. Pero me parece que, en este caso, no tengo muy claro dónde me estoy metiendo.

Mickey se ciñó la rebeca con fuerza alrededor de las costillas, deseando poder enrollar el cuerpo entero dentro de la prenda, como una especie de murciélago patético.

—Olvida lo que he dicho.

—Y como mi familia ha estado implicada en este asunto, no sé, me parece un lío.

—Claro, lo entiendo. —Chris tenía razón. Claro que la tenía—. En serio, olvídalo.

El frigorífico zumbó, traqueteó y profirió una especie de arcada mecánica.

—Es la máquina de hielo —murmuró Chris. Partió los restos del sándwich en dos, examinó las mitades y las volvió a dejar en la encimera—. Entonces, ¿tu idea es volver a trabajar?

Mickey se puso tensa. Había vuelto: el falso júbilo.

—Sí —repuso—. ¿Por?

—No lo sé. Pongamos que acudes a un par de reuniones de Alcohólicos Anónimos a la semana.

Mickey observó las diminutas gotas de sudor que habían brotado en la base del pelo de Chris. ¿De verdad iba a salirle con esas? ¿De verdad estaba a punto de hacer eso?

—¿Será suficiente? —preguntó y, sí, ahí estaba. Una cuestión de fuerza de voluntad contra la biología: ¿el atribulado corazón de Mickey podría imponerse a su caótico cerebro?

Se le saltaron las lágrimas. Le ardieron las mejillas. Sus orejas comenzaron a aletear sin control. No pudo lograr que parasen.

—¿Suficiente para qué? ¿Para encarrilarme?

—Sí. No. —Chis negó con la cabeza—. Yo…

—Es una pregunta un poco atrevida para venir de alguien que acaba de decir que no me conoce.

—Pasar por eso a solas no funciona. Necesitas más ayuda, más…

—¿Has dejado de beber alguna vez, Chris?

Un gesto de arrepentimiento explotó en su rostro.

—Lo siento. Soy idiota.

Mickey abrió la boca, pero no supo qué más decir. Había muchos pensamientos agolpados al fondo de su mente, entre los cuales estaba este: Chris no era idiota. Tenía poco tacto, quizá, y era torpe con las palabras, pero no era idiota. Tenía la cabeza bien amueblada. Hacía buenas preguntas. Veía las cosas tal y como eran. En general.

Al cabo de un rato, Chris le ofreció un trozo de su sándwich.

—¿Te apetece un poco?

—Será suficiente —zanjó ella y se marchó, dejándolo allí con la mano extendida.

ARLO

rlo pulsó el 1.

Hola, Arlo, nena. Soy, uh… soy… papá. Te has ido hace un minuto, o puede que hayan pasado ya diez. No lo sé. Quería… quería decirte algo, he intentado hacerlo durante todo el rato que has estado aquí, pero nunca era un buen momento. Así es la vida. Nunca hay un momento adecuado para nada. Tienes que apañarte cuando se puede y cruzar los dedos para que salga bien. Eso concuerda más o menos con lo que quería decirte. A lo largo de la vida pasan cosas. Se cometen errores. No puedes dar lo mejor de ti todos los días. En mi caso, he tratado mal a todo el mundo. Pero te lo voy a compensar. Lo arreglaré. Sé que al principio te resultará duro. Lo sé de sobra. Pero así es la vida. Nunca resulta fácil. Y, uh… quería decir más cosas, pero no me veo capaz… no puedo… La enfermera acaba de darme las medicinas. Te has ido hace un minuto, o puede que haya pasado más tiempo. No lo sé. Te quiero, nena.

Arlo escuchó el mensaje de voz una y otra vez hasta que no solo memorizó las palabras, sino también las pausas entre ellas. El metrónomo errático de un monitor pitando de fondo.

El océano que mediaba entre *soy* y *papá*. La certeza en su voz al decir: *Lo arreglaré*.

Estaba sentada a solas en su coche, con el motor apagado, expulsando vaho por la boca. Aunque el parabrisas estaba empezando a empañarse, aún podía divisar la lápida a lo lejos.

Habían pasado tres días desde la ceremonia. Cada uno de esos días había acudido allí en coche y se había quedado un rato parada en el aparcamiento para ver cómo el sol se alzaba por encima de esa piedra nacarada. Habían hecho bien al elegir el mármol. Para su padre, solo lo mejor.

Mientras reproducía el mensaje por trigésima vez, se desabrochó el collar, dejó que se deslizara sobre su torso y cayera sobre su regazo, y solo entonces se le ocurrió pensar que todo aquello era la mar de raro. No el hecho de guardar las cenizas de su padre dentro de un medallón; mucha gente hacía esas cosas. La rareza radicaba en otra parte.

Tomó el móvil del posavasos y marcó un número que jamás olvidaría. Hubo respuesta tras un tono.

—¿Char?

Seguía siendo lo más normal del mundo escuchar a Hayden llamarla así.

—¿Charlotte? ¿Hola?

Arlo intentó recordar la última vez que habían hablado. Tuvo que haber sido una conversación breve, muy civilizada, acerca de quién iba a quedarse el soporte de la tele o las sillas de la cocina. Su divorcio fue tan rápido e indoloro que a veces se preguntaba si de verdad se había producido.

—Char. ¿Me has llamado sin querer?

—¿Por qué rompimos? —preguntó Arlo.

Conocía la respuesta. Mejor dicho, conocía una respuesta y esperaba que no fuera cierta.

Hayden tosió. Sonó forzado.

—Me he enterado de lo de tu padre. Lo siento mucho, pero este no es... no es un buen momento.

Pues claro que no lo era. Hayden estaría plantado delante del fogón, preparando el desayuno —huevos benedictinos, seguro, segurísimo— para una novia alta, guapa y exitosa, alguien que no hubiera hecho trizas su vida con un martillo pilón.

A lo largo de los años, la relación con su padre se había interpuesto en el camino de unas cuantas cosas, pero nunca de esa manera. Últimamente, era como si una desconocida hubiera tomado el mando de su cuerpo, y lo único que podía hacer ella, la verdadera Arlo, era observar con impotencia desde el interior de su cabeza cómo se apilaban los desastres. Manipular a una paciente fue un acto egoísta. Cruel. Rapaz. Y, para colmo, había sido incapaz de reconocerlo como tal. Fue su madre —precisamente ella— la que le hizo abrir los ojos.

Lo cual la llevó a preguntarse en qué más cosas tendría razón.

—Por favor —insistió—. Sígueme la corriente.

—Quieres que te cuente por qué rompimos.

—Desde tu punto de vista. Dime por qué no funcionó.

—Hacía cosa de un año que no hablábamos. —Hayden pareció más cansado que enfadado.

—No volveré a molestarte después de esto. Te lo prometo.

Unos apéndices de hielo se habían extendido sobre el parabrisas, entorpeciendo la vista de la lápida de su padre. Arlo encendió el motor y pulsó el botón para desempañar el cristal.

—Bueno, para empezar, éramos demasiado jóvenes —dijo Hayden.

—Pero eso no fue lo único.

—No, no fue lo único.

El hielo empezó a derretirse y se despejó una porción en el centro del parabrisas.

—Yo nunca fui tu prioridad —añadió Hayden—. Siempre había cosas más importantes.

Arlo recordó las largas horas que dedicaba a repasar a conciencia los expedientes durante sus prácticas, cómo Hayden le llevaba la comida mientras estudiaba. Arlo quería ser psicóloga desde que tenía diez años, cuando les pasaba consulta a sus Barbies y peluches. Los colocaba en fila y les hablaba del ello, del yo y del superyó. También les cobraba dinero imaginario.

—¿Te refieres a mi trabajo? —preguntó Arlo.

—Y a tu padre —repuso Hayden.

Ahí estaba. Ahí estaba él. Su padre.

—Tenías que ser tú la que lo ayudara a todas horas. No podías dejar que nadie más lo llevara en coche a esas citas.

Sí, eso era cierto. Todo lo que había hecho por él —cada estropicio que había limpiado y cada uña del pie que le había cortado— había sido para seguir siendo su ojito derecho, como si el corazón de su padre fuera una porción de terreno que ella tuviera que habitar sin descanso, no fuera a ser que viniera alguien más y se apropiase de él.

—Cada vez que tenías una buena noticia, lo llamabas a él, no a mí. Era como si no hubiera sitio en tu cerebro para nadie más.

Arlo pensó en sus inexistentes amigos. En ese apartamento tan espacioso que no compartía con nadie. En su madre, que no le dirigía la palabra. Leonora, con sus llamadas incesantes y sus mensajes sin signos de puntuación, y resulta que ahora la echaba de menos a rabiar.

—Necesitabas su consejo para hacer cualquier cosa. No podías tomar una sola decisión sin consultarlo primero con tu padre.

Qué coche comprar, qué ropa ponerse. Qué inversiones hacer, con qué chicos salir. Dónde ir de compras, dónde vivir, ¿debería contratar un seguro de arrendatario? Sí, Arlo se lo consultaba todo. Su padre siempre tenía respuestas. Incluso muerto, seguía intentando resolver sus problemas. Había juntado a sus hijas por la fuerza, sin importar las puñeteras consecuencias, con la esperanza de... ¿qué? ¿De que se redimieran la una a la otra? ¿Y, ya de paso, para limpiar su propia conciencia?

Era lo más estúpido que había escuchado en su vida.

Arlo seguía allí, seguía respirando, seguía viviendo ese fiasco de vida. Tenía que arreglarlo *ella*. Y no podría hacerlo con el peso de su padre colgado del cuello.

—No sé cómo puedes llevar a cabo tu trabajo con...

Arlo le dio las gracias, colgó y abrió la puerta del coche. Ya había oído suficiente.

El sol en alza le abrasó las retinas. Se había olvidado las Ray-Ban en la guantera, pero no podía volver a por ellas, ahora que se había puesto en marcha. Tenía detrás un pasado difícil; un futuro próspero se extendía por delante. Solo tenía que aferrarse a él.

Situada entre dos filas de coches, Arlo sujetó el medallón en la palma de la mano ahuecada y lo abrió con una uña. Las cenizas se volcaron sobre su piel.

—Te quiero, papá.

Sacudió el resto de las cenizas en su mano y comenzó a girar la palma hacia el suelo.

Una punzada de pánico le atravesó el diafragma. Se detuvo, enderezando la mano antes de que se vertieran las cenizas.

No podía tirar los restos de su padre en un aparcamiento. Había colillas y trozos de recibos hasta donde alcanzaba la vista. No, lo más sensato sería repartir las cenizas sobre la tumba. Sucedería a cámara lenta, se imaginó, las cenizas desaparecerían entre una suave ráfaga de viento y el canto de los pájaros. Y luego los dos serían libres.

Ahuecó la mano libre por encima de la otra con la que sujetaba las cenizas y tomó una nota mental para protestar en algún momento por la suciedad del suelo.

Pero mientras contemplaba la nieve que había caído alrededor de la lápida de su padre, comprendió que eso tampoco funcionaría. La brisa se había disipado y las cenizas se acumularían allí como una mancha.

Así comenzó una hora de correr por el cementerio en busca de un árbol apropiado. Los pinos eran demasiado vulgares, los arbustos eran poco elegantes. Encontró un olmo prometedor, pero luego vio una placa al pie del árbol y se dio cuenta de que ya tenía dueño.

Finalmente, regresó a la tumba y giró la mano con un suspiro derrotado, viendo cómo las cenizas caían ante sus pies, alegrándose hasta lo más hondo por haberlo hecho, para que así ciertas cosas pudieran cambiar.

Un mensaje de texto estaba fuera de toda consideración. Había mucho que escribir. Un e-mail, por otro lado…, no era mala idea. Un e-mail le permitiría explicarse como es debido. Pero ¿cómo impedir que Mickey borrase el mensaje en cuanto llegara a su bandeja de entrada? Si le enviase una carta, seguramente la devolvería sin abrir, o incluso la quemaría. Podría llamar a la puerta de su casa y suplicarle en persona —al fin y al cabo, sabía dónde vivía—, pero eso seguramente constituiría un abuso de poder, y Arlo había renunciado a cualquier comportamiento poco ético. De ahora en adelante daría lo mejor de sí, su mejor versión moral.

—Bah, a tomar por saco. —Rodó sobre la cama y alargó la mano hacia el móvil, que estaba sobre la mesilla de noche. Solo eran las diez. Tampoco era tan tarde.

Hola, ¿podemos hablar?

El mensaje le pareció cutre en cuanto lo envió. ¿Tres palabras? ¿Solo se le habían ocurrido tres míseras palabras? Tenía que hacerlo mejor que ese diminuto cuadro de texto azul. Arlo no creía en el alma, la conciencia era una función del cerebro; pero si *existiera* tal cosa, la suya estaría pendiendo de un hilo en ese momento, como un jirón renegrido enganchado en el clavo de una cerca metafísica. Solo Mickey podría descolgarla y dejarla limpia.

Hay varias cosas que me gustaría explicar.

Arlo esperó a que apareciera una elipsis al pie de la pantalla, esa señal misericordiosa de que el interlocutor había leído el mensaje y estaba escribiendo una respuesta. Pero la elipsis no apareció. Se quedó mirando el móvil hasta que se apagó, luego pulsó la pantalla para volver a iluminarlo. Cuando la pantalla se oscureció por segunda vez, se obligó a dejar el teléfono a un lado. Apagó la lámpara, se arropó hasta las orejas e intentó dormirse.

Puede que Mickey no estuviera mirando el móvil en ese momento. Puede que *ella* sí estuviera dormida. Sí, seguramente sería eso. Aún no había visto el mensaje. Se haría de día, Mickey revisaría el móvil y las dos acordarían una hora para verse.

A no ser…

A no ser que Mickey *hubiera* visto el mensaje y hubiera decidido ignorarlo. ¿Y por qué no? Arlo había traicionado la confianza de su paciente, los cimientos de su relación terapéutica. Ojalá comprendiera lo mucho que lamentaba haber hecho eso.

Alargó de nuevo la mano hacia el teléfono.

Pero solo si quieres. Lo que tú quieras es lo más importante. Tú eres la víctima en esta situación.

Ay, Dios. ¿Por qué había dicho eso?

No es que yo te considere una víctima. Eres una superviviente. Eres una persona muy fuerte, Mickey. Te admiro un montón.

No pudo impedir que sus pulgares siguieran escribiendo. Las palabras surgieron en tromba y se fueron apilando.

Lo siento. De verdad. No tendría que haber pasado nada de esto. Tendría que habértelo contado en cuanto me enteré. Lo que hice estuvo mal y desearía poder rebertirlo.

*revertirlo

Entonces se le ocurrió algo más.

Soy Arlo.

Para despejar dudas, añadió:

Fink.

Arlo Fink.

Es mi apellido de casada.

Estoy divorciada.

Releyó los mensajes. El móvil acabó en el suelo. Puede que se cayera, puede que ella lo tirase. Qué más daba.

Necesitaba dormir. Se merecía un descanso. Vale, había obrado mal. Pero seguía siendo un ser humano, y como tal, merecía poder dormir. El sueño era fundamental para reparar las células dañadas de su cuerpo, limpiar los residuos de sus ventrículos cerebrales y consolidar los acontecimientos recientes en forma de recuerdos que pudieran ser clasificados y almacenados. Por la mañana, el mundo sería un lugar distinto y ella sería una persona diferente. Por la mañana, estaría en calma. Respiraría hondo. Afrontaría el nuevo día con valentía y templanza.

Sonó el teléfono, proyectando un arco de luz blanca por la habitación. Arlo se lanzó en plancha desde la cama y se golpeó las costillas contra el suelo.

Era Mickey.

Me parece bien que nos veamos.

Arlo exclamó de alegría. ¡Estaba salvada!

Llegó otro mensaje:

¿Cuándo y dónde?

Tendrían que quedar en territorio neutral; en público, a ser posible. Mickey no le arrearía un puñetazo si hubiera más gente delante.

La cara de Mickey se proyectó y difuminó a rachas en su mente durante las siguientes horas, mientras alternaba entre el sueño y la vigilia. Se levantó de la cama a eso de las tres, resignada a mantener los ojos abiertos, aunque solo fuera para ver algo aparte de ese pelo brillante y con volumen, esa frente amplia y esos ojos azules heredados de su padre.

El café que había comprado en el McDonald's aquella mañana ya era el cuarto que se tomaba aquel día. Llegó temprano, encontró asiento junto a una ventana y oteó la calle soleada con los ojos entornados, pensando en el cambio climático mientras sonaba *Carol of the Bells* a todo trapo desde los altavoces del techo. Se terminó la taza en dos tragos. Se acercó de nuevo al mostrador y pidió unas patatas fritas extragrandes, aunque luego no fue capaz de comérselas. Se quedaron metidas en el cartón manchado de grasa, duras y frías, reluciendo bajo las luces del local.

Las patas de una silla rechinaron sobre el suelo.

Arlo se sobresaltó, se zarandeó y volcó el vaso vacío de café.

De los tres asientos libres que había en la mesa, Mickey ocupó el que se encontraba en diagonal a ella. No parecía enfadada. No parecía gran cosa, aparte de cansada. Llevaba puesto un poncho a rayas rosas y verdes con un estampado de alpacas pequeñitas, una elección al menos curiosa.

—No sabía si vendrías —dijo Arlo—. No digo que seas la clase de persona que deja tirados a los demás. Lo que quiero decir es que no te lo reprocharía.

Mickey reparó con cierta aprensión en el vaso de café vacío y las patatas fritas sin tocar, hundiendo el mentón en su cuello.

—He estado pensándolo y voy a decir que has cumplido las siete sesiones. Firmaré un documento para el bufete... lo que necesites. Recibirás tu dinero.

Mickey se quitó la goma del pelo y no dijo nada. ¿Arlo la había ofendido? ¿Ya, en apenas cinco segundos?

—El dinero no es lo único, por supuesto. Tendría que habértelo contado en cuanto descubrí que éramos... —Arlo seguía sin poder decirlo—. Cuando me enteré de nuestra conexión. Lo siento.

Mickey miró para otro lado, deslizando la vista sobre las ilustraciones genéricas de la pared y las enormes pantallas centelleantes de los quioscos de autoservicio. Lamentaba haber acudido allí. Era obvio. En cualquier momento, se levantaría de la dura silla de plástico del McDonald's y se dirigiría con gesto impávido hacia la salida.

Pero entonces se giró hacia Arlo con un extraño gesto de esperanza en la mirada y preguntó:

—¿Qué querías explicar?

—¿Hmmm?

—En tu mensaje dijiste que había ciertas cosas que querías explicar.

Sí, Arlo había dicho eso. Se había comprometido a contar toda la deprimente verdad.

MICKEY

—Quería a papá solo para mí. Su tiempo, su atención, su aprobación. Y lo que pasó con el testamento, contigo... fue como una amenaza. Cuanto más pensaba en que se preocupaba por ti, menos posibilidades había de que lo hiciera por mí. Eso era lo que pensaba. Y tiene gracia, porque ahora empiezo a dudar si alguna vez llegó a interesarse por alguien que no fuera él mismo. Y no sé *por qué* me preocupa tanto si le importaba o no, pero el caso es que así es. No puedo evitarlo. No soy capaz.

Arlo estaba entrando en bucle. Resultaba obvio por las bolsas que tenía bajo los ojos, el temblor que aquejaba sus manos mientras hablaba, el vaso de café vacío —seguramente el tercero o el cuarto de la mañana— que había derribado con el codo. Tenía las gafas torcidas. Se había puesto la camisa del revés. El conjunto formaba una imagen tan lastimera que Mickey tuvo que desviar la mirada al principio. Pero luego entró en juego la empatía; entrar en bucle, al fin y al cabo, era una experiencia que ella conocía de sobra.

Desde aquella conversación con Chris, se había sentido pequeña, indigna, condenada al fracaso y terriblemente sola. Se había pasado la mayor parte de las horas de vigilia deambulando de una habitación a otra, comiendo Fritos o intentando leer el libro de Hillary Clinton, pero no lograba concentrarse por culpa de esa soledad tan devastadora. Entonces llegaron los mensajes de Arlo.

—Nuestro padre tenía un don para comerle la cabeza a la gente —añadió Mickey.

Arlo pareció sorprendida.

—¿Incluso contigo?

Mickey tiró de las mangas para cubrirse las muñecas. Se había puesto el poncho con la esperanza de que las alpacas le aportasen consuelo y fortaleza.

—Una parte de mí sigue creyendo que un día de estos se presentará ante mi puerta y dirá: «¿Sabes qué, nena? Tenías razón. He sido un gilipollas. Pero mírate ahora. Mira qué bien te ha ido en la vida». Cosa que no es cierta, por supuesto. Me ha ido de pena. No tengo nada. He quemado todos los puentes, por decirlo de alguna manera.

Arlo agarró una patata frita y la observó con el ceño fruncido.

—Sorprende lo fácil que resulta hacerlo, ¿eh?

Se refería a la presentación de la lápida. A su colapso nervioso en público ante el micrófono.

—Oye... —comenzó Mickey. Cuanto más repasaba el discurso de Arlo en su mente, más la reconcomía—. Sobre lo que dijiste aquella vez.

Arlo mordisqueó una patata lentamente, torciendo el gesto.

—No creo que fuera una persona horrible al cien por cien —dijo Mickey.

Un sonido extraño, a medio camino entre una tos y un quejido, escapó de la garganta de Arlo. Se cubrió la boca y miró para otro lado.

—Si lo fuera, habría resultado más fácil —prosiguió—. Pero él era... bueno, ya sabes. Era dulce y payasete. Cariñoso.

Mickey llevaba toda la vida huyendo de su padre. Pero por mucho que se alejara, sin importar adónde la llevasen los buses y los aviones, siempre encontraba el camino de vuelta. Y él siempre estaba justo donde lo había dejado: frente al estanque, con la camisa remangada y el sol en la cara, lanzando migas de pan para los puñeteros patos.

—Estaba enfadada con él por haberse marchado, porque nos arruinó la vida. Pero también estaba enfadada porque lo echaba mucho de menos. ¿Recuerdas esa imitación de Tigger? Era alucinante. A ver, no me malinterpretes. Eso no quita que siguiera siendo una persona horrible.

Arlo bajó el puño para revelar una sonrisa incipiente.

—Pero ¿solo al noventa por ciento?

—Sí. Exacto. Horrible al noventa por ciento.

La distancia entre ellas pareció acortarse y, de repente, todo pareció un poquito más factible. Mickey se mantendría sobria. Recuperaría su trabajo. Forjaría relaciones valiosas y una rutina de descanso consistente. Y podría contar con Arlo para animarla en cada etapa del camino, aunque nadie más lo hiciera. Sobre todo, si nadie más lo hacía. Por eso la había invitado a ir allí aquel día: para disculparse, sí, pero también para echar una mano. Para brindarle apoyo. ¡Para estrechar lazos!

Mickey apoyó las manos encima de la mesa. Había elegido un sitio raro para sentarse, sus cuerpos no terminaban de quedar enfrentados.

—Estuvo muy mal que te hubiera dejado fuera del testamento. Cuidaste de él durante todos estos años... se puede decir que lo mantuviste con vida... y él a cambio... —Le endosó a Mickey, el peor estropicio de todos, el caso que ningún terapeuta podría resolver—. ¡Joder! ¿A quién se le ocurre?

Tres personas mayores que estaban sentadas en la esquina se giraron y fruncieron el ceño.

—No soy quién para preguntarlo —añadió—, pero...

—Noventa y una horas —dijo Mickey.

—Genial —repuso Arlo, aunque su rostro denotaba tristeza.

Seguramente estaría pensando en todos los alcohólicos a los que había conocido. Cuáles habían recaído. Cuáles habían acabado con daños en la médula espinal, fracturas de cráneo o hepatitis. Cuáles habían muerto. Y en los pocos que lo habían logrado, los que seguían sobrios dos, cinco e incluso veinte años después, porque alguno tendría que haber. Por pura estadística, no todo el mundo podía fracasar.

—Voy a ir a Alcohólicos Anónimos cuando acabemos aquí —añadió Mickey.

—Genial —repitió Arlo.

Mickey esperó a que dijera algo más. De un momento a otro, Arlo soltaría alguna frase trillada sobre la naturaleza recia y resiliente del espíritu humano. «Puedes hacerlo», le diría. «Las probabilidades son desoladoramente bajas, pero podrás superarlas».

—Entonces, ¿eso significa que tú...? Es decir, ¿qué opinas? —Arlo cruzó los brazos sobre su estómago y aferró una porción de su camisa con cada mano. Era un gesto un poco forzado.

—¿Sobre qué?

—¿Estamos... en paz?

Mickey sintió como si se hubiera reventado un globo de un pinchazo y todas sus esperanzas desesperadas salieran despedidas.

—Estás pidiendo perdón.

Arlo abrió mucho los ojos con un gesto de culpabilidad.

—Eso es. Quieres saber si te perdono.

No habría palabras de aliento, comprendió Mickey. Ni consuelo ni peroratas seudopsicológicas. Arlo no había acudido allí para echar una mano, ni para brindar apoyo, ni para estrechar lazos. Para ella, esta reunión solo era otra transacción: cincuenta minutos de falsa intimidad, que ofrecía sin otro motivo que el de limpiar su conciencia.

—Solo me refería a... —Arlo alternó la mirada entre las patatas fritas y el vaso de café. Sobre su frente se había formado una película de sudor—. He pensado que a lo mejor podría salir algo bueno de esta situación. Que tú y yo podríamos ser, no sé, amigas.

Una carcajada emergió del fondo del pecho de Mickey.

—Eso no es lo que quieres. Lo único que quieres es dejar de sentirte tan culpable. Quieres que te diga que no te preocupes por ello, porque así podrás seguir adelante con tu vida y olvidar que esto ha ocurrido.

Incluso entonces, Arlo solo estaba pensando en sí misma. Así de insensible era, así de egoísta. Horrible al noventa por ciento, como poco. Tal vez al noventa y cinco.

—Tienes razón —dijo—. Lo sien...

—Sí, lo sientes —replicó Mickey, poniéndose en pie—. Ya lo veo.

Al fin y al cabo, ella misma había pronunciado esas palabras unas cuantas veces. Sabía lo poco que significaban en realidad.

El tipo con el gorro de Papá Noel consultó su pila de papeles.

—Usted debe de ser Mickey Morris.

—Sí —respondió ella—. Señor.

Lampiño y con la cara redondeada, a Mickey le pareció demasiado joven y ridículo como para ser un señor, pero prefirió pecar de precavida.

Se presentó como el señor Cook y dijo que sería el encargado de dirigir la investigación.

—Felices fiestas.

—Felices fiestas —repitieron Mickey y Tom al unísono.

Una recepcionista los había conducido por una serie de pasillos sin ventanas, flanqueados por fotografías de señores blancos y viejos en traje, un desfile de intendentes, superintendentes y supersuperintendentes. Los años se remontaban hacia atrás en el pasado, a medida que se adentraban más a fondo en el laberinto; las imágenes pasaban del color al sepia y al blanco y negro. Alrededor de 1950, llegaron a una estrecha sala de reuniones repleta de teclados huérfanos y proyectores viejos, donde las cañerías gorgoteaban al otro lado de las paredes y el ambiente despedía un ligero olor a combustible diésel.

Sentados al lado del señor Cook estaban sus dos acompañantes, una mujer con el pelo rubio platino y un hombre de mediana edad que aparentaba estar dormido. La mujer se había excedido con el rímel, sus pestañas se agolpaban en cuatro o cinco puntas por párpado, y no levantó la vista de su teléfono.

El señor Cook se inclinó por debajo de la mesa y reapareció con un fardo de tela roja: dos sombreros más de Papá Noel, ambos revestidos con un forro blanco.

—He pensado que así la reunión tendría un toque un poco más festivo —dijo mientras deslizaba un gorro sobre la mesa para Mickey y el otro para Tom.

Como a ella ya no le quedaba orgullo, se puso el suyo sin pensárselo dos veces. Tom se mostró más reticente. Toqueteó el forro con la punta de un boli. El señor Cook esbozó una sonrisa cargada de dientes.

—¿A qué viene esa cara tan seria, amigo?

—Esto es un procedimiento legal —repuso el abogado.

—He traído galletas para cuando levantemos la sesión. Son de mantequilla. Receta de mi bisabuela.

—Ah, vale.

Tom se caló el gorro hasta las orejas y cruzó un tobillo sobre la rodilla de la pierna contraria; se le remangó la pernera hasta revelar un calcetín con un estampado con dibujitos de aguacates. Mickey habría sonreído de no haber estado agonizando por dentro. No había encontrado a nadie —ni una sola persona en un planeta habitado por miles de millones de individuos— que quisiera proporcionar una referencia de carácter. Estaba condenada.

Se descolgó el bolso del hombro, lo dejó caer al suelo e intentó no pensar en lo que había guardado allí. No lo necesitaba. Y tampoco lo quería, eso desde luego. Solo lo había traído por precaución, como una póliza de seguros. Ese mejunje tenía muchos usos. Podía servir para quitar el esmalte de uñas... para desinfectar heridas... como combustible para ciertos motores, quizá...

El señor Cook sacó un par de gafas al estilo Buddy Holly del bolsillo de la pechera de su traje, se las apoyó sobre la nariz y describió los puntos del orden del día: preguntas iniciales, seguidas de cualquier testimonio adicional.

—Todo quedará grabado en una cinta. —Señaló hacia el aparato marrón que había encima de la mesa, la primera pletina que veía Mickey desde su infancia—. Luego se reunirá el comité para tomar una decisión. ¿Okidoki?

—Okidoki —repitió ella.

El señor Cook clavó sus amplios ojos sobre Tom, que no dejaba de alternar la mirada entre su reloj y la puerta. Visualizando su huida, probablemente. Debía saber que aquello era una causa perdida.

—*Okidoki* —dijo el abogado.

El señor Cook le dio un codazo al miembro del comité dormido, que se espabiló resoplando y farfullando.

—Larry. Vamos a empezar.

La mujer rubia dejó el móvil encima de la mesa. Por lo visto, le quedaban dos intentos para averiguar la palabra secreta del día.

Mickey oteó la estancia en busca del lugar más apropiado para vomitar, en caso de que fuera necesario.

—Señorita Morris —comenzó el señor Cook, leyendo unas notas garabateadas en una libreta de hojas amarillas con renglones—, ¿es cierto que sacó al niño en cuestión de las instalaciones del colegio sin el permiso de su tutora legal?

—Su madre no vino a recogerlo, así que...

—Responda «sí» o «no», por favor.

El señor Cook frunció los labios de tal manera que provocó un tembleque en los de Mickey.

—No puede obligar a un testigo a que responda solo «sí» o «no» —intervino Tom.

—No la estoy obligando. Se lo estoy pidiendo. —El señor Cook la miró con gesto expectante.

—¿Sí? —dijo Mickey—. Supongo.

—¿El niño se encontraba expuesto a algún peligro en ese momento?

—No —respondió Mickey—. Bueno, sí, más o menos. Es que...

—Lo preguntaré de nuevo. —El señor Cook se inclinó hacia delante, el pompón de su gorro de Papá Noel se desplegó sobre su sien de un modo que resultó extrañamente amenazante—. ¿El niño se encontraba expuesto a alguna clase de *peligro directo* que justificase la *evacuación inmediata* de las instalaciones del colegio *en ese momento*?

Mickey agarró su bolso y lo sostuvo con fuerza.

—No.

—Se lo repito, tiene que dejar que se explique —protestó Tom.

—¿Y es cierto que su supervisora, la directora Jean Donoghue, le dio indicaciones explícitas de avisar a las autoridades en caso de que la tutora legal del niño no se presentase?

Mickey abrió el bolso por una rendija y oteó la botella de Smirnoff. El tapón rojo relucía con tanta intensidad como la nariz de Rudolph.

—Sí.

—¿Y era consciente de que, al desobedecer esas directrices, no solo estaba infringiendo la política de la escuela, sino también el código de conducta ética redactado por el sindicato de profesores?

—Si me permite —interrumpió Tom, el dulce y comprometido Tom—, me gustaría recalcar la provisión 42B del código de conducta de los profesores, que establece que un profesor puede infringir determinados artículos para actuar en interés del «bienestar físico y emocional» de los niños.

Deslizó uno de sus papeles sobre la mesa. El señor Cook no lo recogió, ni siquiera lo miró.

—Pero su clienta ya ha confirmado que el niño no sufría ningún peligro directo.

—Sí, pero...

—¿Necesitamos revisar la cinta? Podemos hacerlo.

Mickey le apoyó una mano en el brazo a Tom y le susurró al oído:

—No pasa nada. Aún hay tiempo para persuadir a los otros dos.

En realidad, no estaba tan segura. La mujer del móvil solo tenía un último intento para resolver la palabra secreta del día. El dormilón, aunque consciente, no mostraba demasiado interés y se dedicaba a limpiarse la roña de las uñas con los incisivos.

—¿Y bien, señorita Morris? —preguntó el señor Cook—. ¿Era consciente de que estaba infringiendo el código de conducta ética?

Mickey tragó saliva con fuerza. Llevaban dos minutos y ya estaba con el agua al cuello.

—Sí.

El señor Cook pasó la página de su libreta con un regocijo palpable.

—También está la cuestión del lunes siguiente.

Aquello la dejó desconcertada.

—¿El lunes?

—Tengo anotado aquí que, cuando la directora Donoghue le informó de la suspensión y le pidió que se marchase, se negó a hacerlo.

Ah, sí. Ese lunes.

—No... no entendía qué estaba pasando —repuso Mickey—. Eso es todo.

—¿Esa fue la razón por la que agredió a una profesora sustituta? ¿Que no lo entendía?

—Yo no *agredí* a nadie —Mickey estuvo a punto de soltar una carcajada—. Creo que le quité unos juguetes, nada más. Y para ser justos, era evidente que esa chica *no* sabía lo que estaba haciendo. No se pueden sacar los camiones de juguete a primera hora de la mañana sin esperar que se produzca un baño de sangre.

—Debe de tener en alta estima sus habilidades.

—Bueno, sí. —¿Estaba mal admitirlo?—. Llevo trabajando en esto desde hace más de una década. Sé tratar con los niños. Me encantan. Son lo único que dan sentido a mi vida.

—¿Qué quiere decir con eso? —preguntó el señor Cook mientras tomaba notas como un poseso.

Tom aprovechó para intervenir:

—No estoy seguro de que...

El señor Cook lo mandó callar otra vez.

—¿Señorita Morris?

Por primera vez en más de diez años, a Mickey no se le ocurrió una mentira convincente. En vez de eso, le entró el pánico y dijo la verdad:

—Lo que quiero decir es que mi vida fuera del trabajo es un poco triste, vacía y carente de sentido.

Tom suspiró. El señor Cook esbozó una sonrisa condescendiente.

—No tengo amigos —continuó, pensando que quizá sonaría mejor si se explicase con más detalle—. Solía creer que todos los adultos eran corruptos y egoístas por naturaleza, lo cual también explica por qué siempre he sentido esa inclinación extraña hacia los niños. A ver, no quiero decir *rara*. No en plan... —Ay, Dios—. Tengo un sentimiento de abandono por culpa de todo lo que pasó con mi padre. Pero eso no... Es decir... estoy trabajando en ello. —¡*Ay, Dios!*—. Como mi crianza fue tan traumática, es por eso que me esfuerzo tanto por ser una buena profesora. Quiero proporcionar seguridad y estabilidad a los niños, para que no terminen tan hechos polvo como... como yo.

Se quedaron en silencio mientras el señor Cook tomaba más notas. Le llevó un buen rato. Cuando por fin terminó, levantó la cabeza y dijo:

—Bueno, eso ya está zanjado. Bien, ¿estamos listos para...?

La puerta se abrió de golpe e irrumpió una mujer menuda, pelirroja y pecosa, vestida de pies a cabeza con prendas de cachemir. Llevaba sujeto un maletín de piel por encima del hombro y una chaqueta Canada Goose por debajo del otro brazo.

—Lo siento mucho. Me ha costado un montón aparcar. Y luego me he perdido por las instalaciones. Lo siento de ve...

Arlo se interrumpió, puede que tras fijarse en los gorros de Papá Noel.

Sí, Arlo estaba allí. En la investigación de Mickey. Pero ¿por qué? A no ser que...

—Ah —dijo el señor Cook, que volvió a consultar su libreta amarilla—. Usted debe de ser la señorita Fink. ¿Viene a aportar la referencia de carácter?

—No —dijo Mickey.

—Sí —dijo Arlo.

Mickey no tenía la menor idea de lo que podría decir en su favor, pero le costaba imaginar que pudiera mejorar la situación en modo alguno. ¿Qué provecho personal sacaría por acudir allí?

—No creo que sea...

—Sí, he venido para la referencia de carácter. —Arlo ocupó un asiento vacío al lado de Tom, que estaba sonriendo. Se inclinó por encima del regazo del abogado y le susurró a Mickey—: Deja que te ayude.

Mickey pudo oler las notas frutales de su perfume, pudo escuchar el leve gorgoteo de su estómago, pudo ver los diminutos vasos sanguíneos que se habían roto en sus mejillas. Y pensar que en otra vida habría corrido entre los aspersores del jardín con cierta persona durante los días cálidos de verano. Que habría construido muñecos de nieve y tostado nubes de gominola con un palo.

—¿Señorita Morris? —El señor Cook parecía impaciente—. ¿Podemos continuar?

Mickey profirió un quejido afirmativo, pese a que no estaba lista en absoluto.

Todos se giraron hacia Arlo, que parecía estar sudando, sus gafas se empañaban cada vez que exhalaba. Unas manchitas rojas aparecieron a ambos lados de su cuello.

Después de presentarse como la terapeuta de Mickey, carraspeó y comenzó a leer un texto que tenía anotado en el móvil.

—No fue hasta bastante después de empezar a trabajar con Mickey cuando resultó obvio lo mucho que adora su trabajo. Cuando le pregunté si sus alumnos eran importantes para ella, respondió sin dudar: «Son *lo más* importante».

Sí, es cierto que había dicho eso.

—Siempre está pensando en planes de trabajo para practicar la escritura, en qué canciones cantar durante la asamblea y en qué niños necesitan ayuda para ponerse las manoplas.

Más cosas que Mickey había dicho durante la terapia y que Arlo recordaba. Al parecer, la había estado escuchando, además de maquinar en la sombra.

—Así pues, no me sorprende que Mickey tomase la iniciativa de llevar a casa en coche a un niño en lugar de avisar a las autoridades para denunciar a su madre, una buena madre, que ella sabía que estaba en riesgo de exclusión y sufría problemas económicos. A Mickey, los árboles no le impiden ver el bosque.

Mickey sintió una presión en el pecho. Arlo... ¿la *conocía*?

—Pero aparte de su naturaleza empática y sus dotes como educadora, Mickey posee otra cualidad inusual que vale la pena mencionar. Permitan que me desvíe un poco del tema.

Mickey intentó respirar, pero llegados a ese punto sus pulmones apenas podían inflarse. *Desviarse* era una palabra que no solía augurar nada bueno.

—Dentro del campo de la psicología, a menudo nos referimos a una cosa llamada «modelo transteórico»...

Al momento, los ojos de todos los presentes se quedaron vidriosos.

— ... que plantea que la gente pasa por ciertas fases de cambio. Nuestros defectos están grabados a fuego en nuestros cerebros, pero antes de que podamos empezar a hacer las cosas de otra forma, debemos embarcarnos en una fase de reflexión, para *pensar* en la posibilidad de realizar ese cambio. La gente circula por este periodo durante años.

Mickey agachó la cabeza. Aquello no era una referencia de carácter; era una conferencia sobre psicología. Y eso que el comienzo había sido muy prometedor.

—Intento ayudar a mis pacientes durante el proceso, pero lo cierto es que el cambio de la reflexión a la acción tiene que surgir de ellos. Mucha gente no da nunca el paso. Si les soy sincera, presenciar eso, ver cómo la gente se atasca, me lleva a preguntarme por qué hago mi trabajo.

Mickey metió una mano en su bolso y agarró la botella de licor por el cuello. Esa reunión se prolongaría... ¿cuánto? ¿Quince minutos más? Veinte, a lo sumo. Aguantaría hasta el final, se escabulliría, buscaría el cuarto de baño más cercano, se acurrucaría en el cubículo y... sí. Si quisiera. ¿Quería hacerlo? Pues claro que quería. Pero ¿a un nivel más profundo?

—Sin embargo, cada cierto tiempo aparece alguien que te sorprende. Mickey tiene rachas malas, como todo el mundo. No diré cuáles son, porque eso le corresponde a ella. Pero baste decir que, cuando ella planea realizar un cambio, se ciñe a ese plan. No se imaginan lo inusual que es eso. Mickey actúa. Se compromete.

La vergüenza hizo acto de presencia, como una niebla siniestra. Mickey no se había comprometido a nada. Había vaciado el vodka en ese cementerio sintiéndose tan lúcida, tan realizada. Como si con eso bastara para zanjarlo. Arrojas una petaca hacia unos arbustos y, bingo, adicción concluida. ¡Ja!

Mickey recordó todas las demás veces que había intentado dejar de beber, porque *había habido* otras veces, por supuesto que sí. Siempre hacía lo mismo: derramaba unas cuantas lágrimas, vertía el licor por el desagüe y se convencía de que esta vez, *esta*, era la definitiva.

—Hay contratiempos, por supuesto. Nos caemos del tren en marcha y luego nos volvemos a montar. Al menos, hay gente que lo hace. Como Mickey. Por muchas veces que tropiece y se caiga, siempre vuelve a levantarse. Y esa... *esa* es la diferencia entre estancarse y propiciar un cambio significativo.

Mickey se mantuvo sobria un mes entero después de lo de Ámsterdam. Se mantuvo sobria once días cuando tenía veinticuatro años. Ochenta y nueve días a los veintiocho. Cuarenta y dos cuando tenía treinta. Había visto a media docena de terapeutas, había asistido a montones de reuniones. Había leído el *Libro grande*, o al menos una parte. Todavía lo conservaba en alguna parte; en un armario, quizá, sepultado junto con la esterilla de yoga, las mancuernas y todos esos trastos que no utilizaba nunca porque no era tan buena persona. Porque no merecía que nadie la cuidara, ni siquiera ella misma.

Su padre la tiró como uno de esos recipientes vacíos, porque ese era el valor que tenía para él. Y entonces ella deambuló por la vida creyendo sus palabras, creyendo esa historia de que no valía nada, no merecía cariño, no merecía nada. Se acostaba con cualquiera y se despertaba en sitios extraños. Cuando se aburrió de eso, se aisló por completo del mundo. Bebía vodka en los autobuses y se entregaba en cuerpo y alma a lo único que le importaba, a lo único que se le daba bien.

Arlo dejó el móvil y el discurso a un lado y miró directamente a los miembros del comité por primera vez.

—Algo que tienen que entender es que todo el mundo tiene problemas. Incluso la gente que parece tenerlo todo bien atado. Mírenme a mí. Tengo un máster. Soy una profesional respetada. Mi trabajo consiste, literalmente, en ayudar a la gente a tomar mejores decisiones. ¿Saben lo que hice el otro día? Le mentí a una paciente en provecho propio. Por *dinero*.

Los miembros del comité cruzaron unas miradas ceñudas. Mickey se fijó en la grabadora de cinta, que zumbaba y crepitaba, registrando cada palabra de Arlo.

—Mentí y luego negué haber mentido. Tuve muchas oportunidades para confesar, para darle un vuelco a la situación, pero no lo hice. Me daba demasiado miedo. —Lo dijo con un tono ecuánime, como si no acabara de pulsar el botón de autodestrucción de su vida entera—. Mickey, no. Ella tiene el valor de enfrentarse a sí misma. *Por eso* supone un ejemplo tan positivo para sus alumnos. *Por eso* sería una negligencia por su parte el despedirla.

El problema era de almacenamiento, de dilucidar si la vida de Mickey tenía espacio suficiente para albergar una carrera docente y una afinidad problemática con el alcohol. ¿Podría ser una persona al cuidado de unos niños y al mismo tiempo una persona que se llevaba el vodka a todas partes? ¿Una persona que se pasaba el día mirando el reloj, descontando los minutos para echar el primer trago a las cinco? Llevaba haciéndolo una eternidad, por supuesto. Pero hasta hacía poco no había parecido un problema.

Arlo volvió a agarrar el móvil y deslizó el dedo hacia el final de su anotación.

—La vida es dura para todos y en especial para algunos. No es extraño que nos preguntemos si la gente puede mejorar. ¿De verdad cambia? Por desgracia, en la mayoría de los casos la respuesta es no.

Se diría que su padre estaba presente en esa sala, proyectando su larga sombra por encima de las dos. Entonces Mickey decidió que ya estaba harta de sus gilipolleces y lo borró de su cabeza para siempre. O, al menos, por ahora. *Adiós, adiós, me marcho en el tren...*

Arlo estaba sonriendo.

—Ahora puedo decir con certeza que a veces, pocas, la gente sí cambia.

Mientras el comité sopesaba su decisión, Mickey, Arlo y Tom se sentaron en una hilera de sillas en el pasillo y se comieron las galletas de mantequilla de la bisabuela del señor Cook.

—Detesto admitirlo —dijo Tom mientras sacaba otra galleta de la servilleta de papel con un estampado de muérdago que tenía apoyada sobre el regazo—, pero la verdad es que están ricas.

—Muy ricas —dijo Arlo. Se le habían quedado pegadas unas migas a las puntas del pelo.

Mickey alternó la mirada entre su abogado y su hermana. Formaban una pareja insólita.

—Todavía me cuesta creer que os hayáis...

—No hablemos de ello —la cortó Arlo.

Tom farfulló para mostrarse de acuerdo.

—Esto ha sido cosa tuya, ¿verdad? —le preguntó Mickey. Y no lo decía porque estuviera enfadada.

—Pensé que iba a dejarnos plantados —respondió Tom.

—Lo siento. Me desorienté por las instalaciones. —Arlo puso una mueca mientras oteaba el entorno—. ¿Por qué los suelos rechinan tanto?

—Los comités escolares tienen una manía extraña con pulir los suelos. —Mickey se frotó los ojos. Los tubos fluorescentes del techo zumbaron y titilaron, proyectando su luz sobre el linóleo de color verde pota, agresivamente reluciente—. Es una herencia del capitalismo industrial.

—Es una puta pesadilla, eso es lo que es —sentenció Tom. Después de zamparse la última galleta, Arlo estrujó la servilleta vacía entre sus puños.

—Iba en serio, ¿sabes? Todo lo que he dicho.

—Gracias —dijo Mickey con un hilo de voz.

Básicamente, Arlo se había incriminado a sí misma para que ella pareciera mejor en comparación. Como gesto, era un disparate. Y profundamente conmovedor.

En ese momento estuvo a punto de contarles lo del vodka, estuvo a punto de divulgar el bochorno de haber traído una cantidad cuantiosa de licor a una reunión disciplinaria. Pero hablar de ello supondría reconocer lo que significaba.

Cuando le contó a Chris lo de Alcohólicos Anónimos, él le preguntó si sería suficiente. Ahora esa pregunta era omnipresente. La vio grabada en los rostros severos y miopes de los superintendentes cuyos retratos flanqueaban la pared de enfrente. La percibió en el aire frío. La oyó en los latidos de su propio corazón: ¿es suficiente?, ¿es suficiente?, ¿es suficiente?

La puerta de la sala de reuniones se abrió con un crujido.

El señor Cook asomó la cabeza y los miró con un gesto de expectación no contenida, haciendo desaparecer sus cejas bajo el gorro de Papá Noel.

—¿Y bien? ¿Qué tal estaban?

—Fabulosas —respondió Tom.

—Muy ricas —añadió Arlo.

El señor Cook aplaudió con entusiasmo.

—Se lo dije. —Se dirigió a Arlo, como si no hubiera reparado en ella hasta ahora—: Ya pueden volver a entrar.

Dentro de la sala, el dormilón ya había recogido su maletín, que estaba apoyado encima de la mesa, frente a él, y la mujer del móvil estaba viendo fotos de perros en Instagram. ¿Habría resuelto la palabra secreta del día? Mickey nunca lo sabría.

—Dejen que vuelva a poner en marcha este chisme. —El señor Cook pulsó un botón de la pletina. No pasó nada—. Hmmm.

Mickey se mordió el interior del carrillo con tanta fuerza que se hizo sangre. El señor Cook apretó otro botón. El aparato soltó entonces un runrún.

—¡Ajá! Listo. —Entrechocó las manos—. Bien, sé que todos estamos deseando empezar nuestras vacaciones, así que iré directo al grano.

¿Es suficiente?, ¿es suficiente?, ¿es suficiente?

—Este comité ha votado con un resultado de dos a uno...

¿Es suficiente?, ¿es suficiente?, ¿es suficiente?

— ... y ha decidido, con ciertas reservas...

¿Es suficiente?, ¿es suficiente?, ¿es suficiente?

— ... readmitir a la señorita Morris en su puesto como profesora.

—Necesito tomarme un tiempo libre —dijo Mickey.

Los vítores que habían resonado a ambos lados de ella se acallaron rápidamente. El señor Cook se quedó cortado.

—¿Qué?

—Una baja. Necesito tomarme una baja por enfermedad.

La mujer de la palabra secreta, que había emergido de las profundidades de Instagram para escuchar el veredicto, devolvió la atención a su móvil. El dormilón suspiró y consultó su reloj. El señor Cook se quitó el gorro de Papá Noel. Sin él, tenía un aspecto tristón.

—Pero... acabamos de devolverle su empleo.

—Tengo derecho a pedir la baja. Lo pone en el convenio.

—Mickey se giró hacia Tom—. ¿Verdad?

Tom ensanchó su sonrisa todavía más, si es que tal cosa era posible.

—Desde luego.

—¿Lo ven? —replicó Mickey.

—Ya —dijo el señor Cook—, pero...

—No estoy bien. Esa es la verdad. Yo no tengo la culpa de ser así, pero mi trabajo es mejorar. —Miró a Arlo, que tenía la mirada perdida, con los ojos brillantes y vidriosos como los de una muñeca—. Ese es el único trabajo al que quiero dedicarme ahora.

ARLO

A rlo se puso a navegar por su calendario de Google, saltando entre días, semanas y meses mientras la luz de la mañana se filtraba a través de la persiana. Había llegado al trabajo dos horas antes y por fin estaba amaneciendo. Era veintitrés de diciembre. No tenía citas para ese día, solo unos cuantos informes que terminar y unas cuantas referencias que enviar. Después ficharía para tomarse los días libres de Navidad y volvería al trabajo el día veintisiete, una jornada marcada por las reconfortantes cuitas posnavideñas de los pacientes. Arlo pensó en el médico anoréxico sentado a solas en su sofá con un paquete de cereales sobre el regazo y una *sitcom* de los noventa en la tele. Se imaginó las risas enlatadas reverberando por su apartamento.

Se giró hacia la pared situada enfrente del escritorio. Allí estaba colgado el título de su máster, un trozo grande de papel beige con un sello dorado y las firmas de varios desconocidos. La suma de sus seis años en la universidad: MAESTRÍA EN CIENCIAS DE LA PSICOLOGÍA CLÍNICA. Su padre había pagado el título entero. Incluso había pagado para enmarcarlo. «¿Sabes lo importante que es este logro?», había dicho. «Si no lo cuelgas en tu despacho, lo pondré en el mío».

Arlo se permitió sonreír al recordarlo.

Por impulso, se acercó a la pared para extraer el marco, pero no cedía. Tras unos cuantos tirones se acabó soltando y el peso repentino provocó que se tambalease hacia atrás. Se desplomó sobre su silla mientras la esquina del marco se le clavaba en la axila.

Se quedó allí sentada durante mucho rato, estrechando el pasado entre sus brazos. La opción B no se había materializado del todo en su mente. No era tanto una idea, como la ausencia de tal idea. En vez de regresar al trabajo después de Navidad, podría limitarse a... no hacer nada. Podría quedarse quieta en el sitio, sin hablar con nadie, sentada a solas en una habitación tranquila. Resultaba doloroso pensar que podría irle mejor sin hacer nada que haciendo esto, pero las evidencias habían formado una pila demasiado alta como para ignorarla.

«Yo no tengo la culpa de ser así», había dicho Mickey, aparcando el trabajo de su vida para propiciar un cambio significativo, «pero mi trabajo es mejorar».

Si alguien le hubiera preguntado a Arlo hace un año dónde esperaba encontrarse dentro de otros veinte, habría respondido sin dudarlo: dirigiendo una consulta psicológica de renombre, publicando artículos, escribiendo libros que se venderían como churros, dando charlas multitudinarias en conferencias internacionales. Sería querida, temida, afamada. Sería alguien como su jefa.

Punam estaba sentada delante del ordenador, en su despacho, cuando Arlo llamó a la puerta entreabierta.

—¿Tienes un minuto? —le preguntó.

—¡Hola! Pasa. Estaba mirando sitios para las vacaciones de primavera.

Arlo contempló de soslayo la ventana situada al fondo de la habitación. Seguramente cabría por ella y la caída hasta el suelo sería solo de... ¿cuánto? ¿Un metro y medio?

—Las primeras vacaciones en un millón de años. —Punam señaló la silla situada frente a su escritorio—. Es agradable tener a alguien que me cubra con los casos pendientes.

Arlo se olisqueó una axila con discreción mientras se sentaba. Tenía un olor agrio. Fuerte.

—Oye, Punam...

—Echa un vistazo a este. —La jefa giró el monitor hacia ella y navegó por la página: un bungaló con tejado de terracota, una cama enorme con sábanas de lino y una playa de arena clara—. ¿Ves eso? ¿Esa hamaca? Podría estar tumbada en ella dentro de noventa y un días. —Se rio—. Se nota que tengo ganas, ¿eh?

—Hay algo que...

Punam metió una mano debajo de la mesa para sacar el típico sombrero de paja que podrían haber llevado puesto Gatsby o Coco Chanel—. Sé que es un poco ridículo —añadió mientras se lo ponía en la cabeza, ladeado con estilo—. Pero tienes que imaginártelo junto a la playa.

—Es imposible que estés ridícula. —Arlo respetaba a su jefa. La admiraba. Esa era la peor parte—. Sé que ha habido algunos baches en el camino, pero te agradezco de veras lo que has hecho por mí. Al contratarme, al enseñarme.

—No hay de qué. —Punam se quitó el sombrero y lo dejó a un lado. Había detectado algo. Pero ¿sabría lo que se avecinaba? Uf, Arlo esperaba que sí.

—No tenías por qué readmitirme después de lo que pasó con Laura, pero lo hiciste. Y te lo agradezco.

—Son gajes del oficio. Ya lo verás. Confía en mí. —Punam expandió su sonrisa, que luego flaqueó—. ¿Qué ocurre?

Las palabras estaban alojadas al fondo de su garganta. Solo necesitaba expulsarlas.

—Creo que no debería seguir haciendo esto.

—¿El qué?

—Creo que no debería ejercer la psicología.

Punam negó con la cabeza y repitió el gesto varias veces.

—Los primeros años son duros. Estás aprendiendo. ¿Y lo de Laura Hedman? Ya lo procesarás. Te llevará tiempo, pero lo harás.

—Hay ciertas cosas que nunca le he contado a nadie —dijo Arlo—. Sobre Laura.

Su jefa apoyó las manos sobre la superficie de la mesa y desplegó los dedos.

—¿Qué clase de cosas?

Los primeros cuarenta y seis minutos de la sesión de terapia habían transcurrido sin incidentes. Menos mal, en vista de que Arlo necesitaba salir ese día a las cinco en punto. Había leído un artículo académico prometedor sobre dietas antinflamatorias y dolencias hepáticas, y tenía una larga lista de preguntas para formularle al dietista de su padre. Se puso a hojear la agenda desgastada que llevaba a todas partes.

—Veamos, para la próxima sesión, ¿qué te parece dentro de dos semanas a contar desde el viernes?

El jueves no le vendría bien; tenía reunión con la enfermera de los cuidados paliativos. El miércoles tampoco era buen día; tenía que comprar un andador de dos ruedas y un asiento elevado para el retrete en la tienda de suministros médicos.

Laura se quedó mirando la porción de pared que se extendía por debajo del cuadro del faro.

—Creo que ya he terminado.

—¿Con la terapia? —preguntó Arlo. Tampoco estaría tan mal. Laura solo podía acudir a media tarde, que era donde se aglutinaban la mayoría de las citas de su padre—. Eso depende completamente de ti. Creo que a veces un paréntesis puede ser muy positivo.

Laura parpadeó con sus ojos grandes y acuosos.

—Me refiero a que he terminado con todo.

—¿En qué sentido? —Arlo se remangó y miró el reloj. Faltaban trece minutos para las cinco.

—No lo sé. Ya no le encuentro sentido a nada.

Un vórtice oscuro y vertiginoso, capaz de destruir galaxias, se abrió en la boca del estómago de Arlo. Eso no. Ahora no.

—¿A qué sentido te refieres?

—No debería ser tan difícil, ¿verdad? Me supone mucho esfuerzo hacer cualquier cosa. Me refiero a cosas sencillas. Levantarme, cepillarme los dientes. Eso no es normal. Vivir no debería costar tanto, ¿no?

Arlo sintió una descarga de adrenalina negativa. Aquello no estaba pasando. No podía ser. Necesitaba marcharse. Tenía que preguntarle a un dietista por la vitamina K y los ácidos grasos monoinsaturados, confirmar si comer más berza ayudaría a impedir que su padre se muriera. No podía quedarse ahí con Laura durante otra hora, hablando de... de...

Desterró ese pensamiento. Eso no estaba ocurriendo.

—Todos tenemos días malos. Ten un poco de paciencia.

—No estoy hablando de un día malo —repuso Laura—. Me refiero a un año malo, a una década mala. No dejo de sentirme así y resulta agotador.

—Antes has mencionado... —*Hace veinte minutos*, pensó Arlo, solo habían pasado veinte minutos— que te estaba yendo bien con esa app de meditación, ¿no?

Durante toda la sesión, no habían hablado de otra cosa que de lo bien que le estaba yendo a Laura. Según ella, las herramientas estaban funcionando.

—Ya. Mentí. No la he utilizado. Ni siquiera me la he descargado.

—¿Y el diario de pensamientos?

Laura soltó una carcajada amarga.

—¿Lo ves? A eso me refiero. No puedo ni hacer las cosas más sencillas. No puedo abrir una app en el móvil. Ni siquiera puedo abrir la app para comprar la otra app. No soy capaz de agarrar un boli para escribir lo que estoy pensando. ¿Sabes cuánto tiempo necesito para prepararme y venir aquí cada dos semanas? ¿Para hacer todo esto?

Se señaló a sí misma: un toque de rímel, las trenzas holandesas impecables, una blusa con volantes por debajo de un pichi. Tenía, como siempre, el aspecto de salir a buscar setas en una novela del siglo xix—. Tres horas. Requiere tanto esfuerzo que, cuando vuelvo a casa, me voy directa a la cama y me paso casi un día entero durmiendo.

Arlo escuchó en su cabeza el tictac de su reloj. Era demasiada información de golpe, cuando solo quedaban tres minutos en una terapia de cincuenta. No era justo.

—Por eso creo que ya estoy harta.

Laura metió la mano por debajo del cuello de su blusa para sacar un pequeño collar y jugueteó con el colgante con gesto ausente.

Era posible que si Arlo redirigía la conversación... ¿Y si desviaba la atención hacia algo bonito, algo alegre? No había tiempo para una intervención de crisis en condiciones. A no ser que no fuera una crisis de verdad. Todo el mundo tenía oscilaciones en su estado anímico a lo largo del día. Puede que cuando Laura saliera a la calle y sintiera el sol en la cara, llegase a la conclusión de que todo iba a salir bien.

—¿Qué es eso? —preguntó Arlo, señalando hacia el collar.

Laura abrió el cierre. La cadenita se enrolló hasta formar una pequeña pila plateada sobre la palma de su mano.

—¿Este chisme? Lo tengo desde siempre. —Una sonrisa. ¿Lo ves? Ya estaba mejor—. Me lo dio mi abuela. —Se le iluminaron los ojos, amplios y despejados como el cielo al amanecer—. ¿Lo quieres?

—¿No lo quieres tú? —preguntó Arlo.

Mientras Laura deslizaba el collar sobre la mesa, el colgante con forma de corazón centelleó, giró sobre sí mismo y rechinó sobre el laminado.

—Considéralo una muestra de gratitud por ayudarme. Tu trabajo no es fácil.

Arlo volvió a mirar el reloj de soslayo. Once minutos para las cinco. Quedaba un minuto de sesión. Un minuto para asegurarse del todo.

—¿Qué vas a hacer esta noche?

Laura respondió sin titubear:

—Seguramente veré una película con mi madre.

—¿Y mañana?

—Deberes.

—¿Tú sola?

—Mi amiga Lydia va a venir a casa.

—¿A qué hora?

—A las diez.

—¿Qué deberes?

—De Economía.

Bien. Eso era bueno.

—¿Y pasado mañana?

—Ayudaré a mi padre en el taller —respondió Laura.

—¿Y a qué hora tienes pensado hacer eso?

—A eso del mediodía, creo. He olvidado lo que me dijo exactamente.

Arlo asintió. Laura tenía planes para el futuro inmediato. Eso era positivo. Era suficiente. Si —*y solo si*— Laura estaba teniendo... *esos*... pensamientos, ya habría tiempo para abordarlos. Hablarían más a fondo sobre ello en la siguiente sesión.

—Y luego vendrás a verme otra vez. Dentro de dos semanas a contar desde el viernes, a la misma hora.

Laura sonrió otra vez.

—Dentro de dos semanas a contar desde el viernes, a la misma hora.

Todavía eran las 16.49 cuando Laura se puso el abrigo y se encaminó hacia la puerta. Qué alivio fue verla marcharse por fin.

—Vale. —Punam se levantó de la silla y comenzó a pasearse—. Vale. Vale.

—La eché con malos modos —dijo Arlo.

—Ser terapeuta no te convierte automáticamente en una persona perfecta. A veces metemos la pata.

—Era una cita con un dietista. Ni siquiera era tan importante.

—Todo es importante cuando se trata de un ser querido —repuso su jefa—. Piensa en lo que estabas pasando. Tu padre se estaba muriendo.

¿Cómo iba a conseguir que Punam lo entendiera? Arlo apenas lo entendía.

—Quería tanto a mi padre que me dolía. En serio. Me dolía. Me entregué a él. Y él absorbió todo lo que le daba.

Y fue así siempre: entregarse, absorber. Arlo seguía invirtiendo todo su tiempo y su energía en su padre, o en lo que quedaba de él. No tenía otra forma de canalizarlo.

Punam empezó a pasearse más deprisa, de una pared a la otra y vuelta a empezar.

—Tu padre era alcohólico, ¿verdad? Codependencia. Son cosas que pasan.

—No tengo amigos, Punam. Ni uno solo. No tengo aficiones. No tengo intereses. Mi relación con mi padre ha consumido mi vida entera desde que tengo uso de razón. Me divorcié de mi marido porque mi padre consideraba que no era lo bastante bueno para mí.

—Y esa experiencia vital, esa compasión, es lo que te convierte en una buena terapeuta, y lo que hará que lo sigas siendo. Puedes recibir ayuda y hacer tu trabajo, Arlo. No es una cosa o la otra. A ver, ¿te crees que yo no necesito terapia? Llevo dos divorcios a las espaldas, con un hijo que no me dirige la palabra. No tires la toalla por haber cometido un error.

—Hay más cosas —dijo Arlo mientras sus desaires formaban una pila muy alta dentro de su cabeza.

—¿En serio? —Punam bajó el tono de voz una octava.

Arlo estaba harta de tragárselo todo. Quería que alguien se sentara a la mesa frente a *ella* y que asintiera con la cabeza mientras *ella* hablaba. Y no un terapeuta (aunque era obvio que también necesitaba uno de esos). Quería que alguien la escuchara, pero no porque fuera su trabajo, sino porque simplemente... la estimase. Alguien a quien pudiera enviarle GIF graciosos. Alguien con quien poder quedar a tomar un café en el McDonald's *sin* un motivo oculto. Pero era consciente de que le llevaría tiempo forjar una amistad así.

—Este sitio... —Señaló al despacho, las dos butacas que había en el rincón, la caja de clínex encima de la mesilla— no es el lugar donde debería estar. Es decir, sí. Pero debería estar recibiendo la terapia, no ofreciéndola.

—Te digo una cosa —replicó Punam—. Dentro de cinco años echarás la vista atrás y te arrepentirás de esto.

—No lo creo. —El corazón de Arlo retumbó en sus oídos—. No me gusta este trabajo. ¿Tener que olvidarte de ti misma al cruzar la puerta y dedicar hasta el último ápice de tu capacidad mental a otra persona y sus problemas? Me agota. —Todo eso era cierto. Lo había sido desde el principio—. No puedo con la gente.

—Pero si adoras a la gente —protestó Punam. Al fin, las aguas tranquilas de su rostro habían empezado a agitarse—. Te encanta su espíritu.

—En un sentido abstracto, sí.

—¿Lo ves? Ahí lo tienes.

Aportar asesoramiento psicológico a un ser humano era como separar la paja del grano. Arlo lo consideraba un trabajo lento y meticuloso, pero profundamente gratificante. Ahora le resultaba tedioso y frustrante.

—La gente es muy complicada.

—¿Y te has dado cuenta ahora? —replicó su jefa.

Las dos se quedaron en silencio, mirándose de soslayo, pero nunca a los ojos.

—Sí, me encanta la gente —añadió Arlo—. Pero tener que sentarme con ellos durante horas y horas…

— … es un privilegio —concluyó Punam.

— … es una carga.

Punam volvió a meter el sombrero de paja por debajo de su mesa.

—¿A qué te dedicarás, entonces?

Arlo se pasó la lengua por los labios. La emoción por lo que estaba a punto de decir bulló en su interior y se derramó por todas partes.

—No tengo la menor idea.

MICKEY

R ybka se revolvió entre los brazos de Mickey mientras las puertas del ascensor se abrían con un traqueteo. La gata no la había mirado a los ojos ni una sola vez: ni en la tienda de empeños, ni en el bus, ni mucho menos allí, a escasos metros del apartamento de Daria, su legítimo hogar. Mickey no se lo reprochaba en absoluto.

—Vale, vale. Ya puedes irte. —Se agachó y la gata saltó hacia la libertad. Cruzó el pasillo con tres zancadas y arañó la puerta del piso hasta que se abrió.

Al otro lado no apareció Daria, sino un hombre ataviado con un chaquetón.

—Tom —dijo Mickey.

El rostro del abogado se iluminó al ver a la gata, que se apoyó sobre los cuartos traseros y empezó a amasarle las espinillas con las zarpas.

—¡Didi! Ven a ver esto.

Mickey intentó procesar lo que estaba viendo, pero no pudo.

—¿Didi?

Daria irrumpió en el umbral y recogió a Rybka del suelo, llorando a través de sus recios e imperturbables ojos eslavos mientras unos dulces arrullos en polaco escapaban de sus labios. Tom besó a la gata y a la mujer en la frente, fue la viva imagen de... ¿la dulzura y el afecto? En serio, Mickey no tenía ninguna explicación para lo que estaba viendo. Era una escena demasiado absurda, como si fuera algo maquinado por su subconsciente en un sueño desconcertante.

—¿Estáis saliendo juntos? —preguntó.

Daria continuó con sus arrullos. Ruborizándose, Tom enderezó un poco más la espalda.

—Yo ya me iba —dijo, poniéndose de lado para pasar de largo.

Mickey sintió una punzada extraña en el pecho. Por mucho que le hubiera sorprendido encontrarlo allí, sintió una tristeza equiparable al verlo marchar. Tom la había ayudado más que nadie durante esos últimos meses. Había sido un amigo.

—Oye, Tom...

El abogado se dio la vuelta y la miró.

—Eres una buena persona —dijo Mickey—. Además de dar una grima tremenda.

Tom se rio.

—Gracias.

Le dirigió una sonrisa diminuta pero alentadora, como muestra de buena voluntad, y luego siguió su camino por el pasillo.

Mickey se quedó a solas con Daria, que levantó el mentón reluciente de un modo que venía a decir: «Adelante. Intenta justificarlo. Vamos. Te reto a hacerlo».

Pero Mickey no podía justificarlo. Aunque se había pasado la noche anterior tirada en la cama, dándole vueltas a la cabeza, no había excusa posible para robar y empeñar a la querida gata de una amiga.

Hundió las manos en los bolsillos delanteros de sus vaqueros y dijo lo único que se le ocurrió:

—Feliz Nochebuena adelantada.

La mirada de Daria irradió una energía nuclear. Capaz de arrasar ciudades. De derretir la carne del cuerpo.

—La... la encontré... —No. No iba a mentir—. La recuperé.

—Deduzco que has recibido tu dinero —repuso entonces su vecina.

La transferencia bancaria llegó aquella mañana, el veintitrés de diciembre. Además de pagar por la gata y saldar la deuda con Evelyn, Mickey pensaba utilizar el dinero para volver a coser los jirones de su vida. De algún modo. Aún no había concretado los detalles.

—Te hice algo muy cruel —admitió. Había comentado el tema con la nueva terapeuta que encontró en Google, una mujer mayor llamada Sabine que lucía unas pañoletas elegantes y utilizaba palabras como *transmisión*.

Rybka se acurrucó junto a la garganta de su dueña.

—Es un mundo cruel. —Daria rebajó la intensidad de su mirada en unos cuantos vatios—. ¿Quieres pasar?

Se acomodaron ante la mesa de la cocina, el mismo lugar donde aquella vez habían compartido una botella de vodka. Sin preguntar, Daria le plantó delante una lata fría de Fanta y sirvió en un plato unas cuantas galletas cubiertas de chocolate. Rybka se puso a comer una lata de atún en un cuenco que había en el suelo, mordisqueando suavemente. Estaba terminando la mañana y un radiante sol invernal relucía a través de las ventanas con orientación este. Mickey se desabrochó el botón superior de la blusa e intentó serenar sus pensamientos.

Dio un sorbo de Fanta: el sabor químico y espumoso era todo lo contrario a lo que quería.

—¿Qué tal estuvo la terapia? —preguntó Daria.

—Hubo partes que estuvieron bien.

Mickey dejó la lata en la mesa y observó cómo una gota de condensación se deslizaba por el lateral. ¿Las galletas y el refresco de naranja estaban pensados para amplificar su sentimiento de culpa? O quizá de verdad era así de hospitalaria; su instinto por atender a un invitado era aún más fuerte que el deseo de fulminar a dicha invitada por sus imperdonables traiciones.

—¿Qué partes? —preguntó.

Las sesiones con Arlo ya se habían convertido en un recuerdo lejano. No podía recordar quién dijo aquello, quién dijo lo otro, qué cosas sucedieron y cuándo. Lo único que sabía con certeza era que había dejado atrás a su antiguo yo. Y menos mal.

—No sabría decirte.

Daria refunfuñó con una decepción evidente. Tenía un talento para la vulnerabilidad, era capaz de desnudarse ante los demás con suma facilidad. Bueno, tal vez no fuera fácil. Pero ella lo lograba.

Mickey lo intentó de nuevo:

—Puede resultar positivo decir en voz alta cosas que hasta entonces solo habías pensado. Y luego descubres que algunas de esas cosas ni siquiera son ciertas. Y eso es bueno. De vez en cuando, es agradable descubrir que tienes una imagen equivocada de ti misma.

—Antes me consideraba una ermitaña. —Daria entrelazó los dedos por detrás de la cabeza, con los codos apuntando hacia fuera. Parecía la modelo de un cuadro, allí sentada, con la luz del sol rozándole el hombro—. Durante toda mi vida, siempre he estado sola. Siempre apartamentos de un dormitorio, sin amigos, sin familia, ni siquiera compañeros de piso. Amantes, sí, claro. Pero nada duradero. —Se rio—. ¿A quién quiero engañar? ¿A mí? Soy una persona sociable. Anhelo el contacto con los demás. Los necesito. Si soy un pez, las personas son mi agua.

Mickey desenterró los pocos recuerdos que le quedaban de su cena de cumpleaños. Daria y Tom apartados en un rincón, juntos. Tom hablando sobre Bill Murray y Daria sonriendo. ¡Sí, sonriendo! Qué cosas. Formaban una pareja peculiar, al ser él un abogado de ideas fijas y ella una escultora vanguardista que leía el horóscopo sin rastro de ironía y consideraba que los pezones eran un accesorio de moda. Pero puede que «peculiar» fuese «bueno».

—¿Qué me dices de ese hombre tan guapetón? —dijo Daria—. Alto, cejas grandes. ¿Cómo se llamaba?

—Chris.

Mickey se metió una galleta en la boca. Daria deslizó las piernas por debajo de su cuerpo.

—¿Qué hay entre vosotros?

¿Mickey y Chris? Un sueño dorado. Pero no, porque para que algo sea un sueño dorado, ella tendría que quererlo, y tenía muy claro que no deseaba eso. Ya no. Tenía *clarísimo* que no quería, por ejemplo, despertarse al lado de Chris un sábado soleado con la oreja apoyada sobre su pecho y sentir sus brazos alrededor de la cintura. Eso sonaba terrible.

Daria esbozó una sonrisa pícara.

—¿Lo vas a llamar?

Mickey intentó responder, pero la galleta se le había quedado pegada al paladar. Cuando consiguió tragarla, comprobó que ya no tenía tan claro qué decir.

—Quizá.

—Me encanta esa palabra. *Quizá.* Esa palabra representa la vida. La vida tiene cosas crueles, como he dicho antes. Pero a veces mejora. Hay que esperar a ver qué pasa. La vida es un *quizá.*

Esa reflexión dejaba un poso muy sensato, muy cierto, y al igual que el refresco que se estaba bebiendo Mickey, totalmente insatisfactorio. Había una razón por la que los niños pequeños odiaban esperar por las cosas. Y lo detestaban porque esperar, como actividad, es lo peor que hay en el mundo. Esperar al recreo, a la hora del almuerzo, a que se acabe el día. Esperar a que tu cerebro se cure. En un mundo más benévolo, habría un botón para acelerar el tiempo.

—¿Qué vas a hacer con el resto? —preguntó Daria.

Se refería al dinero.

—Puede que me pase una temporada fuera —respondió Mickey.

Había revisado todas las páginas que componían la web de SkyView, había leído docenas de reseñas, incluso había memorizado el número de teléfono de admisión. Las instalaciones tenían de todo: un gimnasio luminoso, un estudio de yoga, una finca extensa con arbustos bien podados, un sendero de adoquines y un cenador. Aun así... Por más que supiera que esa era la única forma de avanzar, no se había decidido a dar el paso.

—Tienes miedo —dijo Daria en voz baja.

Rybka saltó desde el mueble gatuno con forma de árbol que había en el rincón, cruzó la cocina con un par de zancadas y se subió a la rodilla de su dueña. Quién fuera gata en ese momento, en un mundo que era un lugar pequeño y sencillo.

—Tengo mucho miedo —admitió Mickey.

—Es normal, creo.

Rybka ronroneó: un vibrato suave e incesante.

—¿Cuántos días llevas? —preguntó Daria.

—Once.

Once días, tres horas.

—Y mañana serán doce.

—No sé si seré capaz —repuso Mickey.

Mucha gente salía a la calle tras sesenta días en rehabilitación y se iba directa a la licorería más cercana. Pasaba a todas horas. La gente recaía. La gente fracasaba.

—Ah, sí, esa es una buena pregunta. —Daria acarició a Rybka entre los ojos, realizando movimientos lentos hacia arriba con el dedo—. Quizá no puedas. O quizá sí.

Mickey empezó a sentir un cosquilleo en la nariz. Y en la garganta. Y en las comisuras de los ojos.

—¿Quizá?

—Puedes hacer esa llamada ahora. —Daria retiró la Fanta y el plato de galletas. Mickey ya no tenía nada a lo que aferrarse—. Adelante.

Le temblaron las manos mientras buscaba su móvil, lo dejaba encima de la mesa y se quedaba mirando fijamente la negrura de la pantalla. Seguía sintiendo como si le estuvieran fumigando los senos nasales. Su vecina suspiró.

—Ay, madre, qué dramática eres.

—No es eso, es que...

—No pasa nada —dijo Daria—. Esperaré. Y luego tomaremos tarta.

Mickey introdujo la clave y pulsó el botón verde para llamar.

—Tengo que hacer otra llamada después de esta —anunció mientras se acercaba el móvil a la oreja.

Evelyn oteó el interior de la bolsa de plástico, muda de expresión.

Como le dio pereza buscar un sobre, Mickey había metido el dinero —cuatro ladrillos de diez mil pavos cada uno— en una bolsa vieja de un supermercado que tenía en la alacena de la cocina y punto.

—¿Estamos en paz?

Evelyn se colgó la bolsa en una muñeca, deslizando la mirada a un lado y a otro sobre el cemento helado que se extendía bajo sus pies.

—Ian está en casa, por si quieres decirle «hola».

A través de la puerta principal, Mickey divisó un árbol de Navidad resplandeciente, aunque ralo, con la parte inferior abarrotada de adornos y espumillón, mientras que las ramas superiores estaban vacías en su mayor parte.

—Ya nos despedimos la otra vez.

Mickey quería estar lejos de allí. Bueno, no. En realidad, quería entrar ahí y quedarse para siempre.

—Te ha hecho una tarjeta. Deja que te la dé.

—No creo que... No sé.

—Por favor —insistió Evelyn.

Aquel día parecía más bajita, apoyada en el marco de la puerta con unos pantalones de chándal raídos y una camiseta descolorida del Pato Donald que seguramente se ponía para irse a la cama todas las noches desde que tenía doce años, lo cual no fue hace tanto tiempo, si uno se para a pensarlo.

Mickey consultó la hora en el móvil antes de responder.

—Está bien, pero solo puedo quedarme unos diez minutos. Se supone que he quedado con alguien.

Ian y Chris estaban sentados en el suelo, delante de la tele. El niño la saludó con la mano, desviando brevemente la mirada de la película de Rudolph que estaba viendo —el mayor cumplido que puede brindar un niño de cinco años—, mientras Chris le dirigía una sonrisa endeble, con los ojos muy abiertos y un gesto de incertidumbre.

A Mickey le ardieron las mejillas. Chris debió de darse cuenta, porque entonces se ruborizó él, lo que provocó que a ella le ardiera el rostro todavía más, y que el de él se pusiera aún más colorado. Mickey no supo cómo reaccionar. Se sentó al lado de Ian y clavó la mirada en la pantalla.

—Menudo clásico.

—Estaría mejor si salieran naves espaciales —dijo el niño.

—Cierto —coincidió Chris.

Habían llegado a la parte en la que Rudolph abandona a sus amigos en plena noche, convencido de que nunca estarán a salvo mientras él esté cerca con su inoportuna nariz. Mientras el reno se alejaba a la deriva a bordo de un témpano flotante, envuelto por la oscuridad, la imagen se quedó congelada.

Mickey alzó la mirada y comprobó que Evelyn estaba de pie junto a ellos con el mando a distancia.

—Ve a buscar la tarjeta —le dijo a Ian—. Ya veremos el resto después.

El niño protestó un poco antes de irse corriendo. Evelyn también se marchó, dejando a Mickey y a Chris sentados en el suelo, sin nada ni nadie que pudiera distraerlos.

Chris recolocó las piernas para intentar sentarse a lo indio, pero se notaba que no era lo bastante flexible, así que se ladeó hacia atrás con un bufido. Aterrizó de costado, luego se apoyó sobre el estómago, después se puso a cuatro patas y acabó sentado con las rodillas pegadas al pecho. Mickey se habría reído si la escena no hubiera sido tan completa, absoluta y perturbadoramente adorable.

—¿Qué tal estás? —preguntó Chris.

Pero Ian regresó en ese momento con un trozo de cartulina roja doblado y un tomo gordísimo encuadernado en tapa dura. Primero le dio la tarjeta.

Había escrito *Feliz Nabidaz* en la parte frontal con unas letras grandes y temblorosas, y dentro había dibujado un árbol torcido compuesto por una serie de triángulos verdes apilados unos encima de otros. Era la tarjeta más perfecta que Mickey había recibido en su vida.

—Me encanta —dijo.

Ian empujó el libro sobre la moqueta.

—También quiero darte esto.

Cuentos de cinco minutos, decía el título con letras doradas y en relieve.

Mickey sintió algo en la garganta que no fue un nudo, sino un trozo de granito de diez toneladas.

Se oyó una melodía sentimental interpretada con violines. Rudolph había vuelto, y también todos los demás.

—¿Puedo hablar contigo un segundo?

Evelyn volvía a estar de pie junto a ellos. Seguía apuntando con el mando al televisor, pero parecía estar mirando a la pared que se extendía por detrás, hacia la nada.

—¿Conmigo? —preguntó Mickey, pero Evelyn ya se estaba alejando.

Chris las siguió. Mickey se esforzó mucho para no darse la vuelta y mirar, pero pudo escuchar sus pisadas a su espalda. ¿A qué venía eso? ¿Estaban a punto de asesinarla? Sinceramente, ya se esperaba cualquier cosa.

Ya en la cocina, Evelyn deslizó la bolsa con el dinero sobre la encimera.

—Toma.

Su rostro lucía la reconocible desesperación de una persona que intenta emerger del profundo agujero de vergüenza que ella misma ha excavado. Una persona que no conseguía encontrar asidero.

Oh, pensó Mickey. Volvió a empujar el dinero hacia ella.

—Quédatelo.

—No lo quiero —respondió Evelyn.

—Claro que sí.

—Encontré unos zapatos de Louboutin en una tienda de segunda mano que puedo revender por unos mil pavos. Estoy bien así.

—¿Eso es una bolsa del súper llena de dinero? —interrumpió Chris.

—Se puede decir que la he estado... chantajeando —confesó Evelyn.

Chris pareció horrorizado, como cabría esperar.

—¿Para sacarle dinero?

—Pero ya no —añadió—, así que no pasa nada.

Mickey plantó los codos en la encimera y agachó la cabeza un momento, recordando algo que había dicho su nueva terapeuta acerca de entrometerse en los dramas domésticos de los demás y por qué esa estrategia era desaconsejable en general. El consejo estaba empezando a cobrar sentido.

Chris continuó mirando fijamente la bolsa.

—Mickey me dijo... Pero yo pensé que no podía ser cierto. No pensé que...

Evelyn señaló a su hermano con languidez y le dijo a Mickey:

—Pasa de él. Es tonto del culo.

Chris no lo refutó. No dijo gran cosa, se limitó a mascullar algo entre dientes. Una vez más, resultó completa, absoluta y perturbadoramente adorable.

—Es evidente que mi hijo te adora —prosiguió Evelyn.

El trozo de granito se encajó más a fondo en la garganta de Mickey.

—Lo voy a hacer mejor a partir de ahora. Tengo que hacerlo mejor. —Volvió a empujar la bolsa sobre la encimera—. Por eso ya no quiero esto.

Mickey se quedó mirando la pila de dinero, perpleja por lo que estaba a punto de decir:

—*Eso*… —señaló hacia el dinero— para mí es una gota de agua en el mar. Tengo un montón de dinero, Evelyn. Mucho, mucho.

Quizá fuera una estupidez por su parte enseñar sus cartas. Pero a quién le importa. Mickey tenía más dinero del que podía asimilar. Podría comprarse una casa. Podría comprarse un barco. Podría comprarse una casa *y* un barco. Diez barcos, seguramente. ¡Veinte!

—Me da igual lo rica que seas —repuso Evelyn.

—Si no lo necesitas, métalo en un fondo para la universidad o algo así.

Evelyn se quedó pensativa un rato.

—Supongo que podría hacer eso.

Chris, al parecer, no pudo soportar más esa conversación.

—¿Nos dejas a solas un minuto, Evie? Gracias.

Agarró a su hermana por los hombros y la sacó al pasillo. Una vez fuera, se giró de nuevo hacia Mickey, desplegó los brazos y se quedó mirando al techo en señal de rendición, como si se estuviera ofreciendo en sacrificio a algún dios sanguinario. «Adelante», decía la expresión afligida de su rostro. «Ahógame con una riada. Sepúltame con un terremoto. Ensártame con un relámpago. Me lo merezco». Pero Mickey se sentía magnánima:

—Yo tampoco me lo habría creído.

Chris dejó caer los brazos y la miró de soslayo, sin tragarse esa respuesta. Mickey volvió a consultar la hora y recordó la cita que tenía pendiente.

—Me tengo que ir, en serio.

—Entonces vuelve en otro momento para que podamos hablar como es debido —repuso él—. Si… si quieres. Tanto si es esta noche, como mañana, o el mes que viene. Cuando sea. Pero... vuelve.

De pronto se encontraban muy cerca, pero Mickey no tenía claro si había sido él o ella —o quizá los dos— el que había acortado la distancia.

No fue capaz de darle la mano, pero sí entrelazó sus meñiques de un modo que sabía que resultaría incómodo, pero también quizá, solo quizá, con un puntito dulce.

—Volveré —dijo.

Y así lo haría, en algún momento.

—Gracias por avisar de antemano, en vez de presentarte sin más —dijo Deborah.

La vergüenza atenazó el cuerpo de Mickey como una gripe repentina. Náusea, fatiga, un ligero mareo y una voluntad férrea de ponerle fin, de engullir un puñado de pastillas y tumbarse en la cama hasta que recuperase la normalidad. Lo cual, por supuesto, no era una opción.

—No hace falta que me des las gracias —repuso en voz baja—. Es de sentido común. O debería serlo.

—Aun así.

Se sentaron juntas en un banco del parque con vistas al río medio congelado. Una estrecha corriente fluía entre dos amplias orillas heladas. El sol estaba a punto de ponerse.

—Ha sido una buena idea venir aquí —dijo Mickey mientras agrietaba la nieve acumulada con el tacón del zapato.

—Siempre vengo aquí para almorzar —respondió su madre.

Mickey le ofreció la caja de dónuts que había comprado por el camino desde casa de Chris como una especie de armadura rica en calorías.

—¿Quieres uno?

—¿Están cubiertos de chocolate?

—¿Tú qué crees?

Deborah sacó un dónut.

—¿Y bien?

—Y bien... —Mickey dejó la caja en el banco, entre ambas. Su cuerpo no quería estar ahí, pero se estaba acostumbrando a la idea de que su cuerpo no siempre quisiera lo mejor para ella. Su mente no decía siempre la verdad—. Voy a soltarlo sin rodeos: lo siento. Lo siento mucho, mucho.

—¿Qué parte?

—Todo. Sin excepción. Todas esas veces que he pensado solo en mí. Todas esas veces que te he preocupado.

Una sombra de aflicción cruzó los rasgos de su madre.

—¿Qué fue lo que dijo esa chica en el cementerio? «La pérdida es el precio del amor». ¿Era algo así?

Arlo y sus gilipolleces, pensó Mickey, no sin cariño.

—No sabe lo que dice. Está confundida.

—Pero tiene un pelo estupendo.

—Sí que lo tiene, sí —repuso Mickey.

Deborah observó el dónut que tenía en la mano.

—Así que esto es lo que recibo después de todos estos años. Dulces horneados y una disculpa global.

El cuerpo de Mickey le dijo que se levantase, que echase a correr, que se fuera cagando leches de allí.

—Tengo muchos sentimientos encontrados, Michelle. ¿Sabes cuántas veces te he oído disculparte por tus meteduras de pata?

—Lo sé —dijo Mickey, abatida.

—¿Lo sabes? ¿De verdad?

El dolor que sentía en el pecho se duplicó. Pero ¿cómo explicarlo? ¿Cómo se las arreglaba la gente para hacer esto?

¿Cómo reunían sus sentimientos y los condensaban en palabras que pudieran ser pronunciadas, escuchadas, comprendidas? Era imposible.

—Puede que esto haya sido un error. —Por lo menos, se obligó a intentarlo—. Venir aquí, decir estas cosas. No lo sé, mamá. Aún no lo sé. Lo estoy intentando. Esta vez de verdad. Y sé que no puedo arreglarlo de la noche a la mañana. Si quieres mantener tus límites, lo entenderé. De hecho, deberías mantenerlos. Sería lo más inteligente. —Deborah había hallado un modo de reinventarse. Mickey no quería estropear eso—. Me alegro de que seas feliz.

Deborah torció el gesto, expectante.

—Te alegras de que sea feliz.

—Tienes tu trabajo, tus amigos. Al final, las cosas han salido bien.

—No —replicó su madre con una carcajada adusta—. No, no han *salido bien*.

Volvió a meter en la caja el dónut a medio comer y acercó la palma de la mano, todavía con granitos de azúcar, a la mejilla de Mickey.

Mickey soltó un gemido minúsculo, un sonido que no había proferido nunca.

—Estoy separada de mi única hija. Eso no está bien.

—Las bolsas de basura —dijo Mickey—. Entiendo por qué lo hiciste. Tu vida ya había girado en torno a un alcohólico. No podías volver a pasar por eso.

Su madre dejó caer la mano. Se dio la vuelta.

—Durante todo este tiempo —prosiguió Mickey, hablando hacia la nuca de su madre—, he pensado que me echaste a patadas porque no te importaba, lo cual no es cierto, obviamente. Ahora entiendo que no fue por eso. Al contrario, me echaste *porque* estabas preocupada por mí. Sabías que las cosas no podían continuar así, y tenías razón, no podían. Pero también, creo yo, estabas cuidando de ti misma. Fue un acto de respeto hacia ti misma. Y te admiro mucho por eso.

Pasó un momento. El cielo adoptó un tinte más oscuro.

—Menudo numerito montaste en el cementerio —dijo Deborah, mirando todavía hacia otro lado.

Qué doloroso tuvo que ser verla desmoronarse delante de una multitud. Dando tragos de una petaca a las once de la mañana de un jueves. Doloroso, no: traumático. Tuvo que ser traumático y, para colmo, a Mickey no se le pasó por la cabeza que pudiera serlo hasta ese preciso instante.

Se frotó los muslos, les dio una palmada y se los frotó un poco más. Solo tenía que decirlo, hacerlo, soltarlo, zanjarlo de una vez.

—Voy a seguir un tratamiento.

Cuando su madre se giró, tenía los ojos tan colorados como el cielo.

—¿Qué...? ¿Cómo...?

—Internada en un centro. Terapias de grupo, inspecciones nocturnas, todo el tinglado.

—¿En serio?

—Empiezo la primera semana de enero.

—¿Durante cuánto tiempo?

—Dos meses.

Uf, parecía una eternidad.

—¿Dónde está? —preguntó Deborah.

—En alguna ciudad pequeña de la Costa Oeste.

El comité escolar había aprobado su baja médica. Daria había accedido a regar los helechos. Todo estaba resuelto, excepto quizás ese reconcome en las tripas, aunque sospechaba que eso no iba a desaparecer a corto plazo.

—¿Podrás recibir visitas? —preguntó Deborah.

Mickey intentó no sonreír.

—No lo sé. Supongo.

—Puede que no vaya —se apresuró a decir su madre—. Pero me lo pensaré. Si tú quieres.

—Vale.

—Vale ¿qué?

—Piénsalo y yo también lo pensaré.

—Estupendo —dijo Deborah.

—Estupendo —dijo Mickey.

Se quedaron un rato más allí sentadas, viendo fluir el río.

ARLO

—¿**M**adre? —llamó Arlo mientras entraba por la puerta principal.

Un árbol de Navidad se alzaba imponente en el vestíbulo: tres metros de luces parpadeantes y bolas relucientes. El sol se había puesto y la casa estaba a oscuras, el árbol despedía destellos blancos y dorados entre las sombras.

—¿Hola? —Se quedó quieta, aguzando el oído en busca de indicios de vida—. ¿Madre?

Se oía el zumbido del aire a través de un conducto cercano en el suelo. Al menos tres relojes estaban traqueteando, con los segunderos ligeramente desincronizados, mientras el gorgoteo del lavaplatos resonaba desde tres habitaciones de distancia. Si Arlo no hubiera escrito un mensaje antes de venir, habría pensado que la casa estaba vacía.

Pero no era así. Su madre estaba allí, en alguna parte, seguramente atrincherada con un martini con ginebra y un programa de la tele sobre las Kardashian. Arlo la encontraría, la miraría directamente a la cara y le diría lo que traía pensado de casa. Ya había dejado su empleo aquel día, así que aquello —pronunciar una simple palabra— debería resultar fácil.

Se quitó las botas y emprendió la búsqueda, sus calcetines húmedos hacían *chof, chof* con cada paso. Un triángulo de luz se proyectó sobre el suelo de madera al final del pasillo, donde la puerta del dormitorio de sus padres estaba entornada.

Se oía música procedente del interior, una melodía atmosférica tocada con sintetizadores. ¿Y eso era una voz de mujer? Arlo entró. Se le cortó el aliento.

Su madre estaba postrada en el suelo con la postura del niño, delante de un portátil, con la frente, las espinillas y las palmas de las manos apoyadas sobre una esterilla. Sí, por lo visto ahora le había dado por el yoga.

—*Balasana* —entonó la profesora en la pantalla, una mujer blanca con mallas de leopardo y un sujetador deportivo a juego.

—*Balasana* —repitió Leonora con devoción.

La profesora se impulsó con los brazos para elevarse del suelo.

—*Phalakasana.*

Leonora se apoyó sobre las manos y estiró las piernas, elevándose con una plancha sorprendentemente firme.

—*Phalakasana.*

Desvió brevemente la mirada hacia su hija, pero no dijo nada. Arlo se aclaró la garganta.

—¿Hola?

—Acabo en tres minutos —repuso su madre.

—Ah. Vale.

Arlo se sentó en el borde de la cama, que estaba sin hacer, donde había un edredón y una cantidad excesiva de cojines encima del colchón desnudo. Nada de aquello tenía sentido. ¿Desde cuándo su madre usaba licra? ¿Y cómo podía tener los brazos tan tonificados?

—*Chaturanga* —dijo la profesora.

Leonora descendió hacia la esterilla.

—*Chaturanga.*

Arlo la observó arrodillarse, ponerse en cuclillas, flexionarse, girar. Finalmente, imitó la pose de la profesora de yoga al sentarse con las piernas cruzadas y concluyó la sesión con tres respiraciones profundas: inspirar por la nariz, espirar por la boca.

—*Namasté* —dijo la profesora antes de que la pantalla se quedase en negro.

—*Namasté.* —Leonora inclinó la cabeza con solemnidad, luego se levantó y comenzó a enrollar la esterilla. No fue capaz de alinear los bordes, así que volvió a desplegarla en dos ocasiones para empezar de nuevo.

—¿Qué...? —Arlo señaló hacia el punto de la moqueta donde había tenido lugar toda esa locura—. ¿Qué ha sido eso?

—La palabra *yoga* significa «unión» en sánscrito. Consiste en juntar el cuerpo, la respiración y la mente. Eso me lo ha enseñado Amber G.

—Guau —exclamó Arlo.

Su madre cerró el portátil de golpe.

—No hagas eso.

Arlo sintió un cosquilleo en el pecho.

—¿El qué?

—Estas sesiones me vienen bien. Deberías probarlo.

Arlo se serenó. Percibió una abertura, una ocasión para decir esa palabra.

—Yo...

—Solo tengo unos minutos —dijo Leonora mientras dejaba la esterilla desalineada en un rincón de la habitación—. Tengo que ducharme, van a venir los de la inmobiliaria dentro de un rato, y luego se supone que he quedado con Soleil para merendar. Hoy es un gran día.

—¿Se ha vendido la casa? —preguntó Arlo. Esa noticia no la afectó tanto como esperaba. Más que nada, estaba sorprendida. Y confusa—. ¿Y quién es Soleil?

Su madre se metió en el baño contiguo y se secó la frente con una toallita que sacó del tocador.

—La conocí en una clase de meditación.

Ah. Cómo no.

—No sabía cómo decírtelo —añadió.

—¿Lo de Soleil?

—Ponte seria, Charlotte.

Arlo habría sentido vergüenza, si esa emoción no hubiera calado ya en todos los rincones de su ser.

—Vale, vale. Tienes razón.

Su madre desapareció en el vestidor.

—¿De qué querías hablar?

Bueno, lo que Arlo quería decir era algo en esta línea: «He dejado mi trabajo porque creo que necesito ayuda urgente, pero no sé cómo empezar, y encima estoy aterrorizada, así que, por favor, porfi, ¿estás dispuesta a ayudarme? ¿Por favor?».

Pero aquel día no era el momento para decir eso.

—Creo que es genial que estés pasando página —dijo—. Que te reinventes.

Su madre emergió del vestidor poco después, ataviada con unos pantalones y una camiseta con cuello de pico que Arlo no había visto nunca. Unas manchitas fruto de la edad salpicaban su piel pálida por debajo de la clavícula.

—Parece un poco absurdo a mi edad —repuso.

—Eso solo hace que resulte más impresionante.

—¿Impresionante? —Leonora arqueó una ceja.

—Te… admiro.

La expresión de su madre cambió de la incredulidad a algo más parecido a la suspicacia. Arlo volvió a escuchar el runrún del lavaplatos.

Una palabra. Solo era una palabra. Bastaba con decirla y sería libre.

—Gracias —dijo al fin.

Su madre se quedó desconcertada.

—¿Por qué?

—Por haberme gritado. Lo necesitaba.

Leonora se sentó a su lado, en el borde de la cama.

—Tendría que haberte gritado mucho antes.

—No, tú no tienes la culpa de nada. Soy una mujer adulta. Soy responsable de mis decisiones. Últimamente, han sido bastante malas.

Su madre se encogió de hombros.

—Tienes veinticinco años.

—¿Y eso me absuelve? —Arlo tenía sus dudas.

—Lo único que sé es que hace falta mucho tiempo para darte cuenta de que has metido la pata —dijo su madre—. Cambiar requiere todavía más tiempo. Ten paciencia contigo misma.

El cosquilleo de antes volvió a echar raíces en el pecho de Arlo. Eso no significaba que su madre se equivocara; al contrario. El crecimiento personal llevaba tiempo. Eso mismo decía ella en una perorata recurrente sobre vías neurales y cambios conductuales. Ahora, de repente, odiaba ese discurso. Ahora lo único que quería era un botón para acelerar el tiempo.

Su madre consultó su Apple Watch.

—¿Quieres venirte? ¿A merendar? A Soleil no le importará. Es muy...

Arlo declinó la invitación. No estaba de humor para conocer a alguien que se llamara Soleil.

—Pero volveré mañana para Nochebuena, ¿vale? Hay otras cosas de las que me gustaría hablar. Para saber tu opinión. Si te parece bien.

—¿Quieres mi consejo? —preguntó Leonora, mirándola por el rabillo del ojo con cierto escepticismo.

—Sí, madre. Quiero tu consejo.

La mujer se quedó boquiabierta. Pero no tardó en recomponerse y adoptó una expresión neutra mientras le pasaba un brazo por los hombros a su hija para darle un achuchón.

EPÍLOGO

MICKEY

Cinco semanas después.

Una de las primeras cosas que aprendió Mickey durante el tratamiento —una de las mejores, como concluiría más tarde— fue a hacerse la cama todas las mañanas. «¿Cómo pretendéis manteneros sobrios, mozalbetes, si ni siquiera sois capaces de estirar un par de sábanas?». Eso fue lo que le dijo Lionel al grupo durante el primer día de Mickey en el centro, cuando estaban todos sentados en círculo con la mirada gacha.

El lecho en sí era una cama individual con una colcha áspera; un detalle sorprendente, en vista del precio que cobraban por una estancia de ocho semanas. Mickey tampoco esperaba tener que compartir habitación. Su primera compañera, Danielle, padecía apnea del sueño y profería unos ronquidos tan huracanados que al principio pensó que lo hacía en broma. Danielle abandonó SkyView al cabo de once días y fue reemplazada rápidamente por Taissa, que sufrió un infarto esa misma mañana y más tarde falleció en el hospital.

—¿Va a venir alguien a verte hoy? —preguntó Angelique, su tercera compañera de habitación, mientras metía una esquina de la sábana por debajo del colchón. Había estado en el ejército y lo de hacer la cama lo tenía muy interiorizado.

—Quizá. —Mickey ya había hecho la suya y estaba sentada sobre la colcha, hojeando un periódico local. Una furgoneta robada había sido devuelta a su propietario; el equipo de baloncesto del instituto iba a disputar las finales; las ostras recolectadas en una bahía cercana estaban intoxicando a la gente y tenían que retirarlas de la circulación. Deslizó la mirada sobre los titulares sin prestarles demasiada atención, mientras pasaba las páginas por acto reflejo—. ¿Puedes darte más prisa? Tengo hambre.

—¿Te preocupa que no aparezca? —preguntó Angelique.

—Me preocupa más que lo haga —repuso Mickey.

Aquel era el último sábado del mes: el día de las visitas. Los orientadores llevaban toda la semana hablando de ello en voz baja y aprensiva. Había una razón por la que requisaban los dispositivos de los pacientes a la llegada, y por la que el contacto con los seres queridos se reducía a una llamada semanal a través del primer teléfono público que Mickey había visto en más de una década.

—Seguro que tú estás entusiasmada —dijo Mickey.

Angelique ahuecó varias veces una almohada, apaleándola con la base de la mano como si estuviera llevando a cabo una venganza.

—Se me hace largo pasar tanto tiempo lejos de mis niñas.

Mickey pasó a la sección de necrológicas y repasó los nombres en busca de alguno conocido. No había ninguno, por supuesto.

—No me extraña. —Dobló el periódico y lo dejó a un lado—. ¿Estás lista?

—¿No te vas a cambiar? —Su compañera la escrutó con la mirada. Ella se había puesto una falda larga con una blusa de flores remetida por la cintura, como si fuera a asistir a una barbacoa en el jardín, a la preboda de una prima, o algo así.

Mickey observó los vaqueros y la camiseta que se había puesto. No se había arreglado el pelo —los rizadores, al igual que los móviles, estaban prohibidos—, pero al menos lo tenía limpio.

—Pues... no.

—¿No quieres impresionar a tu gente?

Mickey se rio.

—No sigas por ahí.

—Ponte ese vestido sin mangas tan bonito.

—Hoy hace fresco —protestó Mickey.

—Con esos vaqueros parece que estás embarazada.

—Tampoco te pases.

—Y esa camiseta huele que apesta.

—De eso nada.

Angelique se sentó a los pies de su inmaculada cama.

—Adelante. Te espero.

Refunfuñando, Mickey se acercó a su cómoda.

En el comedor, le costó reconocer a los demás. Lawrence, un miembro veterano de los Ángeles del Infierno, se había aplicado aceite en la barba y gomina en el pelo. Minjung, una artista que solía preferir la pana y el tejido vaquero, llevaba tirantes y una pajarita. Incluso Tony, el batería de una banda de punk medio famosa que solía ir por ahí descamisado para consternación del personal del centro, se había puesto una camisa de vestir y zapatos de piel.

Mickey se acercó al puesto de avituallamiento y se sirvió un café de una jarra. Aquello era ridículo. Ese día no era para tanto. Se sentaría enfrente de su visitante y sonreiría con benevolencia, serena y dueña de sus actos. Viviría el presente. No se perdería entre la maleza espinosa de su mente. La pregunta que planeaba formularle a su visitante. La propuesta que planeaba hacer.

Notó un dolor repentino en los nudillos.

—Mierda.

El café se había derramado por el borde de la taza, se le había escurrido por el brazo y estaba chorreando por todas partes. Cuando por fin tomó asiento, con un plato de huevos poco hechos en la mano, Angelique le estaba describiendo el color del pelo de su hija a Lionel, que estaba junto a la mesa bebiendo un mejunje frío y de color rosa del Starbucks. Los trabajadores nunca se juntaban con los residentes para comer, solo hacían una pausa para una conversación rápida de camino a la sala de personal. Lo cual tenía lógica.

—Yo no diría que lo tiene rojo, pero sí con destellos rojizos.

—Ajá —murmuró Lionel mientras hacía traquetear los cubitos de hielo.

—Rubio rojizo. Esa es la definición.

Mickey cortó un trozo de huevo con el lateral del tenedor, pero no fue capaz de llevárselo a la boca. Sus extremidades se negaban a cooperar esa mañana.

—Pero en verano, no. En verano, el pelo se le pone…

—Estás un poquito nerviosa, ¿eh? —dijo Lionel—. ¿Por qué?

Eso, por qué. ¿Por qué, por qué estaba Mickey tan nerviosa?

—Es un gran día. —Angelique dio un sorbo de zumo de naranja, lo único que había sacado del bufé del desayuno.

—Solo si tú quieres que lo sea.

Lionel se quitó una pelusilla del uniforme, un polo con el logo de SkyView bordado en un hombro. Habían grabado ese sol creciente en todas partes, desde la cristalería hasta las fundas de las almohadas. ¡Esperanza!, parecía proclamar. ¡Tendréis esperanza!

—No dejo de preguntarme si las niñas me reconocerán.

—Solo llevas aquí diez días —recalcó Mickey.

Angelique se fijó en su vestido.

—¿Ya te has manchado? ¿Tan pronto?

—¿Va a venir a verte alguien hoy? —Lionel también la estaba escrutando con interés. A Mickey no le gustó.

—Una amiga —respondió sin saber si esa era la palabra apropiada. Si una persona era una criatura de una complejidad infinita, entonces la relación entre dos personas era el doble de insondable.

—Siempre tan misteriosa —dijo Angelique.

—Recuerda lo de la cabeza despejada —dijo Lionel, expresando su aviso con tiento, arrastrando las palabras, como hacían todos en ese centro. Todos sin excepción: los orientadores, el personal de apoyo, los recepcionistas. Mickey se lo había oído decir incluso al personal de limpieza un par de veces. «Mantened la cabeza despejada. Concentraos en vuestros propios actos. Habéis llegado muy lejos, no la caguéis ahora».

¿Y qué había hecho Mickey, en su infinita sabiduría? Inundar su cabeza con otra persona. Y ahora esa persona iba de camino hacia allí. Llegaría a bordo de un taxi en cualquier momento. Pondría un pie en la acera. Preparándose para la visita, que sin duda resultaría horrible e incómoda. Acabarían sentadas ante una mesa plegable durante sesenta minutos insoportables, sin mirarse, rompiendo el silencio con comentarios ocasionales sobre lo azulado del cielo y el verdor de la hierba. Al terminar, alcanzarían un acuerdo tácito para no volver a verse nunca.

—Disculpadme —dijo Mickey mientras se levantaba de la silla.

Corrió al cuarto de baño, donde se encerró en un cubículo y se sentó sobre la tapa del retrete con las piernas flexionadas, inspeccionando las baldosas de piedra de color óxido que se extendían ante sus pies.

—Idiota —dijo—. Estúpida, imbécil.

Una voz familiar resonó desde el cubículo contiguo:

—¿Mickey?

O quizá no. Es posible que nadie hubiera dicho su nombre. Notaba un zumbido constante en los oídos, ya no podía fiarse de ellos.

—*Mickey* —repitió la voz.

No hacía falta que respondiera. No hacía falta que dijera nada. Podría quedarse encerrada en ese baño para siempre jamás, o al menos hasta que terminasen las visitas y el personal saliese a buscarla. Esa era una opción legítima.

Se oyó la cisterna del váter de al lado. Mickey se inclinó hacia delante lo suficiente como para otear por debajo de la puerta del cubículo y vio cómo unos mocasines que le resultaban familiares se dirigían hacia el lavabo.

Se obligó a enderezarse y alargó la mano hacia el pestillo.

Ahí estaba su visita, generando espuma con el jabón de manos. Cruzó una mirada con ella a través del espejo.

—He llegado temprano, así que… Hola. Hola, Mickey.

—Hola, Arlo.

Mickey tenía pensado darle algo de dinero a Arlo. Mucho, en realidad: la mitad de la herencia. Pero ¿sería suficiente? Arlo se había pasado más años que ella encadenada a su padre; puede que mereciera una compensación mayor. Aunque Mickey tampoco podía ponerse a hurgar en sus sentimientos al respecto. *¿Hasta qué punto te consideras afectada? ¿Un millón de*

pavos bastaría para compensarlo? *¿Dos millones?* No, lo mejor sería dividirlo por la mitad y aquí paz y después gloria. A fin de cuentas, su padre las había dejado bien jodidas a las dos.

—Hace un día precioso —dijo Arlo.

—¿A que sí? —repuso Mickey.

Los cerezos habían florecido temprano ese año, o eso era lo que decía todo el mundo, y mientras paseaban por los senderos, Mickey contempló las finas ramas y esos pétalos que parecían de algodón de azúcar, y que, al igual que ella, temblaban. Soplaba una brisa bastante fría.

—Qué verde está todo —dijo Arlo.

—Muy verde —coincidió Mickey.

—Y el cielo. Qué azul está.

—Muy azul.

Unos setos se alzaban junto a un lateral del sendero de grava, tan frondosos como para que Mickey pudiera esconderse dentro y desaparecer de la vista de todos, excepto quizá la de las ardillas y los pajaritos regordetes que revoloteaban de rama en rama. Allí dentro estaría más calentita. Y todo sería más fácil.

Arlo se detuvo en una franja de sombra y la observó desde lo alto de sus gafas, que se habían deslizado a mitad de camino por su nariz.

—¿Por qué estás tan rara hoy?

Mickey notó una sensación punzante en el estómago.

—¿Qué dices? Tú sí que estás rara.

—Apenas me has mirado en todo este rato.

—Eso no es cierto —replicó Mickey, aunque era innegable que estaba mirando al suelo otra vez.

Lo que se produjo a continuación fue la clase de silencio incómodo que jamás se produciría entre dos hermanas de verdad. Cuando las hermanas *de verdad* se quedaban en silencio, resultaba cómodo, incluso acogedor. Para empezar, las hermanas *de verdad* no necesitaban comunicarse con palabras. Podían intuir los pensamientos y sentimientos de la otra basándose en su lenguaje corporal, en los micromovimientos de sus cejas, en la energía que flotaba en el ambiente.

Mickey se sintió ridícula y estúpida por haber traído a Arlo hasta allí. Sinceramente, ¿qué pensaba que saldría de aquello? ¿Almuerzos mensuales en restaurantes de comida fusión subidos de precio? ¿Conversaciones telefónicas de dos horas? ¿Sesiones de manicura y pedicura? ¿Cómo podría salir bien? ¿Cómo esperaba que pudieran...?

—He pensado que deberías tener esto.

Arlo le estaba ofreciendo algo. Una fotografía, advirtió Mickey, que se acercó y tomó el papel lustroso entre las manos.

—Papá solía llevarla en la cartera —añadió Arlo.

La foto había sido doblada muchas veces y alisada otra vez. Un pliegue especialmente grueso se extendía en vertical entre los dos sujetos de la imagen: un hombre con un bigote de color arena y una niña pequeña sentada sobre su rodilla. El hombre la miraba con gesto risueño mientras que la pequeña sonreía de oreja a oreja, con la boca entreabierta y la lengua ligeramente azulada. Acababa de comerse un polo, recordó Mickey. Sí, ahí estaba el envoltorio, ¡justo encima de la mesa de pícnic! Nada más sacar esa foto, su padre la agarró entre sus grandes brazos y la puso del revés. Cómo se rio ella mientras la sangre se le subía a la cabeza.

Mickey intentó decir «Gracias», pero lo único que salió de su boca fue:

—Has dejado de ejercer.

Arlo se ajustó la chaqueta de cuadros que llevaba sobre los hombros como si fuera una capa, con expresión pétrea.

Mierda. Mickey la había ofendido, o avergonzado, o quizá las dos cosas.

—Me enteré por Tom, que se enteró por tu madre —se apresuró a añadir, creyendo, por alguna razón, que eso mejoraría la situación.

—Me he estado quedando a dormir en su casa, en el piso nuevo. Lo ha decorado de arriba abajo con macramé y... —Arlo arrugó la nariz— con unos cactus pequeños.

Una flor revoloteó por el cielo y se posó sobre su pelo. Tenía un aspecto aniñado: pequeña, bonita y desorientada. Qué natural sería abrazarla, salvarla, extenderle un cheque y enviarla rumbo a un futuro mejor (un poquito, al menos).

—¿Cuánto tiempo te quedarás allí? —preguntó Mickey.

—No lo sé.

—¿Cómo piensas ganarte la vida?

—Eso tampoco lo sé. —Algo cambió en su expresión—. Déjalo ya.

—¿El qué? —preguntó Mickey, mientras la sensación punzante arreciaba otra vez.

—Deja de mirarme así.

—Así ¿cómo? Hace dos segundos estabas cabreada conmigo por no mirarte.

—Ya, pero ahora me estás mirando como si... —Arlo se dio la vuelta—. Como si fuera a romperme.

¿Y por qué no? ¿Por qué no debería mirar a su hermanastra/exterapeuta con ternura? Aunque no fueran hermanas de verdad, tenían una historia en común. Nadie más en el mundo podría llegar a entender lo que les había ocurrido. La persona que las había marcado.

Mickey volvió a mirar la fotografía y tomó una determinación.

—Vamos a dividirlo.

Arlo se giró de golpe. Tenía los ojos como platos.

—No te referirás a…

—No lo digo porque sienta lástima por ti, ni nada de eso —dijo Mickey.

—No pienso aceptarlo. —Arlo negó con la cabeza—. Ni hablar.

—No es una cuestión de compasión. Es cuestión de que te lo mereces.

—Inviértelo en bolsa o haz lo que te dé la gana. Mételo en una cuenta de ahorro y olvídate del dinero.

Mickey alzó el mentón.

—Si no quieres tu mitad, se la donaré a alguien.

—Oye, para el carro —se apresuró a decir Arlo—. Tampoco te vengas arriba.

Las dos se echaron a reír.

El viento cambió de dirección y, por primera vez en toda la mañana, Mickey percibió el olor del océano. Aunque el Pacífico se encontraba a un trayecto corto en coche hacia el oeste, no lo había visto aún, excepto desde el avión, y no volvería a verlo hasta que concluyeran sus ocho semanas en SkyView. Pero sabía que estaba allí esperando. El océano y un montón de cosas más.

—Estoy acudiendo a una terapeuta —dijo Arlo mientras reemprendían la marcha.

—¿Es buena?

—Sí. Aunque un poco irritante.

—Eso me suena.

Se vieron rodeadas por un bosquecillo de abetos. Al cabo de un rato llegaron hasta un trecho donde el sendero estaba empantanado, plagado de barro y raíces, y se agarraron del brazo para ayudarse a sortearlo.

AGRADECIMIENTOS

Este libro está inspirado en parte por mis propios desafíos con la salud mental y por la pregunta de si de verdad las personas pueden mejorar. (Si has llegado hasta aquí, ¡ya sabrás cuál es mi respuesta!). A todos los que estéis pasando por una mala racha: sabed que no estáis solos. Y por favor, buscad ayuda. La vida puede pegar un cambio que jamás habríais creído posible.

A mis padres, Jon y Silvana, gracias por los ánimos y por vuestro cariño infinito. ¡Y por ofrecerme un techo y un plato en la mesa mientras aprendía a escribir! Este libro existe gracias a vosotros.

Mis hermanos mayores, Candice y Kyle, fueron como mis segundos (y maravillosos) padres durante la infancia. Ahora me siento agradecida de poder considerarlos mis amigos. Candice, gracias por ser mi confidente y un referente para mí. Kyle, gracias por hablar siempre con tanta sinceridad sobre tu experiencia y compartirla con los demás. ¡Eres mi héroe!

A mis editoras, Bhavna Chauhan, Rosa Schierenberg y Laura Tisdel, por haberme enseñado tanto. Construir juntas esta historia ha sido mi parte favorita de todo el proceso. Gracias por hacer que este libro fuera mejor.

A mi agente, Jemima Forrester, que es tan buena en todos los aspectos de su trabajo que cuesta creerlo. Gracias por creer en mí y en mi libro. Y gracias por responder con amabilidad y paciencia cada vez que te enviaba un correo electrónico con frases como «problemas de impuestos» y «espiral de ansiedad» en el asunto.

Gracias a Maria Golikova, Megan Kwan, Kate Sinclair, Kate Panek, Kaitlin Smith, Val Gow, Amy Black, y a todo el equipo de Doubleday Canadá. El mundo editorial en nuestro país es mucho mejor y más brillante gracias al fabuloso trabajo que realizan.

A Harriet Bourton, Charlotte Daniels y todo el equipo de Viking UK, gracias por apoyar este libro en Reino Unido y más allá.

Gracias al equipo de Viking en EE.UU., incluyendo a Paloma Ruiz, Jenn Houghton y Lynn Buckley, por llevar a Mickey y Arlo hasta los lectores que viven al sur del paralelo 49.

Redacté el primer borrador de esta novela mientras era aprendiz en el programa de mentorías del gremio de escritores de Alberta. Gracias a mi mentor, Vern Thiessen, que con su visión me dio las herramientas y el arrojo necesarios para trabajar en un segundo borrador (y en un tercero, y un cuarto…). A Jason Norman y toda la gente de WGA, gracias por apoyar a los escritores en nuestra provincia sin descanso. Gracias también a Susie Moloney y a los demás participantes del programa de 2022.

Está demostrado que los escritores necesitan a otros escritores. A Tim Ryan, Sarah Butson, Ron Ostrander, Elena Schacherl y Karen Craig, gracias por los comentarios y vuestra compañía. ¡Añoro esas noches de lunes que compartimos!

Gracias a Melanie Little por su sabiduría y perspicacia durante la corrección de estilo. (¡Y por enseñarme el verdadero significado de la palabra «procrastinar», porque a pesar de haberla utilizado dieciocho mil veces en este manuscrito, no tenía ni idea de lo que significaba!).

Gracias al equipo de David Higham Associates, en especial a Clare Israel, Sam Norman, Giulia Bernabe, Sophia Hadjipateras, Ilaria Albani, Sanskriti Nair y Sarah Vanden-Abeele. Un agradecimiento especial a Hitesh Shah por su ayuda con el mencionado problema de impuestos (¡perdón de nuevo!). Gracias también a Carolina Beltrán.

A Sakshi Sharma por tus superpoderes de abogada y por no perder nunca la fe. Andrea Johancsik, Katrina Waldhauser, Megan Schmidt y Anastassia Martynova, gracias por vuestra amistad y por todas esas palabras de aliento.

También quiero reconocer la labor de mi terapeuta, a quien no mencionaré por su nombre porque resultaría un poco raro. Pero creedme si os digo que es increíble. (Y mucho mejor en su trabajo que Arlo...).

Por último, a Eric... Jolín, no sé por dónde empezar. Sé que odias las cursilerías, así que voy a intentar contenerme. Gracias por hacer que cada día sea mejor y por acompañarme en todos los altibajos de este viaje. «Milo y Orloff» no estarían aquí sin ti.

¿TE HA GUSTADO
ESTA HISTORIA?

Escríbenos a...

plata@uranoworld.com

Y cuéntanos tu opinión.

Conoce más sobre nuestros libros en...

plataeditores

PlataEditores